Für
Kim, Edward, Peter und Esme

VOR FÜNFZEHN JAHREN

Der Gestank war grauenvoll. Als Kate in die Hocke ging und den Reißverschluss aufzog, zerriss er, und die Metallzähne ritzten ihr die Haut auf. Sollte sie lieber auf die Spurensicherung warten?, fragte sie sich nervös. Womöglich vernichtete sie Beweise. Sie hob den Deckel des Koffers an. Die blinden verwesenden Augen eines kleinen Jungen starrten sie an. Er trug einen Schlafanzug mit einem Muster von Thomas, der kleinen Lokomotive, und war so zusammengedrückt worden, dass er in den Koffer passte. Es sah aus, als sei der Junge eingepackt worden für eine Reise in den Tod.

GEGENWART

1

Alex Devlins Leben implodierte zum zweiten Mal an einem jener trüben grauen Tage, an denen der Frühling in Suffolk noch in weiter Ferne zu sein schien. Draußen hasteten bleiche Menschen gebückt die Straße entlang, vermutlich um Arbeit und Einkäufe so schnell wie möglich zu erledigen und sich dann in einem Café an der High Street aufzuwärmen. Der Februar in Sole Bay konnte gnadenlos sein.

Die dritte Tasse Kaffee dieses Morgens in Händen, stand Alex in der Küche ihres kleinen Reihenhauses und versuchte, ihre verkrampften Schultern zu lockern. Um sich zu entspannen, schaltete sie das Radio ein.

»*Und jetzt die Nachrichten mit Susan Rae.*«

Alex hoffte, dass sich die Arbeit an ihrem Artikel über einen Kripomann, der undercover in der osteuropäischen Mafia ermittelte, gelohnt hatte. Wieder einmal war Alex nachts um vier aufgewacht. Es war furchtbar gewesen, um diese Zeit erschien ihr alles so aussichtslos. Wie üblich machte sie sich Sorgen wegen ihrer finanziellen Lage und den Problemen ihres sechzehnjährigen Sohnes. Schließlich hatte sie beschlossen, sich nicht länger herumzuwälzen, sondern zu arbeiten.

»*Fünf Menschen sind bei einem Auffahrunfall ums Leben gekommen. Der Unfall ereignete sich bei hohem Verkehrsaufkommen und dichtem Nebel auf der M25 …*«

Sie hätte gerne ein bisschen Zeit für sich gehabt, bevor Gus, ihr muffeliger Sohn, wieder auf der Bildfläche erschien und miese Stimmung verbreitete.

Zu spät.

»Also?« Gus starrte sie aggressiv an, die Arme trotzig vor der Brust verschränkt.

Die Debatte vom Vorabend wurde offenbar fortgesetzt, als sei keine Zeit vergangen. Alex hatte sich der Hoffnung hingegeben, dass Gus das Thema über Nacht vielleicht vergessen hätte. Weit gefehlt.

Sie rieb sich die Stirn, um die Kopfschmerzen zu vertreiben, die hinter einem Auge zu pulsieren begannen. »Gelassen bleiben« war Alex' Mantra, seit sich ihr lieber blondlockiger kleiner Junge vor zwei Jahren in dieses mürrische hormongesteuerte Wesen verwandelt hatte.

»*Wie verlautet, soll die ukrainische Opposition die Besetzung des Rathauses in Kiev beendet haben ...*«

»Nein, Gus, es wird nichts aus dieser Skireise mit der Klasse«, sagte Alex so schonend wie möglich. »Tut mir total leid, aber unsere Lage ist über Nacht nicht besser geworden.« Sie hätte sich natürlich gewünscht, Gus diesen Wunsch erfüllen zu können. Doch es war einfach zu wenig Geld da, und Aufträge kamen auch nicht gerade in Hülle und Fülle rein. Aber letztlich waren nicht nur die Finanzen der Grund. Alex fiel es schwer, ihren Sohn loszulassen und ihm die nötige Freiheit zu geben, um flügge zu werden. Das spürte Gus, und er rebellierte dagegen.

»Warum nicht?«, insistierte er.

Alex wandte sich zum Kühlschrank und holte Milch und Butter heraus. »Cornflakes oder Toast?«, fragte sie, in der Hoffnung, Gus' Stimmung würde sich mit der Aussicht auf das Frühstück verbessern.

»Mum. Diese Reise ist mir echt wichtig. Alle meine Freunde fahren mit. Und die Plätze müssen jetzt gebucht werden. Du willst doch nicht, dass ich den Anschluss verpasse und als Außenseiter dastehe, oder?«

Alex nahm die Brotpackung aus dem Kasten und steckte ein Stück Weißbrot in den Toaster. »Du kennst die Gründe, Gus.«

»Ach, das ist doch Scheiße!«, schrie er so laut, dass Alex zusammenzuckte. »Nie darf ich irgendwas unternehmen und Spaß haben! Willst du vielleicht, dass ich irgendwann keine Freunde mehr habe?«

Schweigend füllte Alex den Wasserkessel und nahm einen Becher und einen Teebeutel aus dem Schrank. Dann wartete sie, bis das Wasser kochte und ihre Wut sich gelegt hatte. Als sie sich die Haare aus dem Gesicht strich, fiel ihr auf, dass die dringend getönt und geschnitten werden mussten. »Du weißt genau, dass das nicht stimmt, Gus. Ich will natürlich, dass es dir …«

»Ach, vergiss es, Mum.«

»*Die Arbeitslosenzahlen sind weiter gesunken, und der Premierminister sagte …*«

Gus sah jetzt so frustriert aus, dass Alex sich sofort miserabel fühlte. Plötzlich kam ihr der Gedanke, dass sie Gus unbedingt mehr Freiheit lassen sollte. Sie musste mit den Konflikten der letzten Monate innerlich abschließen und dankbar sein, dass Gus nicht von der Schule geflogen war – Doperauchen und mit anderen in einem gestohlenen Auto herumzukariolen stand nicht hoch im Kurs bei der Schulleitung.

»Sag mal, wann brauchst du das Geld?«, fragte sie wider besseres Wissen.

»Man kann immer noch in Raten zahlen. Fünf sind es jetzt, glaube ich.« Gus sah schlagartig hoffnungsvoll aus, und Alex versuchte, das flaue Gefühl im Magen zu ignorieren, das sich beim Thema Geld immer sofort einstellte. »Du musst nicht alles auf einmal zahlen«, fügte Gus hinzu. »Mum?«

Der Wasserkessel pfiff, und der Toast sprang heraus. Zu dunkel. Alex goss das Wasser auf den Teebeutel und schabte den Toast ab, wobei sie sich bemühte, nicht an die unbezahlten Rechnungen für Strom, Gas und Telefon zu denken. »Bring mir mal den Brief. Ich schau, was ich tun kann.« Sie drückte den Teebeutel innen an der Tasse aus und ließ den Löffel in die Spüle fallen.

Ein Lächeln trat auf Gus' Gesicht, und der mürrische Flunsch verschwand – zumindest fürs Erste. »Du bist die Beste, Mum.«

»*Eine Frau, die wegen Mordes an zwei Kindern vor fünfzehn Jahren zu einer Haftstrafe verurteilt worden war, wurde vom Obersten Gerichtshof in London freigesprochen. Jackie Wood war …*«

Alex erstarrte. Großer Gott, Sasha, dachte sie. O Gott, o Gott.

2

Detective Inspector Kate Todd ließ sich im Wartezimmer nieder und blätterte in einer Illustrierten. Dem blöden Gerät an der Wand, das nach ihren Daten in Großbuchstaben verlangte, hatte sie bestätigt, dass sie diejenige war, die einen Termin hatte. Und garantiert fing sie sich jetzt einen abscheulichen Virus ein, während sie hier herumhockte. In der Ecke murmelte der Fernseher, und Kate versuchte, sich auf die Zeitschrift zu konzentrieren. Alles voller Kleinkinder. *Die richtige Ernährung für Ihr Baby. Wie können Kinder schlafen lernen.* Alles voller elender Babys. Kate schmiss die Zeitschrift auf den niedrigen Holztisch, worauf die Frau neben ihr die Stirn runzelte.

»Entschuldigung«, sagte Kate.

Die Frau lächelte ein wenig und zuckte die Achseln. »Diese Hefte sind meist todlangweilig. Sind zum Teil schon Jahre alt. Ich lese hier grade was über Sommerurlaub vor drei Jahren.«

»Hmm. Ja«, antwortete Kate einsilbig. Sie hatte keine Lust auf ein Gespräch. Sie wollte den Termin möglichst schnell hinter sich bringen und zurück aufs Revier. Wo es zurzeit allerdings auch nicht gerade spannend zuging. Keine größeren Fälle. Lediglich geplante Razzien in einem gottverlassenen Kaff in den Fens, wo man den Handel mit irgendwelchen armen Menschen unterbinden wollte, die man dorthin geschafft hatte, wo sie nun unter verheerenden Bedingungen hausten – Cannabis-Lager oben, drei oder vier Familien im Untergeschoss. Das Problem bei den geplanten Razzien war nur, dass nicht nur die National Crime Agency, sondern auch Gott weiß wer daran beteiligt werden musste. Würde wahrscheinlich ein übles Chaos werden, diese Aktion.

Kate sah sich im Warteraum um. Sie kannte niemanden hier und anscheinend auch niemand sie. Das war der Vorteil, wenn man in Ipswich arbeitete, aber in einer Kleinstadt im Umkreis wohnte – die Wahrscheinlichkeit, hier auf Kollegen zu stoßen, war relativ gering.

»Meine Kleine hier …«, sagte die Frau. Als Kate sich ihr wohl oder übel zuwandte, bemerkte sie das Bündel in den Armen der Frau. Kate fragte sich, wieso sie das Baby nicht vorher schon bemerkt hatte. »Wurde mit einem Loch im Herzen geboren«, fuhr die Frau fort. »Musste gleich operiert werden, obwohl sie noch so winzig war. Ich wusste nicht, ob sie überleben würde.«

Kate spürte plötzlich den vertrauten Anflug von Angst in der Brust.

»Deshalb müssen wir ganz oft hierher zum Nachgucken kommen, nicht wahr, mein Schätzchen?«, säuselte die Frau dem Baby zu und betrachtete es mit einem innigen Lächeln.

Die Angst umschlang jetzt Kates Herz und erzeugte Druck. Wer behauptete, das Herz sei nur ein Organ, hatte einfach keine Ahnung. Kate holte tief Luft und bemühte sich um eine freundliche Miene.

»Haben Sie auch Kinder?«, fragte die Frau, während sie mit dem Finger die Wange des Babys streichelte.

»Nein«, antwortete Kate, wobei sie sich offenbar so schroff anhörte, dass die Frau errötete. »Tut mir leid«, sagte sie.

»Kein Problem.« Kate griff nach einer Wohnzeitschrift und blätterte sie unkonzentriert durch; Vorschläge, wie man sein Wohnzimmer besser einrichten konnte, welche Farben man für einen Wintergarten nach Süden benutzen sollte und Bilder von dem wunderschönen Heim eines drittrangigen VIPs. Dennoch fiel es ihr schwer, nicht an den Krach zu denken, den sie am Vorabend mit ihrem Mann gehabt hatte. Wieder einmal hatten sie sich über das gleiche Thema, das in mehr oder minder heftiger Form seit zehn Jahren für Streit sorgte, in die Haare gekriegt. Diesmal hatte Kate gerade das Licht ausschalten wollen, als Chris gesagt hatte: »Ich würde mir einfach wünschen, dass du irgendwo Rat suchst.«

Kate war in der Bewegung erstarrt. Sie hatte den ganzen Tag Aktenarbeit erledigt, war hundemüde und wollte einfach nur noch schlafen. Und jetzt sprach Chris dieses eine Thema an, das garantiert dafür sorgen würde, dass eine Ewigkeit nicht mehr an Schlaf zu denken war.

Erbittert starrte Kate auf ihren Mann, der ruhig atmend, mit auf der Brust verschränkten Armen und geschlossenen Augen im Bett lag. Er hatte verdammt noch mal schon wieder die Augen zugemacht. Was er grundsätzlich tat, damit sie nicht vernünftig mit ihm reden konnte. Sie bemerkte Furchen an seinem Mund, die neu waren, und hätte sie am liebsten berührt. Ihr Ärger verflog. Chris liebte sie bedingungslos, und dafür liebte Kate ihn. Er war ein ruhiger Mann, der ausgleichend auf sie wirkte. Und sie fand es wunderbar, ihm bei der Arbeit zuzusehen, wenn er mit seinen rauen, schwieligen Händen diese zauberhaften Gegenstände aus Holz erschuf. Kate liebte ihren Mann. Aber sie hatte eben ihre Bedingungen.

»Chris«, sagte sie, auf einen Ellbogen gestützt. Sie spürte, dass sie jetzt handeln, ihm ein wenig Hoffnung geben musste.

Er schlug ein Auge auf, zog sie in seine Arme. »Schatz, ich weiß, wie dir zumute ist, aber …«

Nein, das wusste er nicht. Er wusste nicht, dass ihr Mund trocken wurde und ihr Herz unangenehm hämmerte, sobald sie daran dachte, schwanger zu werden, ein Kind zu bekommen und dann für einen Menschen sorgen zu müssen, der komplett abhängig von ihr sein würde. Sie hatte Angst vor der emotionalen Bindung – wenn das Kind sich irgendwann von ihr löste, würde ihr das Herz brechen. Oder noch schlimmer: Falls dem Kind etwas zustieß, würde ihr das Herz sogar aus der Brust gerissen werden. So etwas konnte geschehen. Sie hatte es bei anderen schon erlebt.

»Können wir nicht einfach ein Kind adoptieren?« Schon als sie es aussprach, wusste Kate, dass die Frage nicht ernst gemeint war. Und was Chris antworten würde.

»Aber wir sollten doch erst mal klären, warum wir keine eigenen haben können, findest du nicht?« Seine Stimme war sanft, und Kate spürte, wie sich ihr die Kehle zuschnürte.

»Vielleicht liegt es eben an mir. Vielleicht kann ich gar nicht schwanger werden, weil ich zu alt bin.« Vielleicht allerdings sollte sie auch erst einmal die Pille absetzen.

»Nein, bist du nicht. Und wenn es demnächst nichts wird, können wir alles Mögliche andere unternehmen. Ich denke nur, du solltest dich untersuchen lassen.«

»Sind wir denn so nicht auch glücklich?«, fragte sie, kam sich aber dabei schlecht vor wegen ihrer Unaufrichtigkeit.

»Doch, natürlich.«

»Genüge ich dir nicht?«

»Darum geht es doch gar nicht, Liebling.«

»Ich weiß«, murmelte Kate an seinem Hals. »Ich weiß.«

Als sie morgens aufwachte, war Chris verschwunden – wenn er nachdenken und einen klaren Kopf bekommen wollte, stand er sommers wie winters früh auf und ging laufen.

Sobald die Arztpraxis öffnete, ließ Kate sich einen Termin geben.

Und deshalb saß sie nun hier auf diesem Plastikstuhl und blätterte in Zeitschriften, ohne die Worte wirklich aufzunehmen. Obwohl sie viel lieber im Revier abscheulichen Kaffee aus einem Pappbecher getrunken und dem Geplänkel der Kollegen zugehört hätte.

Das Signal ertönte, und Kate sah ihren Namen auf dem Aufrufdisplay. Sie sprang auf, und die Frau mit dem Baby warf ihr ein aufmunterndes Lächeln zu.

Kate war nervös, weil sie der Ärztin eine Erklärung liefern musste, sich aber noch nichts überlegt hatte. Hastig klopfte sie an die Tür und betrat das Sprechzimmer.

Die junge Ärztin, Dr. Bones, blickte von ihrem Computer auf und lächelte. »Nehmen Sie Platz, Kate. Was kann ich für Sie tun?«

Kate setzte sich und blinzelte. Was sollte sie jetzt antworten?

»Also?«, fragte Dr. Bones.

Kate räusperte sich. »Es geht um Folgendes, Frau Dr. …« Sie unterbrach sich. Sie sah Chris' liebes Gesicht vor sich und seine Hände, die so fleißig für sie arbeiteten. Er verlangte nichts von ihr – außer dieser einen Sache. »Mein Mann möchte ein Kind«, sagte Kate hilflos.

»Und?«, fragte Dr. Bones ruhig.

»Und ich weiß nicht, ob ich das kann.«

Die Ärztin nickte. »Okay. Sie sind also …«, Dr. Bones warf einen Blick auf ihren Bildschirm, »… achtunddreißig und nehmen die Pille. Es gibt keinen Grund, warum Sie nicht schwanger werden sollten. Heutzutage bekommen viele Frauen ihre Kinder erst später …«

»Das ist nicht das Thema«, sagte Kate. »Ich denke eher, wenn man nicht dafür geschaffen ist, Kinder zu haben, sollte man es auch bleiben lassen.«

Dr. Bones nickte. »Das ist sicher Einstellungssache.« Abwartend legte sie die Hände auf den Tisch.

Was sollte Kate noch sagen? »Ich finde, es gibt so viel Elend auf der Welt, dass ich mir nicht sicher bin, ob es richtig ist, Kinder zu bekommen.«

»Richtig?«

Kate wich dem Blick der Ärztin aus und starrte an die Wand. Dort hingen bunte Kinderzeichnungen, eine Größenmesslatte, Plakate zum Thema gesundes Essen, eine Tabelle für Augentests. Kate ließ den Blick durchs Sprechzimmer schweifen, betrachtete die Kiste mit Spielsachen in der Ecke, den kleinen Stuhl und all die anderen Dinge für Kinder. Sie schluckte, weil sie merkte, dass ihr die Tränen kamen.

»Also schwanger zu werden, nur weil ich … weil wir ein Kind wollen. Das kommt mir so selbstsüchtig vor, wissen Sie.« Kate zuckte die Achseln. Sie fand ihr Gerede völlig sinnlos.

»Wie denkt denn Ihr Mann darüber?«

»Chris? Ach, der ist völlig versessen auf Kinder. Ich meine, so deutlich sagt er das nicht, aber ich weiß, dass es so ist.«

»Aber Sie sind nicht sicher, ob Sie es wollen?«

»Nein.« Herrgott noch mal, jetzt stiegen ihr die Tränen doch in die Augen. Sie blinzelte wütend.

»Ich weiß nicht«, sagte die Ärztin behutsam, »wie ich Ihnen helfen kann.«

»Ich bin nur hier, weil Chris …« Kate verstummte und stand auf. »Tut mir leid, ich weiß eigentlich nicht genau, weshalb ich hergekommen bin, ich …«

»Bitte setzen Sie sich wieder, Kate.«

»Nein, ich muss zurück zur Arbeit. Danke, dass Sie sich Zeit genommen haben.«

Dr. Bones blickte auf ihren Computerbildschirm. »Sie haben einen anstrengenden Beruf, Kate. Kommen Sie da gut zurecht?«

»Ja.«

»Hören Sie, ich verschreibe Ihnen ein leichtes Antidepressivum. Sie müssen es nicht nehmen, aber es könnte Ihnen vielleicht helfen. Und ich setze Sie auf die Liste für eine Psychotherapie.«

Kate öffnete den Mund, um zu widersprechen.

Dr. Bones hielt die Hand hoch. »Es ist nur eine Warteliste. Denken Sie mal drüber nach. Es könnte Ihnen vielleicht guttun, mal mit jemand anderem zu reden als mit Ihrem Mann. Mit einer außenstehenden Person. Und lassen Sie sich bitte einen neuen Termin bei mir in einem Monat geben.«

Kate gelang es nur noch zu nicken.

Draußen vor dem Sprechzimmer lehnte sie sich an die Wand und rang um Atem. Die Luft war furchtbar stickig. Gut, es war ein Fehler gewesen hierherzukommen, aber zumindest hatte sie es hinter sich gebracht und konnte Chris davon berichten. Sie sei etwas erschöpft, hätte die Ärztin gesagt. Sicher war es gut, sich erst einmal eine Atempause zu verschaffen. Dann würde sich alles von selbst lösen, nicht wahr?

Kate eilte den Flur entlang ins Wartezimmer zurück. Zum Glück war die Frau mit dem Baby nicht mehr da. Als Kate auf die Ausgangstür zusteuerte, rief jemand hinter ihr: »Ms Todd?«

Kate drehte sich um. Es war die Frau von der internen Apotheke.

»Sie können Ihr Medikament gleich mitnehmen«, sagte sie. »Setzen Sie sich doch noch einen Moment.«

»Okay. Danke.«

Kate blickte auf den Fernseher in der Ecke und fuhr hoch, als sie den Text vom Newsticker am unteren Bildschirmrand las.

Jackie Wood aus Haft entlassen, Oberster Gerichtshof gibt Revision statt.

Sie starrte auf die Bilder. Jackie Wood stand auf der Treppe des Gerichtsgebäudes, umringt von Reportern mit Mikros und Kameras, neben ihr ein selbstgefällig wirkender Mann, der irgendetwas sagte, was Kate nicht hören konnte. Was auch nicht nötig war, denn es gab keinen Zweifel daran, was sich hier abspielte. Jackie Wood, gemeinsam mit einer weiteren

Person verantwortlich für den Tod zweier kleiner Kinder, war freigesprochen worden.

»Ms Todd? Ihr Medikament.«

Mechanisch stand Kate auf, ging zu der Durchreiche und nahm die Papiertüte in Empfang, die ihr von der Apothekerin gereicht wurde.

Dann verließ Kate die Praxis, stieg in ihr Auto und ließ die Stirn aufs Lenkrad sinken.

3

Sasha war immer das Problemkind gewesen, das dauernd etwas brauchte und ihren Eltern ständig Sorgen machte. Die Tochter, die von den Eltern mit Samthandschuhen angefasst wurde. Von klein auf hatte Alex gelernt, dass man mit Sasha schonend umgehen müsse. Sie war nur zehn Monate jünger als Alex, aber in ihrer Kindheit hatte sich Alex oft gefühlt, als sei sie zehn Jahre älter als Sasha. »Du musst auf deine kleine Schwester aufpassen«, hatte man Alex eingeschärft. Dieses schutzbedürftige Gehabe, das Sasha regelrecht zu genießen schien, hatte Alex schon ihr Leben lang geärgert.

Ihre Schwester war gertenschlank und hatte feine blonde Locken, die sich allerliebst um ihr herzförmiges Gesicht ringelten. Wer die beiden in jüngeren Jahren zusammen sah, konnte nie glauben, dass sie Schwestern waren, denn Alex war eher klein und hatte dunkle glatte Haare. Und sie hatte von ihrem Vater den leicht bräunlichen Teint geerbt, den sie – wenn sie sich selbst gerade mal wohlgesonnen war – »olivfarben« nannte. Im Gegensatz zu ihrer Schwester war Alex keine Schönheit.

Doch inzwischen war auch deren Schönheit verflossen. Sasha war zwar noch immer feingliedrig, blond und blauäugig, wirkte aber ausgezehrt, ihre Haare hingen meist strähnig und kraftlos herab, und ihr Blick war stumpf. Außerdem trug sie immer langärmlige Sachen, um die Narben an den Armen zu verbergen.

Sasha hatte den Tod ihrer Zwillinge nie verkraftet. Die beiden waren vier Jahre alt gewesen, als sie verschwunden waren – Harry und Millie. Die beiden hatten die blonden Haare und blauen Augen von ihr geerbt. Harry war ein typischer Junge gewesen – wild und ungestüm und immer schmutzig. Millie war dem Wesen nach zwar genauso gewesen, hatte aber so mädchenhaft und niedlich ausgesehen, dass jeder sie in den Arm nehmen wollte. Sie hatte ein sonniges Gemüt gehabt und fast immer gelächelt. Beide waren abenteuerlustige, aufgeweckte und liebevolle Kinder gewesen. Harry war einige Wochen später gefunden worden, Millie nie.

Das Begräbnis von Harry war grauenvoll gewesen. Der kleine weiße Sarg auf der Schulter von Sashas Mann Jez und all die Trauernden, die jedwedem Gott, an den sie glaubten, dafür dankten, dass ihnen ein solches Schicksal erspart blieb. Alex hatte sich damals geschworen, ihren eigenen kleinen Sohn immer zu beschützen. In diesem Sommer hatte es – unytpisch für die Region – fast die ganze Zeit geregnet. Die Tränen Gottes, hatte Alex jemanden sagen hören.

Sie bezweifelte, dass Sasha und sie seither noch an einen Gott glaubten.

Ihre Eltern wirkten bei der Bestattung so erschüttert, als könnten sie nicht begreifen, wie ihnen so etwas widerfahren konnte. Die Kirche, St Mary Magdalene, war ein wunderschöner mittelalterlicher Ort der Andacht im ländlichen Suffolk. Sasha und Jez hatten beschlossen, Harry in der Gemeinde der Eltern bestatten zu lassen, weil Sasha es in Sole Bay nicht ausgehalten hatte. Sie hatte sich einen stillen Ort für Harry gewünscht, an dem Vögel zwitscherten und die Sonne durch das dichte Blattwerk der Bäume fiel und die Erde wärmte. Deshalb hatte sie sich für das Dorf entschieden, in dem ihre Eltern lebten, seit die Töchter zu Hause ausgezogen waren. Jemand – wahrscheinlich fürsorgliche Frauen aus der Kirchengemeinde – hatte die Kirche mit Weidenzweigen, Geißblatt und Rosen geschmückt, die ihren süßen Duft verströmten. Harry wurde in dem kleinen Friedhof hinter der Kirche begraben, und es brach einem fast das Herz, den kleinen Erdhügel zu sehen, unter dem sein Sarg für immer ruhen würde.

Aber zumindest hatten sie Harry bestatten können; nichts über das Schicksal von Millie zu wissen war unerträglich, bis heute.

Und jetzt musste Alex schnellstens zu ihrer Schwester, damit sie sich nicht wieder ritzte. Sasha wohnte noch immer in dem Haus, in dem sie mit Jez und den Zwillingen gelebt hatte. Sie könne es nicht verlassen, hatte sie gesagt. Alex fand das schädlich für Sasha und hatte sich immer wieder bemüht, sie zu sich zu holen oder zumindest zum Umzug an einen Ort zu überreden, der nicht von Erinnerungen überfrachtet war. Doch Sasha weigerte sich hartnäckig. »Und wenn Millie zurückkommt?«, sagte sie jedes Mal. »Wenn Millie zurückkommt und ich bin nicht da?« Eigentlich hätte Alex einwenden sollen, dass Millie bei ihrem Verschwinden vier Jahre alt gewesen sei und den Weg nach Hause gar nicht finden könne, selbst wenn sie noch am Leben wäre. Doch natürlich hielt sie den Mund. So etwas konnte man zu Sasha nicht sagen. Aber zumindest lebte Alex im selben Ort und konnte sich um ihre Schwester kümmern. An guten Tagen, wenn Alex sich fit fühlte, joggte sie in acht Minuten zu Sashas Haus.

Heute war kein guter Tag – zu wenig Schlaf und zu wenig Essen –, aber das Adrenalin würde ihr bestimmt Beine machen.

»Ich muss los, Gus«, rief Alex und lief zur Tür. »Iss in Ruhe deinen Toast. Im Schrank steht ein neues Glas Erdnussbutter.«

»Was ist denn, Mum?«

»Sag ich dir später.« Hektisch zog Alex ihren Mantel an und knöpfte ihn zu. »Ich muss zu Tante Sasha, okay?«

Gus zuckte die Achseln. »Klar.«

Das Radio plapperte weiter.

Die Straßen waren feucht, aber zum Glück nicht rutschig. Alex flitzte zwischen den Leuten auf dem Gehweg hindurch. Was war bloß mit dem Opferschutzbeauftragten los? Der hatte behauptet, so schnell werde keine Entscheidung fallen. Sie hätte Sasha doch darauf vorbereiten müssen, dass Jackie Wood eventuell freigelassen würde. Was war passiert?

Zwei schwatzende alte Frauen mit grell rotgrün gepunkteten Einkaufstrolleys blockierten schwatzend den gesamten Gehweg. Alex hasste diese Dinger, die unaufmerksame Fußgänger im Handumdrehen zum Stolpern brachten. Sie musste auf die Straße ausweichen und wurde von einem Auto angehupt, das sie beinahe gestreift hätte.

Dann blieb eine Frau mit einem von diesen klobigen Kinderwagen, mit denen man über Stock und Stein kariolen konnte, so abrupt stehen, dass Alex fast gestürzt wäre. Eine Horde kreischender und lachender Schulkinder, die sich gegenseitig schubsten, tauchte plötzlich vor ihr auf. Alex hätte sie am liebsten angeschrien, drängte sich aber wortlos durch die krakeelende Menge.Es war nicht mehr weit, nur noch um die Ecke.

Sie bog in Sashas Straße ein.

Inzwischen war Alex total außer Atem und hätte eigentlich stehen bleiben müssen, wollte aber keine Zeit verlieren.

Sie schlug einen Bogen um zwei schwarze Mülltonnen, von denen eine so überfüllt war, dass Kartons, Cornflakes-Schachteln und Hühnerknochen rundherum am Boden lagen. Jetzt nur noch die Straße überqueren, an den öffentlichen Toiletten vorbei. Sie mühte sich mit dem sperrigen Riegel am Gartentor ab und nahm sich vor, Jez zu bitten, dass er ihn reparierte. Dann sprintete sie die fünf Stufen zum Eingang hoch, schloss hastig auf und fiel fast in den Flur.

Sasha saß im Wohnzimmer, das früher einmal mit Leben und Fröhlichkeit erfüllt gewesen war, jetzt aber nur noch bedrückend wirkte mit seiner verblassten blauweiß gestreiften Tapete und dem abgewetzten beigen Teppichboden. Ein kleiner Heizstrahler im offenen Kamin bemühte sich, etwas Wärme zu verbreiten. Dicht vor dem Fernseher in der Ecke stand das Sofa. Die Luft roch muffig und war stickig, was darauf hinwies, dass Sasha sich wieder in besonders schlechtem Zustand befand. An die dreißig Fotos von den Zwillingen in unterschiedlichen Stadien ihrer Entwicklung waren überall im Zimmer verteilt. Eine Waldlichtung war auf einem Foto zu sehen. Auf einer karierten Decke stand der Picknickkorb, gefüllt mit Schinken-Sandwiches ohne Rinde, Apfel-, Mandarinen- und Bananenstücken. Und Limonade, bunt glasierte Kekse und Erdbeerjoghurt. Es war ein wunderbares Picknick gewesen. Ein paar Tage später waren Harry und Millie spurlos verschwunden.

Im Fernseher liefen die BBC-Nachrichten; das rote Logo war der einzige Farbfleck im Raum. *Jackie Wood freigesprochen,* brüllte die Schlagzeile Alex förmlich ins Gesicht, gefolgt von Fotos: Wood auf der Treppe des Gerichtsgebäudes, lächelnd und winkend, während ihr Anwalt eine Erklärung verlas. Alex fühlte sich von den Worten bombardiert.

»*Fünfzehn Jahre in Haft … unschuldig … ein neues Leben beginnen …*«

Worte aus dem Mund einer Schlange.

Und die Reporter schrien Fragen: »Wie haben Sie das Leben im Gefängnis ertragen?«

»Was wollen Sie jetzt machen?«

»Wollen Sie auf Schmerzensgeld klagen?«

Einige Worte gingen in Verkehrslärm und Hupen unter.

Wood lächelte selbstgefällig, und Alex hätte sich am liebsten in den Fernseher gestürzt und den dürren Hals der Frau gewürgt. Wenigstens sah sie ziemlich elend aus – bleich und dünner, als Alex sie in Erinnerung hatte. Rock und Jacke wirkten schäbig und billig. Den Anwalt hätte Alex auch sehr gerne gewürgt, obwohl dessen Hals weniger dürr war, und dieses Bedürfnis war so körperlich, dass sie geradezu spürte, wie sie dem Mann die Luft aus dem Leib presste. Würde der nun auch noch dafür sorgen, dass Wood für ihre Untat Geld bekam? In dritter Instanz war es der Frau gelungen freizukommen. Dreimal war Widerspruch gegen das Urteil eingelegt worden, und durch die Medienkampagne eines Fernsehproduzenten und die erwiesene Unglaubwürdigkeit eines Sachverständigen hatten sich zwei von drei Richtern des Obersten Gerichtshofs davon überzeugen lassen, dass Woods Verurteilung wegen Entführung und Mord an den Zwillingen nicht rechtens gewesen war. Jackie Wood war wieder auf freiem Fuß. Zumindest weilte der Komplize, Martin Jessop, nicht mehr unter den Lebenden. Er hatte sich nach wenigen Wochen im Gefängnis erhängt.

»Das war alles, was ich zu sagen habe, danke schön.« Wood wandte sich ab und ging ins Gerichtsgebäude zurück. Die nächsten Nachrichten wurden verlesen, während Alex und Sasha stumm auf den Bildschirm starrten.

Dann klingelte das Telefon, und beide zuckten erschrocken zusammen.

Alex dachte rasch nach, dann nahm sie ab.

»'allo?«, sagte sie in einem wenig gelungenen Versuch, einen französischen Akzent nachzuahmen.

»Spreche ich mit Sasha Clements?« Die atemlose, leicht schrille Stimme eines Journalisten, der das erste Interview ergattern wollte.

»*Non.*«

»Könnte ich bitte mit Sasha Clements sprechen?«

»*Non.* Sie iist weggesoggen vor zwei Jahre.« Alex konstatierte, dass diese Nummer wohl nicht einmal mehr fürs Schülertheater gereicht hätte, in dem sie früher aufgetreten war.

»Oh.« Die Enttäuschung in der Stimme des Mannes war nicht zu überhören. »Sie haben wohl nicht zufällig ihre neue Telefonnummer?«

»Tut mir leid, *non*.«

»Wissen Sie, wo Sasha Clements hingezogen ist?«

»Iisch glaube, nach Spanien.«

»Spanien?«

»Spanien, ja.«

»Oh. Verstehe. Na ja, trotzdem vielen Dank.«

»*Plaisir*.«

Alex beendete das Gespräch und legte das Telefon auf den Tisch. Beinahe hätte sie laut aufgelacht, weil die Situation so absurd war. Und ob sie ihnen die hungrige Meute mit diesem Auftritt lange vom Hals halten konnte, war auch nicht gesagt.

Nachdem sie den Fernseher ausgeschaltet hatte, nahm Alex ihre Schwester in Augenschein. Sasha schien nicht bemerkt zu haben, dass jemand hereingekommen war und dass der Fernseher nicht mehr lief. Unverwandt starrte sie auf den Bildschirm. Tränen rannen ihr über die Wangen, und sie hatte die Arme um sich geschlungen und die Hände in die Ärmel ihrer Bluse gesteckt – sie waren blutrot.

Beinahe hätte Alex auch zu weinen begonnen, doch sie setzte sich zu ihrer Schwester und legte ihr den Arm um die Schultern. Erschrocken zuckte Sasha zusammen. Alex wartete ab, bis ihr Atem sich beruhigt hatte und ihr Mund nicht mehr so trocken war. Unvermittelt lehnte sich Sasha an ihre Schulter und stieß einen zittrigen Seufzer aus.

»Alex«, flüsterte Sasha, so tonlos wie ein Windhauch. »Ich hätte nie gedacht, dass sie freigelassen wird. Sie haben mir gesagt, die Revision würde scheitern, ganz sicher.«

Alex küsste ihre Schwester auf den Kopf. »Ich weiß, Liebes, ich weiß.«

»Ich hab gedacht, ich hätte es jetzt akzeptiert«, murmelte Sasha, »dass Millie irgendwo vergraben wurde und wir nie erfahren werden, wo.«

Und ich erst, dachte Alex und umfasste Sashas Schultern noch fester.

»Aber jetzt …«

»Wir werden Millie eines Tages finden«, sagte Alex. »Ich verspreche es dir.« Als sie die Worte aussprach, spürte sie die ganze Last dieses Versprechens auf ihren Schultern.

»Ich will nicht, dass du hier bist«, sagte Sasha abrupt. »Du nicht.«

Alex schloss einen Moment die Augen. Sie versuchte, nicht verletzt zu sein, und sagte sich, dass ihre Schwester sich schon seit fünfzehn Jahren so verhielt. Dass sie Alex gar nicht mehr hassen konnte, als sie sich selbst hasste, und dass Sasha es nicht so gemeint hatte.

Ein paar Minuten saßen sie schweigend da. Alex ließ vorsätzlich Zeit verstreichen, dann sagte sie: »Sash? Kann ich mal deinen Arm angucken?«

Achselzucken.

Behutsam hob Alex Sashas Kopf von ihrer Schulter, nahm den Arm ihrer Schwester und streifte den Ärmel hoch. Der Schnitt am Unterarm glitzerte feucht, musste aber diesmal wohl nicht genäht werden. Alex ging in die Küche, füllte warmes Wasser in eine Schüssel, gab Salz hinzu und kehrte mit der Schüssel und einer Küchenrolle ins Wohnzimmer zurück. Dann säuberte sie Sashas Wunde. Zumindest hatte sie aufgehört zu bluten. Alex machte das alles mechanisch, ohne über die Hintergründe nachzudenken – andernfalls wäre sie nicht dazu imstande gewesen.

»Bitte bring mich nicht ins Krankenhaus«, flüsterte Sasha.

»Bitte. Sonst spüre ich nichts mehr.« Sie wischte sich mit dem anderen Ärmel übers Gesicht. »Ich muss was fühlen können.«

Alex nickte. »Ist gut. Aber du musst auf dich selbst achtgeben.« Sie biss sich auf die Lippe, weil sie wusste, dass sie Quatsch redete. Niemand konnte ihre Schwester davon abhalten, sich selbst zu verletzen. Alex hatte es weiß Gott schon oft genug probiert. Ihre Eltern wollten nicht wahrhaben, was ihre jüngere Tochter sich antat. Sie hatten es nicht einmal geglaubt, als Sasha in der Klinik bleiben musste, weil sie sich so schlimm geritzt hatte. Und auch nicht, als sie vom Hausarzt in die Psychiatrie eingewiesen wurde, nachdem sie sich die Pulsadern aufgeschnitten hatte, was nicht nur Ritzen und ein Hilferuf, sondern ein echter Selbstmordversuch gewesen war. Doch so schlimm hatte Sasha sich seit Monaten nicht verletzt, weshalb Alex sich der Hoffnung hingegeben hatte, ihre Schwester sei auf dem Weg der Besserung.

Sasha sah Alex mit leerem Blick an. »Wie soll ich denn auf mich selbst achtgeben, wenn ich nicht mal auf meine Kinder achtgeben konnte? Wenn die Frau, die dabei mitgeholfen hat, meine Kleinen umzubringen, frei herumläuft?«

Darauf wusste Alex nichts zu erwidern.

4

Erst am Spätnachmittag, als das Licht sich schon davonstahl, verließ Alex Sashas Haus. Sie hatte den Arm ihrer Schwester verbunden und ihr ein Mittagessen gekocht, von dem Sasha ein paar wenige Bissen zu sich genommen hatte. Danach hatte Alex versucht, Jez zu überreden, zumindest eine Nacht auf seine Exfrau aufzupassen – ein mühseliges Unterfangen. Alex wusste, dass die Statistik für Trennung von Paaren nach dem Verlust eines Kindes wesentlich höher war als unter normalen Umständen. Was den Verlust von zwei Kindern anging, waren ihr keine Zahlen bekannt. Aber Sasha und Jez hatten sich kurz nach Harrys Begräbnis getrennt; nicht einmal die Hoffnung, dass Millie vielleicht noch lebte, hatte die Trennung verhindern können. Alex war allerdings immer schon der Meinung gewesen, dass Jez Sasha mehr unterstützen sollte, und nahm deshalb für das Telefonat ihren ganzen Mut zusammen.

»Ja«, flüsterte Jez mit scharfem Unterton. »Natürlich weiß ich von dem Gerichtsurteil. Ich sitze an der richtigen Stelle, weißt du.«

»Und du bist nicht auf die Idee gekommen, mal nach Sasha zu schauen?«

Stille. Dann: »Das konnte ich nicht, Alex. Ich hatte gedacht, du …«

»Mir hat man gesagt, vor zwölf Uhr würde sich nichts tun, aber da haben sie sich wohl geirrt, wie?« Unwillkürlich flüsterte Alex auch. »Du kannst dir ja wahrscheinlich vorstellen, in welchem Zustand ich Sasha vorgefunden habe, als ich zu ihr kam und sie vor dem Fernseher saß und sich die Nachricht zum x-ten Mal angeschaut hatte.«

Jez seufzte, und Alex sah förmlich vor sich, wie er sich mit der freien Hand durch die Haare fuhr, sodass sie alle hochstanden. »Ich kann mich damit jetzt nicht befassen«, sagte er. »Ich stecke mitten in einem Fall.«

»Eigentlich hätte ich erwartet, dass du bei der Verhandlung dabei bist.« Alex konnte sich diese Bemerkung nicht verkneifen.

»Und wieso warst du nicht da?«

»Es waren nicht meine Kinder.« Nein, die Zwillinge waren nicht ihre Kinder gewesen, aber sie war schuld daran, dass Harry tot und Millie bis heute verschwunden war. Doch diesen Gedanken musste Alex sofort verdrängen, wenn sie nicht verrückt werden wollte.

»Hättest du nicht bei der Polizei um Urlaub aus familiären Gründen bitten können? Schau«, fuhr sie in versöhnlicherem Tonfall fort, »ich verlange ja nicht von dir, dass du jetzt alles stehen und liegen lässt. Ich möchte dich nur bitten, später zu Sasha zu fahren und bei ihr zu übernachten. Ich würde es ja machen, aber ich muss mich um Gus kümmern.«

Wieder Stille. »Das geht nicht, Alex«, sagte Jez. »Das kann ich nicht.«

»Wieso nicht? Findest du nicht, dass du ihr das schuldig bist?«

»Schuldig?«

»Du warst mit ihr verheiratet.«

»Und jetzt bin ich es nicht mehr. Ich wünsche mir ja auch, dass alles anders gekommen wäre. Gott, ich wünsche mir das so sehr. Ich hoffe immer noch …«

»Was?«

Nach einem langen Zögern sagte Jez: »Vergiss es. Spielt keine Rolle. Außerdem ist es zu spät.«

»Jez, ich weiß, dass …«

»Nein«, erwiderte er barsch. »Du weißt gar nichts. Ich bemühe mich wirklich, so gut es irgend geht, über sie hinwegzukommen, zu verkraften, was damals passiert ist. Aber der Schmerz ist immer noch so schlimm, verstehst du? Sogar nach all diesen Jahren. Es ist verflucht noch mal sogar extrem schwierig, mich überhaupt mit einer anderen Frau einzulassen. Und auch darum bemühe ich mich nach Kräften.« Er lachte bitter. »Hätte nie gedacht, dass ich so was mal sagen würde.« Jez verstummte erneut, dann sagte er: »Und sie hat sich doch bestimmt wieder geritzt.«

Alex antwortete nicht.

»Es stimmt, oder? Und ich weiß, dass daran auch ich Schuld trage. Alex, ich erwarte nicht von dir, dass du das verstehst, aber Sasha und ich, wir …«

»Ihr was?«

»Nichts. Wir sind nichts.«

»Wenn du selbst nicht bei ihr sein kannst, könntest du dann wenigstens jemand von deinen Leuten vor das Haus stellen? Ich möchte nicht, dass Sasha von Journalisten belagert wird.« Alex wusste wohl, dass ihr laienhafter Auftritt am Telefon keinen professionellen Journalisten lange von Sashas Haus fernhalten würde.

»Ich werd mal schauen, was ich tun kann«, sagte Jez schließlich.

Alex konnte nur hoffen, dass das vorerst ausreichen würde.

Als sie fröstelnd vor Kälte die Haustür aufschloss, umschlang plötzlich jemand ihre Taille und sagte: »Schön, dass du da bist, Süße.«

Alex verdrehte die Augen und merkte, wie sich ihre bedrückte Stimmung ein wenig aufhellte. »Du bist aber wirklich berechenbar, Malone.« Sie öffnete die Tür. »Und was machst du überhaupt hier? Hast du mir aufgelauert?«

»Wie soll ich denn sonst in dein Haus kommen? Du hast mir ja immer noch keinen Schlüssel gegeben.«

»Zu früh, Malone, zu früh.«

»Finde ich gar nicht.« Malone drückte die Haustür hinter ihnen zu und küsste Alex leidenschaftlich, die Hände in ihren Haaren. Er roch nach Rauch und Whiskey.

Alex bemühte sich um ein Lächeln und schob ihn sachte von sich weg. »Sitz, Junge.«

»Ach komm schon, Liebling. Und hab ich dir nicht alles gegeben, damit du dich mit Handtaschen und Schuhen eindecken kannst?«

»Ha. Schön wär's. Und du weißt, dass ich dir sehr dankbar dafür bin. Aber um ehrlich zu sein: Ich hatte einen richtigen Scheißtag heute.«

Malone strich ihr über die Wange. »Waren sie nicht zufrieden mit dem Text?«

»Weiß ich nicht, ich hab noch nicht nachgeschaut.« Alex lockerte ihre Schultern und rieb sich den Nacken.

»Also was dann?«

»Sasha.«

»Ah.« In diesem kleinen Laut kam eine Menge zum Ausdruck.

Alex kannte Malone noch nicht lange. Sie hatte ihn bei der Recherche zu ihrer letzten Reportage kennengelernt, weil er Gegenstand der Reportage war – der Besessene, der den größten Teil seines Lebens als verdeckter Ermittler gearbeitet hatte. Er war undercover Mitglied einer rechtsextremistischen Gruppierung gewesen und hatte potenzielle Terroristen entlarvt. Dann hatte er die Szene radikaler Umweltaktivisten infiltriert, die Welt der flachen Sandalen, in der strikt vegan gelebt wurde. Er wolle in seinem ganzen Leben nie mehr auch nur eine einzige Linse essen, hatte er ihr mit seinem schiefen Grinsen erzählt.

»Wie sehr musstest du dich auf die Aktivisten einlassen?«, hatte sie gefragt.

Malone hatte die Achseln gezuckt. »So intensiv wie nötig.«

»Auch Sex?«

»Wie gesagt: so intensiv wie nötig.«

Er hatte es ihr nicht leicht gemacht, aber es war ihr gelungen, noch mehr Einzelheiten aus ihm herauszuquetschen, und sie bewunderte seine Arbeit mehr und mehr. Außerdem fand sie ihn amüsant und interessant, und er brachte sie auf andere Gedanken.

Sie erzählte ihm im Gegenzug von ihrer hilfsbedürftigen Schwester, deren gescheiterter Ehe, den Zwillingen. Doch über das, was ihr nachts den Schlaf raubte, sprach Alex nicht.

»Tee?« Malone griff zum Wasserkocher.

»Ja, gern.«

»Also, was ist jetzt mit Sasha?«

Alex schüttelte amüsiert den Kopf. Das gefiel ihr an Malone: Er entlarvte Terroristen und rettete die Welt, scherte sich aber keinen Deut um die aktuellen Nachrichten.

»Jackie Wood wurde freigesprochen und aus dem Gefängnis entlassen.« Alex hatte gehofft, diesen Satz ungerührt äußern zu können, indem sie ihn möglichst sachlich aussprach. Daraus wurde nichts – sie spürte das vertraute Brennen in den Augen.

»Ah«, wiederholte Malone. Er stellte den Wasserkocher beiseite, nahm Alex in die Arme und hielt sie fest.

»Sasha war in üblem Zustand«, murmelte Alex in Malones Pullover. »Ich habe versucht, Jez zu überreden, dass er über Nacht bei ihr bleibt. Aber ich weiß nicht, ob er es macht.«

»Wird er schon.« Malone küsste sie auf den Kopf. »Ganz bestimmt.«

»Ich hoffe es. Obwohl er ja eigentlich keinen Grund mehr hat. Aber ich frage mich manchmal …«

»Was?«

»Weiß nicht. Obwohl … doch, ich frage mich manchmal, ob er sie auf irgendeine Art immer noch liebt.«

»Du kannst doch morgen früh gleich nach ihr schauen. Oder auch später noch, wenn du möchtest. Ich kann hier bei Gus bleiben.«

Alex löste sich behutsam aus Malones Armen und wischte sich hastig die Tränen ab. »Danke. Jetzt weiß ich, warum ich dich so mag.«

»Und das erklärt auch, warum das Telefon dauernd klingelt.«

»Woher weißt du das?«

»Hab ich gehört, während ich ewig da draußen in der Kälte herumstand und auf dich gewartet habe.«

»Mist.«

Und wie aufs Stichwort klingelte das Telefon erneut.

»Alex Devlin?«, fragte eine Männerstimme.

»Ja.« Um Sasha zu schützen, konnte Alex sich verstellen, aber wenn es um sie selbst ging, war das nicht so einfach.

»Hallo. Ed Killingback von der *Post*. Hätten Sie ein paar Minuten Zeit, um mit mir über Jackie Wood und ihre Freilassung zu sprechen?«

»Wissen Sie was, Ed, dazu fühle ich mich nicht in der Lage«, antwortete Alex so abweisend wie möglich.

»Es wird gar nicht lange dauern, und wenn Sie mir das Interview exklusiv geben, haben Sie die anderen Journalisten nicht am Hals.« Die schwungvolle junge Stimme machte Alex müde. »Wir könnten Sie in einem Hotel unterbringen, damit Sie von der Boulevardpresse nicht belästigt werden, und …«

»Hören Sie«, fiel Alex ihm ins Wort. »Ich weiß, wie das läuft, und ich habe kein Interesse. Lassen Sie mich in Ruhe.« Alex beendete das Gespräch, froh über ihre Entschiedenheit.

Jetzt meldete sich ihr Handy mit dem Grunge-Stück, das Gus ihr als Klingelton eingerichtet hatte. Auf dem Display erschien eine unterdrückte Nummer. Alex seufzte und schaltete das Handy aus.

Malone stellte den Wasserkocher an.

»Tut mir leid«, sagte Alex. »Das ist genau das, was du nicht brauchen kannst.«

»Was meinst du damit?«

Sie verzog das Gesicht zu etwas, das ein ironisches Lächeln sein sollte, vermutlich aber zur Grimasse geriet. »Du bemühst dich doch, die Öffentlichkeit zu meiden, jetzt, wo du mit deinem letzten Auftrag durch bist. Und durch mich gerätst du nun mittenrein.«

»Hmm«, machte Malone, während das Wasser zu sieden begann. »Ich schätze mal, ich bin diese lästigen Parasiten gewöhnt, meinst du nicht?«

»Doch, wahrscheinlich schon. Aber ich möchte nicht, dass die dir schaden.« Im Klartext hieß das eigentlich, dass sie hoffte, Malone würde nicht wegen der Presseleute davonlaufen – weil Alex sich nämlich gerade daran gewöhnte, ihn um sich zu haben.

»Das wird nicht passieren.« Er goss das Wasser über die Teebeutel in den zwei Bechern. »Wie geht's Gus?«

Rückkehr in die Wirklichkeit. Alex schaute auf die Uhr. Heute Abend Fußballtraining. »Ganz okay, denk ich.« Malone war im Bilde über Gus' wechselhaftes Verhalten in jüngster Zeit. »Will mit der Klasse zum Skifahren gehen.«

Malone zog die Augenbrauen hoch. »Teurer Spaß.«

»Hmm.«

»Und?«

»Und was?« Alex wusste, dass sie schroff klang, und es ging ihn ja auch wirklich nichts an.

Malone trommelte mit den Fingern auf die Arbeitsfläche. »Und kannst du dir das leisten?«

»Darum, Malone«, antwortete Alex, »brauchst du dich nicht zu kümmern.« Er reichte ihr den Tee, stark und mit Milch und Zucker, wie sie ihn mochte. »Ich geh mal nach oben und schau, ob du Liz gefällst.«

»Ich hoffe, du hast mich lebensnah beschrieben.«

Alex blieb stehen, die Hand am Türknauf. »Sympathisch, denke ich.«

»Und es ist anonym?«

»Malone. Wofür hältst du mich? Es ist natürlich ein Artikel, in dem dein Name geändert wurde. Das weißt du doch genau.«

Er grinste. »Na ja, wollte nur auf Nummer sicher gehen.«

Alex lächelte trocken. »Bin bald wieder da. Nimm dir Kekse. Lies die Zeitung. Entspann dich.« Dann kam Alex ein Gedanke. »Was machst du überhaupt hier, Malone? Solltest du nicht irgendwo verdeckt ermitteln? In einem Bordell oder so? Menschen retten und ein Held sein?«

Ein langsames Lächeln breitete sich auf seinem Gesicht aus. »Mach dich nicht lustig. Meine Arbeit ist wichtig. Außerdem hab ich dir doch gesagt, dass der letzte Auftrag erledigt ist. Ich hab so viele wie möglich gerettet, und nun dachte ich, ich lass mich hier mal blicken.«

»Um zu überprüfen, ob meine Reportage über dich im Wochenendmagazin abgedruckt wird. Immer schön auf die eigenen Interessen bedacht.«

Malone zuckte die Achseln.

Alex setzte sich an den Schreibtisch, schaltete den Computer ein und wartete, bis er hochfuhr. Sie dachte an Malone, der entspannt unten auf der Couch saß, nach seiner Pflanzenseife duftend, und die Zeitung las, und an Sasha, die alleine in ihrer Wohnung hockte und nur den Fernseher und eine Rasierklinge zur Gesellschaft hatte. Es gab keinen Zweifel, wo Alex nun lieber gewesen wäre. Aber sie fühlte sich deshalb nicht schuldig – warum auch, wenn Schuld ohnehin so einen großen Teil ihres Lebens ausmachte? Man konnte nur ein bestimmtes Maß an Schuld empfinden.

Malone und sie hatten sich auf Anhieb gut verstanden. Das erste Treffen zu arrangieren war mühevoll gewesen und hatte etliche Geheimtelefonate mit Leuten erfordert, die vermutlich sogar beim Telefonieren Sturmhauben trugen. Irgendwann war Alex dann für würdig befunden worden, den Mann zu treffen, der die Welt rettete; sie nahm an, dass man ihre Daten sorgfältig überprüft hatte, um sicherzugehen, dass sie tatsächlich Journalistin und nicht Mitglied der russischen Mafia oder ein weiblicher Gangsterboss war. Schließlich war das Treffen in einem abgeranzten alten Pub südlich vom Fluss Wensum anberaumt worden, in einem schäbigen Viertel von Norwich, und Alex musste ihren ganzen Mut zusammennehmen, um selbstbewusst aufzutreten.

Ihr war nicht ganz klar, was sie eigentlich erwartet hatte, vielleicht am ehesten einen Typen mit Beanie und Jesuslatschen. Aber an dem Ecktisch unter dem Porträt der Queen (in Pubs gab es die tatsächlich immer noch, und man hatte ihr gesagt, dass sie den geheimnisumwitterten Malone dort vorfinden würde) saß ein Mann Anfang vierzig, der dunkle Jeans, ein hellblaues, weiß gepunktetes Hemd und Sneakers trug und ein Bier trank.

Sie streckte ihm die Hand hin. »Hallo, ich bin Alex Devlin. Sie müssen Malone sein.« Sie fand es ziemlich eitel, sich nur mit Nachnamen ansprechen zu lassen, und musste den Impuls unterdrücken, sich als »Devlin« vorzustellen.

Allerdings stand er höflich auf, schüttelte ihr die Hand und fragte, was sie trinken wolle. Das beeindruckte Alex, und sie unterhielten sich freundlich. Und auch das Interview lief gut. Malone erklärte ihr seine Motivation und seine Vorgehensweise; zum Beispiel stellte er sich immer mit der Freundin des Anführers der Gruppe gut, in der er ermitteln sollte. Alex ahnte, dass Malone unter »gut stellen« mehr verstand als einen Plausch bei einer Tasse Kaffee. Er berichtete, wie er auch andere Gruppierungen, die ganze Szene also, erforscht hatte. Und dass er sich eine Schar Gänse im Garten gehalten hatte, weil sie das beste Warnsystem gegenüber Eindringlingen darstellten. Zwar musste Malone angesichts der Gefahren, in die er sich begab, wohl ziemlich wahnsinnig sein, aber letztlich bewunderte Alex ihn. Ach ja, und schlief mit ihm. Bettgeflüster war ziemlich nützlich für den Wahrheitsgehalt gut recherchierter Porträts.

Als versierte Journalistin ließ Alex Malone natürlich über sich reden und erzählte sehr wenig über sich selbst. Aber sie fand es sowohl interessant als auch erstaunlich, dass der freundliche, eher sanftmütige Mann in den vergangenen Monaten für einige hochkarätige Verhaftungen gesorgt hatte, auf die er jahrelang hingearbeitet hatte. Als Alex wagte, ihn zu fragen, weshalb er sich überhaupt interviewen lasse, gab er zur Antwort, er wolle die Tatsachen publik machen, dabei aber selbst im Verborgenen bleiben. »Schau, wir müssen letztlich immer auf unser Glück setzen«, sagte er. »Und diese Leute, die uns und unsere Lebensform zerstören wollen, müssen nur einmal Glück haben. Deshalb mache ich diese Arbeit.«

Außerdem hasse er Ausbeutung, erklärte er, und hoffe, durch seinen Einsatz den Menschenhandel reduzieren zu können. Und auch das organisierte Verbrechen, das viel zu mächtig war. Kinder wurden als Sexsklaven eingeschleust. »Das steht alles in Verbindung mit dem Drogenhandel«, sagte er. »Es wimmelt hier in der Gegend von Drogenfabriken. Häuser mitten in der Stadt, alleinstehende Farmen, Scheunen,

Heuschober – die nutzen alles.« Aber derzeit mache er eine Pause, sagte er, weil er vorerst genug getan habe.

Der Computer gab Laut, dass er zum Einsatz bereit sei, und Alex öffnete ihre E-Mails. Sie beschloss, nicht auf Facebook oder Twitter zu gehen, weil das nur ihren Blutdruck in ungesunde Höhen treiben würde. Das war das Problem, wenn man als selbstständige Journalistin arbeitete – man musste immer erreichbar sein.

Wie befürchtet bestanden die E-Mails aus Werbung von Kleidungsfirmen, Zugunternehmen und Supermärkten und Anfragen nach Interviews mit Sasha und ihr von diversen Zeitungen. Sie löschte alles – bis auf die E-Mail von ihrer Redakteurin.

Von: *Liz Henderson*
An: *Alex Devlin*
Betreff: *Malone*
Hallo Alex, finde den Text über Malone super, sehr ausgewogen, man bekommt ein gut greifbares, vollständiges Bild von dem Mann, schön ergänzt durch die Fotos.

Die Fotos waren alle im Halbdunkel und von hinten aufgenommen worden, damit Malone nicht erkennbar war. Zumindest hatte er nicht darauf bestanden, eine Sturmhaube zu tragen.

Es freut dich sicher zu hören, dass wir es ziemlich bald im Wochenendmagazin bringen wollen – in zwei Wochen müsste es klappen. Schick bitte die Rechnung.

Alex atmete tief aus; sie hatte gar nicht gemerkt, dass sie die Luft angehalten hatte. Gott sei Dank war zumindest für ein

Weilchen Geld für Essen da, wenn sie auch noch nicht wusste, wie sie Gus' Skireise finanzieren sollte. Die Sorgen stellten sich sofort wieder ein, als sie daran dachte.

Schick uns jederzeit gerne weitere Projektvorschläge, Alex, wir finden deine Texte toll.
Herzlich
Liz

Diese Mail erleichterte Alex ein wenig. Als freischaffende Journalistin den Lebensunterhalt zu verdienen war alles andere als einfach, und sie konnte von Glück sagen, dass sie vom Wochenendmagazin regelmäßig Aufträge bekam. Manchmal schrieb sie zusätzlich für Zeilenhonorar Meldungen für die Tageszeitung und kam sich dann vor wie ein Hansdampf in allen Gassen, der nirgendwo zu Hause ist. Aber ihre sorgfältig recherchierten Reportagen schienen gut ins Konzept des Wochenendmagazins zu passen.

Liz hatte die Mail geschrieben, nachdem die Freilassung von Jackie Wood in den Medien bekannt gegeben worden war. Weitere Projektvorschläge. Das war manchmal leichter gesagt als getan. Themen für eine umfassende Reportage fielen einem nicht in den Schoß, dafür musste man ständig Augen und Ohren offen halten und am Ball bleiben.

Plötzlich schoss ihr ein Gedanke durch den Kopf.

Jackie Wood.

Ein nachdenklicher Text über deren Haftzeit, der zugleich Woods Leben schilderte.

Wo um alles in der Welt kam denn diese Idee plötzlich her? Alex lehnte sich zurück.

Das war doch absoluter Blödsinn.

Sie schaute hinaus auf die armselige Grünfläche, die als Garten fungierte, spärlich beleuchtet vom Küchenlicht. Die

Terracottatöpfe, in denen sie im Sommer Geranien und Lilien angepflanzt hatte, waren durch die Kälte rissig geworden, und die Grünpflanzen hatten sich in dürre braune Stängel verwandelt. Man hätte sie hereinholen müssen, aber daran hatte Alex nicht rechtzeitig gedacht. Der Rasen bestand fast nur noch aus Schlamm, und sogar die Birke schien ihres Lebens überdrüssig zu sein.

Alex griff nach Stift und Block und machte sich Notizen. Nur einmal angenommen, sie hätte tatsächlich die Chance, mit Jackie Wood zu reden – was sprach dafür und was dagegen?

Auf der Pro-Seite: Sie wollte unbedingt mit Jackie Wood sprechen. Alex hätte nicht im Traum daran gedacht, dass sich diese Gelegenheit ergeben würde. Die Frau war durch juristische Kniffe freigekommen, aber Alex war überzeugt davon, dass Wood schuldig war und wusste, wo Millie begraben lag. Würde Wood auspacken, dann könnte Sasha zumindest ein wenig Seelenfrieden finden.

Auf der Kontra-Seite: Wahrscheinlich wollte Wood ebenso wenig mit ihr wie mit anderen Journalisten reden. Ob sie Alex wiedererkennen und sich an ihren Namen erinnern würde? Nicht notgedrungen. Inzwischen waren fünfzehn Jahre vergangen, und damals tauchten nur Sasha und Jez in den Schlagzeilen auf. Jez war es gelungen, Alex' Namen weitgehend aus der Berichterstattung rauszuhalten; als Polizist hatte er das steuern können. Außerdem hatte Alex sich damals verkrochen und die Öffentlichkeit gemieden. Aber sie hatte beim Gerichtsprozess ausgesagt. Deshalb war es eine Illusion zu glauben, dass Wood sie nicht erkennen könnte.

Und welche Folgen hätte das Erscheinen des Interviews für Sasha und Jez?

Andererseits wollte Alex den beiden ja damit helfen.

Doch das Hauptproblem war ihre Redakteurin: Liz würde garantiert einwenden, Alex sei in diesem Fall voreingenommen und deshalb zu einer objektiven Berichterstattung nicht imstande. In Wirklichkeit hatte Liz wahrscheinlich nur Angst, der Presserat könne dem Wochenendmagazin mit einer Beschwerde drohen.

Aber vielleicht sollte sie den Text einfach schreiben und ihn dann an Liz schicken. Alex hatte schon öfter auf gut Glück geschrieben. Und falls die Redakteurin ablehnen würde, konnte Alex immer noch versuchen, die Reportage anderswo zu verkaufen. Ein gewisses finanzielles Risiko war dabei, aber irgendein Blatt würde den Artikel bestimmt haben wollen. Es wäre auch alles astrein, keinerlei Täuschung dabei. Sie würde den Text als Reportage mit persönlichem Hintergrund anbieten – so was kam immer gut an.

Alex starrte auf ihren Block. Es wäre eine ideale Möglichkeit, Jackie Wood die gesamte Geschichte zu entlocken – herauszufinden, was genau geschehen war an jenem Tag, als Harry und Millie entführt worden waren. Aus Alex' Garten – als sie für die beiden Kinder ihrer Schwester verantwortlich gewesen war. An diesem Tag war die Familie in die Brüche gegangen, weil Alex versagt hatte. Und wenn sie nun endlich erfahren würde, warum Jackie Wood und Martin Jessop die Zwillinge damals entführt und getötet hatten, fände auch sie selbst vielleicht endlich nach anderthalb Jahrzehnten irgendeine Art von innerem Frieden.

Zugleich konnte sie etwas wiedergutmachen und die Schuldgefühle loswerden, die sie seither quälten.

Alex wandte sich wieder dem Computer zu und öffnete die Datei »Jessop und Wood«. Sie hatte sämtliches Material und alle Links zu dem Fall übersichtlich geordnet. Aussagen, Namen von Leuten, die behauptet hatten, sie hätten bereits gewusst, dass Jessop und Wood böse Menschen seien; sogar den Link zu einem Hellseher, der erklärt hatte, er könne die Familie – gegen ein gewisses Entgelt natürlich – zu Millies

Leiche führen. Alex hatte nie erfahren, ob der Mann zur Polizei gegangen war. Sie starrte auf den Bildschirm. Bald würden neue Links hinzukommen, zum heutigen Stand der Dinge, aber zuerst …

Hier, Bild und Name von Jackie Woods Anwalt. Alex griff nach ihrem Handy.

Ihr Herz schlug schneller. Fünfzehn Jahre lang hatte sie nichts unternommen und geglaubt, der Gerechtigkeit sei Genüge getan und sie könne dem Grauen dieser Geschichte entkommen. Jetzt wusste Alex, dass sie sich geirrt hatte. Sie gab die Nummer des Anwalts ein.

5

Danach lief alles wie am Schnürchen. Alex erreichte Jonathan Danby sofort, und das Gespräch entwickelte sich wie erhofft. Er habe von ihr gehört und einige ihrer Reportagen sogar gerne gelesen, erklärte er in seiner schleimigen Art. Er sei ein großer Fan des Wochenendmagazins. Alex hoffte inständig, dass er nicht mit Liz befreundet war. Sie wollte das Interview fertig haben, bevor jemand etwas dagegen einwenden konnte. Doch Danby erwähnte nur, dass er den Herausgeber der Tageszeitung und des dazugehörigen Wochenendmagazins bei ein paar sozialen Anlässen getroffen hatte. Das machte nichts. Clive Lambert kannte kaum seine Redakteure, von den freien Journalisten ganz zu schweigen. Als Alex erklärte, sie sei an einem Exklusivinterview mit Jackie Wood interessiert, spürte sie, dass der Anwalt das Geld schon klingeln hörte.

»Und ich kann mich darauf verlassen, dass dabei eine objektive Darstellung von Jackie herauskommt? Dass Sie darüber berichten, was sie durchgemacht hat?«, erkundigte er sich. Alex hörte, wie er mit einem Stift auf etwas klopfte – wahrscheinlich auf die Schreibunterlage eines Mahagonitischs.

»Selbstverständlich«, antwortete sie. Es musste ja objektiv sein, sonst würde es gar nicht abgedruckt. Aber sie hoffte eben, noch viel mehr zu erfahren.

»Ich müsste natürlich dabei sein.«

»Nein, Mr Danby, das geht leider nicht«, erwiderte Alex so ruhig wie möglich. »Ich müsste alleine mit ihr sprechen, und zwar vorzugsweise an einem Ort, an dem sie sich wohl und entspannt fühlt. Das ist nötig, damit sie sich mir gegenüber öffnet.«

»Verstehe.« Alex hörte den Anwalt am anderen Ende atmen. »Und was springt für meine Klientin dabei heraus?«

»Das Magazin kann seinen üblichen Satz bezahlen.« Alex nannte die Summe und drückte die Daumen. Dieser Aufwand würde sich lohnen, um mit der Frau zu reden, die sie und ihre Familie ins Unglück gestürzt hatte. »Mehr ist leider nicht möglich. Ms Wood würde allerdings auch viel Publicity bekommen, die sie dann zu ihrem Vorteil nutzen könnte.«

»Sie ist unschuldig, wissen Sie. Sie ist von der Beihilfe zum Mord freigesprochen worden.«

»Wie Sie meinen, Mr Danby.«

»Wir möchten, dass das in Ihrem Text sehr deutlich betont wird.«

Alex umklammerte krampfhaft ihr Handy. »Ich kann nur mit dem Material arbeiten, was ich bekomme.«

»Und Sie würden für eine positive Darstellung von Ms Wood sorgen?«

Wenn sie nicht aufpasste, würde sie das Handy noch zerquetschen. »Das kommt darauf an, wie sie sich mir gegenüber darstellt. Auch deshalb sollte sie nur mit mir alleine sprechen.«

»Es gibt allerdings einen zwingenden Grund, weshalb ich auch anwesend sein sollte, Ms Devlin. Nämlich, um darauf zu achten, dass Ms Wood keine … Äußerungen zu ihren Ungunsten macht.«

Alex beschloss zu schweigen.

»Ihnen ist doch sicher bewusst, dass die Medien nur so weit davon entfernt sind«, Alex stellte sich vor, dass der Anwalt Daumen und Zeigefinger so dicht zusammenhielt, dass kaum Platz dazwischen war, »Mundverbot zu bekommen. Das schließt Sie ein, Ms Devlin.«

»Davon gehe ich aus«, erwiderte Alex.

»Und außerdem sind Sie Sasha Devlins Schwester.«

Verflucht. Damit war zu rechnen gewesen. Idiotisch von ihr, nicht darauf vorbereitet zu sein.

»Das befähigt mich zu einer noch persönlicheren Herangehensweise bei diesem Projekt, Mr Danby. Ich werde Ms Wood nicht manipulieren. Die Reportage wird ein sehr persönlicher Bericht über mein Treffen mit der Frau sein, die wegen der Beihilfe zum Mord an meinem Neffen und meiner Nichte zunächst verurteilt und nun freigesprochen wurde.«

»Natürlich.« Ein tiefer Seufzer war zu hören. »Ich werde Ms Wood fragen, gehe aber davon aus, dass sie nicht einwilligen wird. Sie will sich von der Öffentlichkeit fernhalten. Aber ich rufe sie an und melde mich dann wieder bei Ihnen, ja?«

»Das wäre wunderbar, Mr Danby, vielen Dank.«

Alex nannte ihm ihre Nummer und schaltete ihr Handy aus, völlig erschöpft von der Anstrengung, die ganze Zeit höflich zu bleiben, aber zugleich auch erstaunlich aufgedreht.

»Hey, du«, hörte sie Malone von unten rufen. »Krieg ich dich heute überhaupt noch zu Gesicht?«

Alex versetzte ihren Computer in Tiefschlaf und lief hinunter in die Küche. »Entschuldige, ich musste rasch mein nächstes Interview vorbereiten.«

Malone blickte von der Zeitung auf. »Ach ja? Darf ich erfahren, mit wem?«

Alex umschlang ihn und legte das Kinn auf seine Schulter. »Nein.«

Er sah sie an. »Gibt's dafür einen bestimmten Grund?«

»Nee. Das ist einfach meine Arbeitsweise.«

Aus irgendeinem Grund wollte sie nicht damit herausrücken. Vielleicht weil sie spürte, dass sie dieses Interview nicht nur machen wollte, um Sasha zu helfen. Alex wollte Wood unbedingt aus nächster Nähe erleben. Wollte dieser Frau in die Augen schauen und die Schuld darin sehen. Andererseits war das Risiko, dass Alex versehentlich Woods Aufenthaltsort ausplaudern würde, umso geringer, je weniger Leute über das Projekt Bescheid wussten.

»Hier, ich hab dir ein Sandwich gemacht.« Als Malone ihr einen Teller hinschob, merkte sie, wie hungrig sie war. In ihrem Bemühen, ihre Schwester zum Essen zu überreden, hatte Alex ganz vergessen, selbst etwas zu sich zu nehmen. Käse und saure Gurken. Genau richtig.

Die Haustür knallte zu. Gus kam nach Hause. Sie schaute auf die Uhr, er war später dran als sonst.

»Hallo, Schatz!«, rief Alex. Gus musste sie auf jeden Fall von Jackie Woods Freilassung erzählen. Aber es kam keine Reaktion, nur das Geräusch seiner Sneakers war zu hören, als er die Treppe raufmarschierte.

Alex warf Malone einen Blick zu. Das sah Gus gar nicht ähnlich. Normalerweise kam er herein und gab zumindest ein halbwegs zivilisiertes Grunzen von sich, bevor er sich in seine Höhle verzog.

»Ich würd ihn einfach in Ruhe lassen«, bemerkte Malone. »Er ist in der Pubertät. Braucht wahrscheinlich ein bisschen Privatsphäre.«

Alex legte das Sandwich auf den Teller. »Trotzdem. Ich muss mit ihm reden.«

Sie ging nach oben und klopfte an Gus' Zimmertür. Keine Antwort. Sie klopfte lauter, vielleicht hatte er Kopfhörer in den Ohren.

»Komm rein.«

Alex hatte keine Ahnung, wie sie sich jemals an diese mürrische Stimme ihres kleinen Jungen gewöhnen sollte.

Als sie hereinkam, ließ Gus die Websites vom Bildschirm verschwinden, die er sich angesehen hatte, und drehte sich zu ihr um. Sie machte Licht an. »Hast du das Schreiben wegen der Ratenzahlung für die Skireise?«, fragte sie.

»Was soll das denn sein? Ein Zuckerstückchen?«, fragte er sarkastisch.

»Gus?«

»Wieso hast du mir nichts gesagt, Mama? Über diese Frau? Jackie Wood?«

Alex verkniff sich einen Seufzer, lavierte um die am Boden verstreuten Bücher und DVDs herum, setzte sich aufs Bett und klopfte auf die freie Fläche neben sich. »Komm mal her.«

Gus setzte sich neben seine Mutter, wich aber ihrem Blick aus.

Sie legte ihm den Arm um die Schultern und versuchte, sowohl das nervöse Ticken der Wanduhr zu ignorieren wie auch die schockierende Alkoholfahne ihres Sohnes. Gus lehnte sich leicht an sie, und Alex spürte die Knochen in seinen Schultern und Armen. War er plötzlich dünner geworden?

»In der Schule haben sie behauptet, die Frau sei freigelassen worden. Jemand hat es auf seinem Handy gesehen, und dann haben die behauptet, weil sie jetzt frei ist, sei sie auch unschuldig. Und dieser Typ, Martin Jessop, sei bestimmt auch unschuldig gewesen, und wir seien alle Scheißlügner.« In seinen Augen glitzerten Tränen.

»Ja, Gus, sie ist freigelassen worden, weil man das Urteil nicht mehr aufrechterhalten konnte.«

»Was heißt das?«, murmelte er.

»Dass man Unstimmigkeiten entdeckt hat in dem Beweismaterial, das zu ihrer Verurteilung geführt hat …«

»Was denn für Beweismaterial?«

»Spuren. Erdpartikel, die man am Tatort gefunden hat und an der Kleidung in den Wohnungen.«

Gus fuhr sich durch die Haare. »Du meinst von der Stelle, wo …«

Alex zuckte innerlich zusammen. »Ja, Schatz, wo Harrys Leiche gefunden wurde. Gus«, Alex wusste, dass sie jetzt behutsam vorgehen musste, »hast du Alkohol getrunken?«

Er wischte sich mit dem Ärmel übers Gesicht. »Bisschen.«

»Am Nachmittag?«

»Wieso, hättest du etwa nichts dagegen, wenn es schon Abend wäre?«, versetzte er.

Alex verdrehte die Augen und hoffte, dass die Situation nicht eskalierte. »Nun sei mal nicht so neunmalklug. Natürlich hätte ich dann auch was dagegen. Darum geht es jetzt nicht.«

»Schau, ich wurde vor der Schule von solchen ekligen Reportertypen aufgehalten, die mich interviewen und fotografieren wollten und alles.« Gus zupfte am Ärmel seines Sweatshirts. »Ich will das nicht, Mama. Ich will mit alldem nichts zu tun haben. Damals war ich doch noch total klein, ich hab Harry und Millie kaum gekannt. Kann mich nicht mal an sie erinnern.« Er schniefte. »Aber die haben mich bedrängt und immer weiter gefragt und behauptet, dass wir gelogen hätten ... dass du gelogen hättest. Ich wollte nur weg.«

»Das tut mir schrecklich leid, Liebling.« Alex zog ihn dichter an sich.

»Und dann haben mich ein paar Kumpel gefragt, ob ich was trinken wollte.«

»Kumpel?«, fragte Alex in schärferem Tonfall, als sie beabsichtigt hatte. Hoffentlich war Gus nicht wieder in üble Gesellschaft geraten.

»Ja, Kumpel.« Gus starrte sie finster an, und Alex beschloss, das Thema vorerst fallen zu lassen. »Jedenfalls«, fuhr er fort, »hatte ich erwartet, dass du dich über diese Reporter mehr aufregen würdest als über die Dose Bier, die ich getrunken hab.«

»Das regt mich ja auch auf«, erwiderte Alex, bemüht zu

glauben, dass es tatsächlich nur ein einziges Bier gewesen war. »Die hatten nicht das Recht, dich zu bedrängen. Was hast du denn gesagt?«

»Nichts.«

»Woher wussten die überhaupt, dass du mit der Sache zu tun hattest?«

Gus zuckte die Achseln. »Keine Ahnung. Aber jetzt lungern auch ein paar von denen vor dem Haus rum.«

»Was?« Alex sprang auf und trat zum Fenster. Tatsächlich standen an der Straßenlaterne am Gartenweg ein Mann, der einen glänzenden grauen Anzug und eine gelbe Krawatte trug, und eine Frau in einem schwarzen Kunstfellmantel. Beide telefonierten eifrig und ließen dabei die Haustür nicht aus den Augen. Alex fragte sich, welcher der beiden ihr wohl als Erster ein Angebot machen würde. Geier.

»Mist«, sagte sie und trat mit klopfendem Herzen vom Fenster zurück, bevor sie entdeckt wurde. »Ich hatte gedacht, die würden uns nicht finden.«

»Ach, komm schon, Mama, du weißt doch, dass man heutzutage übers Internet jeden finden kann.«

Alex spürte, wie sie wütend wurde. Natürlich wusste sie das. Weshalb hatte sie das nicht bedacht? »Die werden verschwinden, sobald sie merken, dass hier nichts zu holen ist. Oder sobald sie frieren, müde werden oder Hunger kriegen. Oder alles auf einmal.« Sie zog den Vorhang halb zu.

»Wie geht's Tante Sasha?«, fragte Gus.

Alex zuckte die Achseln. »Na ja, du weißt schon. Versucht klarzukommen.«

»Klappt aber nicht.«

Alex nickte. »So sieht's aus. Ich muss ihr helfen, das jetzt irgendwie durchzustehen.«

»Das schaffen wir schon, Mama.«

Sie sah ihren kleinen Jungen an, der jetzt größer war als

sie, Bartwuchs und eine tiefe Stimme hatte. »Danke dir, mein Schatz.« Sie widerstand dem Impuls, ihn auf die Wange zu küssen.

»Wirst du etwas unternehmen wegen ihr?«

»Wegen wem?«

»Jackie Wood.«

»Ich …« Nein. Sie würde es ihm nicht erzählen. »Schau, wir können doch gar nichts tun. Sie wird an einem sicheren Ort untergebracht, bis sich der ganze Aufruhr gelegt hat, und dann wechselt sie vielleicht die Identität und lebt ganz woanders. Das Beste, was wir tun können, ist, uns um Sasha zu kümmern.«

»Mama?«

»Ja?«

»Was hast du von diesem Tag eigentlich noch in Erinnerung?«

Alex nahm ihren Sohn wieder in die Arme, drückte ihn an sich, ließ ihr Kinn auf seinem Kopf ruhen. Von dem Tag, als sie Neffen und Nichte verloren hatte? »Ach, Schatz, das ist schrecklich schwer zu beschreiben.«

»Bitte versuch es.«

Alex schloss die Augen. »Ich weiß noch, wie die Polizei kam und viele Notizen machte. Wie jede Menge Leute nach den Kindern gesucht und sie nicht gefunden haben.«

»Sie sind aus deinem Garten verschwunden, oder?«

Ein jäher Schmerz durchfuhr Alex, und die Schuldgefühle wurden wieder einmal unerträglich. »Ja. So war es.«

Sie hatte versagt.

6

Kate schob die Pillen im Badezimmerschrank ganz nach hinten und klappte ihn zu. Ihr Kopf hämmerte; immer wieder sah sie die Bilder der lächelnden Jackie Wood am Gerichtsgebäude vor sich. Den selbstgefällig blickenden Anwalt. Freispruch. Die Komplizin eines Mörders auf freiem Fuß.

Sie dachte zurück an den Tag, als Wood und Jessop wegen Mordes an Harry und Millie Clements zu lebenslänglicher Haft verurteilt worden waren. Damals hatte Kate das Gefühl gehabt, endlich wieder frei atmen zu können. Zwar war sie es gewesen, die damals den kleinen Harry gefunden hatte – in einen Koffer gequetscht, der an einem verwahrlosten Rastplatz hinter einer Mülltonne deponiert worden war wie Abfall. Danach hatte sie aber mit den Ermittlungen in diesem Fall nichts mehr zu tun gehabt, sondern lediglich mit den Kollegen im Pub die Verhaftung der beiden Täter gefeiert.

Vor Gericht war sie allerdings noch als Zeugin aufgetreten und hatte dem Richter genau geschildert, was passiert war an dem Morgen, als sie den kleinen Jungen gefunden hatte. Sie sah die schrecklichen Bilder erneut vor sich, erstattete aber mit sachlicher, nüchterner Stimme Bericht und fixierte Jessop und Wood auf der Anklagebank. Kate hätte die beiden gerne in Grund und Boden gestarrt, aber sie blickten auf ihre Hände, und Wood tupfte sich immer wieder mit einem weißen, blau umstickten Taschentuch die Augen ab. Sonderbar, dass man solche Details in Erinnerung behielt. Und Kate war im Gerichtssaal gesessen, als der Professor für Erde und Steine oder was immer der war, die entscheidenden Beweise vorgelegt hatte. Der außergewöhnliche Erd- und Steintyp, den man im Flur der Wohnungen in Sole Bay gefunden hatte, entsprach den Spuren in dem Koffer mit der Leiche. Das hatte den Ausschlag gegeben, und die Geschworenen hatten nicht den geringsten Zweifel gehabt und es geglaubt. Alle anderen auch, musste man der Gerechtigkeit halber zugeben.

Und nun, fünfzehn Jahre später, waren die Beweise des Professors für unbrauchbar erklärt worden. Vor fünf Jahren bereits hatte man seine Expertise in einem anderen Prozess in Frage gestellt, worauf Urteile für ungültig erklärt worden waren. Danach war es nur noch eine Frage der Zeit, bis auch der gesamte Wood-Jessop-Prozess neu aufgerollt und die Beweislage für unzureichend befunden wurde. Sowohl die Erde als auch der Schotter konnten von diversen Stellen in Sole Bay stammen. Deshalb war Wood nun wieder auf freiem Fuß.

Kate merkte, dass sie eine gewisse Obsession entwickelt hatte, was Jackie Wood betraf. Jessop und Wood waren ihrer Ansicht nach auf jeden Fall schuldig, und ihre Kollegen vertraten dieselbe Meinung. Es würde unter keinen Umständen neue Ermittlungen geben in diesem Fall, und von oberster Stelle in der Polizei würde bestimmt in Bälde verkündet werden: »Wir suchen nicht nach weiteren Verdächtigen.« Was so viel hieß wie: Die beiden hatten die Tat begangen, und Wood war zu Unrecht freigelassen worden.

Kate drehte den Hahn auf und klatschte sich kaltes Wasser ins Gesicht. Zu spät fiel ihr ein, dass sie sich ja morgens geschminkt hatte. Verflucht, Pandaaugen. Sie öffnete das Schränkchen wieder, nahm die Abschmink-Pads heraus und säuberte ihr Gesicht, um ihr Make-up wieder aufzufrischen.

»Bist du hier, Kate?«, hörte sie Chris' Stimme von unten, nachdem die Haustür zugefallen war.

Kate erstarrte in der Bewegung. Verdammt, wieso war er

schon zu Hause? Sie hatte gedacht, er sei Holz holen für den Tisch und die Stühle, an denen er gerade arbeitete.

»Kate?«

Sie legte das Wattepad beiseite und hielt sich am Waschbecken fest. Dann holte sie tief Luft und setzte ein künstliches Lächeln auf. Wenn sie lächelte, würde man das auch in ihrer Stimme hören.

»Hallo, Schatz«, sagte Kate, als sie nach unten ging. »Ich dachte, du seist den ganzen Tag unterwegs.«

Chris zog sie in seine Arme. Sein dicker Wollpulli roch vertraut nach frisch geschnittenem Holz und Leinöl. Ihre Nase kribbelte. »Hah, damit dein heimlicher Liebhaber ungeschoren hier auftauchen und wieder verschwinden kann.«

»So ähnlich«, murmelte Kate und verdrängte den Gedanken an die Ärztin. »Was ist denn mit deinem Holz?«

»Der Typ, den ich treffen wollte, ist erst heute Nachmittag wieder da. War für die Katz, die Fahrt.«

Kate hob den Kopf. »Hast du nicht vorher angerufen?«

»Nee. Ich hatte noch andere Sachen zu erledigen und außerdem Lust auf die Fahrt, deshalb hab ich's drauf ankommen lassen.« Er lächelte sie an, und Fältchen erschienen an seinen kornblumenblauen Augen. »Ist das okay?«

»Ja, natürlich.«

Typisch Chris – lässig, unbekümmert, immer entspannt. Deshalb hatte sie ihn vermutlich geheiratet: Er stellte den Ausgleich zu ihrer Neigung her, verschlossen und angespannt zu sein.

»Aber was machst du denn überhaupt zu Hause?«, fragte er.

»Auf meinen heimlichen Liebhaber warten, ist doch klar.« Kate lachte leichthin. »Hast du schon was gegessen? Lust auf Toast?«

Chris umfasste ihre Schultern und küsste Kate auf den Mund. »Klingt gut. Es sei denn, du hättest noch Lust auf was anderes …« Er schaute Richtung Treppe und sah Kate mit schief gelegtem Kopf an.

Als Kate an das im Badezimmerschrank versteckte Medikament von der Ärztin und die Pille dachte, die sie täglich einnahm, bekam sie Schuldgefühle und war auf einmal gereizt. Sie schob Chris ein Stück von sich weg. »Hab keine Zeit. Muss was essen und wieder los. Also, Toast?«, fragte sie möglichst munter.

Chris hielt die Hände hoch. »Schon gut, schon gut. War ja nur so ein Gedanke. Toast ist natürlich prima.«

Kate schaute ihn nicht an, weil sie seinen verletzten Gesichtsausdruck nicht ertragen konnte. Sie nahm die Toastpackung aus der Brotdose und versuchte, den roten Plastikverschluss aufzumachen. »Verdammt noch mal, warum muss der Toast immer so bescheuert verpackt sein.« Sie holte ein Messer aus der Schublade und schnitt die Verpackung auf.

»Vorsicht, tu dir nicht weh.«

»Mach ich schon nicht«, fauchte sie und nahm ein paar Scheiben Toast aus der Packung. »Siehst du? Hab's geschafft. Aber das elende Brot ist schimmlig.«

Chris nahm ihr den Toast aus den Händen. »Nur ein bisschen grün am Rand. Wenn ich erst Erdnussbutter und Marmelade drauf hab, macht mir das nichts.«

»Wie du willst.« Kate holte eine Packung Müsli aus dem Schrank, schüttete etwas davon in eine Schale und betrachtete missmutig das Gemisch aus Trockenfrüchten, Körnern und Flocken. »Igitt. Wieso mag ich dieses Zeug einfach nicht?«

»Weil es eigentlich Hasenfutter ist.«

»Das ist doch Salat.«

»Es gibt jedenfalls Tiere, die Trockenobst und Körner mögen.«

»Na ja, gesund ist es allemal.« Kate goss Milch auf das Müsli.

»Es ist manchmal wichtig, dass man irgendwas mag.«

Kate warf Chris einen scharfen Blick zu, zuckte aber zusammen, als sie seine traurige Miene sah. Sie stellte die Schale ab, trat zu ihrem Mann und legte die Arme um ihn. »Tut mir leid«, sagte sie. »Ich bin ein bisschen nervös.«

»Was ist denn los?«

Der Toast sprang hoch, und Chris bestrich ihn üppig mit Butter. Kates Gereiztheit flackerte erneut auf. »Wenn du nicht aufpasst, kriegst du noch einen Herzinfarkt.«

»Dann hatte ich aber zumindest vorher Spaß«, erwiderte Chris gelassen.

»Was hast du gesagt?«

»Nichts. Gar nichts.« Chris nahm Erdnussbutter und Marmelade aus dem Schrank und seufzte. »Was ist denn heute nur los mit dir? Allmählich hab ich wirklich das Gefühl, ich hätte dich und deinen heimlichen Liebhaber gestört.«

Plötzlich erschöpft, sackte Kate auf einen Stuhl. Wieso um alles in der Welt legte sie es jetzt auf einen Streit an? »Es tut mir wirklich leid, Chris. Ich hab heute was in den Nachrichten gehört, was mich ein bisschen durcheinandergebracht hat.« Das konnte man wohl mit Fug und Recht als gigantische Untertreibung bezeichnen.

»Ach so?«

»Eine Frau namens Jackie Wood ist aus der Haft entlassen worden. Ihr Urteil wurde aufgehoben.«

»Das hab ich im Radio gehört, als ich im Auto saß. Die Frau war im Gefängnis wegen … was war es gleich, Beihilfe zum Mord? Sie und ein Typ namens Martin Jessop haben zwei kleine Kinder ermordet, oder nicht? Ich war zu der Zeit im Ausland und hab es nicht mitgekriegt. Aber wieso bist du deshalb so …«

»Übellaunig? Gereizt?«

Er grinste. »Das hast du jetzt gesagt.«

Kate seufzte. Wie viel sollte sie ihm erzählen? Sie hatte nie mit ihm darüber gesprochen, wie sie damals den kleinen Harry gefunden hatte. Wie sie ihn in den Armen gehalten hatte, nachdem er aus allen Winkeln fotografiert worden war und die Spurensicherung ihre Arbeit erledigt hatte. Wie furchtbar hilflos sie sich gefühlt hatte. Sie wollte nicht von Chris bemitleidet werden. »Ich hatte damals mit diesem Fall zu tun.«

»Ach ja?« Chris biss in seinen Toast.

»Ich musste vor Gericht aussagen. Es war ziemlich …«, sie zögerte, »… anstrengend.«

»Aber wann war das denn? Das ist doch sechzehn Jahre her oder so?«

»Fünfzehn.«

»Genau. Und jetzt hast du doch gar nichts mehr damit zu tun.«

»Nein. Aber ich denke an die Familie. Es muss furchtbar für sie sein, dass die Frau freigelassen wurde.«

»Bestimmt. Aber das betrifft dich doch eigentlich nicht persönlich.«

Kate zuckte die Achseln. »Ich frage mich einfach nur, wie denen jetzt zumute ist. Und ob ich sie mal besuchen soll.«

»Weil du vor so vielen Jahren an diesem Fall gearbeitet hast? Damals warst du doch erst Police Constable, oder?«

Kate ging nicht auf Chris' entnervten Tonfall ein. »Ja, das war eine meiner ersten Aufgaben nach der Zeit auf Streife.« Sie aß ein paar Löffel Müsli. »So, das reicht.« Sie trat zur Spüle und stellte die Schale mit lautem Klappern hinein. »Muss ins Revier. Hab jede Menge zu tun.«

Chris stand auf und nahm Kates Hand. »Hast du nicht noch ein paar Minuten Zeit? Du bist wirklich andauernd weg, und ich würde gerne mal mit dir reden.«

»Tun wir doch.«

»Nein, in Ruhe, meine ich. Ohne dass du dabei einschläfst.« Er lächelte, aber es war ein ernstes Lächeln.

»Das kann ich nicht ändern. Es geht heftig zu da draußen, weißt du.« Sie zog ihre Hand zurück.

»Ist ja wohl aber kaum das Gangstermilieu von New York, oder?«

»Du würdest dich wundern. Und New York ist gar nicht mehr so wie früher. Wenn du öfter mal Nachrichten hören würdest, wüsstest du das auch.« Sie verabscheute sich selbst für ihr Verhalten.

»Kate …«

»Nein. Ich muss jetzt unbedingt los.«

»Wieso bist du derartig versessen darauf, dich ins Leben anderer Leute einzumischen, wo du dich nicht mal um unser beider Leben kümmerst?« Chris' Tonfall war trügerisch mild.

»Einmischen?« Kate bemühte sich nicht, ihren Zorn zu verbergen. »Was soll das denn heißen? Meinst du meinen Beruf? Ich dachte, du seist stolz auf mich. Ich dachte, du liebst mich auch deshalb, weil …«

»Ach, nichts. Hab's nicht so gemeint. Tut mir leid, ich hätte das nicht sagen sollen. Natürlich bin ich stolz auf dich – weil du so bist, wie du bist. Aber unsere Beziehung ist mir sehr wichtig. Drogen, Prostituierte und Mörder dagegen nicht. Wir beide, Kate. Du und ich. Und manchmal …«

Kate erstarrte. »Manchmal was?« Es kam ihr vor, als reiße sie den Schorf von einer Wunde.

Chris setzte sich wieder und griff nach seinem Toast. »Eines Tages müssen wir darüber reden, Kate. Und zwar richtig.«

Plötzlich wollte sie ihm alles erzählen: vom Besuch bei der Ärztin, den Tabletten, der Idee einer Psychotherapie, von ihren Gefühlen, als sie damals Harrys Leiche gefunden hatte. »Chris?«, sagte sie an der Tür.

»Mhm?« Chris wandte sich der Zeitung zu, die auf dem Tisch lag, und schaute nicht mehr auf.

Die Wut packte Kate aufs Neue. »Bis später«, sagte sie.

7

Alex zog die Haustür hinter sich zu und vergrub sich in ihren Mantel, um sich vor dem scharfen Ostwind und dem peitschenden Regen zu schützen. Sie liebte Sole Bay mit seinem architektonischen Mix aus Reihenhäuschen, Villen, Doppelhäusern, Pensionen und skurrilen Läden, in denen man von Designerklamotten bis zu Plastikwindmühlen so gut wie alles kaufen konnte. Den Winter hier hasste Alex allerdings wie die Pest. Gnadenlos brachen Wind und Regen von der grauen Nordsee über die Strandhütten und alles herein, was nicht niet- und nagelfest war. Im Sommer waren die Straßen voller Touristen; der kleine Zug, der an der Promenade entlangzockelte, war immer voll besetzt, das Bier aus der ortsansässigen Brauerei wurde per Pferdewagen in die Pubs transportiert, und am Strand tummelten sich Urlauber. Doch um diese Jahreszeit verbrachten die wenigen Touristen ihre Zeit lieber in den warmen Cafés bei einem heißen Tee oder in den Kunstgalerien, anstatt sich dem widerwärtigen Wetter auszusetzen.

Der Wind schlug ihr ins Gesicht, als sie die Küstenstraße entlangspazierte und das Zentrum hinter sich ließ. Vorbei an Grasflächen mit Schildern mit der Aufschrift »Ballspielen verboten« und dem Pub, das ein »Katerfrühstück« anbot, ging sie in Richtung ihres Lieblingsviertels von Sole Bay: der eher unansehnlichen Hafengegend mit dem Campingplatz, den schäbigen Fertighäusern, in deren Vorgärten Muscheln und Strandgut herumlagen, und den klapprigen Schuppen, wo man Fisch kaufen konnte. Heute waren die Boote alle im

Hafen vertäut – die See war zu rau. Die Kisten mit silbrig glitzernden Fischen und zappelnden Krabben würde man erst wieder zu sehen bekommen, wenn das Wetter sich besserte.

Wenige Tage nach dem Anruf bei Woods Anwalt hatte sich Jonathan Danby bei Alex gemeldet. In diesen Tagen war Alex häufig bei Sasha gewesen, um dafür zu sorgen, dass sie etwas aß, auch wenn es nur eine Suppe war. Sasha hatte ständig über Jackie Woods unbegreifliche Freilassung reden wollen. Alex bemühte sich, sie zu beruhigen, doch sosehr man einen Menschen auch liebt und sich um ihn sorgt – irgendwann ist man mit seiner Geduld am Ende. Da Alex aber unbedingt verhindern wollte, dass Sasha etwas Schlimmes tat, blieb ihr nichts anderes übrig, als die Zähne zusammenzubeißen. Die Atmosphäre im Haus fühlte sich allerdings von Tag zu Tag bedrückender an. Das einzig Gute war, dass Jez es sich überlegt hatte und jeden Abend vorbeikam und manchmal auch über Nacht blieb. Bislang war es Alex gelungen, ihm aus dem Weg zu gehen.

Als Danby anrief, war sie deshalb ausgesprochen dankbar für die Abwechslung.

»Und Sie garantieren mir eine positive, verständnisvolle Darstellung von Ms Woods Leben?«

Nicht schon wieder diese Nummer. Alex holte tief Luft. »Wie ich Ihnen schon sagte: Mein Artikel wird aufrichtig sein. Durch diese Art der Berichterstattung habe ich mir meinen guten Ruf erarbeitet. Wie positiv oder verständnisvoll der Text dann sein wird, hängt nicht zuletzt auch von Ms Wood selbst ab. Ich werde alles so darstellen, wie ich es sehe.« Sie hielt die Luft an.

»Und das Honorar?«

»Wie wir es vereinbart haben.«

Sie hörte, wie der Anwalt tief einatmete. Dann eine Art Seufzen. Vermutlich rauchte er.

»Schauen Sie, es wäre gelogen, wenn ich behaupten würde, dass mir das alles gefällt. Aber Ms Wood scheint aus irgendeinem Grund auf die Begegnung mit Ihnen erpicht zu sein. Sie sagt, sie mag Ihre Texte.« Na sicher. »Und sie will auch ausschließlich mit Ihnen sprechen.« Alex schloss die Augen. Alles unter Dach und Fach. Jetzt würde Liz keinen Grund mehr haben, Panik zu schieben und den Artikel abzulehnen. Dieses Interview konnte quasi Gold wert sein.

»Unsere Antwort lautet also Ja, aber mit Einschränkungen.«

»Auf Einschränkungen lasse ich mich nicht ein«, erklärte Alex. Regeln und Bedingungen mussten von Anfang an klar sein, sonst konnte man als Journalist nur nach der Pfeife des Interviewten tanzen, und dabei würde kein brauchbarer Text entstehen. Auf dieses Vorgehen hatte sie sich zwar bei der Reportage über Malone eingelassen, aber das war eine Ausnahme gewesen.

Sie hörte das Knistern von Zellophan, das Klicken eines Feuerzeugs, Einatmen. »Ms Wood verlangt, dass niemand ihren Aufenthaltsort erfährt.«

»Das kann ich verstehen.« Der Eiertanz ging weiter.

»Sie wissen ja, wie es hierzulande zugeht. Da ist ein Lynchmob unterwegs, bevor man überhaupt ›nicht schuldig‹ sagen kann. Die *Mail* wird wieder Artikel über die Todesstrafe bringen, und der Rest der Revolverblätter wird nach Blut lechzen.«

»Ja.« Alex ballte die Faust. Aber Jackie Wood ist schuldig, hätte sie am liebsten geschrien. Sie wurde für schuldig befunden und jetzt lediglich wegen einer Bagatelle freigelassen, irgendeiner juristischen Spitzfindigkeit, weil der sogenannte Experte etwas verpfuscht hatte. Alex hatte ihm geglaubt, wie alle anderen auch. Und weshalb sollte sie jetzt ihre Meinung ändern?

»Sie haben keinen weiten Weg«, verkündete Danby. »Ms

Wood wollte an einem Ort sein, den sie kennt. Sie war der Meinung, dass das leichter sei für sie.«

»Und wo …?«

»Sie ist in Ihrer Ecke. In Suffolk.«

Alex atmete tief ein. Sie war ganz nah dran. »Gut«, sagte sie nur.

Schlussendlich kamen Danby und sie zu einer Einigung. Alex durfte niemandem sagen, wo sie hinging und wen sie interviewte, außer ihrer Redakteurin natürlich, heuchelte sie. Dann würde Jackie Wood Alex ein bis zwei Vormittage ihrer Zeit gewähren.

Die Sache war eingetütet.

Gus hatte Ferien und war zu Hause. Alex versuchte, ihn dazu zu bewegen, dass er für die Schule lernte, mit ihr einkaufen ging und mit Malone plauderte, weil sie verhindern wollte, dass Gus in Schwierigkeiten geriet. Die Szene mit seiner Alkoholfahne und dem Zusammenstoß mit den Reportern beunruhigte sie zutiefst. Gus durfte nicht in etwas hineingeraten, womit er nicht umgehen konnte. Jedenfalls begann Alex jetzt, die Raten für die Skireise abzubezahlen, in der Hoffnung, dass sie in Bälde wieder etwas verdienen würde.

Gus hockte vor seiner Playstation und murkste Zombies ab. Malone würde erst in ein paar Stunden hier sein.

»Gus?«

»Mmm?«

»Ich bin mal eine Weile weg.«

»Mmm.«

»Malone kommt demnächst.«

»Wozu … hab dich!« Ein roter Klecks breitete sich auf dem Bildschirm aus.

»Nicht, um babyzusitten, nein. Er kommt eigentlich zu mir,

aber ich habe einen Interviewtermin wegen einer Reportage fürs Wochenendmagazin.«

»Interviewst du jemand Interessantes? Jaaa!« Gus reckte die Faust in die Luft. »Mehr Punkte!«

Alex zögerte einen Moment zu lange.

Gus löste den Blick von den Untoten und sah sie an. »Mama? Du siehst aus, als hättest du was zu verbergen. Hau's raus. Wer ist es?«

Sollte sie lügen? Oder ihm eine Halbwahrheit erzählen? Alex setzte sich auf die Armlehne des Sessels und wuschelte Gus durchs Haar, aber er zog den Kopf weg. »Hör zu, Gus: Es ist Jackie Wood.«

Er schaute wieder auf den Bildschirm. Explodierende Zombie-Köpfe, rote Kleckse.

»Warum?«, fragte er tonlos und umklammerte den Controller so fest, dass seine Knöchel weiß wurden.

»Weil ich es für sinnvoll halte. Vielleicht sogar für hilfreich.«

»Was willst du sie fragen?«

Alex zuckte die Achseln. »Na ja, das Naheliegende eigentlich.«

Ihr Sohn starrte auf den Monitor. Sogar die Untoten rührten sich nicht mehr.

Schließlich wandte Gus sich zu ihr um, blinzelte langsam, kehrte aus Zombie-Land in die Realität zurück. »Du hast deinen Mantel an«, konstatierte er.

»Ja. Ich geh zu Fuß, um Benzin zu sparen.« Verflucht. Sie hätte sich am liebsten auf die Zunge gebissen.

Gus nickte. »Also ist sie hier in der Nähe. Zum Tatort zurückgekehrt sozusagen.« Seine Stimme war immer noch ausdruckslos. »Wie kann sie so was machen? Wie kann sie ausgerechnet hierher zurückkommen? Gibt es nicht ein Gesetz dagegen oder so was? Das kann doch nicht sein, oder?«

»Gus …«

»Ich weiß, ich weiß, du darfst mir nichts sagen. Schweigepflicht und so. Aber als Detektivin wärst du ein ziemlicher Loser.«

»Was soll das heißen?«

»Hat nicht lang gedauert, bis ich rausgekriegt hab, dass die sich hier wieder eingenistet hat.«

Alex versuchte zu lachen, aber es klang hohl. »Bitte behalt das alles für dich, Gus. Es ist Teil meiner Absprache, dass niemand erfährt, wo sie ist.« Und das hatte sie bereits gründlich verpfuscht.

»Was willst du sie fragen?«

Diese Frage war weniger bedrohlich. »Zuerst werde ich sie nach ihrer Haftzeit fragen, um ihr Vertrauen zu gewinnen. Dabei mitfühlend nicken und so. Sie über ihre Kindheit befragen. Wie sie Martin Jessop kennengelernt hat. Sie aus der Reserve locken, das ist meine Taktik.«

»Stellst du auch Fragen nach … du weißt schon?« Gus schluckte, und sein Blick wirkte verschwommen. Nicht zum ersten Mal war Alex wütend darüber, dass dieses Ereignis Gus' Kindheit überschattet hatte. Aber sie hielt nichts davon, Wahrheiten zu verschweigen. Was nützte es, wenn sie Gus abschirmte und er dann auf anderem Wege alles erfuhr? Und dann vermutlich noch irgendwie verdreht und verstümmelt von Gleichaltrigen.

Sie lächelte. »Ich hoffe, dass es sich ergibt.«

Gus schauderte. »Kann mir gar nichts Schlimmeres vorstellen«, sagte er und wandte sich wieder den Untoten zu. »Die dürfte echt nicht frei rumlaufen, oder?«

Peng. Knall. Spritz. Die Zombies trieben wieder ihr Unwesen.

»Sie wurde aber freigesprochen, Liebling.«

»Aber doch wegen … wie heißt das … Justizirrtum oder

so? Das bedeutet noch lange nicht, dass sie unschuldig ist.«

»Dennoch funktioniert das System so.«

Er seufzte und sah sie an. »Wirst du dann noch schlimmer?«

»Noch schlimmer? Wie meinst du das?«

»Ach, komm schon, Mama. Du weißt es genau. Du erlaubst mir doch nicht mal ein eigenes Leben. Und wenn jetzt eine Mörderin da draußen frei herumrennt …«

»Ich verhalte mich nur so, weil ich mir Sorgen um dich mache und dich schützen will. Und laut Gericht ist Jackie Wood keine Mörderin.«

»Mama. Ich hab das schon mal gesagt. Harry ist vor fünfzehn Jahren umgebracht worden. Vor fünfzehn Jahren, verstehst du? Und Millie, wer weiß, was mit der passiert ist, aber sie ist auch verschwunden. Vor ewig langer Zeit. Ich war nicht daran schuld und du auch nicht.«

Alex schloss die Augen und spürte, wie die Schuldgefühle erneut die Oberhand gewannen.

»Mama? Hörst du mir zu?«

Sie öffnete die Augen wieder. »Natürlich.«

»Nee, tust du gar nicht.« Gus blickte frustriert wieder auf sein Spiel. »Tust du doch nie.«

Alex betrachtete ihren Sohn. Hatte sie überhaupt eine Ahnung, was in ihm vorging? Sein Bartflaum wurde stärker, und sie fragte sich, wer ihm das Rasieren beibringen sollte. Vielleicht hatte er es auch schon probiert, mit seinen Freunden. Sie spürte einen Schmerz in sich und zweifelte zum ersten Mal an ihrer Entscheidung, ihren Sohn alleine großzuziehen. Nicht dass sie eine Wahl gehabt hatte, denn der Vater hatte nach dem One-Night-Stand nichts von dem Kind wissen wollen. Aber dennoch.

Gus drückte Knöpfe auf dem Controller. »Meine Freunde und ich finden übrigens, dass die Todesstrafe wieder eingeführt werden sollte. Für Kindermörder. Die haben es nicht verdient zu leben. Findest du nicht auch?« Ein Zombie wurde abgemetzelt.

Was sollte sie darauf erwidern? Jugendliche sahen die Welt in Extremen, für sie gab es nur Schwarz oder Weiß, kein Grau dazwischen. Aber wie konnte sie Gus widersprechen, wenn sie letztendlich seiner Meinung war? Den größten Teil ihres Lebens war Alex vehement gegen die Todesstrafe eingetreten und hatte erklärt, das sei Mord von Staats wegen und eine zivilisierte Gesellschaft erkenne man am Umgang mit Kriminalität. Doch das war vor den Morden gewesen. Vor fünfzehn Jahren war sie zu der Überzeugung gelangt, dass Martin Jessop und Jackie Wood gehängt werden sollten, selbst wenn Letztere nur der Beihilfe zum Mord für schuldig befunden worden war. Doch wegen dieser beiden Menschen hatte es einen langen qualvollen Gerichtsprozess gegeben, der Sasha zerrüttet hatte. Die ganze Familie hatte seither keine Ruhe gefunden und musste jeden Tag mit dem grauenhaften Ereignis leben.

Inzwischen hasste Alex Jackie Wood mehr als Martin Jessop. Wenn Wood Jessop kein Alibi gegeben hätte, wäre ihnen allen eine lange Leidenszeit erspart geblieben – erst nach mehreren Wochen war Harrys Leiche gefunden worden.

Doch obwohl Jessop tot war, wurde Alex noch immer von Schuldgefühlen gequält. Ihr Haus. Ihr Garten. Ihr Versagen.

Wenn Jackie Wood auch nur das geringste bisschen Moral besaß, würde sie offenbaren, wo Millie begraben war.

»Denkst du manchmal darüber nach, was mit Millie passiert ist?« Gus' Stimme riss Alex aus ihren Gedanken.

Sie nahm seine Hand und drückte sie. »Ständig.«

»Frag sie, ja, Mama?«

Alex nickte. Ihre Kehle war plötzlich wie zugeschnürt, und sie brachte kein Wort hervor.

8

Der Regen hatte nachgelassen, als Alex zum Campingplatz am Hafen kam. Doch der feuchte, salzige Wind vom Meer war noch immer heftig, und sie zog ihren Schal über die Ohren. Auch die See selbst wirkte rau und wild und war so bleigrau, dass man den Horizont nicht vom Himmel unterscheiden konnte. Gischtende Wellen donnerten auf den Strand, nur gebremst von den Buhnen, die wie Hexenfinger aus dem Wasser aufragten. Möwen segelten kreischend in den Böen, und in der Ferne erhob sich der kugelförmige Reaktor des Atomkraftwerks wie eine modernistische Skulptur.

Der Campingplatz, der den naheliegenden Namen »Am Hafen« trug, lag am Ende der Hafenstraße gegenüber der Rettungsstation. Die Toilettengebäude befanden sich gleich am Eingang.

Fröstelnd blickte Alex auf den Zettel, auf dem sie sich den Weg zu Woods Wohnwagen notiert hatte. Nummer 44. Den Hauptweg entlang, die zweite links, am Ende der Reihe.

Der Wind pfiff und heulte zwischen den Wohnwagen. Hier und da sah Alex aus der Ferne Leute, die irgendwelche Arbeiten an den Wagen verrichteten, aber ansonsten war der Platz so ausgestorben wie eine Geisterstadt.

Jackie Woods Wohnwagen, beige und grün und ebenso angegriffen von der feuchten Salzluft wie die anderen etwa hundert fahrbaren Unterkünfte, stand gegenüber vom Fluss, der ins Meer strömte. Von dort aus hatte man Ausblick auf die klapprigen Hütten der Fischer und ihre Boote am Ufer. Einige stammten aus Lowestoft, andere aus Aldeburgh, die meisten jedoch gehörten Fischern aus Sole Bay.

Gardinen hingen an den Fenstern von Woods Campingwagen, und zu beiden Seiten des Eingangs standen Tontöpfe, in denen alte Gräser und abgestorbene Zweige ihr Dasein fristeten. Alex blieb stehen, als sie merkte, dass sie nicht nur vor Kälte fröstelte, sondern auch weil sie nervös war. Wie würde Jackie Wood auf die Fragen reagieren, und was würde sie sagen? Na komm schon, redete Alex sich zu, du musst das so angehen wie jedes andere Interview auch.

Sie erinnerte sich daran, wie sie Wood vor dem Gerichtsprozess zum letzten Mal gesehen hatte, bei einem Interview im Nachrichtensender *News 24*. Wood saß in ihrer Wohnung, Martin Jessop, der Nachbar von oben, neben ihr. Es waren schöne Wohnungen in einem modernisierten georgianischen Haus in einem gepflegten Viertel. Nachdem Wood und Jessop wegen des Mordes an den Kindern verhaftet worden waren, wollte niemand mehr dort wohnen, und man hatte die Räume komplett renoviert und in Ferienunterkünfte umgewandelt. Eine Bürgerinitiative setzte sich dafür ein, den ganzen Trakt abzureißen und dort einen Gedenkgarten anzulegen. Aber ein Verein zur Erhaltung historischer Gebäude hatte das georgianische Haus gerettet. Alex war das einerlei. Haus oder Gedenkgarten – es würde so oder so immer der Ort bleiben, an dem man ihre Nichte und ihren Neffen ermordet hatte.

Damals bei dem Fernsehinterview nach dem Verschwinden der Kinder saß Jackie Wood also neben dem Mörder und erklärte, das Verschwinden der beiden sei eine furchtbare Tragödie. Die Einwohner von Sole Bay müssten mithelfen und in der Stadt, am Strand, in den Dünen, am Hafen nach den Kindern suchen. Die regionalen und nationalen Medien stürzten sich auf das Thema, und Wood und Jessop waren eloquente Interviewpartner. Jackie Wood war Bibliothekarin der Stadtbücherei, Jessop Dozent am College in Ipswich. Es wurden jede Menge Spekulationen über ihr Verhältnis angestellt – ein gefundenes Fressen für die Medien, die jedes Detail nutzten, um die Beziehung der beiden in einem romantischen Licht darzustellen.

Wenn die gewusst hätten, dass es eigentlich eine wesentlich spannendere Geschichte gab.

Wenn Alex die Augen schloss, sah sie Wood noch vor sich. Sie hatte den Kopf leicht schräg gelegt und die Stirn gerunzelt und blickte mitfühlend. Jessop starrte auf den Boden. Doch plötzlich schaute er auf, sah in die Kamera und schüttelte den Kopf.

»Sie waren entzückende Kinder«, sagte er. »So höflich und lebhaft.«

Die Vergangenheitsform.

Und in diesem Moment war Alex schlagartig klar geworden, dass diese beiden die Kinder entführt hatten.

Als Wood und Jessop verhaftet wurden, brach natürlich die totale Medienhysterie aus.

»Sie ist da drin«, sagte eine Stimme hinter Alex und riss sie aus ihren Erinnerungen. »Die geht nie raus.«

Alex drehte sich um. Eine etwa dreißigjährige Frau mit Zigarette in der einen, Kaffeebecher in der anderen Hand stand im Eingang des Wohnwagens gegenüber. Ihre Haare wuchsen dunkel nach, und sie wirkte verbraucht. Alex fragte sich, wieso sie den Winter auf einem Campingplatz an der Küste verbrachte.

»Ich bin hier, um Arbeit zu suchen«, sagte die Frau, als hätte sie Alex' Gedanken erraten. »Dachte mir, hier ist es vielleicht einfacher als in der Stadt.«

Alex wusste nicht, welche Stadt sie meinte. »Und, ist es so?«

Die Frau zuckte die Achseln. »Nee, eigentlich nicht. Aber ich arbeite Schicht in dem Supermarkt an der Hauptstraße. Ist wohl besser als gar nichts.«

Alex nickte. Der neue Supermarkt mitten im Zentrum hatte in der Bevölkerung für Empörung gesorgt, als die Baugenehmigung erteilt worden war. Es hatte Unterschriftensammlungen, Plakataktionen und Beschwerden beim Bauunternehmer, dem Minister und anderen Verantwortlichen gegeben. Aber das Projekt war nicht aufzuhalten gewesen, wie ein Fels, der einen Hang hinunterrollt und alles auf dem Weg plattwalzt.

»Jedenfalls«, sagte die Frau, »müssen Sie vielleicht mehrmals klopfen.«

»Danke für den Tipp.«

»Kennen Sie sie?«, fragte die Frau.

»Flüchtig.« Alex setzte ein starres Lächeln auf.

»Kommt mir irgendwie bekannt vor.«

»Ach ja?«

Die Frau zuckte wieder die Achseln. »Sagen Sie ihr, sie kann jederzeit auf einen Kaffee zu mir rüberkommen. Die fühlt sich doch bestimmt einsam hier.«

Alex nickte. »Gut, mach ich.«

Die Frau ging in den Wohnwagen zurück und schloss die Tür.

Alex schluckte. Ihr Mund war trocken, ihr Herz hämmerte. Sie presste die Faust aufs Brustbein und flüsterte: »Du schaffst das.« Erst jetzt wurden ihr die Dimensionen ihres Vorhabens voll bewusst. Gleich würde sie der Frau gegenüberstehen, die – was die verdammten Richter auch behaupten mochten – Komplizin beim Mord an Harry und Millie gewesen war. Und Alex hatte sich vorgenommen, ein professionelles Interview zu führen, obwohl sie Wood am liebsten geschüttelt hätte, bis sie die eine Antwort auf die Frage gab, die seit anderthalb Jahrzehnten die gesamte Familie quälte – wo war Millie vergraben worden?

Und weshalb eigentlich sollte Alex das nicht tun? Sie musste doch nicht ausführlich mit Wood reden, konnte das Projekt auch aufgeben. Dabei entstand kein Schaden, außer dass noch mehr Ebbe in der Kasse herrschte. Aber sie könnte Wood hemmungslos nach Millie ausfragen. Andererseits war Alex auch neugierig, fragte sich, was diese Frau damals bewegt hatte und in welcher Verfassung sie heute war. Wie war es ihr gelungen, all die Jahre diese Lügen aufrechtzuerhalten, die sie auch jetzt noch verbreitete?

Wegen eines Formfehlers freigesprochen. Das war kein Beweis für ihre Unschuld.

Alex richtete sich auf und hob die Hand, um an die Tür zu klopfen.

Sie ging auf, bevor Alex sie berührt hatte.

»Ich habe Sie draußen stehen sehen. Alex.« Jackie Woods Stimme klang leicht schrill und hatte die typische Klangfärbung von Suffolk, was Alex damals erst während des Gerichtsprozesses bemerkt hatte; bei den Fernsehinterviews war ihr das nicht aufgefallen. Die langen schwarzen Haare waren jetzt kurz geschnitten und blondiert. Wood trug ein beiges Fleece-Sweatshirt, ausgebleichte, schlecht sitzende schwarze Jeans und braune Slipper mit Troddeln. Sie wirkte noch eingefallener als vor dem Gerichtsgebäude, und ihre Haut war fahl. Vermutlich ging sie wirklich nie nach draußen, wie die Frau von gegenüber behauptet hatte.

Jackie Wood sah furchtbar gewöhnlich aus, fand Alex.

Ihr fiel die lange Narbe an ihrer Wange auf – so wulstig, als sei die Wunde dilettantisch vernäht worden.

Wood blinzelte. »Kommen Sie rein. Ich warte schon ewig auf Sie. Wir müssen uns nicht an der Tür unterhalten.«

Einen Moment lang hatte Alex das Gefühl, komplett neben

sich zu stehen. Ein Teil von ihr beobachtete sich selbst und fragte sich, was sie da eigentlich machte; der andere Teil bestand darauf, mit der Frau zu sprechen. Um zu sehen, ob das Böse in der Luft lag, ob man es wittern konnte.

Doch es roch nur muffig in dem Wohnwagen. Wie ein Metallbehälter eben, der so gut wie nie gelüftet wurde. Nach abgestandenem Zigarettenrauch, altem Fett, Fast Food. Der Schwindel in Alex' Kopf verflog.

»Setzen Sie sich.« Wood wies auf eine mit Stoff gepolsterte Bank an einer Wand des Wohnwagens. Auf dem Tisch davor waren Zeitungen ausgebreitet, neben einem Teller mit einem angebissenen Toast und einem überquellenden Aschenbecher. Ein Heizlüfter pustete warme Luft in den Wohnwagen. Alex ließ sich auf der Bank nieder.

»Entschuldigen Sie die Unordnung«, sagte Wood und stellte den Teller in die winzige Spüle. »Ich hätte vorher aufräumen sollen.«

»Das macht nichts«, erwiderte Alex und schaute auf die diversen Tageszeitungen von der *Times* bis zum *Daily Star*. Wood bemerkte den Blick und schob sie zusammen.

»So hab ich was zu tun«, sagte sie und wies mit dem Kopf auf den Papierstapel. »Ich wollte mal sehen, was über mich geschrieben wird, nach der Freilassung. Manchmal stehen da falsche Sachen drin. Eine Zeitung behauptet, ich sei vierundvierzig. Das stimmt aber nicht, ich bin dreiundvierzig. Und noch schlimmer ist es, wenn sie Lügen verbreiten. Meinen Sie, ich sollte an die Redaktion schreiben?«

Wood sah Alex an und blinzelte. Dann nahm sie den Zeitungsstapel und ließ ihn auf den Boden plumpsen. »Ist Ihnen warm genug? Ich trage jetzt immer diese dicken Fleece-Dinger, weil der Wind da nicht durchgeht.« Sie zupfte an dem Sweatshirt. »In diesem Teil der Welt ist es so verdammt kalt.«

»Der Wind kommt aus dem Ural«, sagte Alex.

»Das sagt man, ja.« Wood war sichtlich nervös. Vermutlich so nervös wie ich, dachte Alex.

»Ich mache Kaffee«, verkündete Wood. Die Troddeln auf den Schuhen erzeugten ein klatschendes Geräusch, als Wood an die Arbeitsfläche trat, wo sie den Wasserkessel füllte und ihn auf den Gaskocher stellte.

Alex zog ihren Mantel aus, legte ihn neben sich und schaute sich in dem Wohnwagen um. Viel zu sehen gab es nicht. Eine Kochnische, Hängeschränke oberhalb von Spüle und Kochplatte, ein schmaler Flur, der wohl zum Schlafraum führte, und ein Badezimmer. Zwei Bilder an den Wänden; auf einem waren Strandhütten zu sehen, auf dem anderen ein paar Schafe auf einer verschneiten Wiese. Tote Insekten hingen hinter dem Glas fest.

Während das Wasser kochte, herrschte Schweigen.

»So«, sagte Jackie Wood, als sie das Tablett abstellte, auf dem eine Presskanne mit Kaffee und zwei weiße Becher neben einem Teller mit Schokokeksen, einem Milchkännchen und einer Zuckerdose standen. Wood blieb abwartend stehen.

»Soll ich eingießen?«, fragte Alex.

Wood nickte. »Bitte.«

Alex drückte den Kaffee nach unten und goss ihnen ein. »Milch? Zucker?«

Wood nickte wieder. »Drei Zucker und viel Milch bitte.«

Alex tat wie geheißen und fragte sich, wann wohl der verrückte Hutmacher auftauchen würde.

»Danke.« Wood ließ sich in einem Plastikstuhl nieder.

Alex trank einen Schluck Kaffee. Dann holte sie das digitale Aufnahmegerät aus ihrer Tasche. »Ich hoffe, Sie haben nichts dagegen, dass ich das Interview aufzeichne, Jackie.« Der Name kam ihr kaum über die Lippen. Sie hatte Wood immer nur als »diese Frau«, »die Komplizin des Mörders« oder mit ihrem vollen Namen bezeichnet. Sie jetzt mit Vornamen anzusprechen deutete eine Nähe an, die Alex natürlich nicht empfand. Aber das machte sie immer bei einem Interview, und sie musste dieses Gespräch unter rein professionellen Gesichtspunkten betrachten. Geld. Penunzen. Gus' Skireise. Millies Grab. Nein, das nicht, noch nicht.

»Ich weiß übrigens, wer Sie sind«, sagte Wood leise.

Alex schaltete das Gerät ein und blickte auf. »Ach ja?«

»Das wusste ich schon, seit Danby mir gesagt hat, dass Sie kommen würden.« Wood lächelte. »Glauben Sie vielleicht, ich hätte Sie vergessen? Sashas Schwester?«

Alex hob die Hand. »Tun Sie das nicht«, sagte sie.

»Was?«

»Ihren Namen aussprechen.«

»Sashas? Wie soll ich sie denn dann nennen?«

»Sprechen Sie einfach ihren Namen nicht aus. Nicht nach dem, was Sie und Jessop ihr angetan haben. Sie haben kein Recht, den Vornamen meiner Schwester zu benutzen.«

Wood sah bestürzt aus. »Was Martin getan hat. Ich nicht, ich nicht. Ich hab jedenfalls nachgeschaut. Hab Sie gegoogelt und mich über Ihre Arbeit informiert. Gelesen habe ich allerdings noch nichts von Ihnen.«

Es wunderte Alex nicht, dass Danby gelogen hatte. *Sie mag Ihre Texte.* So viel dazu.

Jackie Wood lächelte. »Hinter Gittern gab's nicht allzu viele anspruchsvolle Zeitungen. Und wenn, war die Beilage immer schon geklaut.« Wood zog ein zerdrücktes Päckchen Zigaretten aus der Gesäßtasche ihrer Jeans. »Ich hoffe, es stört Sie nicht?«, sagte sie und steckte sich eine Zigarette zwischen die spröden Lippen. »Schlechte Angewohnheit, aber ich werd sie nicht mehr los. Im Knast hat man ja sonst nichts zu tun.«

Alex schüttelte den Kopf. Am liebsten hätte sie selbst geraucht.

»Hier.« Wood hielt Alex die Schachtel hin. »Bedienen Sie sich, wenn Sie mögen.«

Wie hatte sie das gespürt? »Nein, danke, ich hab's aufgegeben.« Alex lächelte unwillkürlich entschuldigend.

Wood zuckte die Achseln, griff nach einem Feuerzeug und zündete die Zigarette an. Sog tief den Rauch ein und hustete. Es war ein schweres Husten, das ihren ganzen Körper erschütterte. Alex hoffte, dass der Rauch ihre Lunge verkleben, Zellveränderungen auslösen und Wood töten würde.

»Meine Bücher haben mir gefehlt«, sagte Wood unvermittelt.

»Wie bitte?«

»Bücher. Inmitten von Büchern zu sein. Neue Autoren zu entdecken. Ein Buch durchzublättern und zu überlegen, ob ich es mir ausleihe. Das hat mir sehr gefehlt.«

»Verstehe.« Alex empfand einen widersinnigen Anflug von Mitleid. »Aber gab es nicht eine Bücherei im Gefängnis?« Sie hatte von so etwas keine Ahnung.

»Doch, schon.« Wood machte eine wegwerfende Handbewegung. »Ist gesetzlich vorgeschrieben und so. Aber das lässt sich ja nicht vergleichen. Bei meiner Arbeit standen mir zu jeder Tageszeit alle Bücher zur Verfügung. Ich konnte mich ihnen in Ruhe widmen. Im Gefängnis gab es ein Zeitlimit.«

»Ah ja.«

»Und die Kinder fehlen mir.«

Alex erstarrte.

Wood wedelte mit der Hand. »Nein, nein, die Kinder in der Bücherei, meine ich. Es fehlt mir, mit ihnen zu plaudern und ihnen vorzulesen, in der Erzählstunde, wissen Sie.« Wood drückte die Zigarette aus. »Na ja. Sie haben bestimmt Besseres zu tun, als den ganzen Tag mit mir zu verbringen. Was wollen Sie wissen?«

Es war eine Fangfrage, aber Alex konzentrierte sich. Sie

strich sich das Haar aus dem Gesicht und sagte: »Sie haben sich auf dieses Treffen eingelassen, weil Sie das Interview machen wollen?«

»Klar.« Wood blinzelte. »Aus welchem Grund wohl sonst? Es ist doch eine gute Möglichkeit, der Welt meine Sicht der Dinge zu vermitteln.« Sie beugte sich vor und stützte die Ellbogen auf die Knie, und Alex musste sich beherrschen, nicht zurückzuweichen. »Das wird auch für Sie ein Knüller. Daran hab ich durchaus gedacht.«

Alex ging auf diese ironische Bemerkung nicht ein, sondern sagte: »Ihre Sicht der Dinge?«

Wood runzelte die Stirn. »Das haben Sie Jonny doch gesagt. Dass dieses Interview eine gute Gelegenheit wäre, allen zu offenbaren, was wirklich passiert ist. Und dass ich nur helfen wollte.«

»Helfen?« Wieso spielte sie das Echo?

Wood stellte ihren Kaffeebecher ab und lehnte sich wieder zurück. »Schauen Sie, ich hab ihn kaum gekannt vor … vor … Sie wissen schon.« Tränen traten ihr in die Augen.

Alex wagte es nicht, sich zu rühren, weil sie Angst hatte, sie würde zuschlagen. Wie konnte die es wagen zu weinen.

Wood blinzelte jetzt heftig. »Entschuldigung.« Sie nahm sich zusammen. »Er, Martin Jessop, hat bei mir geklingelt und gefragt, ob ich mithelfen wolle, die Suche zu organisieren und so. Natürlich habe ich mitgemacht. Ich kannte Harry und Millie ja aus der Bücherei. Sash hat sie immer zur Erzählstunde vorbeigebracht.« Wood lächelte traurig. »Die beiden haben die Geschichten sehr geliebt.«

Alex hatte ein Kribbeln in der Nase und konnte kaum schlucken. Es war ihr zuwider, dass Wood all diese Namen in den Mund nahm.

»Aber ich möchte ganz von vorne anfangen. Kann ich das machen, Alex? Ich darf Sie doch Alex nennen, oder? Auch wenn ich den Vornamen Ihrer Schwester nicht benutzen darf?«

Alex nickte.

Wood schilderte ihre Kindheit in einer bürgerlichen Mittelstandsfamilie; die Eltern waren beide Lehrer, sie war in Great Yarmouth aufgewachsen. Immer schon hatte sie Bücher geliebt, wollte aber nicht studieren und hatte sich deshalb für die Arbeit in einer Bücherei entschieden.

»Wissen Sie, ich war ziemlich glücklich in meiner eigenen Welt. Ich hatte sogar einen Freund.«

Wood bemerkte Alex' Erstaunen und fügte hinzu: »Das wundert Sie, wie? Und mein Freund war nicht Martin Jessop, was auch in den Zeitungen stand.«

»Wer dann?«

Wood sah aus dem Fenster. »Ich habe damals nicht über ihn gesprochen und werde es auch jetzt nicht tun.«

»Ach, kommen Sie, Jackie. Inzwischen sind fünfzehn Jahre vergangen.« Alex witterte eine gute Geschichte. Eine andere Geschichte. Von einem Freund war vorher noch nie die Rede gewesen.

Wood schüttelte den Kopf. »Es spielt keine Rolle, wer er war. Er hatte nichts damit zu tun, war auch gar nicht hier, als das alles passiert ist.«

Alex spürte, dass Jackie Wood sich nicht weiter über diesen mysteriösen Freund äußern würde. Dennoch. Sie musste Woods Vertrauen gewinnen, und damit das gelang, durften keine ablehnenden Gefühle entstehen. »Und dann?«, hakte sie behutsam nach, mit betroffener Miene.

»Dann war ich alleine.«

Wood zündete sich die nächste Zigarette an dem glühenden Stummel an und drückte ihn aus. »Es war ein grauenvoller Tag, als die Kinder verschwanden.«

Ein grauenvoller Tag. Alex schauderte innerlich und musste sich zusammenreißen, um kein Wort darüber zu verlieren, wie Sashas Leben an diesem Nachmittag zerstört worden war. Voller Angst vor Sashas Rückkehr hatte Alex gewartet, während Jez fieberhaft nach den Kindern suchte. Nach einigen Stunden, die ihr wie Tage erschienen waren, wurde Alex von einem Streifenwagen abgeholt und zu Sashas Haus gebracht. Kreidebleich umklammerte Jez Sashas Hand und sagte immer wieder: »Sie sind bestimmt bald wieder da, Sash, ganz bestimmt.« Sasha weinte. Zuerst stieß sie schrille Laute aus, dann schluchzte sie nur noch leise. Tränen, Speichel, Rotz liefen ihr übers Gesicht. Weitere Polizisten tauchten auf, verlangten nach einem Foto von den Zwillingen. Sasha kramte in ihrer Handtasche, und das Foto von dem Picknick im Wald kam zum Vorschein, auf dem Alex, Sasha, Harry und Millie zu sehen waren. Wer hatte das Foto gemacht? Das musste Jez gewesen sein. Ein Polizist stellte Fragen, eine junge Polizistin saß neben ihm, mit Stift und Notizbuch auf den Knien. Aber Alex erinnerte sich nicht daran, dass die Frau Notizen gemacht hatte. Ein endloser Strom von Fragen, die Alex nicht beantworten konnte. Sie hatte den Arm um Sasha gelegt, vermied es, Jez anzusehen, murmelte, alles werde wieder gut. Die Eltern kamen aus Mundburgh und wohnten bei Sasha im Haus. Dann die endlose Suche, die falschen Hinweise von irgendwelchen Spinnern, die sich nur wichtig machen wollten. Von Tag zu Tag wurde Sasha dünner und verfiel immer mehr, bis sie sich fast aufzulösen schien. Als Harry dann gefunden wurde, war das eine Art grausame Erleichterung.

Danach entdeckte man die Kinderkleider in Jessops Mülltonne und weitere Beweise in seiner Wohnung. Beweise, die Martin Jessop mit Jackie Wood verknüpften. Und dann überkamen Alex Schuldgefühle, die sie fast erstickten. Oh doch, sie wollte Wood erzählen, wie Sashas Leben an diesem Nachmittag zerstört worden war.

»Warum haben Sie es getan?« Alex sah Wood zum ersten Mal direkt ins Gesicht und bemerkte, wie matt ihre Haut war, wie stumpf ihre Augen wirkten. Sie hatte Falten um die Augen – keine Krähenfüße, eher riesige Emufüße – und tiefe Furchen um den Mund. Zeige- und Mittelfinger waren gelb verfärbt und die Nägel abgekaut bis zur Fingerkuppe.

Wood nahm die nächste Zigarette aus dem zerdrückten Päckchen, zündete sie an, sog den Rauch ein. »Ich hab es Ihnen doch gesagt: Ich habe niemanden getötet.«

»Aber Sie haben Jessop ein Alibi verschafft.«

Als Wood lächelte, zog sich die Narbe an ihrer Wange zusammen. »Er hat die Kinder auch nicht getötet. Komischerweise war er eben an diesem Tag in der Bücherei und hat etwas recherchiert – was, weiß ich nicht mehr.«

»Außer Ihnen hat niemand Jessop dort gesehen.«

Wood lachte. »Zum einen kam an diesem Tag kaum jemand in die Bücherei, und zum anderen saß Martin ganz hinten in der Ecke, von einem Bücherstapel verdeckt. Wer sich nicht in dieser Ecke in der Bücherei aufhielt, konnte ihn gar nicht sehen. Außerdem habe ich das schon hundertmal erzählt. Ich habe nichts als die Wahrheit gesagt, und Sie sehen ja, was ich dafür bekommen habe. Eine Verurteilung wegen Beihilfe zum Mord.« Wood drückte die halb gerauchte Zigarette aus und packte Alex am Arm. »Ich habe diese Tat nicht begangen. Und Martin Jessop auch nicht. Das sollten Sie schreiben.« Ihr Tonfall klang ernst, mit einer Spur Verzweiflung.

Alex saß einen Moment reglos da, dann schüttelte sie Woods Hand ab. »Sie wurden beide ins Gefängnis gesteckt. Die Polizei hat Ihnen ebenso wenig geglaubt wie die Richter und die Geschworenen.«

Woods Mund verzog sich zu einem sarkastischen Lächeln. »Sie glauben also, dass man Beweise nicht manipulieren kann? Dass die Polizei unbestechlich ist? Dass man Geschworene nicht täuschen kann? Sind Sie dumm oder was? Haben Sie schon vergessen, dass ich freigelassen wurde, weil die Beweise für ungültig erklärt wurden? Dass die Expertise sich als fehlerhaft erwiesen hat?«

Alex ballte unterm Tisch die Fäuste und bemühte sich, regelmäßig zu atmen, weil sie Wood weder anbrüllen noch sie schütteln wollte, um ihr die Wahrheit zu entlocken. Die Taktik musste sein, Wood so zu behandeln, als sei sie normal und sage vernünftige Dinge. Vermutlich waren es nur Sekunden, aber es kam Alex vor, als seien mehrere Minuten vergangen, bevor sie ihre Atmung wieder unter Kontrolle bekam.

»Jackie«, sagte sie möglichst ruhig, »Spuren der Zwillinge wurden in Ihrer Wohnung und der von Martin Jessop gefunden, Teile der Kleidung der Kinder in der Mülltonne. Jede Menge Beweise.« Alex hätte gerne nach ihrer Kaffeetasse gegriffen, fürchtete aber, dass ihre Hände unkontrolliert zittern würden.

»Ich wurde freigesprochen.«

Für den Bruchteil einer Sekunde schien ein durchtriebener Ausdruck über Woods Gesicht zu huschen.

»Die Erdspuren und Steine waren nicht identisch. Diese angeblichen Beweise von Professor Gordon Higgs wurden für unbrauchbar erklärt.« Wood beugte sich vor. »Ich hatte nichts damit zu tun. Professor Gordon Higgs, so ein imposanter Name. Man würde glauben, dem könne man trauen, nicht wahr? Aber er hat sich geirrt oder gelogen. Ich hatte nichts mit dem Mord zu tun.«

»Aber Jessop …«, begann Alex.

»Jessop was?«

»Jessop hatte etwas mit dem Mord zu tun«, sagte Alex. Der Schwindel stellte sich wieder ein.

Wood schüttelte den Kopf. »Hab ich Ihnen doch gesagt: Er hatte ein Alibi.«

»Nein, weil die Beweislage zu eindeutig war.«

Wood zuckte die Achseln. Ein Schweigen entstand. Nach einer Weile sagte sie: »Er hat Tagebuch geschrieben, wissen Sie.«

»Was?«

»Er hatte ein Tagebuch.«

Alex versuchte, unbeeindruckt zu wirken, obwohl ihr Herz schneller schlug und ihre Hände feucht wurden. »Ach ja?«, sagte sie so beiläufig wie möglich. »Und was ist damit passiert?«

Erneutes Achselzucken. »Keine Ahnung.«

Sie log. Alex spürte das mit jeder Faser ihres Körpers. »Warum hat er denn Tagebuch geführt?«

»Er hat mal gesagt, das hätte er immer schon gemacht, seit seiner Jugend. Und dem Tagebuch hätte er immer die Wahrheit anvertraut.«

»Also«, begann Alex und wählte ihre Worte mit Bedacht, »könnte darin vielleicht auch stehen, wo Millie begraben ist?«

Wood schüttelte den Kopf. »Nein. Weil wir die Kinder nicht getötet haben.« Sie massierte ihre Schläfen. »Zumindest war *ich* nicht daran beteiligt. Können Sie jetzt gehen? Kommen Sie ein anderes Mal wieder.«

Alex starrte Jackie Wood an und hätte sie am liebsten angeschrien. Um zu erfahren, was Jessop getan hatte und wie. Wieso hatte er Harry in diesen Koffer gesteckt? Und wieso fand man Harry, Millie aber nicht? Am liebsten hätte sie Wood gewürgt, damit sie endlich auspackte. Damit diese grässlichen, dünnen, verlogenen Lippen endlich die Wahrheit über Millie preisgaben.

Doch Alex schaltete lediglich das Aufnahmegerät aus, wobei sie sich angestrengt bemühte, ihr Zittern zu verbergen. Sie musste geduldig sein. »Was glauben Sie denn dann, wer die Kinder getötet hat?«, fragte sie leise.

Wood lehnte sich zurück, schloss die Augen, bearbeitete noch immer ihre Schläfen. »Ich weiß es nicht. Ich weiß gar nichts mehr. Manchmal frage ich mich, was überhaupt noch real ist und was ich mir eingebildet habe.« Sie öffnete die Augen, sah Alex an. »Aber es ist auch eine lange Zeit, fünfzehn Jahre, wissen Sie.«

Alex wurde von einer verzweifelten Mutlosigkeit erfasst. Würde sie jemals einen Schritt weiterkommen? Würde es ihr jemals gelingen, etwas über Millie zu erfahren?

»Das verstehe ich«, sagte Alex. »Wäre es Ihnen recht, wenn ich morgen um die gleiche Zeit wiederkomme?«

»Ja. Es hat mir sogar gutgetan, mit Ihnen zu sprechen. War vielleicht irgendwie befreiend.« Wood zögerte. »Wir könnten doch morgen auch rausgehen und irgendwo einen Kaffee trinken, was meinen Sie? Es gibt eine gute Bäckerei in der Stadt, wo man wunderbare Doughnuts bekommt. Zumindest im Schaufenster sehen sie immer köstlich aus. Ich hab es noch nicht gewagt, da reinzugehen.« Sie klang kläglich. »Wissen Sie, dass ich nicht mal weiß, wie man ein Smartphone benutzt?«

Einen Moment lang spürte Alex, wie sich Woods Leben wohl anfühlen mochte. Außerstande zu sein, die Dinge zu tun, die für andere eine Selbstverständlichkeit waren. Sogar etwas so Normales, wie in einem Café einen Kaffee zu trinken stellte einen Kraftakt dar, weil Wood sich in der Welt nicht mehr heimisch fühlte. »Haben Sie Angst, dass Sie erkannt werden?«

Wood presste die Lippen zusammen. »Meinen Sie, die gefärbten Haare bringen nichts? Glauben Sie, die Leute würden mich trotzdem wiedererkennen?«

»Wieso sind Sie hierher zurückgekommen?«, erwiderte Alex. »Wieso sind Sie nicht nach Schottland oder weit weg gezogen?«

Wood zuckte die Achseln. »Wieso nicht hierher? Ich bin

hier aufgewachsen. Anderswo kenne ich mich nicht aus. Und außerdem bin ich schließlich unschuldig, nicht wahr? Ich habe ja nichts zu befürchten.«

»Und der Wohnwagen?«

»Haben Sie Angst, dass die Steuerzahler ihn finanzieren müssen? Keine Sorge, meine Eltern sind vor einigen Jahren gestorben, kurz nacheinander. Sie hatten sich diesen Campingwagen gekauft, als Unterkunft, wenn sie mich besuchen kamen. Sie haben das Städtchen hier geliebt. Nachdem sie ihr Haus verkaufen mussten, um meine Gerichtskosten zu bezahlen, mussten sie hier drin wohnen, und nach ihrem Tod hab ich den Campingwagen geerbt. Mehr blieb nicht übrig nach vierzig Jahren Ehe. Sie wollten das Beste für mich, aber das war nun mal nicht gut genug.« Die Bitterkeit in Woods Stimme war nicht zu überhören. »Meine Eltern wurden Tag für Tag von Leuten belagert, die mit ihnen über Martin sprechen wollten.«

»Ja, das ist immer das Problem, nicht wahr? Dass auch die Familien so sehr darunter zu leiden haben.«

Wood schien zu überlegen, ob das ironisch gemeint war. Aber Alex meinte es absolut ernst. Als sie aufstand und ihren Mantel anzog, schaute Wood zu ihr auf. »Da könnte ich Ihnen allerhand erzählen«, sagte sie.

»Ach ja?« Alex starrte sie an.

Ein vielsagender Ausdruck trat auf Woods Gesicht. Binnen Sekunden hatte sie sich von einer bemitleidenswerten Person in eine Frau verwandelt, die ein Geheimnis hütete.

»Was könnten Sie mir erzählen?« Alex' Herz hämmerte wie wild. »Was könnten Sie mir erzählen?«, wiederholte sie, noch lauter.

Ein Lächeln huschte über Woods Gesicht, und Alex verstand plötzlich, wie diese Frau die lange Haftzeit durchgestanden hatte: Wood hatte eine gewisse Härte, die sie wie eine Art Panzer umgab.

Sie strich mit dem Zeigefinger über die Narbe in ihrem Gesicht. In diesem Augenblick hasste Alex Wood so sehr, dass sie am liebsten auf sie eingeschlagen und ihr das Gesicht zerkratzt hätte, bis Blut floss. Sie musste die Zähne zusammenbeißen und die Hände zu Fäusten ballen, um sich nicht auf Wood zu stürzen.

»Ich könnte Ihnen allerhand Dinge erzählen«, sagte Wood, »die Ihre Meinung über mich verändern würden. Dinge, von denen Sie keine Ahnung haben.«

»Jessops Tagebuch? Steht das in dem Tagebuch?«

»Kommen Sie morgen wieder«, antwortete Wood. »Dann erzähle ich Ihnen mehr.«

»Morgen«, wiederholte Alex. Wie sollte sie die nächsten vierundzwanzig Stunden überstehen?

»Diese Narbe«, sagte Wood unvermittelt. »Wissen Sie, woher ich die habe?« Sie blinzelte wieder und berührte ihre Wange. »Vor ein paar Jahren ist jemand mit einer Klinge auf mich losgegangen.« Sie zuckte die Achseln. »Das war eine der übleren Aktionen. Ich hatte die übliche Pisse oder Spucke in meinem Tee, hab hier und da Hiebe abgekriegt. Meine Sachen wurden gestohlen, niemand redete mit mir. Selbst wenn man zum Schutz in Einzelhaft untergebracht wird, finden die anderen Inhaftierten Mittel und Wege, um einen fertigzumachen. Kindermörder sind nicht beliebt im Gefängnis. Auch solche nicht, die eigentlich unschuldig sind.« Sie lächelte. »Wiedersehen, Alex.«

Wood hatte das Sagen. Alex blieb nichts anderes übrig, als aufzubrechen.

Nach dieser letzten Szene spürte sie erneut den Schwindel. Sie schlang ihren Schal um den Hals. Als sie die Tür öffnete, atmete sie erleichtert die kalte, frische Luft ein, die nach Freiheit roch. Morgen.

Doch Jackie Wood räusperte sich und sagte noch etwas.

»Übrigens …«

»Ja?«, fragte Alex, ohne sich umzudrehen.

»Wie war eigentlich vor all den Jahren Ihr Verhältnis zu Martin Jessop?«

Alex tat, als hätte sie nichts gehört.

9

Als sie sich zum ersten Mal begegneten, hatte er ihre Hand etwas länger als notwendig festgehalten, aber dagegen hatte Alex nichts einzuwenden gehabt. Martin war groß und hatte dunkelblonde Haare, die er lässig lang bis zum Kragen trug. Die hochgerollten Ärmel seines weißen Hemds gaben den Blick auf seine muskulösen, sonnengebräunten Unterarme frei.

Sechs Monate vor den Morden hatte Alex Martin bei einer Gesprächsrunde mit namhaften Autoren am College von Ipswich kennengelernt. Alex hatte damals eine Frage gestellt – sie wusste beim besten Willen nicht mehr, welche –, aber offenbar hatte sie damit Martins Interesse geweckt, denn später bei dem Umtrunk mit warmem Chardonnay hatte er sie angesprochen.

»Ich heiße Martin«, sagte er.

Sie unterhielten sich eine Weile. Danach fragte er sie, ob sie mit ihm etwas trinken gehen wolle, und Alex sagte zu, weil sie spürte, dass die Anziehung auf Gegenseitigkeit beruhte. Er war klug und witzig und brachte sie zum Lachen. Auf den Drink folgte ein Abendessen, dann ein Hotelzimmer und eine heimliche Beziehung. Alex wusste von der Ehefrau, fiel aber auf die klassische »Meine Frau versteht mich nicht«-Nummer herein und glaubte Martin die Geschichte vom chaotischen Scheidungsprozess, wegen dem er seine Affäre mit Alex noch eine Weile geheim halten musste. Daraufhin hatte Alex ihm die Wohnung in Sole Bay besorgt und sorgfältig darauf geachtet, dass sie nicht gesehen wurde, wenn sie Martin besuchte. Sie hatte tatsächlich geglaubt, dass niemand von ihrer Beziehung wusste.

Wenn Alex sich im Rückblick fragte, warum sie sich auf Martin eingelassen hatte, wurde ihr klar, dass sie schlicht und einfach einsam gewesen war. Sie versuchte zu der Zeit, als selbstständige Journalistin zu überleben und im Alleingang ihren lebhaften kleinen Sohn großzuziehen. Damals war sie noch jünger und fand es spannend, einen heimlichen Liebhaber zu haben. Deshalb stellte sie Martin auch keine weiteren Fragen nach seinem Privatleben.

Erst nach seiner Verhaftung erfuhr sie, dass er ihr nicht nur eine große Lüge aufgetischt, sondern sie in vielerlei Hinsicht belogen hatte. Er war verheiratet, aber von einem Scheidungsprozess konnte nicht die Rede sein. Er lebte mit seiner Frau und zwei Kindern im Teenageralter in einem kleinen Dorf in Cambridgeshire. Wegen seiner Tätigkeit am College war er zwei bis drei Tage pro Woche und manchmal auch am Wochenende in Sole Bay – und nicht etwa wegen Alex. Das alles hatte sie nicht geahnt. Als sie all diese Details in der Zeitung las, begriff sie, dass sie getäuscht worden war. Es war die klischeehafte Geschichte von der Geliebten, die alles glaubt, was ihr der Liebhaber auftischt.

Sie geriet in eine schlimme Krise. Etwas, auf das sie sich zu ihrem Vergnügen eingelassen hatte, war nicht nur zerstört worden, sondern sie hatte überdies einen Mörder mit ihrer Familie bekannt gemacht. Alex gelang es nur aus einem Grund, ihr Leben halbwegs im Griff zu behalten – Gus. Nur wegen ihm stand sie jeden Morgen auf. Und sie musste natürlich die Fassade wahren. Bislang wusste niemand von ihrer Affäre mit Martin, und dabei musste es unter allen Umständen bleiben. Wie es ihr damals gelungen war, diese Zeit durchzustehen, einen bleischweren Fuß vor den anderen zu setzen, war ihr im Nachhinein ein Rätsel. Aber sie hatte es geschafft.

Beim Gerichtsprozess hatte sie Martins Frau gesehen – groß, blond, gepflegt, elegant gekleidet. Während der Verhandlung sprach Martins Frau kein Wort, und ihr Gesicht zeigte keinerlei Regung. Erst als Martin zu lebenslänglich verurteilt wurde, rann ihr eine Träne über die Wange. Danach verließ sie den Gerichtssaal, noch bevor ihr Mann abgeführt wurde.

Alex empfand bei dem Urteilsspruch damals nur Dankbarkeit, weil Martin damit für immer aus ihrem Leben verschwand. Während des Prozesses fürchtete sie ständig, dass er ihren Namen erwähnen würde, doch das tat er nicht. Vielleicht fand er, sie hätte schon genug gelitten.

Niemandem gegenüber hatte sie erwähnt, dass sie Martin Jessop näher gekannt hatte.

Und jetzt das.

Raschen Schrittes verließ Alex den Campingplatz und setzte sich am Ufer auf eine Bank. Das Meer mit seiner unendlichen Weite hatte sie immer schon beruhigt und ihr das Gefühl gegeben, dass in Wirklichkeit nichts so schlimm war, wie es sich gerade anfühlte. In sich zusammengekauert, beobachtete Alex, wie die grauen Wellen ins Hafenbecken gischteten, während der Wind an ihren Kleidern zerrte und die feuchte Salzluft ihr im Gesicht brannte.

Woher wusste Jackie Wood von Martin und ihr?

Die Frage ließ ihr keine Ruhe. Vielleicht hatte Wood sie doch irgendwann beobachtet; Wood hatte im selben Gebäude gewohnt wie Martin. Aber wieso hatte sie das dann beim Prozess nicht erwähnt? Wieso war sie nicht aufgestanden und hatte geschrien: »Die Schwester kannte den Mörder auch«?

Warum nicht?

Als Alex zur Haustür hereinkam, vernahm sie Stimmen und den Krawall der Playstation im Wohnzimmer. Von Malone keine Spur.

»Hallo, Jungs«, sagte Alex. Schmutziges Geschirr und Zeitschriften bedeckten den Fußboden, und in der Luft lag der scharfe Tiergeruch der Pubertät. Aber Alex war froh, in die Normalität des Alltags zurückkehren und Jackie Wood fürs Erste vergessen zu können. Es war geradezu eine Wohltat. Sie wollte sich nicht mehr mit ihrem Gewissen herumschlagen und darüber nachgrübeln, was Wood wohl mit »allerhand Dinge erzählen« gemeint hatte und was mit Martins Tagebuch geschehen war.

»Hallo, Alex. Wie läuft's so?«

»Danke, gut, Jack«, antwortete Alex und unterdrückte den Impuls, sofort mit Aufräumen anzufangen. »Und bei dir?«

»Super.« Jack hackte auf die Tastatur seines Laptops ein, das er auf seinen Knien balancierte. Er war ein schlaksiger Junge mit markanten Wangenknochen, schmaler Nase und vollen Lippen und hatte zwar wie Gus' andere Freunde Spaß an Computer- und Konsolenspielen, war aber auch ein begeisterter Fußballer. Alex mochte Jack. Er begrüßte sie immer, und als Gus durch eine schwierige Phase gegangen war (die Alex beinahe einen Nervenzusammenbruch beschert hatte), hatte Jack treu zu Gus gehalten und ihm geholfen, die üble Truppe wieder loszuwerden, unter deren Einfluss er damals gestanden hatte. Vermutlich war es von Vorteil, dass Jack nicht auf Gus' Schule ging und die beiden in der städtischen Jugendmannschaft zusammen Fußball spielten.

Gus stand auf. »Hey, Mum, ich hoffe, du hast nichts dagegen, dass wir hier ein bisschen abhängen.«

»Nee, nee, kein Problem«, erwiderte Alex. Sie registrierte zwei weitere Jungen und blinzelte verblüfft, als sie in der Ecke doch wahrhaftig ein Mädchen entdeckte, das im Schneidersitz auf dem Sessel saß und in einer Zeitschrift blätterte. Bislang war in Gus' Freundeskreis noch nie ein Mädchen aufgetaucht.

»Cool. Nachher gehen wir vielleicht noch ins Kino.«

»Okay.« Alex blieb stehen, in der Hoffnung, dass Gus ihr die anderen vorstellen würde. Dabei versuchte sie, das Mädchen nicht anzustarren, das ausgesprochen hübsch war. Weibliche Rundungen, eine braune Lockenmähne, sinnliche Lippen, auf denen ein freundliches Lächeln lag, warme braune Augen. Die Nase, die ein bisschen zu groß und ein klein wenig schief war, verlieh ihrem Gesicht eine aparte Note. Das Mädchen blickte auf und sah Alex an.

»Danke, Mum«, sagte Gus mit Nachdruck und blickte sie finster an, was so viel bedeutete wie dass sie jetzt verschwinden solle.

»Alles klar«, sagte Alex. »Viel Spaß euch allen.«

Als sie rausging, bedauerte sie zwar, dass Gus sie nicht mit dem Mädchen bekannt gemacht hatte. Aber andererseits war sie froh, dass ihr Sohn wegen seiner Freunde keine Gelegenheit gehabt hatte, sie nach dem Interview mit Jackie Wood zu fragen.

Sie machte sich eine Tasse Kaffee, setzte sich an den Küchentisch und blickte in den hinteren Garten, wo der Wind durchs kahle Geäst der Bäume fegte. Fehlten eigentlich nur noch Steppenläufer, um die einsame, triste Atmosphäre zu unterstreichen. Alex fühlte sich erschöpft und ausgepumpt.

Aufraffen.

Sie musste sich auf ihre Reportage konzentrieren, und das war nur möglich, wenn sie nicht mehr an die Verbindung zwischen ihr und Jackie Wood dachte.

Gut, sie hatte also erfahren, dass Wood einen Freund gehabt hatte. Wer war das gewesen? Bestimmt jemand von hier. Seltsam, dass Wood bis heute seinen Namen nicht preisgab. Der

Mann hätte Alex nützlich sein können bei der Ausarbeitung von Woods Persönlichkeit. Hatte der Mann Angst bekommen? Oder hatte er Wood nicht genügend geliebt? Oder ganz einfach seinen Namen aus der ganzen Horrorgeschichte raushalten wollen? Das konnte Alex sogar verstehen. Doch vielleicht hatte der Mann auch seinerseits etwas zu verbergen gehabt. Oder Jackie Wood. Aber wenn Alex über diesen Freund schreiben könnte, würde es vielleicht Wood menschlicher erscheinen lassen und bei den Lesern Mitgefühl erwecken.

Sie nahm ihr Notizbuch aus ihrer Tasche und begann zu schreiben. Ihre ersten Gedanken notierte sie immer handschriftlich. Dann hörte sie sich die Interviews erneut an.

Was waren die beiden also? schrieb sie. *Sie hat mir leidgetan. Warum? Weil sie so lange im Gefängnis saß. Deshalb und wegen ihres Lebens jetzt. Früher sah es ja ganz anders aus. Aber jetzt verdient sie auch kein Leben mehr. Warum nicht? Weil sie schuldig ist. Ist sie das wirklich?*

Und ehe sie sich's versah, unterstrich Alex die letzte Frage so stark, dass der Kuli sich durchs Papier drückte.

Sie musste unbedingt was trinken. Natürlich war Wood schuldig. Der Richter, die Geschworenen, die Medien – alle hatten sie für schuldig befunden. Es gab keinerlei Zweifel. Und Alex' Mission bestand nun darin herauszufinden, wo Millie vergraben worden war. Damit man sie endlich richtig bestatten konnte. Außerdem musste sie den verdammten Artikel schreiben. Und dann war da dieses verfluchte Tagebuch. Kraftlos lehnte sich Alex zurück.

Die Haustür ging auf. Stimmen. Dann fiel sie wieder zu.

»Hi.« Malone kam in die Küche und küsste Alex auf den Nacken, was ihr einen angenehmen Schauer über den Rücken jagte. »Gus hat mich reingelassen«, erklärte Malone und nahm eine Dose Bier aus dem Kühlschrank. »Möchtest du auch eins?«

Alex schüttelte den Kopf. »Aber ein Glas Wein.«

Malone öffnete die Dose und trank einen großen Schluck. »Okay«, sagte er, wischte sich den Schaumschnurrbart vom Mund und ging wieder zum Kühlschrank.

Störte es sie, dass Malone sich in ihrem Haus so selbstverständlich bewegte, als wohne er hier? Eigentlich nicht, sonst hätte Alex es ihm ja nicht erlaubt, dennoch …

Sie war gereizt. Was wusste sie eigentlich über Malone? Nicht genug jedenfalls. Trotz des ausführlichen Interviews mit ihm hatte sie noch immer das Gefühl, ihn nicht umfassend einschätzen zu können. Sie spürte, dass er Dinge vor ihr geheim hielt. Er hatte von seinen diversen Heldentaten und der Undercover-Arbeit erzählt. Er war Mitte vierzig und sah verdammt gut aus. Und er hatte berichtet, dass er in einer Kleinstadt unweit von Dublin geboren war und seine ersten Lebensjahre dort verbracht hatte, bevor die Eltern nach England gezogen waren. Doch warum setzte er für seine Arbeit sein Leben aufs Spiel? Und obwohl er ihr gesagt hatte, er habe dieses Leben hinter sich gelassen – konnte sie ihm vertrauen?

Und wenn sie ihm nicht vertraute, weshalb gewährte sie ihm dann Zugang zu ihrem und Gus' Leben?

Malone reichte ihr ein Glas. Alex trank einen großen Schluck und fühlte sich schlagartig besser. Was wohl kein besonders gutes Zeichen war.

»Und, wie war's?«

Alex erstarrte, das Glas auf halbem Weg zum Mund. Wie viel wusste Malone? Sie hatte ihm nichts von ihrer Verabredung mit Jackie Wood gesagt. Woher hatte er es erfahren? Von Gus? Bestimmt …

»Hey«, sagte er lachend. »Du brauchst nicht so beunruhigt zu schauen.«

»Beunruhigt?«

»Du siehst aus wie ein Karnickel, das ins Scheinwerferlicht starrt.«

»Ach ja?«

»Hör zu, ich weiß nicht, wo du gewesen bist, und will es auch nicht unbedingt wissen. Aber ich habe das Gefühl, dass du einen interessanten und wichtigen Termin hattest, und denke mir, dass es wohl mit deiner Arbeit zu tun hatte.«

Alex sah ihn an, ruhig und mit klarem Blick. Nein, sie kannte Malone wahrhaftig noch nicht gut. Aber sie wusste, dass er sie sehr mochte und dass sie wahrscheinlich eine vielversprechende Beziehung führen könnten, wenn Alex bereit wäre, sich darauf einzulassen. Und sie hatte sich seit vielen Jahren nicht mehr so geborgen gefühlt. Jahrelang hatte sie um sich und Gus eine Mauer errichtet, die niemand durchdringen konnte. Vielleicht war es an der Zeit, die Mauer einzureißen.

Erst als Alex tief ausatmete, merkte sie, dass sie die ganze Zeit die Luft angehalten hatte. »Jackie Wood«, sagte sie.

»Was, du hast Jackie Wood getroffen?« Malone pfiff leise durch die Zähne. »Oh Mann. Kein Wunder bist du so verspannt.«

»Ich bin nicht verspannt. Na ja, ein bisschen vielleicht. Du darfst es absolut niemandem sagen. Wenn rauskommt, wo sie sich aufhält, bin ich erledigt.«

»Aber ich weiß doch gar nicht, wo sie sich aufhält, weil du es mir nicht gesagt hast«, wandte Malone ein.

»Stimmt auch wieder.«

»Ich werd's auch nicht mehr erwähnen.« Malone hielt inne. »Was hat sie also gesagt?«, fuhr er fort und lehnte sich entspannt zurück.

Alex schüttelte den Kopf. »Malone.«

»Na komm schon, Alex, spuck's aus. Du weißt, dass ich dichthalte. Ich kann mit so was umgehen, wie du weißt.«

Alex schürzte die Lippen. »Sie sagt, sie war's nicht.«

»Glaubst du ihr?«

Alex strich mit dem Finger über den Rand des Weinglases. »Nein, eigentlich nicht.«

Malone zog eine Augenbraue hoch. »Höre ich da Zweifel heraus?«

»Ich bin mir nicht hundert Prozent sicher. Sie war sehr überzeugend.«

Malone stellte sein Bier ab, trat zu Alex und nahm ihre Hand. »Hör mal, wenn du etwas brauchst, sag es mir einfach. Ich hab ein gutes Kontaktnetz und alle möglichen Freunde, weißt du.«

»Alle möglichen Freunde. Will ich das wirklich wissen, Malone?«

Er grinste schief. »Wahrscheinlich eher nicht. Müsstest du aber auch nicht, du könntest alles mir überlassen.«

Alex seufzte. »Morgen geh ich wieder zu ihr, für den zweiten Teil des Interviews.« Sie blickte auf Malones Hände, strich über den Siegelring, den er am linken kleinen Finger trug. »Und ich hoffe, dass sie inzwischen nachgedacht und sich entschlossen hat, mir zu vertrauen.«

»Und du meinst, sie wird dir einfach sagen, wo Millie begraben ist? Warum sollte sie das tun? Dann würde sie doch nur wieder im Knast landen, nicht wahr?«, sagte Malone ruhig.

»Ich habe mir gedacht, ich sage ihr, dass ich die Informationsquelle geheim halten würde.«

Malone legte Alex zärtlich die Hand unters Kinn. »Und du meinst wirklich, das funktioniert? Nach dem News-International-Skandal? Außerdem sind noch andere Menschen in diese Sache verwickelt. Sasha zum einen, dann Jez und auch Gus. Und wenn Wood dir sagen würde, wo Millie begraben ist, würde sie doch quasi zugeben, dass sie zumindest an ihrer Ermordung beteiligt war. Du müsstest auf jeden Fall die Polizei einschalten.«

»Das würde ich auf keinen Fall tun«, erwiderte Alex störrisch. »In der Hinsicht müsste Wood mir eben vertrauen. Mein einziger Trost ist, dass sie schon fünfzehn Jahre abgesessen hat. Was nicht genug ist, aber damit könnte ich leben, wenn ich endlich über Millie Bescheid wüsste. Ich will nur diese eine Information von Wood.«

Malone küsste sie sanft. »Nein, das stimmt nicht – du willst Rache. Süße, Millie lebt nicht mehr. Sie ist irgendwo in einem Wald oder einem Feld vergraben. Diese Frau wird sich garantiert nicht der Gefahr aussetzen, sich zu verraten, indem sie dir so was erzählt.«

Im tiefsten Inneren wusste Alex sehr wohl, dass Malone Recht hatte.

»Schau«, sagte er. »Ich kann ein paar meiner Kontakte anrufen, um mal zu hören, ob sie im Knast irgendwas hat durchblicken lassen. Und ob Jessop vielleicht was verraten hat, bevor er sich umgebracht hat.«

»Jessop?«

Malone zuckte die Achseln. »Ich weiß, das ist lange her, aber Leute, die im Knast waren, haben ein gutes Gedächtnis. Es wäre auf jeden Fall einen Versuch wert.«

Alex nahm seine Hand. »Danke dir, Malone.«

»Und jetzt«, er richtete sich auf und rieb sich den Rücken, »finde ich, du solltest hochgehen und den ersten Teil von deinem Artikel schreiben, solange du noch dicht dran bist am Stoff.«

»Du hast Recht.« Alex stellte ihr Weinglas ab und war froh, dass sie noch einen klaren Kopf hatte. »Hast du zufällig das Mädchen gesehen, das mit Gus zusammen war?«

»Das mit Gus *zusammen* war?« Malone lachte. »Seiner Miene nach zu schließen würde er das wohl ziemlich gut finden. Eindrucksvolles Wesen, das muss ich schon sagen.«

Spielerisch boxte Alex ihm auf den Arm. »Zu jung für dich, Mann.«

»Schon klar, schon klar. Das Mädel schien in der Gruppe ziemlich das Sagen zu haben.«

»Vielleicht tut sie Gus gut. Damit er nicht wieder unter den Einfluss seiner schrägen Freunde gerät.«

Malone zog die Augenbrauen hoch. »Machst du dir immer noch Sorgen deswegen? Es sieht doch so aus, als würde er sich mit seinen jetzigen Freunden ziemlich wohlfühlen.«

»Ja, ich weiß schon. Aber ich mach mir eben trotzdem immer wieder Sorgen …«

»Ach komm, das ist doch albern. Geh und arbeite was.«

Alex lachte. »Recht hast du.«

»Hab ich das nicht immer?«

»Nee. Aber da ich ja jetzt weggeschickt werde …«

»Ab mit dir. Kette dich an deinen Schreibtisch.«

Gehorsam tappte Alex von dannen.

10

Am nächsten Tag hatte sich das Wetter verändert. Der endlose Regen, der scharfe Ostwind und der tief hängende graue Himmel waren frischer, klarer Luft, einem hellblauen Himmel und einer blassgelben Sonne gewichen. Im Radio sprachen die Bauern darüber, dass die Winterernte vielleicht noch gerettet werden könne, wenn es jetzt ein bisschen Trockenheit und Wärme gäbe. Die Wettersprecher im Fernsehen verkündeten optimistisch, das Tiefdruckgebiet sei weitergezogen.

Auch Alex war zufrieden, zum einen, weil sie sich zurückgehalten und Gus nicht wegen des Mädchens ausgehorcht hatte, und zum anderen, weil sie mit dem ersten Teil des Interviews mit Jackie Wood fertig war.

Als sie sich auf den Weg zum Campingplatz machte, stellte sie fest, dass auch die allgemeine Stimmung ganz anders war. Die Leute nickten ihr zu, und einige machten sogar Bemerkungen über das Wetter. Es war so typisch britisch – kaum schien ein bisschen die Sonne, verbrüderten sich die Menschen. Alex empfand tatsächlich fast Mitleid mit Jackie Wood, weil es ihr nicht möglich war, spazieren zu gehen, die frische Luft zu atmen und sich den ersehnten Doughnut und Kaffee in der Bäckerei zu gönnen.

Wegen des schönen Wetters waren viel mehr Leute unterwegs, hauptsächlich ältere Paare. Mit Beginn der Osterferien kamen zunehmend mehr Familien in die Stadt, und im August war Sole Bay jedes Jahr voller Menschen, die Geld in die Kassen der Stadt brachten.

Als Alex vor der Tür von Jackie Woods Wohnwagen stand, trat wieder die junge Frau von gegenüber aus ihrem Campingwagen, rauchend und mit Kopfhörern in den Ohren. Als sie Alex sah, zog sie die Stöpsel heraus, und man hörte rhythmisches Scheppern. Alex nickte zum Gruß.

»Hab sie heut noch nicht gesehen«, sagte die Frau.

»Ach wirklich?«, erwiderte Alex, der nicht der Sinn nach einer Unterhaltung stand.

»Ja, wirklich«, echote die Frau. »Haben Sie ihr gesagt, dass ich gern mal einen Kaffee mit ihr trinken würde?«

»Ja, hab ich«, log Alex. »Wenn sie Zeit hat, macht sie das bestimmt.«

Die Frau nickte. »Prima. Aber in ein paar Tagen bin ich weg hier. Hab mir eine Wohnung in der Stadt gemietet, damit ich nicht mehr in dieser Kiste hier hausen muss. Wer ist sie eigentlich?«

»Wie?«

»Wie heißt sie?« Die Frau wies mit dem Kopf auf Jackie Woods Campingwagen. »Ich weiß ihren Namen gar nicht.«

Alex wollte antworten, als ihr auffiel, dass sie keine Ahnung hatte, unter welchem Namen Wood jetzt eigentlich lebte. »Sie ist eine Freundin von mir«, sagte sie schließlich. »Nur eine Freundin.«

»Gestern Abend hab ich mal bei ihr geklopft, um ein bisschen zu schwatzen, vielleicht ein Glas Wein mit ihr zu trinken. Aber sie hat nicht aufgemacht.«

»Vielleicht ist sie ja ausgegangen.« Alex versuchte, sich ihre Ungeduld nicht anmerken zu lassen.

»Nee, die war schon da. Hab ja das Radio gehört und sie vorher auch hinter den Vorhängen gesehen. Ich hab gedacht, Sie wären auch da.«

Jetzt warf Alex der Frau einen scharfen Blick zu. »Ich? Nein.«

»Na ja.« Die Frau zuckte die Achseln und trat mit dem Fuß die Zigarette aus. »Also sagen Sie ihr noch mal, dass sie jederzeit rüberkommen kann.«

»Mach ich.«

Nachdem die Frau wieder in ihrem Wohnwagen verschwunden war, klopfte Alex an Jackie Woods Tür. Nichts tat sich. Alex klopfte noch einmal und probierte durch das kleine Fenster neben der Tür zu spähen. Die Vorhänge waren zugezogen. Verflucht. Wo steckte Wood? Alex horchte und hörte leise Stimmen. War Besuch da?

Hastig sah sie sich um, weil sie unter keinen Umständen Aufsehen erregen wollte. Sie klopfte noch mal und drückte die Klinke herunter. Die Tür war nicht abgeschlossen. »Jackie?« Alex betrat den Wohnwagen.

Als Erstes fiel ihr der Geruch auf. Stickig, süßlich, metallisch. Es war dunkel; nur ein Streifen Licht drang zwischen den Vorhängen hindurch. Alex bedeckte ihre Nase und versuchte, nur durch den Mund zu atmen, als sie zum Fenster trat und die Vorhänge beiseitezog. Es war furchtbar heiß hier drin. Sie machte ihren Mantel auf und sah sich um. Auf dem Tisch lag ein umgeworfener Becher, der Inhalt, offenbar Tee, war herausgelaufen und auf den Boden getropft. Auch ein Teller mit Essen war umgekippt; sie konnte labberige Pommes, weißliche Fischbrocken und rote Ketchupflecken auf dem Teppichboden erkennen. Jemand redete, dann hörte Alex den bekannten Jingle eines Radiosenders. Sie trat zur Spüle und stellte das Radio aus.

Aber woher kam dieser Geruch?

In dem schmalen Flur, der wohl zum Badezimmer und Schlafraum führte, stand eine Tür halb offen. Zwei Beine ragten heraus, reglos wie bei einer Schaufensterpuppe.

Ohne nachzudenken ging Alex darauf zu und spähte in das Badezimmer. Unter dem Fenster befand sich eine Campingtoilette, in der Ecke eine Duschkabine mit einem von schwarzem Schimmel gesprenkelten Vorhang.

Zuerst fragte sich Alex, wieso wohl jemand in einem so engen, übel riechenden Raum freiwillig auf dem Boden lag. Doch dann wurde ihr schlagartig das gesamte grauenvolle Ausmaß bewusst. Jackie Wood lag unnatürlich verdreht da, den Kopf auf dem Rand der Duschkabine. Mit weit aufgerissenen Augen starrte sie leblos ins Leere. Der Mund war verzerrt, und die Narbe an ihrer Wange trat unnatürlich wulstig hervor, als läge ein weißer Wurm auf ihrem Gesicht. Zunächst dachte Alex, sie trüge ein rotes T-Shirt, doch dann wurde ihr bewusst, dass das T-Shirt eigentlich weiß war und sich durch Blut rot verfärbt hatte. Überall an den Wänden und auf dem Boden war Blut. Konnte ein einziger Mensch so viel Blut verlieren? Das Blut stammte aus Wunden in Brust und Bauch. Daher rührte der süßliche, metallische Geruch, der sich mit dem Gestank von Urin und Kot vermischte.

Alex wurde schwindlig, und die ganze Szenerie kam ihr plötzlich vollkommen unwirklich vor, als betrachte sie das alles aus großer Distanz und so sachlich, als sammle sie lediglich Fakten, um einen präzisen, ausführlichen Bericht darüber zu verfassen. Es handelte sich hier nicht um ihr eigenes Leben, das sich gerade verkomplizierte und sie völlig überforderte, sondern lediglich um einen Artikel, den sie schreiben würde, um die Sensationsgier der Leser zu befriedigen.

Alex zwang sich, Wood genauer zu betrachten.

Sie trug diesmal nicht die alte schwarze Jeans, sondern einen blauen Rock, der auch von blutroten Flecken verunziert war. Alex stellte sich vor, wie Wood vielleicht mit dem Bus nach Lowestoft oder Yarmouth gefahren war, um den Rock dort zu kaufen. In die vornehmen Läden von Sole Bay hatte sie sich wohl eher nicht gewagt. Oder vielleicht war sie auch … Was mache ich da eigentlich?, fragte sich Alex unvermittelt. Vor ihr lag ein toter Mensch, und sie hatte nichts Besseres zu tun, als Mutmaßungen über die Kleidung anzustellen.

Weil Woods Beine gespreizt waren und man ihre Unterhose sehen konnte, kniete Alex sich hin und versuchte, den Rock herunterzuziehen, ohne dabei mit ihrem Mantel den Boden zu berühren. Sie wollte Wood nicht so entblößt liegen lassen. Als Alex vorsichtig an dem Rock zupfte, spürte sie etwas Hartes und blickte auf den Boden. Ein blutbeflecktes Messer. Aus irgendeinem Grund hätte sie beinahe laut aufgelacht. Wie in einem Fernsehkrimi – die Tatwaffe neben der Leiche. Und im Krimi hätte Alex das Messer jetzt wahrscheinlich aufgehoben, aber sie ließ es bleiben.

Sie berührte Woods Wange, die sich kalt und wächsern anfühlte.

Den grauenhaften Gestank des Todes in der Nase richtete Alex sich auf und zwängte sich durch die enge Tür. Ein bitterer Geschmack stieg in ihrer Kehle auf, und ihr war übel. Schweiß trat ihr auf die Stirn, und ihre Hände zitterten. Nachdenken. Sie musste unbedingt nachdenken.

Polizei. Krankenwagen. Sie musste jemanden anrufen. Alex nahm ihr Handy aus der Tasche und ging in den vorderen Raum zurück. Sie wollte gerade die Tasten drücken, als sie schlagartig aus ihrem Dämmerzustand aufschreckte. *Nachdenken.*

Wer konnte ein Interesse daran haben, Jackie Wood zu töten?

Sie selbst, Alex Devlin, die Tante der ermordeten Zwillinge. Aber vorher hatte sie noch erfahren wollen, wo Millie begraben war. Sasha? Ganz sicher, aber sie war so schwächlich, dass man sich bei ihr so eine Tat nicht vorstellen konnte. Und Jez? Wie würde er reagieren? Ihr Bauchgefühl sagte ihr, dass er streng nach dem Gesetz vorgehen würde – oder doch nicht? Er hatte schon in der Vergangenheit immer wieder für Überraschungen gesorgt. Wer kam noch infrage? Wer noch?

Alex zuckte entsetzt zusammen, als es an der Tür klopfte.

»Hallo?« Erneutes Klopfen. »Hallo? Ich bin's, Nikki von gegenüber. Hätten Sie beide Lust, mit auf einen Kaffee in die Stadt zu gehen?«

Das wäre die Gelegenheit gewesen zu rufen: »Holen Sie die Polizei!«, oder: »Hier ist was Furchtbares passiert, bitte helfen Sie mir!« Stattdessen ging Alex zur Tür, öffnete sie einen Spalt und legte den Finger an die Lippen.

»Pst«, machte sie. »Jackie hat sich wegen einer üblen Migräne hingelegt. Deshalb hatte sie die Vorhänge zu. Ich hab sie aufgemacht, aber das war ihr zu hell. Die Sonne blendet, es tut ihr in den Augen weh, und dann wird ihr übel.« Alex plapperte drauflos und umklammerte die Tür so fest, dass ihre Fingerspitzen taub wurden. Bemühte sich, nicht an Wood zu denken, die mit diesem leblosen Blick, verdreht wie eine kaputte Puppe, in dem winzigen Badezimmer lag.

Nikki trat von einem Fuß auf den anderen. »Jackie«, sagte sie langsam, und Alex hätte sich schlagen können, weil sie den Namen preisgegeben hatte. »Ah. Tja«, sprach Nikki weiter. »Ich dachte, ein bisschen frische Luft würde ihr bestimmt guttun.« Sie wollte an Alex vorbei in den Wohnwagen spähen. »Nur auf eine Tasse Kaffee oder so?«

Plötzlich wurde Alex klar, dass sie hier eine weitere einsame Frau vor sich hatte, die sich Gesellschaft wünschte, um ihr eintöniges Leben ein wenig unterhaltsamer zu gestalten. »Hören Sie«, sagte Alex. »Ich schreibe ihr eine Nachricht, richte ihr aus, dass Sie hier waren. Sicherlich trifft sie sich gerne mit Ihnen.«

»Aber sagen Sie ihr, sie soll nicht zu lange warten, sonst bin ich nicht mehr hier.«

»Mach ich.« Alex zwang sich zu einem Lächeln, dann

schloss sie die Tür und lehnte die Stirn an das kalte Metall. Nikki blieb offenbar noch einen Moment draußen stehen, bevor sie die Stufen hinuntertappte. Alex horchte. Ein paar Sekunden Stille, als sie draußen über das Gras und den Fußweg ging. Schließlich Schritte auf der Treppe des anderen Wohnwagens, die Tür fiel zu.

Alex ließ sich an der Tür hinuntergleiten und legte den Kopf auf die Knie. Was um alles in der Welt hatte sie angerichtet? Sie musste komplett den Verstand verloren haben. Mit einem Mal begriff sie, warum sie weder die Polizei gerufen noch Nikki um Hilfe gebeten hatte. Das Messer. Die Tatwaffe war ein ganz gewöhnliches Küchenmesser, auch Sasha hatte so eins. Es wurde allerdings kaum gebraucht, weil sie kaum kochte.

Das waren bestimmt voreilige Schlüsse. Aber irgendetwas ließ Alex keine Ruhe. Sie dachte daran, wie sie zuletzt bei Sasha gewesen war und mit ihr einen Film angeschaut hatte. Alex konnte sich nicht mehr an den Titel erinnern. Es war jedenfalls eine romantische Komödie gewesen, die sie beide zum Lachen gebracht hatte. Sasha ging es wieder etwas besser, sie hatte sich nicht mehr geritzt, und sie hatten über Jackie Wood reden können, ohne dass Sasha ununterbrochen weinte. Es konnte sogar sein, dass sie noch ein Fotoalbum von den Kindern angeschaut hatten.

Alex versuchte, sich zu erinnern, ob sie an diesem Abend in der Küche gewesen war. Um mehr Wein, Knabberzeug oder einen Dip zu holen vielleicht? Und hatte sie da auf den Messerblock geachtet? Aber weshalb auch? Wenn Sasha sich ritzte, dann tat sie das mit Rasierklingen oder einem Taschenmesser – Dingen, die man problemlos kaufen und unauffällig wieder loswerden konnte. Wenn im Block ein Messer fehlte, wäre das Alex also sicher nicht aufgefallen.

Stöhnend strich sie sich die Haare aus der Stirn und richtete sich auf. Als sie ihr Gesicht in einem mit Fliegendreck gesprenkelten Spiegel an der Wand sah, zuckte sie entsetzt zusammen. O Gott, was mochte Nikki sich bei ihrem Anblick gedacht haben? Alex sah aus, als sei sie einem Geist begegnet – was in gewisser Weise ja auch stimmte. Ihre Haare standen wirr ab, und auf ihrem Pulli war ein roter Fleck. Blut womöglich?

Nachdenken.

Als sie eine Tür klappen hörte, spähte sie durch die Gardinen. Nikki ging in die Stadt, vermutlich, um nun alleine Kaffee zu trinken. Wie lange mochte sie wegbleiben?

Alex schaute wieder in den Spiegel, glättete ihre Haare. Als sie an sich herunterblickte, entdeckte sie dunkle Flecken an ihrer Jeans. Sie hatte neben der Leiche gekniet. Ihr wurde wieder übel. Nein, bloß nicht. Sie knöpfte ihren Mantel zu und sah sich um. Da, auf dem Regal. Ein Schlüssel. Sie nahm ihn, ging zur Tür und spähte vorsichtig hinaus. Weit und breit niemand zu sehen. Alex schloss hinter sich ab, steckte den Schlüssel ein. Hastete die Stufen hinunter und lief mit gesenktem Kopf den Weg entlang.

Sie hatte Glück. Der Himmel war wieder bewölkt, und es begann erneut zu regnen. Sie begegnete keiner Menschenseele, als sie das Gelände verließ, und hoffte, dass niemand sie beobachtet hatte.

Während sie die Straße entlangeilte, gelang es ihr noch, sich zusammenzureißen. Über die Holztreppe und den Pfad lief Alex zum Strand und sank im Schutz einer grasbewachsenen Düne in den feuchten Sand. Es hörte auf zu regnen, und die Sonne brach durch die Wolken. Ein prachtvoller Regenbogen erschien am Himmel, klar und strahlend. Ein altes Kinderlied fiel ihr plötzlich ein, mit dem man sich die Farben des Regenbogens merken konnte. Die Worte kreisten in ihrem Kopf, wieder und wieder. Alles war gut, solange es sie davon abhielt, an Jackie Wood zu denken, die blutverschmiert und tot in ihrem Wohnwagen lag. Alex atmete tief ein, um den Gestank loszuwerden, der ihr immer noch in der Nase haftete. Dann holte sie ihr Handy heraus.

»Alex?« Malones gelassene, wohlklingende Stimme beruhigte sie sofort. Sie öffnete den Mund, aber ihr Hals war wie zugeschnürt, und sie brachte kein Wort heraus.

»Alex? Du bist das doch, oder?« Malone klang besorgt.

»Malone«, brachte Alex mühsam hervor. »Malone, ich brauche dich.«

»Wo bist du?«

»Am Strand. Irgendwo ... in der Nähe vom Hafen. Großer Gott, Malone ... ich weiß nicht, was ich tun soll.« Jetzt strömten ihr Tränen über die Wangen, und sie bemühte sich angestrengt, nicht zu schluchzen. »Bitte, Malone.«

»Bleib, wo du bist. Ich komme so schnell wie möglich. Geh nicht weg.« Die Verbindung brach ab.

Alex sah den gischtenden Wellen zu, die auf den Strand rollten, lauschte dem Rauschen und wurde ruhiger.

11

In Martlesham bog Kate von der A12 ab und fuhr zum Polizeirevier, einem hässlichen Bau aus den siebziger Jahren mit endlos langen Fluren. Der neuere Trakt, in dem unter anderem Haftzellen untergebracht waren, hatte mit seinen Glasflächen und offenen Räumen zumindest eine etwas luftigere Ausstrahlung. Aber die gesamte Anlage war nüchtern und öde, und die triste Winterszenerie mit den laublosen Bäumen und Matschflächen anstelle von Gras trug auch nicht zu einer freundlicheren Atmosphäre bei.

Kate freute sich, dass sie zur Mittagszeit trotzdem gleich am Eingang einen Parkplatz fand. Sie blieb im Auto sitzen, schloss die Augen und versuchte, einen klaren Kopf zu kriegen. Großer Gott, war sie müde. Bevor sie ausstieg, wollte sie in Ruhe noch einmal über die beschissene Panne nachdenken, die ihr heute passiert war. Das machte sie grundsätzlich so, sie sortierte alles in Gedanken noch einmal und ließ es in Ruhe reifen, anstatt sich irgendwann mit einem faulenden Komposthaufen auseinandersetzen zu müssen.

Seit halb vier Uhr morgens war sie auf den Beinen und hatte ihren Arbeitstag bei kaltem Nieselregen in einer Kleinstadt in den Fens begonnen. Sogar ihr unverwüstlicher Ledertrenchcoat konnte sie nicht vor der nasskalten Luft schützen. Natriumdampflampen, die den Sparmaßnahmen noch nicht zum Opfer gefallen waren, erhellten die Dunkelheit. Sie und ihr Team parkten am Ende einer Sackgasse in einem gutbürgerlichen Wohnviertel. Solide Doppelhäuser mit Erkerfenstern, vermutlich aus den Fünfzigern. Die Vorgärten entweder asphaltiert als Stellplatz fürs Auto oder mit Rasenfläche und Rabatten, die jetzt Winterschlaf hielten. Schlaf. Kate gähnte und trank einen Schluck Kaffee, der inzwischen lauwarm war, aus ihrer Thermoskanne. Im Augenblick konnte sie sich nichts Schöneres vorstellen, als im Bett zu liegen und zu schlafen. Ein elendes Pech, dass sie als Einzige noch im Büro gewesen war. Detective Inspector Howlett musste dringend zu seiner Frau, die gerade dabei war, ihr Baby auf dem Küchenfußboden zu gebären. Es war Howletts Fall und sein Insidertipp, er hätte selbst vor Ort sein müssen.

Kate stieg aus und sah sich um, unterdrückte das nächste Gähnen. Die Wohngegend war nicht gerade typisch für die üblichen Drogenrazzien am frühen Morgen. Normalerweise fanden sie in heruntergekommenen Landhäusern oder gesichtslosen Industriegebäuden statt. Dieses Viertel hier war einfach zu *hübsch*. Wiewohl Verbrechen natürlich auch in bürgerlichem Ambiente stattfanden. Kate steuerte auf das Zielobjekt zu, Haus Nummer 43.

»Geht's jetzt los?«

Kate blickte zur Seite. Ed Killingback war neben ihr aufgetaucht, Notizbuch im Anschlag, Fotokamera am Armgelenk baumelnd. Hinter ihm bereitete sich ein Team von der BBC aufs Drehen vor. Kate versuchte, nicht gereizt zu wirken, denn den Medien verdankte die Polizei diesen Ermittlungserfolg. Die Recherchen des Senders hatten Beweismaterial erbracht, das an die Polizei weitergegeben worden war. Also war ihr nichts anderes übrig geblieben, als dem Sender die Erlaubnis zu geben, bei der Razzia dabei zu sein. Und Killingback hatte irgendwie davon Wind bekommen und war auch erschienen. Kate unterdrückte einen Seufzer. Die elende Presse. Immer eine Belastung.

»Ja, wir sind bereit«, sagte sie ruhig. »Denken Sie bitte daran, auf Abstand zu bleiben. Mischen Sie sich keinesfalls ein. Bleiben Sie auf Distanz. Wir wissen nicht, was wir vorfinden werden.«

»Verstanden.« Killingback legte in einem ironischen Salut die Finger an die Stirn.

Eifriger Jungspund. Plötzlich fühlte Kate sich noch müder und zerschlagener.

»Also los.« Auf ihr Zeichen hin rannten vier Polizisten in voller Kampfmontur über die Straße auf das Haus zu.

Einer der Männer bearbeitete die weiße Kunststofftür mit einem Rammbock, wobei er von den anderen angefeuert wurde.

»Mit Schwung!«

»Los, du schaffst es!«

»Hau die Tür weg!«

Tatsächlich gab die Tür nach und wurde von einem der Polizisten weggeschleudert wie ein Stück Pappe.

Die Kollegen traten beiseite, um Kate in das Haus zu lassen, das nun ungeschützt der Kälte und den Blicken der Medienleute ausgesetzt war.

Kate leuchtete mit der Taschenlampe in den Flur. Parkettboden, altmodischer roter Läufer, Landschaftsgemälde an den Wänden, Schnittblumen in einer Vase auf einem Halbtisch. Es roch nach Bohnerwachs. Sie winkte den Polizisten und öffnete linker Hand eine Tür. Die Männer stürmten hinein, wobei sie Befehle brüllten, die jeden Widerstand von vornherein im Keim ersticken sollten. Nichts. In dem Zimmer rechts vom Flur das Gleiche, ebenso wie in der Küche. Bürgerliche, gepflegte Räume, an denen nichts auffällig war.

»Nach oben«, ordnete Kate an.

»Raus aus meinem Haus!«, war aus dem Obergeschoss auf einmal eine zittrige Stimme zu hören. »Sofort! Die Polizei wird jeden Moment hier sein!«

Kate leuchtete nach oben und erblickte einen blinzelnden Mann mit schütteren Haaren und jeder Menge Runzeln im Gesicht, der mindestens siebzig sein musste. Mit einer Hand hielt der alte Mann seinen Morgenmantel zusammen, mit der anderen schwenkte er eine Bronzestatue, wohl in der Hoffnung, damit besonders bedrohlich zu wirken. Hinter ihm stand eine zitternde Frau im selben Alter, die Augen weit aufgerissen vor Angst, und starrte in den grellen Lichtstrahl.

»Verschwinden Sie!«, rief der Mann und wedelte wild mit der Statue. »Die Polizei ist gleich hier!«

»Wir sind die Polizei«, erwiderte Kate und fühlte sich sehr erschöpft, als sie ihren Dienstausweis zückte und hochhielt.

»Kommen Sie näher. Ich kann nichts erkennen.«

Kate wusste, dass sie im Zweifelsfall von ihren Leuten gedeckt wurde, als sie die Treppe hinaufstieg.

»Stehen bleiben!«, befahl der alte Mann. »Jetzt werfen Sie den Ausweis nach oben!«

»Mr?«, sagte Kate, bemüht, ihren Ärger nicht zu zeigen. Sie ärgerte sich nicht nur über den alten Mann, sondern über den Insidertipp, der sich hier gerade als kompletter Stuss erwiesen hatte. Der Mann hatte nichts mit den zehn Vietnamesen zu tun, die sich angeblich hier aufhalten sollten. Wenn es überhaupt das richtige Haus war, was Kate inzwischen stark bezweifelte.

»Williams. Jeffrey Williams.«

»Ich kann mich nur bei Ihnen entschuldigen, Mr Williams.« Kate schleuderte die Plastikkarte wie ein Frisbee, und sie landete vor seinen Füßen. »Es handelt sich hier offenbar um einen Irrtum.«

»Irrtum? Das kann man wohl sagen.« Schwerfällig bückte sich der alte Mann und hob den Dienstausweis vom Boden auf. »Und was ist mit meiner Haustür?«

»Ich kann Ihnen versichern …«

»Ich habe einen Schock erlitten, ist Ihnen das klar? Und meine Frau auch.« Die Frau nickte nachdrücklich. »Wir hätten einen Herzinfarkt kriegen können.«

»Mr Williams«, begann Kate erneut. Es war ungünstig, dass sie tiefer stand als er. »Es tut mir sehr leid, dass …«

Sie hörte das Martinshorn mehrerer Streifenwagen.

»Na bitte«, sagte Mr Williams triumphierend. »Die Polizei.«

Kate nickte. »Scheint so.« Großer Gott. Was für ein Reinfall!

Es war also kein Wunder, dass sie jetzt hundemüde war und überdies widerwärtige Kopfschmerzen hatte. Ein weiterer Streit mit Chris hatte alles noch verschlimmert. Sie stritten sich häufiger, seit Kate die Bilder von Jackie Woods Freilassung gesehen hatte. Es war ihr so vorgekommen, als wolle Wood sich über sie lustig machen. Als wolle sie sagen: »Siehst du? Wusste ich's doch, dass ich eines Tages aus dem Gefängnis rauskommen würde.« Und es war ihr tatsächlich gelungen.

Heute Morgen hatte es allerdings besonders übel gekracht. Chris hatte von Freunden erzählt, die jahrelang versucht hatten, ein Kind zu bekommen, bis sich herausgestellt hatte, dass die Frau unfruchtbar war. Darauf hatte sich das Paar für In-vitro-Fertilisation entschieden und Zwillinge bekommen.

Als Chris an diesem Morgen davon anfing, fuhr Kate herum und verschüttete dabei ihr Müsli. Wütend starrte sie ihren Mann an. »In vitro? Du willst, dass ich mich mit Hormonen vollpumpen und mir meine Eizellen rauspflücken lasse, nur um ganz vielleicht ein Kind zu kriegen, obwohl die Erfolgsrate keineswegs so hoch ist und man überall hört und liest, dass diese Prozedur eine enorme Belastung ist für eine Beziehung? Das willst du?« Gott, sie war so müde, sie wollte jetzt nicht an dieses Thema denken und schon gar nicht darüber reden.

»Warum denn nicht? Man könnte es doch zumindest mal erwägen. Bitte, mehr verlange ich ja gar nicht. Nur einfach mal darüber nachdenken.«

Kate hätte die Müslischale am liebsten an die Wand geschmissen, stellte sie aber betont ruhig auf den Tisch und ging zur Tür. »Ich wäre wirklich froh, wenn du damit endlich aufhören würdest.« Sie nahm ihre Jacke. »Bis später.«

Sobald Kate an ihrem Schreibtisch saß, verdrängte sie sämtliche Gedanken an Chris. Am Arbeitsplatz schaffte sie das mühelos. Sie war gut darin, ihr Leben in separate Fächer aufzuteilen. Die Vergangenheit war in einem Fach gelandet, zu dem sie den Schlüssel weggeworfen hatte. Das häusliche Privatleben stopfte sie in ein Fach irgendwo in einer Ecke. Die Arbeit dagegen durfte den größten Raum einnehmen. Mit ihrer Arbeit – so chaotisch, trist und deprimierend sie auch sein mochte – kam Kate immer zurecht. Die Arbeit war einfach das Beste. Aber wenn sie sich diesen Gedanken gestattete, bekam sie prompt Schuldgefühle.

»Hey, Kate, wie geht's?« Steve Rogers, ein Detective Sergeant, der immer wie ein Fels in der Brandung wirkte, wischte sich gerade Zuckerkrümel vom Hemd und legte seinen Doughnut auf ein fettiges Papier auf dem Schreibtisch. Neben dem Doughnut stand ein Pappbecher mit Kaffee, der einen angenehmen Duft verströmte – garantiert Takeaway, nicht die grässliche Brühe aus der reviereigenen Kaffeemaschine.

»Danke, gut, Steve. Alles gut.« Kate schaltete ihren Computer ein und versuchte, das düstere Gefühl loszuwerden, das über ihr hing wie eine dunkle Wolke. Vielleicht hatte sich die Lage so zugespitzt, dass sie ihr Privatleben nicht mehr in dem

Fach in der Ecke vergraben konnte. Wahrscheinlich musste sie ernsthaft mit Chris reden und ihm von dem Besuch bei der Ärztin erzählen. Und vielleicht tatsächlich eine Therapie in Erwägung ziehen. Ihre Ehe war ihr wichtig. »Jede Menge Arbeit eben.«

»Hab gehört, die Razzia ist ziemlich in die Hose gegangen.«

»Kann man so sagen«, erwiderte Kate finster. »Ich warte auf die Abreibung.«

»Tja, jedenfalls sollen Sie beim Künstler vorstellig werden.«

Kate blickte auf. »Was, jetzt schon? Ich dachte, ich hätte noch ein bisschen Zeit …«

»Sobald Sie reinkommen, hieß es.« Steve wies mit dem Kopf auf die Tür zum Büro von Detective Chief Inspector Grayson Cherry, von allen »Der Künstler« genannt. Ihr Boss hieß nicht nur fast genauso wie der berühmte Künstler und Crossdresser, sondern malte auch selbst und verunzierte die Wände seines Büros mit »Werken«, die aus einem irgendwie gearteten Farbklecks auf einer ansonsten leeren Leinwand bestanden. Diese Farbkleckserei sollte anscheinend sein künstlerischer Stil sein.

»Nehmen Sie Platz, Kate«, sagte Cherry.

Kate ließ sich gegenüber von ihrem Chef am Schreibtisch nieder und bemühte sich, nicht auf das neue Gemälde an der Wand hinter Cherry zu starren, das offenbar dessen erster Versuch in puncto Aktgemälde war. Wie bei Picasso wies die Figur merkwürdige Schwellungen an merkwürdigen Stellen auf. Im Gegensatz zu Picasso allerdings war Cherry als Maler komplett untalentiert. Deshalb richtete Kate den Blick lieber auf die üppigen, sehr geraden Augenbrauen ihres Chefs und dessen Haare, in denen sich die ersten grauen Strähnen zeigten. Cherry war ein gut aussehender und hochintelligenter

Mann. Müßig sann Kate darüber nach, ob er sich die Augenbrauen wohl zupfte ... sie waren so extrem gepflegt, nirgendwo ein ungebändigtes Härchen ...

»Zur Sache, Kate.«

Sie blinzelte und verkniff sich ein Gähnen.

Cherry legte die Fingerspitzen aneinander. »Heute früh.«

»Das war ... ähm ... leider ein unerfreuliches Versehen, Sir«, erwiderte sie so gefasst wie möglich.

»Unerfreuliches Versehen.« Der Chef zog eine der markanten gepflegten Augenbrauen hoch. »Aha. Meinen Sie, dass die Unabhängige Kommission für Dienstaufsichtsbeschwerden das auch so sehen wird? Oder wie?«

Kate unterdrückte ein Seufzen. Nur Cherry sprach den Namen der Behörde vollständig aus, anstatt die Kurzversion zu benutzen wie jeder normale Mensch. »Die Aktion ging auf einen Insidertipp zurück, Sir.«

»Und es ist DI Howletts Fall, das ist mir wohl bewusst. Wenn er nicht zu seiner schwangeren Frau gerufen worden wäre, säße er jetzt hier und nicht Sie, oder?«

»Ja, Sir.«

»Aber nun sind es eben Sie.«

»Ja, Sir.«

Cherry beugte sich vor. »Sie haben so richtig Mist gebaut, würde ich sagen. Wir sind blamiert und müssen uns peinliche Fragen von oben gefallen lassen.«

»Ja, Sir.«

Der Chef schob die Unterlippe vor und atmete aus. Ein paar Haare flatterten im Luftstrom. »Bislang haben Mr und Mrs Williams weder Anwälte bemüht noch mit einer Klage gedroht oder Entschädigung verlangt.«

»Gut.«

»Ja, gut. Überlassen Sie die Angelegenheit mir, Kate.«

»Wirklich?«

»Man soll einem geschenkten Gaul nicht ins Gesicht blicken.«

»Ins Maul.«

Cherry zuckte die Achseln. »Gesicht oder Maul, ist doch einerlei. Sie wissen, was ich meine.« Er verschob Akten auf seinem Schreibtisch. »Jetzt zu … ähm … dringenderen Angelegenheiten. Ich weiß, dass Sie wissen, dass unter uns ein unerwarteter Gast weilt. Und auch ein unerwünschter Gast, möchte ich meinen.«

Jackie Wood. Plötzlich waren Kates Müdigkeit und Gereiztheit wie weggeblasen, und ihr Herz schlug schneller. Das war die erste Bestätigung, dass die Frau irgendwo in der Gegend untergetaucht war. Schon seit Tagen ging das Gerücht im Revier um, und Kate wunderte sich, dass es noch nicht publik geworden war. Normalerweise sickerte so was sofort nach draußen. Aber vermutlich gab es vorerst keine undichten Stellen mehr, weil unlängst einige Kollegen verhaftet und angeklagt worden waren, die Bestechungsgeld von Presseleuten angenommen hatten.

»Ja, Sir«, sagte Kate erneut.

»Und wissen Sie, wo sich besagte Person aufhält?«

Cherry machte gerne Ratespielchen, und Kate ließ sich darauf ein. »Nein, Sir.«

Er beugte sich wieder vor und tippte sich an die Nase. »Der faule Apfel fällt nie weit vom Stamm.«

»Ah, sie ist also in Suffolk«, erwiderte Kate und nickte, als hätte sie das nicht bereits vermutet. Durchaus naheliegend, dass Wood hierher zurückkehrte. Man hatte ihr natürlich geraten, sich einen falschen Namen zuzulegen und künftig woanders zu leben. Aber sie fühlte sich wahrscheinlich zu ihrer Heimat hingezogen. Und zum Tatort.

»Ich muss Ihnen natürlich nicht erklären, dass wir bis zum Hals in der Scheiße stecken werden, wenn irgendjemand –

und damit meine ich im Besonderen die Damen und Herren von der Presse – herausfindet, wo besagte Person steckt. *Comprende?*«

Kate nickte und verkniff sich angestrengt ein Grinsen. »Von mir erfährt niemand ein Sterbenswörtchen, Sir, das versteht sich von selbst.« Sie biss sich auf die Lippe. »Wäre es nicht vielleicht gut, Sir, wenn ich sie aufsuchen und ihr mitteilen würde, dass wir von ihrer Anwesenheit hier wissen?«

Grayson Cherry seufzte tief. »Kate«, sagte er geduldig, »ich weiß, dass Sie in den Fall Clements involviert waren, und nein, ich fände es nicht gut, mit ihr Kontakt aufzunehmen. Wir lassen sie in Ruhe und sprechen erst mit ihr, wenn es sich nicht mehr vermeiden lässt. Weil nämlich ansonsten ihr verdammter Anwalt über uns herfallen wird wie eine Hyäne.«

Es klopfte, und Steve steckte den Kopf zur Tür herein. »Eine Meldung, Sir. In Sole Bay, auf dem Campingplatz am Hafen, wurde eine Frau tot aufgefunden.«

Detective Chief Inspector Grayson Cherry schloss die Augen und massierte mit zwei Fingern seine Nasenwurzel, bevor er aufblickte und Kate ansah. »Sieht allerdings so aus, als steckten wir bereits jetzt bis zum Hals in der Scheiße.«

12

»Alles klar mit dir? Du weißt, was du sagen musst?« Malone sah Alex eindringlich an.

Sie nickte. »Ja. Ich bin hierhergekommen, um das zweite Interview zu machen, und habe Jackie Wood so vorgefunden.« Alex schluckte heftig, um die Übelkeit zu unterdrücken.

»Und dann?«

»Wenn sie mich fragen, ob ich ein Messer gesehen hätte, verneine ich und sage, alles sei genauso gewesen wie jetzt und ich sei so schnell wie möglich rausgegangen.«

Malone nickte. »Gut.«

Alex sah ihn an, enorm dankbar für seine Hilfe.

Er war im Nu an der Stelle am Strand aufgetaucht, hatte sie in die Arme genommen und lange festgehalten. Dann hatte er ihr die Haare aus dem Gesicht gestrichen und sie auf die Stirn geküsst. Alex hatte ihm alles erzählt – von dem Wohnwagen, der Leiche, dem Messer, ihren Ängsten.

»Verstehe«, sagte Malone. »Los, gehen wir, ich lasse das Messer verschwinden.«

»Aber was ist mit der DNA und Fingerabdrücken und all so was?« Alex gehörte zur großen Fangemeinde von *CSI – Den Tätern auf der Spur*.

»Deine Fingerabdrücke werden überall sein, aber das ist ja völlig in Ordnung. Du warst schließlich gestern schon hier und solltest sie heute erneut interviewen. Da ist es normal, dass du alles Mögliche angefasst hast.«

»Und Sasha?«

Malone nahm Alex bei den Schultern. »Denk doch mal logisch. Wie hätte Sasha Jackie Wood denn überhaupt finden sollen? Und deine Schwester ist ja wohl kaum in der Verfassung, nach jemandem zu suchen.«

»Ich weiß nicht. Aber vielleicht ist sie mir gefolgt oder hat in meinen Sachen rumgewühlt oder …« Alex konnte ihre Angst kaum beherrschen.

»Schau, falls sie tatsächlich hier war und ihre Spuren nicht sorgfältig verwischt hat, wird man ihre DNA und ihre Fingerabdrücke ohnehin überall finden. Aber wenn wir die Tatwaffe verschwinden lassen, hat die Polizei zumindest dieses entscheidende Beweisstück nicht. Und ich beherrsche es, da reinzugehen, ohne meine Visitenkarte zu hinterlassen.«

Alex nickte.

Aber Malone musste noch etwas anderes für sie erledigen in dem schrecklichen Chaos im Wohnwagen.

»Martin Jessop hat ein Tagebuch geführt«, sagte Alex.

»Und?«

»Ich weiß nicht, wo es ist, aber es könnte in Woods Campingwagen sein.«

»Hältst du das für naheliegend? Ich meine, Jessop ist tot, und seine Sachen sind doch bestimmt seiner Familie übergeben worden.«

Alex biss sich auf die Unterlippe. »Ja, ich weiß. Aber Jackie Wood hat angedeutet, dass sich das Tagebuch entweder in ihrem Besitz befindet oder dass sie zumindest weiß, wo es ist. Könntest du deshalb mal schauen, ob du es vielleicht findest?« Zum ersten Mal log sie Malone an.

»Warum ist das so wichtig?«

Nun kam der schwierigste Teil. Sie konnte ja wohl kaum sagen, in dem Tagebuch stünden eventuell Details über ihre Affäre mit Jessop, die ihr das Genick brechen könnten. »Weil vielleicht was über den Verbleib von Millie drinsteht. Ich muss es einfach wissen.« Das stimmte zumindest.

»Aber das Tagebuch hätte man doch sicher im Gefängnis gefunden.«

»Ja, klar. Aber wenn er es gar nicht …«

»Gar nicht was?«

»Wenn er es im Gefängnis gar nicht bei sich hatte?« Alex sah Malone in die Augen, damit er keine weiteren Einwände vorbrachte. Sie wollte ihn nicht vorsätzlich täuschen, fühlte sich aber auch nicht imstande, ihm die düstere Wahrheit zu gestehen, solange sie nicht dazu gezwungen war.

»Aber …«

Mittlerweile war sie so entnervt, dass sie Malone am liebsten angeschrien hätte. Sie holte tief Luft. »Bitte, Malone.«

Er runzelte die Stirn. »Wieso habe ich das Gefühl, dass du mir was verschweigst?« Als Alex stumm blieb, seufzte er. »Also gut. Weil du es bist.«

»Danke.«

Alex hatte nicht daran gedacht, dass es auf dem Campingplatz Videokameras geben könnte, Malone dagegen schon. Er meinte jedoch, es sei unwahrscheinlich, dass sie um diese Jahreszeit in Betrieb seien, falls überhaupt.

»Die Kameras werden häufig nur zur Abschreckung angebracht, da ist meist gar keine Kassette drin. Und die digitalen kann sich so ein Campingplatz gar nicht leisten.«

»Die digitalen?«

Malone grinste. »Mach dir keine Sorgen.«

Alex hatte viel zu viel Angst, um sich über sein etwas herablassendes Grinsen aufzuregen, sondern sagte sich, dass sie sich keine Gedanken zu machen brauchte. Wenn sich jemand mit solchem Zeug wie Überwachungskameras auskannte, dann Malone.

»Ist genauso wie mit Alarmanlagen bei Privathäusern«, fuhr er fort. »Das sind meist auch nur Attrappen.«

Jetzt hockte Alex auf der Treppe des Wohnwagens und wartete auf das Eintreffen der Polizei. Malone hatte das Messer aus dem Wohnwagen geholt; was er damit gemacht hatte, wusste sie nicht, und sie wollte es auch nicht wissen. Das Tagebuch hatte er nicht gefunden.

»Nur das hier«, sagte er und reichte ihr einen Schlüssel.

»Was ist das?«, fragte sie.

»Ein Schlüssel«, antwortete Malone und verdrehte die Augen.

»Das seh ich selbst«, fauchte Alex.

Abwehrend hielt er die Hände hoch. »Hey, ich will dir doch nur helfen.«

Sie bemerkte, dass er dünne Gummihandschuhe trug, wie Ärzte sie benutzen – oder Verbrecher. Vermutlich hatte er davon irgendwo noch einen Vorrat aus seiner Zeit als verdeckter Ermittler. Aus irgendeinem Grund jagten ihr diese Handschuhe einen kalten Schauer über den Rücken – wahrscheinlich weil ihr deutlich wurde, was sie hier gerade taten. Sie hatte eine Leiche gefunden, und Malone versuchte, Alex aus dem Schlamassel zu retten. Hätte sie den Mord verhindern können, wenn sie früher hier gewesen wäre? Warum war Jackie Wood ermordet worden? Und hatte Sasha etwas damit zu tun? Die Fragen kreisten in Alex' Kopf wie ein grauenhaftes Mantra. Sie rieb sich die Stirn, und unvermittelt traten ihr Tränen in die Augen. »Entschuldige, ich …« Sie nahm sich zusammen. »Meinst du, der Schlüssel könnte wichtig sein?«

Malone zuckte die Achseln. »Vielleicht. Er lag ganz hinten in der Geschirrschublade. Es ist ein Schließfachschlüssel aus dem Forum in Norwich.«

»Aus dem Forum?«

»Ja, da, wo die BBC, die Bibliothek und dieses Café drin sind.«

»Ich weiß, was das Forum ist«, sagte Alex gereizt. »Ich meine, woher weißt du, dass der Schlüssel von dort ist?«

»Steht auf dem Anhänger.«

Alex betrachtete ihn. »Stimmt.«

»Wäre sicher nicht verkehrt, da mal einen Blick reinzuwerfen, meinst du nicht? Vielleicht liegt ja das Tagebuch drin, das dir so wichtig ist. Wenn du willst, komme ich mit.« Sein Tonfall war betont neutral, als wisse er, dass ihm ein Teil der Geschichte vorenthalten wurde.

Alex umklammerte den Schlüssel. »Danke.« Sie lehnte den Kopf an Malones Schulter, wollte sich wieder so beschützt fühlen wie am Strand. Er legte ihr den Arm um die Schultern, und sie kuschelte sich noch dichter an ihn, als sie das Martinshorn der Streifenwagen hörte. Sie zitterte, und ihr war übel. Wie um alles in der Welt war sie nur in diese Lage geraten?

»Geht los«, sagte Malone.

Danach war alles so verschwommen, als betrachte sie das Geschehen durch einen Schleier. Ein Krankenwagen, ein Streifenwagen, ein Transporter. Warum ein Großeinsatz? Die Sirenen hatten die wenigen Leute auf dem Campingplatz aus ihren Behausungen gelockt, und nun standen die Schaulustigen herum und begafften die Szenerie, die einem Fernsehkrimi ähnelte: Eine Frau mit langem schwarzem Ledermantel gab Anweisungen, Polizisten holten Kisten mit Ausrüstung aus dem Transporter. Dann kam die Frau im Ledermantel auf den Campingwagen zu.

»Alex Devlin?«

»Ja, das bin ich.« Alex stand auf und biss die Zähne zusammen, damit sie nicht aufeinanderschlugen.

Die Polizistin hatte kohlschwarze Augen und extrem kurz geschnittene schwarze Haare, was ihr ein raubvogelartiges

Aussehen verlieh. Hohe Wangenknochen, blasse Haut, knallroter Lippenstift. Sie zeigte ihren Dienstausweis vor. »Detective Inspector Kate Todd.«

Alex nickte.

»Seit wann sind Sie hier?«

»Seit einer halben Stunde etwa. Vielleicht auch nicht so lang. Ich weiß nicht genau.«

Todd wandte sich zu Malone und betrachtete ihn kurz mit verengten Augen, als käme er ihr bekannt vor. »Und Sie sind?«

»Malone.«

»Noch mehr Namen?«

»Nein«, antwortete er kampflustig. Alex seufzte innerlich. »Nur Malone.«

Kate Todd betrachtete ihn einen Moment mit unbewegter Miene und wandte sich dann wieder Alex zu. »Wenn Sie bitte beide zu mir kommen würden.«

Alex und Malone befolgten die Anweisung.

»Sie haben die Leiche gefunden, Alex?« Todds Tonfall wechselte von professioneller Schroffheit zu professioneller Freundlichkeit.

Alex nickte. Ein Polizist befestigte blauweißes Flatterband an Büschen, um den Tatort abzusichern und vor Schaulustigen zu schützen. Männer in unförmigen weißen Anzügen, die Gesichter von weißen Masken verhüllt, duckten sich unter dem Band hindurch und verschwanden in Jackie Woods Campingwagen. Alex dachte an Beweisstücke und Fingerabdrücke und das Vernichten von Spuren am Tatort, was sie aus Fernsehkrimis und Romanen kannte, und redete unvermittelt drauflos. »Ja, ich war hier, um ein Interview zu machen für das Wochenendmagazin der Zeitung, für die ich arbeite. Die Tote da drin ist Jackie Wood.«

»Das wissen wir.«

Wie konnte es auch anders sein?

»Sind Sie zum ersten Mal hier?«, fragte Todd.

Alex schüttelte den Kopf. »Es sollte der zweite Teil des Interviews werden.«

»Was für ein Interview?«

»Ich bin Journalistin. Ich schreibe Reportagen. Manchmal auch über Leute, die in den Medien waren oder eine interessante Geschichte zu erzählen haben.« Alex kam sich plötzlich albern vor.

»Für welche Zeitschrift?«

»Das Wochenendmagazin vom *Saturday Herald*. Augenblick.« Alex kramte in ihrer Handtasche, holte eine etwas lädierte Visitenkarte heraus und reichte sie der Polizistin. »Da ist meine Privatnummer drauf.« Alex schrieb eine Nummer auf die Karte. »Das ist die Durchwahl zur Redaktion.«

»Danke.«

»Hören Sie, Alex ist erschöpft und muss jetzt nach Hause«, verkündete Malone in entschiedenem Tonfall.

Todd musterte ihn von Kopf bis Fuß. »Ich kann den Zustand von Ms Devlin durchaus einschätzen.«

Konnte sie das tatsächlich? Woher wollte die Polizistin denn wissen, wie es in Alex' Magen rumorte und dass sie das Gefühl hatte, sich gleich übergeben zu müssen?

»Ich schicke Ihnen jemanden, der Ihre Zeugenaussage aufnimmt, Ms Devlin. Und vielleicht könnten Sie dann bitte später noch aufs Revier kommen.«

»Auf das Revier hier in der Stadt? Warum?« Alex bemühte sich, nicht so ängstlich zu klingen, wie sie sich fühlte.

Kate Todd lächelte. »Es ist kein sehr einladender Ort, ich weiß. Aber ich werde dort eine Einsatzzentrale einrichten, und wir bräuchten auch Ihre Fingerabdrücke.«

»Fingerabdrücke?« Alex' Herz hämmerte wie wild, und ihr wurde schwindlig. Ihre Angst war ihr offenbar anzusehen, denn Kate Todd legte ihr die Hand auf den Arm. »Nur damit wir Sie ausschließen können«, sagte die Polizistin beruhigend. »Sie waren ja in dem Campingwagen und haben natürlich überall Fingerabdrücke hinterlassen. Wir müssen Sie von unserer Liste streichen können. Sie auch, Mr Malone.«

»Ich war da nicht drin.«

»Dennoch.«

Jetzt wurde es kompliziert, aber Alex war auch klar, dass man Kate Todd wohl besser nicht widersprach. »Danke.«

»Möchten Sie nach Hause gefahren werden, wenn Steve Ihre Aussage aufgenommen hat?« Kate Todd winkte einen stämmigen Mann in Uniform zu sich, der sofort herbeigeeilt kam.

»Das kann ich übernehmen«, sagte Malone.

Die Polizistin legte den Kopf schief. »Wie Sie wollen. Aber während Ms Devlin mit dem Detective Sergeant spricht, würde ich gerne kurz mit Ihnen reden.«

»Okay.« Die beiden entfernten sich.

Es dauerte nicht lange. Alex schilderte das Geschehen genau so, wie sie es mit Malone abgesprochen hatte. Ihre Aussage war eine abgewandelte Version der Wahrheit. Malone hatte ihr geraten, so nahe wie möglich an der Wahrheit zu bleiben, um sich nicht zu verhaspeln, und es gelang Alex, das Messer und ihre Ängste wegen Sasha mit keinem Wort zu erwähnen.

»Eine Tatwaffe haben Sie also nirgendwo gesehen?«, fragte Detective Sergeant Steve und leckte an der Spitze seines Bleistifts. Alex fragte sich, wie der Mann wohl mit Nachnamen hieß. Vielleicht war »Steve« sein Nachname. Vielleicht …

»Ms Devlin?«

Alex wurde aus ihren Gedanken gerissen. »Nein.«

»Und Mr Malone?«

»Was meinen Sie?«

»Hat er eine Tatwaffe gesehen?«

»Er war nicht in dem Wohnwagen. Ich habe Ihnen ja gesagt, dass er erst später hierherkam.«

»Nachdem Sie ihn angerufen hatten.«

»Ja«, antwortete sie gereizt. »Ich dachte, Sie sollen meine Aussage aufnehmen?«

Der stämmige Steve zuckte die Achseln. »Ich versuche mir nur einen Eindruck zu verschaffen.« Aber er stellte keine weiteren Fragen mehr zu Malone.

»Alles in Ordnung?« Todd und Malone traten zu Alex, nachdem Steve von dannen gezogen war.

»Ja, danke.« Alex sah die Polizistin an. Nicht nur ihr Gesicht, sondern auch der Name kam ihr bekannt vor. Und schlagartig kehrte die Erinnerung zurück. Wieso hatte es so lange gedauert? Kate Todd war natürlich inzwischen älter geworden und wirkte strenger. Außerdem hatte sie damals schulterlange Haare gehabt. Sie war noch eine junge Polizistin gewesen, als ... »Entschuldigung, aber wir kennen uns, nicht wahr?«, fragte Alex.

Ein Lächeln huschte über Todds Gesicht, und ihre Züge wurden weicher. »Ich fürchte ja, Ms Devlin.«

»Komm«, sagte Malone unvermittelt und fasste Alex am Ellbogen. »Wir werden hier nicht mehr gebraucht.«

»Aber ...« Alex zögerte.

»Lass uns gehen, Alex. Bitte.«

»Hat mich gefreut, mit Ihnen sprechen zu können, Mr Malone.« Todd starrte ihn einen Moment lang an, dann blickte sie über Alex' Schulter und schrie: »Nein, Sergeant, doch nicht da! Entschuldigung, ich muss los«, sagte sie zu Alex. »Wir sehen uns später im Revier.« Todd warf Malone noch einen prüfenden Blick zu. »Ich freue mich auf ein Wiedersehen, Mr Malone.« Sie hastete davon.

»Warten wir's mal ab«, murmelte Malone und lenkte Alex

zum Ausgang. In diesem Moment kam Nikki um die Ecke, beladen mit Einkaufstüten, und blieb angesichts der Szenerie mit offenem Mund stehen.

An Nikki hatte Alex überhaupt nicht mehr gedacht.

»Was ist denn hier los?«, rief Nikki aus.

»Sag nichts«, murmelte Malone dicht an Alex' Ohr.

Alex zog ihren Arm weg. »Muss ich aber, Malone. Nikki hat gesehen, wie ich in den Wohnwagen gegangen bin. Später hat sie geklopft, und ich hab ihr aufgemacht, nachdem ich Jackie schon tot aufgefunden hatte. Um Himmels willen, wie soll ich ihr das denn erklären?«

»Hast du das in deiner Aussage nicht erwähnt?«

Die panische Angst kehrte zurück, und Alex' Kopf schmerzte abscheulich. »Nein, ich ... aber ich habe Nikki gesagt, Jackie hätte sich hingelegt, weil sie Migräne hätte. Wie soll ich das denn der Polizei erklären? Die werden Nikki befragen, und dann wird sie es garantiert erzählen. O Gott, was soll ich nur machen?«

»Okay«, sagte Malone entschieden. »Sag Nikki, du hättest unter Schock gestanden. Du hättest Jackie gefunden und seist in Panik geraten und hättest deshalb diese Geschichte mit der Migräne erzählt.«

»Aber das wird sie mir doch niemals abnehmen.«

»Das weiß man nicht. Probier es einfach. Vermutlich hat Nikki selbst auch was zu verbergen. Man verkriecht sich doch nicht ohne Grund mitten im Winter auf einem Campingplatz an der Küste von Suffolk.«

»Ja, und was soll ich machen? Nikki dazu auffordern, die Polizei zu belügen?«

»Nein, sie soll nur einfach den Teil der Geschichte auslassen, als sie an Woods Wohnwagen geklopft hat und du ihr diese Sache mit der Migräne aufgetischt hast. Mehr nicht.«

Mehr nicht. Es gab wohl keine andere Möglichkeit.

»Was ist denn hier passiert?«, rief Nikki.

»Etwas ganz Furchtbares, Nikki.« Alex eilte zu ihr und versuchte, ihre Angst in den Griff zu bekommen.

Nikki stellte ihre Taschen ab. »Was macht die Polizei denn hier? Und wieso der Krankenwagen?«

»Wegen Jackie.«

»Ihrer Freundin in dem Wohnwagen?«

Alex nickte. »Sie ist tot.«

Nikki pfiff durch die Zähne. »Tot? Ist sie an der Migräne gestorben? Dann wird's ja doch nichts mehr mit unserem Kaffee. Hatte immer das Gefühl, dass sie auch ziemlich einsam ist, so wie ich.«

»Nein, sie ist nicht an der Migräne gestorben.«

Nikki legte den Kopf schräg. »Nee?«

»Als Sie an die Tür geklopft haben, hatte ich Jackie grade tot aufgefunden und stand unter Schock. Ich dachte … ich dachte … ach, ich weiß gar nicht, was ich mir eigentlich gedacht habe. Wie gesagt: Ich stand unter Schock.« Alex lächelte leicht, als wolle sie sagen: War das nicht dumm von mir? Eine etwas alberne Reaktion angesichts der ernsten Lage.

Ein durchtriebener Ausdruck huschte über Nikkis Gesicht. »Ach so?«

In diesem Moment wurde Alex klar, dass Malone Recht hatte. Es musste einen Grund geben, warum Nikki sich in dieser unangenehmen Jahreszeit an diesem gottverlassenen Ort verkroch. Alex ärgerte sich zwar immer noch darüber, dass sie nicht das Naheliegende getan und Nikki um Hilfe gebeten hatte. Aber vielleicht gab es einen Ausweg, weil Nikki auch nicht in die Sache reingezogen werden wollte.

»Ja, und es ist eben so, dass ich der Polizei nichts von unserem Gespräch erzählt habe, weil ich dachte, dann …«

»Dann stünden Sie dumm da?«

»So ähnlich«, erwiderte Alex und atmete langsam aus, um

sich zu beruhigen. »Es war ja auch wirklich blöd von mir. Ich hab keine Ahnung mehr, was ich mir dabei gedacht habe. Und wenn ich das jetzt der Polizei erzähle, dann …«

»Hören Sie«, sagte Nikki, »ich hab nicht die Absicht, mit der Polizei zu sprechen, wenn es sich irgendwie vermeiden lässt. Meine Beziehung zur Polizei ist nicht die allerbeste, wissen Sie. Und falls ich doch mit denen reden muss, werd ich nett sein und mich kurzfassen.« Sie drückte Alex' Arm. »Machen Sie sich keine Sorgen, ich hab ja eh nichts gehört. Ich meine, die Frau war tot, basta. Sie haben sie schließlich nicht umgebracht, oder?« Nikki lachte.

»Nein.« Alex lachte auch, aber es klang nervös und gezwungen.

»Na also. Dann ist doch alles in Butter, oder?«

»Danke, Nikki.«

»Keine Ursache.« Nikki nahm ihre Einkaufstaschen hoch. »Und vielleicht könnten wir ja doch mal zusammen Kaffee trinken? Wenn ich in meine neue Wohnung gezogen bin, wie wär das?«

»Ja, genau.«

»Aber ich weiß noch nicht mal, wie Sie heißen.«

»Alex.«

Als Nikki weiterging, sagte sie noch: »Also keine Sorge, Alex. Ich sag kein Sterbenswörtchen.«

Alex sah ihr nach. Nikki war gerade von einer einsamen Frau, die Gesellschaft suchte, zu jemandem geworden, der Alex ein Stück weit in der Hand hatte.

Wieso fühlte sich das bedrohlicher an als alles andere?

13

Kate beendete ihr Gespräch mit dem Sergeant, der drauf und dran gewesen war, Geräte im Wert von mehreren tausend Pfund im nassen Gras abzustellen, und ging zu ihrem Wagen, um sich einen Schutzanzug aus dem Kofferraum zu holen. Sie zog ihren Mantel aus, schlüpfte in den weißen Anzug und hielt nach einer trockenen Stelle Ausschau, um in die Stiefel zu steigen.

Aus dem Augenwinkel beobachtete sie, wie Alex Devlin mit einer jungen Frau sprach, die bepackt war mit Einkaufstüten. Jemand von Kates Leuten würde die Tütenfrau verhören müssen. Irgendetwas war hier im Argen. Kate hatte Malone zuvor absichtlich beiseitegenommen, damit er Alex nicht beeinflusste, während Steve ihre Aussage aufnahm. Von diesem Malone ging eine unterschwellige Bedrohung aus, die auch sein attraktives Äußeres nicht verhehlen konnte.

»Ich kenne Sie irgendwoher«, hatte Kate unumwunden gesagt.

Malone hatte eine Augenbraue hochgezogen. »Ach ja?«

Kate ärgerte sich über das Grinsen, das sich langsam auf seinem Gesicht ausbreitete. »Wie lautet Ihr Vorname?«

»Mickey.«

»Mickey Malone? Das glaube ich Ihnen nicht.«

»Nein?« Er zuckte die Achseln. »So ein Pech auch.«

Kate kniff die Augen zusammen. »Wenn Sie in den nächsten Tagen nicht freiwillig aufs Revier kommen, um eine Aussage zu machen, lasse ich Sie holen. Ist das klar?«

Wieder dieses entnervende Grinsen. »Das fände ich ja interessant.« Er warf einen Blick auf seine Uhr. »Wollen wir nach Alex schauen? Ich habe in einer halben Stunde einen Termin.«

»Gewiss doch«, murmelte Kate vor sich hin und warf dem Mann ein angespanntes Lächeln zu. »Nicht vergessen, Mr Malone: Ich finde Sie.«

Mickey Malone – dass ich nicht lache, dachte Kate, als sie die Treppe zum Wohnwagen hinaufstieg. Wenn der Typ im Revier erschien, würde sie schon rauskriegen, was es mit ihm auf sich hatte. Es ließ ihr keine Ruhe. Sie wusste genau, dass sie diesen Malone von irgendwoher kannte.

Die Luft im Campingwagen war feucht und stank nach Tod und Verwesung. Kate bemühte sich, nicht durch die Nase zu atmen. Der Geruch würde an ihrer Haut und ihrer Kleidung haften, bis sie geduscht hatte. Der Polizeifotograf lichtete die Szene aus jeder nur möglichen Perspektive ab, und die Leute von der Spurensicherung tüteten sorgfältig mögliche Beweisstücke ein, bepinselten Oberflächen, um Fingerabdrücke zu sichern, und überprüften alles, was ihnen außergewöhnlich vorkam.

Kate sah sich in dem vorderen Raum um. Auf dem Tisch lag eine umgefallene Tasse, und ein brauner Fleck und Essensreste verunzierten den Teppich. An der Wand hingen ein paar Bilder aus einem Billigkaufhaus, an den Fenstern waren dünne braune Gardinen angebracht. Ein paar Bücher und ein Stapel Zeitungen auf einem Stuhl. Eine offene Dose gebackene Bohnen. Kate zog eine Schublade auf. Billiges Besteck. In den Hängeschränken weiße Teller mit grünem Rand, ein vollständiges Geschirr mitsamt Schalen und Bechern. Ein Senftopf, Salz, Pfeffer und ein Glas eingelegtes Gemüse. Kate bückte sich und öffnete den Kühlschrank. Ein welker Salat, drei Joghurts, ein Stück Cheddar. Sie richtete sich wieder auf, spürte, wie ihre Hände in den Latexhandschuhen feucht wurden. Das alles sah nicht nach einem erfreulichen Leben aus.

Jemand hatte die Tür des Wohnwagens zugemacht, und Kate öffnete sie, um den Geruch des Todes hinaus- und frische Luft hereinzulassen. Jetzt konnte sie sich nicht mehr länger drücken und ging den kurzen Flur entlang auf das kleine Badezimmer zu. Sie sah die gespreizten Beine von Jackie Wood und den breiten Rücken und die eisengrauen Haare der Pathologin Jane Blake, die vor der Leiche kauerte und den Schmutz unter Jackie Woods Fingernägeln hervorkratzte, um ihn zu untersuchen.

»Ziemlich scheußlich.« Jane richtete sich auf. Sie war so breit, dass sie den Zugang zu dem winzigen Badezimmer versperrte. »Überall Blut. Da hat jemand wild drauflosgestochen.«

»Todeszeitpunkt?«

Jane lachte. »Nun komm schon, Katie, du erwartest doch wohl nicht von mir, dass ich dir den so einfach ohne viel Brimborium serviere, oder?« So grauenhaft der Tatort auch aussehen mochte – Jane war immer gut gelaunt. Sie liebte ihre Arbeit und war stolz darauf. Jane war eine exzellente Pathologin, eine erfahrene Kraft.

»Und du weißt doch, dass du mich Kate nennen sollst«, erwiderte Kate grinsend.

»Ach, für mich bleibst du für immer Katie«, sagte Jane lächelnd.

Jane mit ihrem runden Gesicht, dem fröhlichen Lächeln und der tröstlichen Ausstrahlung war die einzige Person im Team, die Kate heute noch »Katie« nennen durfte. Die beiden kannten sich, seit Kate damals den kleinen Harry Clements gefunden und Jane mit viel Behutsamkeit und Respekt die Obduktion durchgeführt hatte. »Okay, dann nehmen wir mal an, wir haben das Brimborium schon hinter uns«, sagte Kate. »Hast du eine Vermutung?«

Jane zog die Nase kraus, aber eher, um sich zu konzentrieren, als wegen des Gestanks. »Es war eine kalte Nacht, aber der Heizlüfter war an. Die Todesstarre hat eingesetzt. Die Frau liegt an der Stelle, an der sie gestorben ist, wahrscheinlich hat sie zu viel Blut verloren und hatte einen Schock. Ich denke, irgendwann zwischen zehn Uhr gestern Abend und sieben Uhr heute früh. Aber präzisieren kann ich das erst nach weiteren Untersuchungen.«

Kate blickte auf die leblose Hülle, die früher Jackie Wood gewesen war, jegliches Leben war geschwunden. In solchen Momenten dachte Kate immer wieder, dass Menschen vielleicht doch eine Seele hatten, denn was sollte sonst den Körper zum Zeitpunkt des Todes verlassen? Und wie konnte jemand so gestört sein, einem anderen Menschen so etwas anzutun? Ihn vor einer Toilette auf dem Boden liegen lassen, aus etlichen Stichwunden blutend. Es war so abscheulich. Aber Mord war natürlich immer abscheulich. Kate sah Jane an und versuchte, einen heftigen Anflug von Übelkeit zu verdrängen.

»Tatwaffe?«, fragte sie.

Jane blickte auf die Leiche und schürzte die Lippen. »Messer. Nach der Obduktion weiß ich mehr.«

»Danke, Jane.«

Die Pathologin lächelte düster. »Irgendwie gewöhnt man sich nie dran, oder? Wenn man einen Menschen sieht, dem jemand das Lebenslicht ausgepustet hat.«

»Nein. Man gewöhnt sich nie dran.«

Zwanzig Minuten später betrat Kate das Polizeirevier in einer Seitenstraße von Sole Bay. Von der nahe gelegenen Brauerei roch es intensiv nach Hopfen – ein angenehmerer Geruch als der Gestank des Todes, der Kate vom Campingplatz am Hafen gefolgt war.

»Schön, Sie zu sehen, Ma'am.« Der Sergeant am Empfang

richtete sich kerzengerade auf und schien beinahe salutieren zu wollen. Kate lächelte. »Sergeant, Sie haben doch bestimmt einen Raum für mich vorgesehen, während Sie die Einsatzzentrale vorbereiten?«

»Einsatzzentrale?«, erwiderte der Sergeant verunsichert. »Einsatzzentrale. Jawohl.«

»Und?«

»Die ... ähm ... Einsatzzentrale befindet sich im Hof, Ma'am. Der Mietcontainer. Wird gerade ausgeräumt.«

»Gut, ich schau ihn mir mal an.« Kate marschierte durch die Tür neben dem Empfangstresen in den Innenhof hinaus. Der behelfsmäßige Container, umgeben von Betonwänden, sah so mitgenommen aus, als habe er bereits ein langes Leben hinter sich. Zerbrochene Plastikstühle vor der Treppe. Gebündelte Zeitungen lagen in der Gegend herum, als seien sie aus den Fenstern geworfen worden. Was wohl auch stimmte, denn in diesem Moment landete ein weiteres Bündel vor Kates Füßen. Ein paar uniformierte Kollegen kamen mit Kartons heraus, von denen Kate den Eindruck hatte, dass sie mit Schimmel bedeckt waren. Wenig vielversprechend. Nun ja. Sie ging ins Revier zurück.

»Detective Inspector?« Alex Devlin saß auf einem der harten Stühle im Empfangsbereich, die Hände zwischen den Knien und unruhig mit einem Fuß tippelnd.

Kate blieb stehen. »Ms Devlin.«

»Ich dachte mir, ich komme gleich vorbei und erledige alles. Mit den Fingerabdrücken und so.«

»Das ist prima. Ich fürchte nur, ich muss Sie in einen der Vernehmungsräume bitten, die Einsatzzentrale ist noch nicht vorbereitet.« Kate sah den Sergeant am Empfang an. »Können Sie bitte Sergeant Rogers zu mir schicken?«

»Natürlich, Ma'am. Nehmen Sie den Vernehmungsraum links.«

Wenige Minuten später drückte Steve Rogers Alex Devlins Finger auf das Stempelkissen und entschuldigte sich, dass sie hier noch nicht wie in anderen Revieren über einen modernen Fingerabdruckscanner verfügten. Danach nahm er einen Abstrich aus Alex Devlins Mundhöhle. Kate erhoffte sich davon allerdings wenig, da man in dem Campingwagen überall Devlins Fingerabdrücke und DNA finden würde.

»Sie haben ja einen spannenden Beruf«, sagte Kate. »Wie finden Sie denn die Themen, über die Sie schreiben?«

»Manchmal sind es Aufträge, dann möchte meine Redakteurin, dass ich mich mit einer bestimmten Person befasse. Oder ich lese irgendwo eine interessante Meldung, höre etwas im Fernsehen oder im Radio oder stoße auf eine Geschichte im Internet, die mich fasziniert. Dann mache ich Recherchen und schicke meiner Redakteurin einen Entwurf.« Alex betrachtete ihre schwarzen Fingerspitzen.

»Keine Sorge, das geht wieder ab. Haben Sie Mr Malone auch durch Ihre Arbeit kennengelernt?«, fragte Kate so beiläufig wie möglich, wobei sie bemerkte, dass Alex unruhig wurde.

»So ähnlich«, antwortete sie. »Allzu viel kann ich dazu nicht …«

»Vertraulich und so?« Kate lächelte. »Kein Problem. Das versteh ich.«

»Er ist das Thema meiner nächsten Reportage, die in Kürze veröffentlicht wird. Ist deshalb noch unter Verschluss.«

Kate lächelte. Unter Verschluss. Natürlich. Dort hatte sie Malone gesehen, in Martlesham, wo er in einem Büro verschwand. Vor drei oder vier Jahren, und seither hatte sie den Mann nicht mehr zu Gesicht bekommen. Arbeitete wahrscheinlich undercover. Eingebildeter Fatzke. Kate speicherte dieses Wissen für später. »Was hat Sie also zu Jackie Wood geführt? Sie wollten über sie schreiben, vermute ich?«

»Ja.« Alex leckte sich über die Lippen. »Es mag Ihnen vielleicht seltsam vorkommen, dass ich über die Frau schreiben wollte, die meinen Neffen und meine Nichte getötet hat.«

»Sie wurde aber aus der Haft entlassen und gilt als unschuldig«, warf Kate behutsam ein, weil sie wollte, dass Alex weitersprach.

»Ja, ja, ich weiß. Ich wollte einfach mehr über sie erfahren und hören, was sie über ihre Haftzeit zu erzählen hatte und so was.«

»Und Sie haben geglaubt, dass Wood eher mit Ihnen als mit jemand anderem sprechen würde?«

»Ja. Nein. Ich weiß nicht … ich hielt es für eine gute Idee …« Alex hielt inne. »Ihr Anwalt hat das dann arrangiert.«

»Und heute wollten Sie zum zweiten Mal mit Jackie Wood sprechen?«

»Ja.« Alex wurde ungeduldig. »Hören Sie, das habe ich doch schon haarklein dem Sergeant erzählt. Muss ich es jetzt alles noch mal wiederholen?«

»Ich würde mir nur gern selbst einen Eindruck verschaffen, Ms Devlin. Es hört sich ganz so an, als hielten Sie Jackie Wood noch immer für schuldig.«

»Ja, das stimmt.«

»Haben Sie also gehofft, von ihr etwas über den Verbleib von Millie zu erfahren?«

»Das Thema des Interviews war Jackie Woods Leben und ihre Haftzeit.«

Diese Frau hat etwas zu verbergen, dachte Kate. »Und Ihre Schwester?«

Alex erstarrte. »Sasha? Was soll mit ihr sein? Sie hat nichts mit Jackie Woods Tod zu tun.«

»Das habe ich auch nicht behauptet«, erwiderte Kate geduldig und beobachtete, wie Alex' Blick im Raum umherirrte. »Ich habe mich nur gefragt, was Ihre Schwester wohl davon hält, dass Sie mit Jackie Wood sprechen wollten.«

»Sasha … weiß es nicht. Noch nicht. Ich habe gehofft …«

»Ja?«

»Ich habe gehofft, dass sie es nicht erfahren würde.«

»Aber sie hätte es doch bestimmt spätestens dann erfahren, wenn der Artikel erschienen wäre«, gab Kate zu bedenken.

»Ja, ich weiß. Ich hätte es ihr schon noch beizeiten gesagt. Aber jetzt …«

»… werden Sie es ihr früher sagen müssen. Was glauben Sie, wie Ihre Schwester damit zurechtkommen wird?«

Alex sprang auf. »Muss ich noch länger hierbleiben? Stehe ich unter Verdacht oder was?«

»Nein, Sie müssen nicht länger hierbleiben.«

»Aber stehe ich unter Verdacht?«

Kate seufzte. »Das tut jeder. Bis wir das Gegenteil beweisen können.«

»Ich wollte nur mit Jackie reden und etwas über sie herausfinden. Ich wollte nicht, dass sie stirbt, dass sie mit einem großen Küchenmesser abgestochen wird. Ich habe getan, was Sie von mir verlangt haben. Aussage, Fingerabdrücke, DNA. Und sofern Sie mich nicht verhaften wollen, möchte ich jetzt gehen.«

Kate betrachtete Alex' Hände, die sich in ihrem Schoß zu Fäusten ballten und wieder öffneten. »Natürlich können Sie gehen, Alex. Ich halte Sie nicht hier fest. Ich wollte nur mit Ihnen reden, mehr nicht. Aber ich würde Sie gerne noch um Diskretion bitten.«

»Diskretion?«

»Ich weiß, dass Sie Journalistin sind, aber würden Sie bitte nichts über den Mord verlauten lassen, bis wir Jackie Woods Verwandte gefunden haben?«

Alex starrte die Polizistin an. »Ich dachte, sie hätte gar keine Familie?«

»Vermutlich nicht. Aber wir müssen es zunächst abklären.« Kate glaubte ohnehin, dass Alex alles für sich behalten würde. Immerhin war es eine Exklusivreportage, und sie würde sich selbst schaden, wenn sie etwas ausplauderte.

»Ja, natürlich«, sagte Alex. »Könnte ich Sie im Gegenzug bitten, den Namen der Toten noch nicht preiszugeben, bis ich meine Schwester informiert habe?«

Diese Bitte wunderte Kate. Sie hatte eher damit gerechnet, dass Alex sie bitten würde, mit dem Fall erst dann an die Öffentlichkeit zu gehen, wenn ihre Reportage der Redaktion vorlag. Kate nickte. »Um sechs Uhr habe ich allerdings eine Pressekonferenz, und dann bleibt mir nichts anderes übrig. Da draußen schnüffeln schon etliche Fernsehsender und Presseleute herum.«

»Danke.«

»Und es tut mir leid für Sie, dass Sie die Leiche gefunden haben. Das war bestimmt schlimm für Sie.«

»Ja. Aber das ist sicher immer so, oder?«

Kate sah Alex nach, als sie hinausging, und trommelte mit den Fingern auf dem Tisch. Wieso hatte sich dieses Gespräch angefühlt wie ein Eiertanz? Und das Küchenmesser. Woher wusste Alex Devlin, dass die Tatwaffe ein Küchenmesser war?

14

Alex saß in ihrem Arbeitszimmer und starrte aus dem Fenster. Und auch wenn sie noch so oft hinausschaute, es gab immer noch kein Zeichen von neuem Leben in den kahlen Bäumen und verwahrlosten Blumentöpfen. Alles sah gleichermaßen trostlos aus. Es hatte geraume Zeit gedauert, bis sie aufgehört hatte zu zittern; ein großer Schluck Brandy hatte geholfen. Sie hatte sich gesagt, dass sie den jetzt dringend bräuchte, weil sie andauernd Jackie Wood vor sich sah – verkrümmt auf dem Boden des engen Badezimmers, mit starrem Totenblick und den roten Blutblüten auf der Kleidung.

Wie sollte jetzt jemals ans Licht kommen, was aus Millie geworden war?

Der Himmel war wieder bleigrau, und es schien immer früher dunkel zu werden. Bestimmt würde es bald zu regnen anfangen. Malone hatte sich mit den Worten verzogen, er habe allerhand zu erledigen und werde später vorbeischauen. Zum Glück war Gus nicht hier gewesen, als Alex nach Hause kam. Aber nun hörte sie unten die Haustür zufallen.

Alex wappnete sich innerlich und ging nach unten.

»Hi, Mum«, sagte Gus, warf seine Jacke hin und ließ sie auf dem Boden liegen. Sein Freund Jack schlurfte hinter ihm herein, einen Apfel mampfend. »Hast du's schon gehört?«

Alex folgte den beiden in die Küche. »Was denn?«, fragte sie unwillkürlich, obwohl sie die Antwort schon ahnte.

»Die Mörderin. Jemand hat sie umgebracht.« Gus' Augen leuchteten.

»Erstochen«, fügte Jack in fast genüsslichem Tonfall hinzu. »Hat jede Menge Stichwunden, hab ich gehört. Überall Blut. Ein Blutbad.«

Wieso ließ der Tod diese Jungen so kalt?

Alex öffnete den Kühlschrank. »Habt ihr schon was gegessen? Ich hab Schinken, Tomaten, Salat. Soll ich euch ein Sandwich machen?«

»Muuum? Hast du gehört, was ich gesagt habe?«

»Ja, hab ich, Schatz. Und – was essen?« Sie holte die Schinkenpackung heraus und wedelte damit. Die beiden Jungen warfen sich einen Blick zu.

»Also gut«, sagte Alex, machte den Kühlschrank zu, setzte sich an den Tisch und betrachtete den Schinken, der irgendwie bläulich aussah. »Ich bin im Bilde, ja. Ich habe die Leiche gefunden.«

Beide Jungen starrten sie mit offenem Mund an.

»Was, im Ernst?«, rief Gus. »Du verscheißerst mich auch nicht?«

»Nein, Gus, ich ›verscheißere‹ dich nicht. Ich war bei Jackie Wood, um den zweiten Teil des Interviews zu machen, und hab sie tot am Boden aufgefunden.« Alex schauderte. Vielleicht war es falsch, die offenbar ohnehin schon ziemlich gewalttätige Fantasie der Jungen noch mehr zu befeuern. Aber sie hatte das Gefühl, dass die beiden besser die Wahrheit von ihr erfuhren, als sich noch mehr grauenhaftes Zeug auszudenken. »Es war weder aufregend noch spannend, sondern es ist einfach nur furchtbar und entsetzlich bedrückend. Überall Blut, und ich habe zum ersten Mal in meinem Leben eine Leiche gesehen und kann nur hoffen, dass mir das künftig erspart bleibt.« Alex hoffte, dass ihr nüchterner Tonfall die Sensationslust der beiden dämpfen würde.

»Hast du die Polizei gerufen?«, fragte Gus.

»Hab ich. Ist mit der Spurensicherung und allem Drum

und Dran angerückt. Leute in weißen Anzügen liefen herum und haben den Tatort – ihren Campingwagen – mit Absperrband gesichert.«

»Wow.« Als Gus ihre Miene bemerkte, sagte er: »Tut mir leid für dich, Mum. Das war bestimmt nicht toll.«

»Nein, Schatz. War es nicht.« Alex hätte ihren Sohn am liebsten in die Arme genommen, um ihn vor allem Bösen auf der Welt zu beschützen und auch davor, dass seine Mutter alles andere als vollkommen war und Geheimnisse hatte, die sie nicht offenbaren konnte. In diesem Moment empfand sie eine tiefe Liebe für ihren Sohn und wünschte sich nichts mehr, als dass sie beide für immer in Sicherheit wären. Aber natürlich war das ein Ding der Unmöglichkeit. Das Leben hatte ihr immer wieder auf die harte Tour gezeigt, dass es nicht möglich war, der Welt den Rücken zu kehren.

Jack biss wieder in seinen Apfel. »Wo hast du sie gefunden?«

»Hab ich doch gesagt, in ihrem Campingwagen.«

»Nein, ich meine, wo genau?«

»Im Badezimmer. Warum?«

»Nur so.« Jack verzog das Gesicht. »Das Badezimmer in einem Campingwagen ist ziemlich klein, oder?«

»Ja.«

»Also lag sie irgendwie zusammengequetscht da, oder?« Jack schluckte den Bissen herunter, und sein Adamsapfel hüpfte auf und ab.

Alex schüttelte den Kopf. »Jack, ich finde nicht, dass wir hier jetzt alle grausigen Details durchgehen müssen. Eine Frau hat auf furchtbare Weise ihr Leben eingebüßt, und das sollte man nicht auskosten.«

»Nee. 'tschuldigung, Alex.« Es gab ein besonders lautes Knacken, als Jack in den Apfel biss.

»Schon gut«, erwiderte Alex.

»Aber sie ist wirklich tot, oder?« Gus sah plötzlich ängstlich aus.

»Ja.«

»Das muss schrecklich für dich gewesen sein, Mum«, sagte er besorgt. »Aber ich bin trotzdem froh, dass sie tot ist.«

»Wie sieht jemand aus, der tot ist?«, erkundigte sich Jack.

Alex überhörte die Frage und streckte die Hand nach Gus aus. »Ich weiß.«

Er nickte und hielt ihre Hand fest.

»Und ich musste eine Aussage machen und ins Polizeirevier gehen und all so was.«

»Cool«, bemerkte Jack.

Alex runzelte die Stirn. »Nein, Jack, es war überhaupt nicht cool. Es war anstrengend und auch etwas bedrohlich.« Einen Moment lang wollte Alex nur noch die Augen schließen. Sie war komplett erschöpft. Aber sie riss sich zusammen und fragte schwungvoll: »Also, was futtern?«

Jungen in diesem Alter hatten eigentlich immer Hunger. Alex machte den beiden ein Sandwich mit Schinken und Salat und ging wieder nach oben in ihr Arbeitszimmer.

Sie musste versuchen, klar zu denken.

Was hatte sie nun erreicht, außer sich in ein furchtbares Schlamassel hineinzureiten? Und Sasha? Was sollte Alex nur mit ihrer Schwester machen? Nicht nur, dass Sasha bislang nichts von dem Treffen mit Jackie Wood wusste, womöglich hatte sie sogar selbst etwas mit dem Mord zu tun. Was, wenn Sasha die Mörderin war? Und wenn sie ihrer Schwester die Tat gestehen würde – was um alles in der Welt sollte Alex dann tun?

Aber das ist doch alles Unsinn, sagte sich Alex. Ihre Befürchtungen liefen nur aus dem Ruder, weil sie so erschöpft war. Wenn sie das Ganze in Ruhe betrachtete, hätte Sasha doch gar nicht gewusst, wo Jackie Wood zu finden war. Und ihre Schwester hatte auch nicht genug Kraft, um so brutal mit einem Messer auf jemanden einzustechen. Sasha konnte ausgeschlossen werden. Oder?

Alex betrachtete ihre Fingerspitzen, an denen noch immer Tintenreste hafteten. Mit der Zunge tastete sie im Mund herum, als würde sie spüren, wo man die DNA entnommen hatte. Sie hatte gehofft, je kooperativer sie sich zeigte, desto eher würde DI Todd sie wieder in Ruhe lassen. Die Fragen nach Jackie Wood und dem Interview hatte Alex möglichst gelassen beantwortet, aber an einem Punkt war sie aufgebraust und hatte sich leicht aggressiv verhalten. Was hatte sie da gleich wieder gesagt? Alex rieb sich die Augen. Über Malone hatte sie sich ausgeschwiegen, über Sasha so wenig wie möglich gesagt. Aber sie wusste sehr wohl, dass sie unter Verdacht stand. Als erste Tatverdächtige galten immer Familienmitglieder des Opfers – da gab es ja wohl niemand – und dann die Person, von der die Leiche gefunden wurde.

Alex rieb mit einem Papiertaschentuch über ihre Fingerspitzen. Sie hatte doch bestimmt nichts gesagt, was den Verdacht auf Malone oder Sasha lenkte, oder?

Es war Unsinn, aus dem Fenster zu starren. Sie musste jetzt sofort zu ihrer Schwester gehen oder arbeiten, irgendetwas tun. O Gott. Alex stützte den Kopf in die Hände. Der Interview-Teil, den sie hatte, stellte nun den reinsten Sprengstoff dar. Das war ihr alles andere als recht. Jedenfalls als Alex Devlin, Sashas Schwester und Tante von Millie und Harry. Für sie als Journalistin sah es natürlich anders aus. Aber sie konnte das Interview jetzt nicht veröffentlichen, obwohl bislang von den Medien niemand außer ihr die Identität der Ermordeten kannte. Niemand außer ihr hatte gewusst, wo Jackie Wood steckte. DI Todd hatte klar darauf hingewiesen, dass die Polizei die Information nur noch bis heute Abend unter Verschluss halten konnte. Als Alex und Malone den Campingplatz verlassen hatten, war der örtliche Fernsehsender schon mit einem Team angerückt. Sobald die Identität der Leiche offiziell bekannt gegeben wurde, würde die Medienmeute des gesamten Landes in Sole Bay einfallen.

Die Journalistin in Alex wollte den Knüller. Die Schwester in ihr wollte Sasha vor dem Medienrummel schützen, der ihre alten Wunden wieder aufreißen würde. Wieder Fotos von Millie und Harry im Fernsehen. Mit strahlenden bekleckerten Gesichtern, beim Auspacken von Weihnachtsgeschenken, beim Bauen einer Sandburg. Fotos von Sasha, als sie noch lachen konnte. Weitere aufdringliche Anrufe. Sollte Alex der Journalistin in ihr oder dem mitfühlenden Menschen den Vorzug geben? Elende Scheiße. Und überdies musste sie noch darauf achten, dass nichts über ihre Affäre mit Martin Jessop an die Öffentlichkeit drang. Das wäre nach all den Jahren eine heiße Story, vor allem heutzutage, wo man rund um die Uhr neue Nachrichten bringen musste.

Alex trommelte mit den Fingern auf dem Tisch und versuchte angestrengt, Klarheit in das Chaos zu bringen, aber es wollte nicht funktionieren. Schließlich zog sie die Schreibtischschublade auf und nahm den Schlüssel mit dem Anhängerschild heraus, den Malone ihr gegeben hatte.

Denken.

Das Grunge-Stück dröhnte aus ihrem Handy. Alex zuckte zusammen und meldete sich, ohne aufs Display zu schauen, weil sie Gus oder Malone erwartete.

»Alex Devlin?« Die Stimme eines jungen Mannes, höflich und irgendwie vertraut.

»Ja?«

»Ed Killingback von der *Post*.«

Alex seufzte und wollte die Verbindung unterbrechen.

»Bitte warten Sie. Hören Sie mich an, bevor Sie mich abwimmeln.«

Etwas in seiner Stimme veranlasste Alex dazu, nicht aufzulegen.

Er sprach rasch weiter. »Ich weiß, dass die Leiche im Campingwagen Jackie Wood ist. Die Frau, die wegen der Beihilfe zum Mord an Ihrer Nichte und Ihrem Neffen verurteilt worden ist.« Killingback legte eine Pause ein – alter Journalistentrick. Die meisten Menschen fürchten sich vor Gesprächspausen und reden schnell weiter. Auf diese Art kam Alex selbst oft an die besten Sätze für ihre Reportagen. Vermutlich hatte Killingback nur eine Mutmaßung und wartete nun darauf, dass Alex sie ihm bestätigte. Aber sie blieb stumm.

»Na schön, in Ordnung«, sagte er schließlich. »Aber es ist Jackie Wood, und ich weiß, dass Sie diejenige sind, die ihre Leiche gefunden hat. Allerdings ist mir das von der Polizei noch nicht bestätigt worden, es handelt sich also bislang noch um eine Spekulation ...«

Das konnte man wohl sagen.

»... sonst habe ich nur gesehen, wie Sie sich mit Detective Inspector Todd unterhalten haben. Aber ich werde die Story morgen bringen und dachte, Sie hätten vielleicht Interesse daran, mit mir zu sprechen, um mir Ihre Sicht der ganzen Geschichte zu schildern.«

»Was meinen Sie damit?« Großer Gott, er wusste irgendetwas. Alex brach der kalte Schweiß aus.

»Wie Sie Wood gefunden haben, was Sie auf dem Campingplatz am Hafen wollten und so fort. Wäre doch gut, das alles klarzustellen, nicht wahr?«

Vielleicht hatte er Recht, aber Alex wollte die Hintergründe wissen. »Wieso sind Sie so interessiert an dieser Story?«

Er lachte leise. »Ich befasse mich seit vielen Jahren mit diesem Fall, seit meiner Journalistenausbildung, genauer gesagt. Ich finde ihn sehr faszinierend. Dass Martin Jessop sich das Leben genommen hat und Millies Leiche nie gefunden wurde. Und die Rolle von Jackie Wood bei alldem. Ob sie wirklich wusste, was Jessop getan hatte. Das ist doch wie ein ungeklärter Fall aus dem Fernsehkrimi. Und jetzt ist Jackie Wood auch noch tot. Sie müssen doch sehen, was für ein fantastischer Stoff das ist. Großartige Story.«

Die Rede des jungen Journalisten deprimierte Alex. Er sprach hier über ihr Leben, das er in der Zeitung zerlegen wollte. Und im nächsten Monat würde alles längst wieder vergessen sein, und sie würde zurückbleiben mit ihrer am Boden zerstörten Schwester.

»Alex? Alex? Tut mir leid, ich wollte Sie nicht beunruhigen. Aber wir sollten uns unbedingt treffen. Von mir kriegen Sie eine seriösere Berichterstattung als von den anderen Boulevardblättern.«

Alex sackte in sich zusammen. Wie hatte sie nur so naiv sein können und sich einbilden, dass die ganze Sache nicht in allen Zeitungen stehen würde? Und womöglich heute Abend schon in den Nachrichten war. Heutzutage arbeitete sogar die BBC mit »wie verlautet«, anstatt offizielle Bestätigungen abzuwarten, um die Konkurrenz aus dem Feld zu schlagen und zuerst über etwas zu berichten. Das machten alle. Und nachdem es ihr fünfzehn Jahre lang gelungen war, sich aus der Berichterstattung herauszuhalten, schien damit nun Schluss zu sein.

»Hören Sie«, sagte Alex und traf eine Entscheidung. »Wir können uns treffen. Ich kann Ihnen nichts versprechen, aber ich bin zu einem Treffen bereit.«

»Im Ernst? Wo?«

Alex überlegte einen Moment, bereute ihre Entscheidung bereits. »Jim's Café am Strand, am Anfang der Promenade, bei den Buden.«

»Kenn ich. Und wann? In einer Stunde etwa?«

»Ja, gut. Ich muss vorher noch etwas erledigen, aber das wird wohl zeitlich klappen.«

»Prima. Ach, und wissen Sie eigentlich, dass er außer Wood noch eine weitere Geliebte hatte?«

»Wer?«

»Martin Jessop.«

Alex beendete das Gespräch, ohne sich zu verabschieden. Sie nahm an, dass Killingback keine Nettigkeiten mehr nötig hatte.

»Du hast was?« Sasha richtete sich aus der Hocke auf, ließ die Gartenschere fallen und strich sich die Haare aus dem Gesicht, wobei ein Erdfleck auf ihrer Stirn zurückblieb.

Mit pochendem Herzen war Alex zu Sasha gegangen, voller Angst, wie sie auf das Interview und Jackie Woods Tod reagieren würde.

Im Haus hatte sich nichts gerührt, als Alex an der Tür geklopft hatte. Deshalb holte sie schließlich ihren Schlüssel heraus und schloss auf.

»Sasha?«, rief sie.

Keine Antwort.

Alex ging in die Küche. Sie widerstand der Versuchung, die Besteckschublade zu durchsuchen und den Messerblock zu inspizieren, aber das schmutzige Geschirr und die Töpfe, die im Spülbecken in fettigem Wasser standen, waren nicht zu übersehen. Sie spähte durchs Fenster. Im Zwielicht konnte sie Sasha gerade noch erkennen. Sie jätete Unkraut und befreite den Garten von den Überresten des Herbstes und Winters. An guten Tagen war das die reinste Therapie für Sasha. Sie sagte immer, wenn sie im Garten arbeite, könne sie alles andere vergessen. Deshalb war ihr Garten in den Sommermonaten immer sehr gepflegt und ordentlich und voll farbenfroher Blumen. Sie liebte den Frühling, wenn die Natur erwachte. Millie solle ein schönes Plätzchen vorfinden, wenn sie nach Hause käme, sagte Sasha. Wenn sie nur ab und zu ebenso viel Energie in ihren Haushalt investieren würde, dachte Alex manchmal.

»Hallo, Sasha«, sagte sie, als sie neben ihrer Schwester stand, die gerade alte Gräser ausriss oder abschnitt. Sasha blickte nur kurz auf und fuhr fort, Unkraut zu jäten, bis Alex ihr von dem Interview mit Jackie Wood erzählte.

Dann starrte Sasha Alex fassungslos an. »Was, du hast dich freiwillig mit dieser Person getroffen? Warum denn das, um alles in der Welt? Was ist in dich gefahren? Hast du gedacht, die würde dir sagen, wo Millie begraben ist oder was?« Sasha zog zitternd ihren alten Dufflecoat enger um sich. Alex stampfte mit den Füßen, um sich warm zu halten; die feuchte Kälte kroch ihr in die Knochen.

»Ja, unter anderem«, antwortete sie. »Ich wollte eine Reportage über sie schreiben.«

»Was, für die Scheißzeitung hast du deine Seele verkauft?« Sasha hob die Schere auf und schnitt Zweige von einem Strauch ab.

»Sei doch bitte nicht so melodramatisch, Sasha. Ich habe nicht meine Seele verkauft. Ich wollte wissen, was für ein Mensch Jackie Wood ist.«

»Das kann ich dir sagen!« Sasha fuchtelte mit der Schere, und Alex wich einen Schritt zurück. »Gift ist die! Abschaum! Man hätte die niemals freilassen dürfen. Die hat alles Schlechte dieser Welt verdient!« Sie strich sich mit der freien Hand über die Wange und hinterließ auch da einen braunen Fleck. »Und was hat sie dir erzählt, Schwesterchen? Wo du hingehen musst, um die Leiche meiner Tochter zu finden? Damit wir sie ausgraben und neben ihrem Bruder bestatten können? Oder wie?« Die Spitze der Schere befand sich jetzt nur wenige Zentimeter von Alex' Brust entfernt.

Alex hob beide Hände und wich noch weiter zurück. »Hör

damit auf, Sasha. Du machst mir Angst. Bitte lass mich weiterreden.«

»Weißt du was?« Sashas Gesicht war wutverzerrt. »Ich will überhaupt nicht wissen, was die zu dir gesagt hat, weil es sowieso nutzlos ist. Sie wird nie damit rausrücken, sondern ihren Liebhaber verteidigen, bis sie ins Grab sinkt. Was hoffentlich bald der Fall sein wird.«

Sasha wandte sich wieder den Sträuchern zu und fuhrwerkte wütend mit der Schere an den Zweigen herum. Abrupt drehte sie sich um und fauchte: »Ich will einfach nur, dass sie tot ist. Sie hat meine Kinder umgebracht. Sie ist grausam und böse und hat es nicht verdient, am Leben zu bleiben. Wir werden Millie sowieso nie finden. Also kann sie von mir aus auch gern so bald wie möglich abkratzen.«

»Ist sie bereits«, sagte Alex leise.

»Was?« Sasha starrte sie an. Schweiß stand ihr auf der Stirn.

»Jackie Wood ist tot. Ich bin hergekommen, um dir das zu erzählen.«

Plötzlich schien alle Kraft aus Sasha zu weichen. »Aber ich will doch wissen, wo Millie ist, Lexie! Jetzt werden wir es nie erfahren!« Sie sank in die Arme ihrer Schwester, und Alex hielt sie fest. Der Geruch von ungewaschenen Haaren stieg ihr in die Nase. Sie spürte, wie abgemagert Sasha war. Und wenn sie Alex' Namen aus Kindheitstagen benutzte, fühlte sie sich immer vollkommen hilflos.

»Es tut mir so leid, Süße«, murmelte Alex.

Ein tiefer Seufzer erschütterte Sashas Körper. »Sag es mir«, flüsterte sie. »Erzähl mir alles.«

Alex strich ihrer Schwester beruhigend über den Rücken. »Als ich wegen des zweiten Interviews zu ihr gegangen bin, da war sie schon tot.«

Sasha fuhr zurück. »Zweites Interview? Du warst zweimal

bei dieser Schlampe?«, sagte sie scharf. Alex erschrak über das fiebrige Flackern in Sashas Augen. »Wo wohnt die denn? In einem schicken Hotel in London?«

»Hier.«

»Wie, hier?« Sasha blinzelte verwirrt.

»In Sole Bay.«

»Warum hat das niemand verhindert, verflucht noch mal? Und wieso hast du mir nichts davon gesagt?«

Alex holte tief Luft. »Weil ich wusste, wie du reagieren würdest. Ich wollte erst mal abwarten, was passiert, bevor ich dich einweihe.«

»Abwarten, was passiert? Was soll das denn heißen? Hast du erwartet, dass du was über Millie erfährst? Oder wolltest du Buße tun? Hast du gehofft, ich würde dir verzeihen?« Ein Tropfen Spucke landete auf Alex' Wange, und sie wischte ihn weg.

»Nein«, antwortete sie so ruhig wie möglich. »Ich wollte mehr über Jackie Wood herausfinden, über ihre Beweggründe. Ich wollte versuchen, sie zu verstehen.«

»Verstehen? Verstehen? Was zum Teufel meinst du denn damit? Was wolltest du verstehen?«

Alex zuckte die Achseln, bemühte sich, die Ruhe zu bewahren, sagte sich, dass Sasha nur so außer sich war, weil sie so entsetzlich litt. »Was in ihr vorging, was sie dachte. Damit ich vielleicht was über Millie erfahre.«

Sasha warf den Kopf in den Nacken und lachte lauthals. »Du bist echt so dumm, dass du einem schon leidtun kannst mit deinen Versuchen, alles wiedergutzumachen. Glaubst du im Ernst, Interviews für dieses komische Magazin würden Millie zurückbringen? Du hast doch keine Ahnung.«

»Was meinst du damit?«

»Millie ist verschwunden«, sagte Sasha und zog die Ärmel des Dufflecoats über ihre Hände. Sie bemerkte Alex' Blick.

»Nee, ich hab mich nicht geritzt«, knurrte sie. »Ich war ein braves Mädchen. Ganz, ganz brav.« Sie ging wieder in die Hocke und schniefte kläglich. Ihre Nasenspitze war rot. »Wir werden Millie nie wiedersehen.«

Diese ständigen Stimmungswechsel strengten Alex unheimlich an.

»Also du hast gesagt, die Schlampe sei tot«, sagte Sasha und blickte zu ihrer Schwester auf. »Weshalb? Wie ist sie denn gestorben?«

Alex kniete sich neben Sasha, weil sie ihr ins Gesicht sehen wollte. »Ich habe sie in ihrem Wohnwagen auf dem Campingplatz am Hafen gefunden. Weißt du, dem …«

»… ganz am Ende, ja ja, ich weiß. Weiter.«

»Sie lag in ihrem Badezimmer am Boden.« Alex bemühte sich, das Bild zu verdrängen, aber es gelang ihr nicht, und sie sah wieder die verschleierten Augen vor sich, die rot befleckte Kleidung, die verdrehten Glieder. Sie schluckte. »Sie ist erstochen worden. Jemand hat mit einem Messer unzählige Male auf sie eingestochen.«

Sasha starrte Alex einen Moment lang an und lächelte dann. »Ich bin froh, dass sie tot ist.«

»Hast du sie getötet, Sasha?«

»Hätte ich gerne getan.«

Alex stützte den Kopf in die Hände. Sollte sie Sasha glauben?

Sasha berührte sie am Arm. »Du glaubst wahrscheinlich, ich hätte sie umgebracht.«

Ruckartig hob Alex den Kopf, und Sasha lachte. »Ach, nun komm schon, Alex, ich weiß doch, wie du tickst. Du hast bestimmt gedacht, ich hätte erfahren, dass sie hier lebt, und wär direkt hinmarschiert und hätte sie umgebracht. Aber so war's nicht. Ich wusste nicht mal, dass sie wieder in Sole Bay ist.«

Alex nickte. »Das glaube ich dir. Aber nun werden wir nie

erfahren, wo Millie begraben ist. Und das ist meine Schuld.« Sie begann zu zittern vor Kälte.

Als Sasha ihr mit langsamen, kreisförmigen Bewegungen über den Rücken strich, entspannte sie sich etwas und lehnte sich an ihre Schwester. »Mir ist klar, dass wir es nie erfahren werden«, sagte Sasha. »Ich hab mir das schon gedacht, als Jessop sich umgebracht hat. Und weißt du was? Ich will es auch nicht mehr wissen. Ich bin es leid, vor mich hin zu vegetieren und mich mit der Frage zu quälen, was mit Millie geschehen ist. Sie ist tot, ihre Seele ist sonst wo, und wo ihr Körper ist, ist jetzt eigentlich nicht mehr wichtig, oder?«

Sashas Worte waren Labsal für Alex. »Wir haben so lange gelitten«, fuhr Sasha fort. »Wood diente nur als Werkzeug. Jessop war die treibende Kraft.« Sasha ließ ihre Hand einen Moment ruhen, bevor sie wieder über Alex' Rücken strich. »Das hast du aber gewusst, oder? Und Millie ist jetzt eine Nixe.«

»Was meinst du damit?«

Sasha lächelte. »Ach, nur so. Das denke ich einfach manchmal.«

Alex' Glieder fühlten sich taub an – nicht nur vor Kälte, sondern auch wegen der Schuldgefühle, die schwer auf ihr lasteten. Sie stand auf und sagte: »Ich muss los. Hab gleich einen Termin.«

Sasha richtete sich auch auf. »Okay«, sagte sie, als hätten sie über etwas ganz Alltägliches und nicht über Jackie Woods Ermordung gesprochen. Alex war froh und erleichtert, als Sasha sie umarmte.

»Wie konntest du das nur tun?«, zischte sie ihr ins Ohr.

Alex löste sich von ihr und ging, ohne sich noch einmal umzudrehen.

15

»Also nichts auf der Überwachungskamera?« Kate tigerte in der nach Schimmel riechenden Bude auf und ab, die man ihr statt eines vernünftigen Raums als Einsatzzentrale zugewiesen hatte, und versuchte, nicht daran zu denken, wie viel Staub von den erbärmlichen Heizlüftern herumgewirbelt wurde. Zwei Kollegen saßen vor ihren Computern, während Techniker die Telefonanlage installierten, die nach der Pressekonferenz in Betrieb genommen werden sollte. Draußen wimmelte es schon von Sendewagen, fröstelnden jungen Leuten, die mit Klemmbrettern oder iPads herumstanden, und Regieassistenten, die hektisch mit Mikros und Walkie-Talkies herumrannten. Die Fernsehleute waren froh, endlich einen handfesten Knüller zu haben. Die Zeitungsreporter, die abgehärtet und jede Witterung gewöhnt waren, versammelten sich am Parkplatz des Polizeireviers. Kate würde ihnen Einlass zum warmen Konferenzraum gewähren, wenn sie startklar war.

Sie fürchtete, dass der Mietcontainer zu klein sein würde für die Medien, sobald die Identität des Mordopfers bekannt wurde. Dann würde Cherry wahrscheinlich die Ermittlungen nach Martlesham verlegen wollen, aber Kate wollte trotz der Beengtheit und der muffigen Luft lieber hierbleiben, weil sie gerne in der Nähe ihrer Fälle ermittelte. Darüber musste sie später mit Cherry reden.

»Nein, Chef.« Steve zog die Nase kraus. »Alles nur Attrappe.«

Kate hatte darum gebeten, dass Steve Rogers ihrem Team zugeteilt wurde, weil er ruhig und zuverlässig war und immer für Doughnuts sorgte.

»Mit ›alles‹ meinen Sie diese eine elende Kamera an der Klowand, oder? Verflucht noch mal, haben diese Leute denn gar keinen Sinn für Sicherheit?« Kate ließ sich auf einen der Stühle an dem aufgebockten Tisch vor der Pinnwand fallen.

»Offenbar nicht. War jedenfalls keine Videokassette drin.«

»Ein Wunder, dass auf diesem gottverlassenen Platz überhaupt noch jemand wohnt bei einer solchen Schlamperei.« Kate schüttelte den Kopf. »Und was halten Sie von Alex Devlin, Rogers? Glauben Sie ihr ihre Geschichte?«

Rogers lockerte seine Dienstkrawatte und öffnete den obersten Knopf seines Hemds. »Ich denke schon, dass sie die Wahrheit gesagt hat. Aber ich glaube, dass sie was verschweigt. Und dieser Malone ist so schlüpfrig wie ein Scheißaal.«

Kate trommelte mit den Fingern auf den Tisch. »Da haben Sie Recht. Irgendwas an dem kann ich nicht leiden. Er war unhöflich und nicht sehr kooperativ. Hat sich nicht im Mindesten benommen wie jemand, der von seiner Freundin zum Tatort eines Mordes gerufen wird.« Kate stand auf. »Der hat sich noch nicht hier blicken lassen, wie?«

Rogers schüttelte den Kopf. »Meinte, er käme morgen oder übermorgen vorbei.«

»Tut sehr entspannt. Frage mich, was das wohl über ihn aussagt. Obwohl ich das eigentlich genau weiß. Aber zurück zu Alex Devlin. Was halten Sie von ihr?«

»Ich finde, sie ist ein bisschen unheimlich.«

»Inwiefern?«

»Wer will denn schon ein Interview machen mit einer Frau, die an der Ermordung von Kindern aus der eigenen Familie beteiligt war? Wenn das nicht unheimlich ist …« Er schüttelte sich theatralisch.

»Ich möchte Sie daran erinnern, Detective Sergeant Rogers, dass Ms Wood in einem Berufungsverfahren freigesprochen wurde«, sagte Kate mit gespielter Förmlichkeit und überhörte geflissentlich Rogers' verächtliches Schnauben.

»Ja, Ma'am. Entschuldigung, Ma'am.«

»Hmm.«

»Alex Devlin jedenfalls hatte nichts gegen das Abnehmen der Fingerabdrücke und gegen den DNA-Abstrich einzuwenden. Und sie ist noch am gleichen Tag hier erschienen. Die meisten Leute tauchen erst am nächsten oder übernächsten Tag auf.«

»Finde ich auch etwas eigenartig«, pflichtete Kate ihm bei. »Die meisten Menschen wollen nach so einem Schock doch erst mal nach Hause, um in Ruhe eine Tasse Tee zu trinken. Und dann kommen sie zu uns, wenn sie sich besser fühlen. Aber Devlin ist eben nicht wie die meisten Menschen, nicht wahr?«

»Ma'am?«

»Es prägt und verändert einen, wenn jemand aus der eigenen Familie ermordet wird, meinen Sie nicht, Steve? Vor allem, wenn ein Kind getötet wird.« Kate seufzte und blickte auf die Pinnwand, an der bislang nur eine Karte der Region hing. Bald würde sich ein Zeitplan dazugesellen mit genauen Uhrzeiten und Aufenthaltsorten von Jackie Wood in den Tagen und Stunden vor ihrer Ermordung sowie Fotos vom Campingplatz, dem Wohnwagen, der Leiche aus so vielen Perspektiven, wie es in dem engen Raum möglich gewesen war.

»Vielleicht wollte Devlin es einfach schnell hinter sich bringen. Hätte ich wahrscheinlich genauso gemacht.« Rogers kratzte sich im Nacken. »Obwohl ich nicht kapiere, weshalb wir uns für diese widerwärtige Mörderin so ins Zeug legen.«

Kate sah ihn an. »So denken wir hier nicht, Rogers. Wenn

ein Verbrechen begangen wurde, ist es unsere Aufgabe, die Gesetzesbrecher vor Gericht zu bringen. Jackie Wood hat unseren vollen Einsatz genauso verdient wie jeder andere. Auch ihr muss Gerechtigkeit zuteilwerden.«

»Obwohl sie mit den Kindern kein Erbarmen gehabt hat?«

»Muss ich Sie schon wieder daran erinnern, dass Jackie Wood aus Mangel an Beweisen freigesprochen wurde?«

»Phh.«

»Wir werden uns ebenso viel Mühe geben, ihren Mörder zu finden, wie bei jedem anderen Fall, sind wir uns da einig?«

»Ja, Ma'am.«

»Alex Devlin hat sich nicht sehr verändert«, sagte Kate nach kurzem Schweigen. »Sieht nur älter aus.«

»Verändert?«

Kate blickte Rogers an. »Ich habe damals die Leiche des kleinen Jungen gefunden, Steve. Aber ich vermute, das wissen Sie.«

»Ja, klar«, antwortete er. »War eine Ihrer ersten, oder? Leichen, meine ich. Ist immer hart, die Leiche eines Kindes zu finden.«

»Vor allem, wenn es ermordet wurde.«

»Stimmt.«

Kate verdrängte die Erinnerung an den kleinen Jungen mit den aufgerissenen Augen, der in einen Koffer gequetscht worden war. »Aber wir würden in unserem Job nichts taugen, wenn wir angesichts einer Leiche kollabieren würden.«

»Sicher nicht, Kate«, sagte Rogers behutsam. »Aber wir sind dennoch Menschen. Wenn uns so etwas nicht in irgendeiner Weise berühren würde, sollten wir diesen Beruf auch nicht ausüben.«

Kate öffnete den Mund und schloss ihn wieder. Sie hätte Rogers beinahe gestanden, dass ihr Leben überschattet war seit dem Zeitpunkt, als sie den toten Harry Clements gefunden hatte. Aber sie schwieg. Steve Rogers war ein guter Kollege, zu dem sie ein nahezu freundschaftliches Verhältnis hatte. Doch sie war seine Vorgesetzte und musste einen gewissen professionellen Abstand wahren. Die Verantwortung, die mit ihrer Position einherging, brachte Einsamkeit mit sich – das hatte Kate inzwischen gelernt.

»Was kam bei Ihren Befragungen heraus?«, fragte sie stattdessen.

Rogers schüttelte den Kopf. »Haben nicht viel ergeben, Ma'am.« Er wirkte wieder förmlicher, als er Zeigefinger und Daumen anleckte und sein Notizbuch durchblätterte. »Paul Herman von Parzelle 28 sagte, er und seine Frau seien in ihrem Campingwagen gewesen, hätten aber nichts gehört.«

»Wie weit sind die entfernt?«

Rogers blickte auf das Notizbuch. »Zwei Reihen. Offen gestanden waren überhaupt nicht viele Leute vor Ort. Der Betreiber des Campingplatzes sagte, zurzeit sei nur ein Drittel der Stellplätze belegt.«

»Aber wir müssen mit allen sprechen.«

»Ja, Ma'am. Weiß ich. Jim Cassidy ist an diesem Abend gegen Mitternacht mit seinem Hund spazieren gegangen, hat aber auch nichts Ungewöhnliches bemerkt.«

»Was ist mit dem Wohnwagen gegenüber dem von Jackie Wood?«

Rogers blätterte ein paar Seiten um. »Nikki Adams. Hat gesagt, sie war an dem Abend zu Hause, hat aber nichts gehört. Sie hätte ferngesehen und sei früh ins Bett gegangen.«

»War da sonst noch jemand in der Nähe?«

»Nee.«

»Was hat sich diese Nikki Adams angesehen?«

»*Emmerdale, Holby City* und eine Doku über Delphine.«

»Vom geheiligten Attenborough?«

»Vermutlich.«

»Überprüfen Sie das bitte, zur Sicherheit.«

Rogers sah Kate mit leicht hochgezogenen Augenbrauen an. »Selbstverständlich.«

Sie schüttelte den Kopf. »Natürlich machen Sie das. Entschuldigung. Gibt keinen Grund, warum die Aussage von Nikki Adams nicht koscher sein soll, aber sicher ist sicher.« Kate seufzte. »Wir sind also nicht einen Schritt weiter, wie?«

»Kann man so sagen.«

»Gut, hören Sie.« Kate klopfte mit einem Bleistift an ihre Zähne. »Wir brauchen ein paar Leute, die sich den Campingplatz noch mal vornehmen. Ich will einfach nicht glauben, dass alle dort so mit sich selbst oder ihren Fernsehern beschäftigt waren, dass sie nicht das Geringste mitgekriegt haben. Irgendjemandem muss was aufgefallen sein.«

Rogers erhob sich müde. »Ich soll bestimmt gleich losgehen, oder? Ich nehme Eve und John mit, ja?«

Die beiden Kollegen blickten von ihren Computern auf, als sie ihre Namen hörten.

»Danke, ja, das erspart Ihnen die ganzen Irren, die hier nach der Pressekonferenz in der Leitung hängen werden.« Dann kam ihr ein Gedanke. »Oder nein, gehen Sie noch nicht los. Warten Sie bis nach der Konferenz, dann komme ich mit.« Kate lächelte Rogers an und sagte angesichts seines resignierten Gesichtsausdrucks: »Ach, nun aber, Steve. Das macht doch bestimmt Spaß.«

»Spaß? Wenn Sie meinen … Aber ich dachte immer, wenn man einen höheren Posten hat, will man sich nicht mehr die Hacken ablaufen.«

Kate sammelte ihre Papiere ein. »Ich bin gerne dicht am Geschehen, das wissen Sie doch, Steve. Ich muss mich schon viel zu oft mit Papierkrieg und unseren hauseigenen Irren rumschlagen.« Unterschwellig hatte sie allerdings den Verdacht, dass sie vielleicht auch einem weiteren Gespräch mit Chris ausweichen wollte.

»Ist nett, wenn Sie mitkommen … Ma'am.«

Kate grinste und warf einen Blick auf ihre Uhr. »Aber jetzt auf in den Kampf.«

16

Alex wünschte sich sehnlichst, dass sie nie auf die Idee gekommen wäre, Jackie Wood zu interviewen.

Der eisige Wind vom Meer drang durch die Kleidung und ging Alex durch Mark und Bein. Orange Lichtstreifen zeigten sich am grauen Wolkenhimmel, als die Sonne Richtung Horizont sank. Alex ging vornübergebeugt, um sich vor dem Wind zu schützen, als sie durch die Dünen stapfte. Wieso war sie brav wie ein Opferlamm sofort zur Polizei getrabt? Und wie sehr hatte sie ihrer armen Schwester jetzt zusätzlich geschadet?

Und DI Todd. Das war ein seltsamer Zufall. Die Frau hatte sich sehr verändert, seit Alex ihr in dem stickigen Gerichtssaal zuletzt begegnet war. Damals war sie noch eine schüchterne junge Polizistin mit langen Haaren gewesen, ohne Make-up und eher unscheinbar. Jetzt hatte sie die weichen jugendlichen Gesichtszüge verloren und wirkte hart und abweisend.

Die Sonne war jetzt fast im Meer verschwunden, und das Zwielicht verstärkte noch Alex' bedrückte Stimmung. Das Rauschen der Wellen dröhnte in ihren Ohren. Kraftvoll gischteten sie an Land, zogen sich wieder zurück und nahmen Steine und Geröll mit sich. Alex stellte sich vor, wie sich Meer und Himmel am Horizont begegneten und zu einer grenzenlosen ewigen grauen Einheit verbanden, in der sich alle Probleme von selbst lösten.

Fingerabdrücke, DNA, das ganze verdammte Zeug. Hatte

sie sich selbst irgendwie belastet? DNA-Analysen waren ihr nicht geheuer. Sie waren zwar nützlich, um ungelöste Fälle wieder aufzurollen, aber konnte man sich auf diese Daten verlassen? Wer hatte Zugang zu diesen Informationen, und konnten sie womöglich verfälscht werden?

Alex kam zu der asphaltierten Strandpromenade mit den bunten Strandbuden, die prosaische Namen wie »Victoria«, »Albert« und »Seglerfrieden« trugen, und ging im Licht der Natriumdampflampen weiter bis zu Jim's Cafe.

Die Fensterläden des Cafés waren bereits geschlossen, und Ed Killingback saß an einem der Tische davor, umgeben von einem weißen Lichtschein. Der Mann schien um die dreißig zu sein, hatte dunkelbraune Haare, die mal wieder einen Schnitt nötig hatten, und trug eine flotte, warme Cabanjacke. Alex dagegen fror so sehr, dass sie wahrscheinlich schon blaue Lippen hatte und ziemlich verkniffen aussah.

»Hallo.« Sie setzte sich Killingback gegenüber an den Tisch.

»Hi.« Der Journalist warf ihr ein strahlendes Lächeln zu. Seine nussbraunen Augen schienen zu funkeln, und wenn Alex nicht so erschöpft gewesen wäre, hätte sie erwogen, ob der Knabe vielleicht mit ihr flirtete. »Zum Glück habe ich eine Taschenlampe dabei.«

»Tut mir leid, dass ich so spät dran bin. Ich ...« Alex unterbrach sich. Nicht entschuldigen, keine Erklärungen abgeben.

Killingback schlug sein Notizbuch auf und zog einen Stift aus der Jackentasche. Er sah Alex an und sagte mit ernster Stimme: »Ich bewundere Ihre Arbeit für das Wochenendmagazin.«

Alex verdrehte die Augen.

Killingback lachte. »Das war wohl etwas abgeschmackt, wie?« Immerhin sah er leicht verlegen aus.

»Kann man so sagen.« Alex lächelte, um ihren Worten die

Schärfe zu nehmen. »Aber danke schön. Falls Sie meine Texte tatsächlich lesen.«

»Tu ich. Ehrlich.« Er wirkte etwas unruhig. »Leider habe ich nicht viel Zeit. In etwa einer halben Stunde findet eine Pressekonferenz statt, die ich nicht versäumen darf.«

Alex wurde flau im Magen. Verflucht, die Pressekonferenz. Jetzt kam es wirklich knüppeldicke. Ein Glück musste sie nicht dabei sein. Sie hatte sich vor fünfzehn Jahren schon um alle Pressekonferenzen gedrückt. Und als Jessop sich umgebracht hatte, hatte Alex den Presserummel gemieden und zum ersten Mal mit Gus Urlaub im Ausland gemacht.

Sie zuckte die Achseln, und die Szene mit Sasha stand ihr plötzlich wieder vor Augen. »Lassen Sie sich nicht aufhalten«, sagte sie knapp. »Vermutlich fahren Sie besser, wenn Sie alle Informationen aus erster Hand bekommen. Sie werden ja sehen, wie weit die Polizei mit ihren Ermittlungen ist.« Beinahe hätte sie ihm noch geraten, sich doch gleich auf den Weg zu machen, aber das verkniff sie sich.

Killingback sah sie mit klarem Blick an. »Bitte nennen Sie mich Ed. Und ich wollte Sie nicht verärgern, tut mir leid.«

Wieso um alles in der Welt hockte sie hier mit einem dreißigjährigen Journalisten an einem menschenleeren Strand vor einem geschlossenen Café? Offenbar hatte sie nicht mehr alle Tassen im Schrank.

»Also was wollen Sie wissen? Aber das bedeutet natürlich nicht, dass ich Ihnen alles erzählen werde.«

»Okay«, erwiderte er gedehnt. »Sie haben Jackie Wood tot aufgefunden, nicht wahr?«

»Woher haben Sie diese Information?«

»Quellen.«

»Und welche Quellen sind das?«

»Also kommen Sie, Sie erwarten doch wohl nicht, dass ich die preisgebe, oder?«

Alex blickte übers Meer, das jetzt so schwarz wie Tinte war. Am Himmel erschienen die ersten Sterne. »Wäre doch nur das Café offen«, sagte sie, um ihre Nervosität zu überspielen. »Ein Tee wäre jetzt super.«

Killingback lächelte wieder, den Stift im Anschlag. »Also?«

»Hören Sie«, sagte Alex, schlagartig gereizt und ungeduldig. »Ich weiß nicht, was Sie von mir wollen.«

Er beugte sich vor. »Einfach nur eine Story, mit der ich arbeiten kann. Die noch niemand hat. Ich kann Ihnen helfen, wissen Sie. Wenn Sie mir erzählen, was passiert ist – exklusiv natürlich.«

»Natürlich.«

Er schien ihren Sarkasmus nicht zu bemerken. »Dann kann ich Ihre Geschichte so erzählen, wie sie wirklich gewesen ist.«

Alex seufzte und fühlte sich uralt. »Glauben Sie vielleicht, ich wüsste nicht, wie das läuft?«

»Wie meinen Sie das?«, fragte er, scheinbar arglos.

»Ich erzähle Ihnen meine Geschichte, Sie machen daraus die Story, die Sie haben wollen, und – bingo – weitere Lügen werden verbreitet. Wissen Sie, Ed«, sie betonte seinen Namen, »ist ja schön, wenn Ihnen mein Schreibstil gefällt. Aber ich verabscheue den Stil der *Post*.«

»Darum geht's nicht, Alex. Ich schreibe gute Storys, und ich erfinde nichts dazu.«

»Mag ja sein. Aber die Redaktion macht dann daraus, was sie will.« Das war Alex selbst nicht nur einmal widerfahren. Aufgebrachte Interviewpartner riefen an, denen sie erklären musste, dass der Text in der Redaktion verändert worden war. Das interessierte die Betroffenen natürlich nicht im Geringsten, da ja Alex' Name unter dem Text stand. Sie wurde also verantwortlich dafür gemacht und konnte den Zorn der Leute auch gut verstehen. Aber diese Erwägungen halfen ihr jetzt keinen Schritt weiter.

»Hören Sie«, sagte sie. »Ja, ich war diejenige, die Jackie Wood tot aufgefunden hat. Ich hatte sie in ihrem Wohnwagen aufgesucht, weil ich ein Interview mit ihr machen wollte für das Wochenendmagazin. Und da habe ich ihre Leiche gefunden.« Alex schluckte, um einen ruhigen Tonfall bemüht. »Mehr gibt es dazu nicht zu sagen.«

»Aber Wood ist doch wegen der Mittäterschaft an der Ermordung Ihrer Nichte und Ihres Neffen lange im Gefängnis gewesen. Fiel es Ihnen da nicht schwer, mit ihr ein Interview zu machen? Hatten Sie vielleicht insgeheim gehofft, Wood würde Ihnen einen Hinweis auf den Verbleib von Millie geben?«

Lachend schüttelte Alex den Kopf. »Nein, nein, Ed, so läuft das nicht. Mehr werde ich nicht sagen. Außerdem gehen Sie gerade davon aus, dass Wood tatsächlich schuldig war und wusste, wo Millie zu finden wäre.« Alex warf einen Blick auf ihre Uhr. »Sie müssen jetzt losziehen zu Ihrer Pressekonferenz.«

Killingback klappte sein Notizbuch zu. »Das stimmt wohl. Aber wissen Sie, ich werde nicht aufgeben. Ich hab Ihnen ja gesagt, dass ich diesen Fall schon seit vielen Jahren verfolge. Ich habe sorgfältig recherchiert und weiß, dass da mehr dahintersteckt, als man auf den ersten Blick glauben möchte.«

»Was meinen Sie damit?«, fragte Alex in scharfem Tonfall. Ein Fehler, denn das war sofort wieder Wasser auf seine Mühle.

»Die Verurteilung von Martin Jessop und Jackie Wood lief viel zu glatt«, antwortete Killingback. »Die Polizei hat alles geschluckt, was man ihr vorgesetzt hat, meinen Sie nicht auch?«

»Die beiden wurden offiziell von Richter und Geschworenen für schuldig befunden.«

»Ja, aber nun wurde Wood freigelassen, weil sich die Beweise des alten Professors als Humbug erwiesen haben. Allerdings ist jetzt nicht nur Jessop tot, sondern auch noch Wood, und Tote können nicht mehr reden. Na ja«, er stand auf, »ich muss jetzt tatsächlich los, aber ich würde gerne noch mal mit Ihnen sprechen. Bitte.«

Auf einmal platzte Alex mit der Frage heraus, die sie unbedingt hatte vermeiden wollen: »Sie haben gesagt, Martin Jessop habe noch eine weitere Geliebte gehabt, eine heimliche Geliebte. Woher wissen Sie das?«

Killingback verstaute sein Notizbuch in der Innenseite seiner Jacke und strich sich die Haare aus der Stirn. »Das können wir uns ja fürs nächste Treffen aufheben, nicht wahr, Alex?«

Sie blieb sitzen und sah ihm nach. Steinchen knirschten unter seinen Füßen, als er mit großen Schritten davoneilte.

17

Kate straffte die Schultern und holte tief Luft. Pressekonferenzen waren ihr ein Gräuel – die gierigen Mienen der Journalisten, von denen jeder die raffinierteste Frage stellen, jeder den besten Ansatz finden wollte. Das Klicken der Fotokameras, das blendende Licht, der Wald von Mikros vor ihrer Nase. Zumindest musste sie in diesem Fall nicht auch noch Rücksicht nehmen auf trauernde Angehörige. Es gab nichts Schlimmeres als verstörte Eltern, die sich aneinander festklammerten, feuchte Taschentücher in Händen. Familienangehörige mit dumpfem Blick, gezeichnet vom Grauen. Wenn auch nur der geringste Verdacht bestand, sie könnten mit dem Verbrechen etwas zu tun haben, mussten Angehörige manchmal an der Pressekonferenz teilnehmen, was für alle einer Art mittelalterlicher Folter gleichkam.

So wie vor fünfzehn Jahren, als Sasha und Jez Clements sich den Medien stellen mussten. Die Pinnwände hinter dem Paar waren gespickt gewesen mit Fotos von den Zwillingen in ihren hübschesten Kleidern, fröhlich grinsend, mit eisbekleckerten Gesichtern, um allen zu verdeutlichen, dass zwei Kinder, die ihr Leben noch vor sich gehabt hatten, spurlos verschwunden waren. Kate war damals nur Zuschauerin gewesen, aber sie wusste noch, wie der Detective Chief Inspector die Ermittler angewiesen hatte, das Ehepaar Clements so scharf zu beobachten, dass niemandem auch nur die kleinste Reaktion entging. Das galt auch für Freunde und Angehörige.

Kate wurde von Helen Grant aus ihren Gedanken gerissen, der Pressebeauftragten, die aus Martlesham gekommen war, um die Konferenz zu leiten. Grant war Kate nicht sympathisch, weil die Frau die Medienleute gerne auf Abstand hielt, ihnen verwirrende Infos auftischte und so viele Steine wie möglich in den Weg legte. Zwar war Kate nun auch nicht gerade ein Fan der Medien, aber sie hatte sie gerne auf ihrer Seite, weil man nie wusste, wozu es nützlich sein konnte.

»Ja, Helen, ich bin bereit«, sagte Kate in so neutralem Tonfall wie möglich.

»Gut. Ich fange an, ist Ihnen das recht? Ma'am?«

Kate fragte sich, ob es Einbildung war oder ob Helen sich beinahe ironisch unterwürfig benahm.

»Danke, Helen, das wäre sehr nett von Ihnen.« Das Spielchen beherrschte Kate auch.

Forschend sah Helen Kate an. »Sie wissen aber schon, dass ich den Zeitpunkt für die Pressekonferenz für verfrüht halte, nicht wahr? Wir können denen doch kaum was liefern, was sie nicht schon wissen.«

»Ich bin mir darüber im Klaren«, erwiderte Kate gelassen. »Aber es gibt ein starkes Medieninteresse an Jackie Wood, und ihr Name ist schon nach draußen gesickert. Deshalb sollten wir ihre Ermordung offiziell bestätigen.«

»Womit wir uns unter Umständen jede Menge Stress einhandeln.«

Kate übte sich in Geduld. »Mag sein. Aber wie gesagt, die Gerüchte sind im Umlauf, und Wood hatte keinerlei Angehörige. Wir werden mehr Berichterstattung kriegen, wenn wir den Medien immer mal ein paar Häppchen vorsetzen, das ist am sinnvollsten.«

»Ma'am, ich meine, wir sollten hier sehr vorsichtig sein. Das Thema ist extrem heikel. Man wird Fragen stellen.« Helen schürzte die Lippen, was Kate an einen Katzenarsch erinnerte.

»Fragen?«, erwiderte sie. Diese Frau trieb sie noch zum Wahnsinn. Sie brauchte nun wirklich nicht daran erinnert zu werden, wie kompliziert die Lage war – und schon gar nicht von Helen Grant.

Helen seufzte, als habe sie es mit einem unverständigen Kind zu tun, worauf Kate sie am liebsten erwürgt hätte. »Sie können sich doch sicher denken, dass die Boulevardpresse durchdrehen wird, wenn bekannt wird, dass die Frau, die wegen dem Mord an den Clements-Zwillingen verurteilt worden ist, wieder mitten unter uns gelebt hat. Und zwar nicht irgendwo, sondern in dem Ort, in dem auch die Eltern der ermordeten Kinder wohnen. Stellen Sie sich mal die Schlagzeilen der *Daily Mail* vor.«

»Das hab ich durchaus im Blick. Und wenn wir mauern oder versuchen, etwas zu vertuschen, sind wir noch übler dran als jetzt schon.« Kate hatte weder Zeit noch Kraft für so ein Theater.

»Gut, aber ich habe Sie gewarnt.« Dann erneut der Katzenarsch, bevor Helen die Tür zum Konferenzraum öffnete und verschwand.

Kate sann darüber nach, ob sie vielleicht mit Yoga anfangen sollte – Atemübungen und Achtsamkeit waren gewiss eine Hilfe in Situationen, in denen sie am liebsten hemmungslos herumgeschrien hätte.

»Detective Inspector?«

Kate zuckte zusammen, als plötzlich ein Mann auf sie zutrat. Jez Clements. Er sah ziemlich verwahrlost aus – ungekämmte Haare, schmuddelige Uniform, staubige Schuhe. Unter seinen Augen lagen tiefe Schatten, und sein einstmals attraktives Gesicht wirkte verhärmt.

»Sergeant?«

»Könnte ich Sie eine Minute sprechen, Ma'am? Wäre mir wichtig.«

Kate schüttelte den Kopf. »Das geht jetzt leider nicht, ich muss gleich zu einer Pressekonferenz. Sollten Sie sich nicht um Ihre Exfrau kümmern?« Sie ließ ihre Stimme absichtlich kalt klingen. In all den Jahren hatte Kate Jez Clements im Polizeirevier von Martlesham bewusst gemieden, um nicht immer wieder an die Leiche des kleinen Harry in dem Koffer denken zu müssen, und sie war froh gewesen, dass Clements nicht in ihr Ermittlerteam gekommen war. Dann hätte sie wohl um Versetzung gebeten. Außerdem fand sie irgendetwas unsympathisch an dem Mann. Wirkte er nicht vertrauenswürdig auf sie? Oder störte es sie, dass er angeblich ständig die Frauen wechselte? Mit einem Mal wurde Kate wütend auf sich selbst. Hatte sie durch ihren Beruf die Fähigkeit zum Mitgefühl eingebüßt? Clements hatte seine gesamte Familie verloren – er hatte Mitleid verdient, nicht kalte Ablehnung.

Wut flackerte in seinen Augen auf. »Ich bin gerade auf dem Weg zu ihr, Detective Inspector. Aber ich wollte mal fragen. Wegen Jackie Wood.«

»Was denn?« Kate bemühte sich um einen freundlicheren Tonfall.

»Wissen Sie, wer Jackie Wood getötet hat? Und warum? Gibt es etwas, das Sie nicht öffentlich machen und das ich vielleicht wissen sollte? Auch wenn es nur eine Kleinigkeit ist?«

Kate zog eine Augenbraue hoch. »Sergeant, Sie wissen doch so gut wie ich, dass ich Ihnen solche Informationen nicht geben kann.«

»Weil Sie sie noch gar nicht haben.«

»Weil ich sie Ihnen nicht geben darf.«

Clements holte tief Luft. Er sah gequält aus. »Schauen Sie, es tut mir leid, ich möchte nicht … aufdringlich sein.« Er schluckte. »Es wäre nur hilfreich zu wissen, wie weit die Ermittlungen fortgeschritten sind. Anstatt alles aus dem Fernsehen zu erfahren oder von Reportern, die vor der Tür stehen.«

»Aber die Opferschutzbeauftragte …«

»Ach herrje, Sie wissen doch, wie das läuft. Uns sagt keiner was, solange kein Zwang besteht.« Clements' Stimme zitterte, und er trat einen Schritt vor und legte Kate die Hand auf den Arm. »Ma'am. Bitte.«

Aus dem Konferenzraum war Gemurmel zu vernehmen. Die Meute wurde ungeduldig. »Hören Sie, ich kann Ihnen nur zweierlei sagen: Ja, die Tote in dem Wohnwagen ist Jackie Wood, und nein, wir wissen nicht, wer sie umgebracht hat.« Kate betrachtete den Mann und versuchte zu begreifen, was er durchmachte. »Gehen Sie zu Sasha, Jez. Die braucht Sie jetzt.«

Kate spürte Jez' Blick im Rücken, als sie den kleinen Konferenzraum des Reviers betrat, in dem sich Journalisten und Fernsehteams drängten, die letzte Vorbereitungen trafen. Es roch nach feuchter Kleidung und erhitzten Körpern, und Kate spürte, wie sich ihr Magen verkrampfte.

Sie trat an den aufgebockten Tisch, den man hastig aufgestellt hatte, vor sich das Bündel Mikrofone, die sie an einen Haufen drängelnder Meerschweinchen erinnerten. Nachdem die blitzenden Kameras sich beruhigt hatten, sprach Helen die Eröffnungsworte, die eigentlich nur daraus bestanden, Kate vorzustellen. Elende Regelvorschriften; Kate hätte gut und gerne darauf verzichten können, dass Helen mitbekam, was hier gesagt wurde.

»Wo waren Sie denn?«, zischte Helen, nachdem sie sich gesetzt und ihren Rock glatt gestrichen hatte. »Alle warten schon auf Sie!«

Kate nickte lediglich und ließ den Blick durch den Raum schweifen, um sich die Aufmerksamkeit zu sichern. »Meine Damen und Herren«, begann sie, legte die Hände auf den Tisch, beugte sich leicht vor und schaute direkt in eine Kamera, »nach eingehenden Ermittlungen kann ich offiziell bestätigen, dass heute Morgen um halb zehn die Leiche der dreiundvierzigjährigen Jackie Wood in einem Wohnwagen auf dem Campingplatz am Hafen von Sole Bay gefunden wurde. Die Leiche wies diverse Stichverletzungen auf.« Sie machte eine dramatische Pause. »Wir haben Ermittlungen wegen Mordes eingeleitet.«

Aufgeregtes Murmeln war zu vernehmen.

»Es wurde keine Mordwaffe gefunden. Wir bitten dringend um Hinweise aus der Bevölkerung. Selbst kleinste Informationen könnten zur Aufklärung dieses abscheulichen Verbrechens beitragen.« (Wie kam sie denn plötzlich auf den Ausdruck »abscheuliches Verbrechen«? Offenbar ging ihr das alles doch mehr unter die Haut, als sie vermutet hatte.)

Sie ließ den Blick über die Reihen wandern, um ihren Worten Nachdruck zu verleihen.

»Wir wissen, dass es Personen geben muss, die etwas beobachtet haben. Rufen Sie uns an. Sie können auch anonym bleiben – aber liefern Sie uns Ihre Hinweise. Bitte.« Kate wartete ein paar Sekunden ab und sagte dann: »Ich werde jetzt Ihre Fragen beantworten.«

Hände fuhren hoch.

Kate deutete auf die Reporterin vom regionalen Sender der BBC, *Look East*.

»Können Sie bestätigen, dass es sich um dieselbe Jackie Wood handelt, die vor Kurzem aus der Haft entlassen wurde?«, fragte die Frau.

Kate nickte. »Ja, das kann ich.«

»Wussten Sie, dass Jackie Wood sich in dieser Region aufhielt?«

»Ja.«

»Und finden Sie nicht, dass man das hätte bekannt geben müssen?«

»Weshalb?«

»Im Interesse der Öffentlichkeit.«

»Nein, das finde ich nicht.«

»Warum nicht?«

Kate seufzte innerlich. Deshalb verabscheute sie Pressekonferenzen so sehr, vor allem in einem solchen Fall, aber sie waren nun mal ein notwendiges Übel. Und Cherry legte großen Wert darauf. »Ist gut fürs Image der Polizei. Transparente Polizeiarbeit und so weiter«, sagte er immer.

»Weil man Jackie Wood Anonymität zugesichert und sie mit einem neuen Namen ausgestattet hat, damit sie unbehelligt ein neues Leben beginnen kann. An diese Zusicherung hat man sich gehalten, und Ihnen sollte doch klar sein, dass dies der übliche Weg ist.«

Die Reporterin zog eine Augenbraue hoch, und Kate ärgerte sich maßlos über diese herablassende Reaktion.

»Sie würden also eher die Zusicherung gegenüber einer verurteilten Mörderin …«

»Freigesprochen wegen Mangel an Beweisen«, versetzte Kate und fühlte sich plötzlich unsagbar müde.

»Sie würden sich also eher an eine Zusicherung gegenüber einer verurteilten Mörderin halten, als die Bevölkerung von Suffolk zu schützen.«

Kate starrte die junge Frau an. Jetzt reichte es. »Sie reden Unsinn«, knurrte sie. »Jackie Wood wurde nicht wegen Mordes verurteilt, sondern wegen Beihilfe. Nächste Frage.«

»Penny Pembleton, *East Anglian*«, meldete sich eine Frau mit roter Lockenmähne zu Wort. »Haben Sie schon Spuren?«

»Wir machen Fortschritte bei den Ermittlungen.« Wer war nun herablassend?

Kate beantwortete weitere Fragen von Fernsehsendern und

einigen Boulevardblättern. Alle probierten die Tatsache auszuschlachten, dass Jackie Wood unerkannt mitten in der Gemeinschaft gesetzestreuer Bürger gelebt hatte. Kate sehnte sich danach, sich hinzusetzen. Sich einen Drink zu genehmigen und mit Chris zu reden.

»Die letzte Frage, bitte«, sagte sie.

»Ed Killingback von der *Post.*«

»Ja, Ed?« Kate wappnete sich innerlich.

»Sind Jez und Sasha Clements bereits informiert?«

»Eine Opferschutzbeauftragte ist gegenwärtig unterwegs zu den beiden.« Kate blickte in die Runde. »Ich danke Ihnen allen fürs Herkommen und …«

»Detective Inspector?«

»Das war bereits die letzte Frage, Ed.«

»Könnte es einen Zusammenhang geben zwischen dem Mord an Jackie Wood und den Ereignissen von vor fünfzehn Jahren?«

»Wir werden die Möglichkeit in Betracht ziehen, beim gegenwärtigen Ermittlungsstand halten wir das aber für unwahrscheinlich. Und nun habe ich Ihnen …«

»Was sagen Sie zu dem Gerücht, dass Martin Jessop eine weitere Geliebte hatte? Nicht nur Jackie Wood?«

Aufgeregtes Raunen setzte ein, begleitet von Tastenklappern und dem Scharren von Kugelschreibern auf Papier.

Scheiße.

Kate hätte gerne ihren verspannten Nacken massiert, aber sie wusste, dass sie dieses Gerücht augenblicklich im Keim ersticken musste, weil sich sonst am nächsten Tag die Meldungen in den Medien überschlagen würden. Ed Killingbacks Revolverblatt war vermutlich scharf auf einen solchen Aufmacher.

»Wie kommen Sie denn darauf, Ed?«

»Sie wissen, dass ich meine Quellen nicht preisgeben kann.«

»Nun, ich weiß nicht, was für eine Quelle Sie da an der Hand haben, aber an Ihrer Stelle würde ich mich nicht darauf verlassen. Und es ist weder für die Ermittlungen im Mordfall Wood noch für die Familie Clements hilfreich, wenn Sie Gerüchte in die Welt setzen.« Vorsicht war geboten. Sie durfte nicht zu abweisend wirken.

»Aber …«

Kate versuchte, sich nicht anmerken zu lassen, wie sehr Ed Killingbacks Äußerung sie verunsicherte, und spürte förmlich, wie Helen neben ihr vor Wut kochte. »Wenn Sie über Beweise in diesem fünfzehn Jahre alten Fall verfügen«, sagte sie, »würde ich vorschlagen, dass Sie sich mit unserem Team für ungeklärte Fälle in Verbindung setzen. Dort werden Sie bestimmt Gehör finden. Und falls Sie Hinweise haben, die zur Aufklärung dieses neuen Mordfalls beitragen könnten, wären wir Ihnen sehr dankbar.« Herausfordernd starrte sie Killingback an. »Vielleicht könnten wir einen Termin im Polizeirevier vereinbaren, bei dem Sie uns in Ihre Informationen einweihen?«

Killingback setzte sich, ein leichtes Grinsen auf dem Gesicht.

Kate gab die Telefonnummer für die Bevölkerung bekannt und sammelte ihre Papiere ein, während der Geräuschpegel im Raum merklich anstieg. »So viel für heute, meine Damen und Herren. Neuigkeiten finden Sie auf unserer Website und in unserem Twitter-Account. Bei wichtigen Informationen werden wir eine weitere Pressekonferenz abhalten.« Sie marschierte hinaus, gefolgt von Helen.

»Das hätte wohl besser laufen können, Kate«, bemerkte Helen schmallippig, als sie die Tür zum Mietcontainer aufhielt.

»Kann man so sagen.« Kate blieb so abrupt stehen, dass sie fast mit Helen kollidiert wäre. »Was war das mit Jessop und der heimlichen Geliebten?«, fragte sie in scharfem Tonfall.

»Ich habe keine Ahnung«, antwortete Helen mit etwas zittriger Stimme. »Das kam aus heiterem Himmel.«

»Ich dachte, Sie seien dafür zuständig, vorher alles abzudecken, und wüssten, was für Fragen gestellt werden?«

»Aber ich kann nicht Gedanken lesen, Ma'am«, erwiderte Helen steif. »Und sind Sie überhaupt selbst ganz sicher, dass Sie nichts von dieser Geliebten wissen? Dann sollte ich nämlich dringend darüber informiert werden. Ich habe die Presse in diesem Fall bis Gott weiß wann am Hals und wäre ausgesprochen dankbar für Vorwarnungen. Ma'am.«

»Ich höre zum ersten Mal davon. Und wenn es tatsächlich stimmen würde, wäre es doch längst bekannt, oder? Womöglich ist man damals bei den Ermittlungen darauf gestoßen, hat aber beschlossen, dass es keine Relevanz besaß.«

»Wenig hilfreich, wie?«

Wenn sie Helen nur endlich loswerden könnte. Kate schaute auf ihre Uhr. »Tut mir leid, ich kann Ihnen da nicht helfen. Sie haben ja jetzt auch Feierabend. Die Presseleute können warten oder sich an die jeweiligen Diensthabenden wenden. Werden ja sehen, was sie davon haben.«

»Danke, Ma'am. Aber die Nachrichten landen trotzdem am nächsten Morgen auf meinem Schreibtisch.« Helen machte auf dem Absatz kehrt und marschierte davon.

Kate ging in die Einsatzzentrale und sank auf einen Stuhl. »Verflucht noch mal, wieso beantworten unsere Pressesprecher bitte schön nicht selbst die beschissenen Fragen, statt einen anderen vorzuschicken, der dann die volle Breitseite abkriegt? Wieso machen die ihre Arbeit nicht anständig?«

»Weil sie bei lebendigem Leibe gefressen würden«, antwortete Rogers und blickte vom Bildschirm auf.

»Sie sind noch hier? Wieso klopfen Sie nicht an Wohnwagentüren und finden unseren Mörder?« Kate beäugte begehrlich den Doughnut auf dem Tisch des Kollegen. Vielleicht gab Rogers ihr einen Bissen ab.

»Weil ich auf Sie gewartet hab, Ma'am. Sie sagten doch, Sie hätten Lust auf einen abendlichen Ausflug.« Rogers streckte sich und knetete seinen Nacken. »Wir bräuchten dringend bessere Stühle.«

»Sie werden einfach alt.« Kate trommelte mit den Fingern auf dem Tisch. »Rogers?«

»Ja, Ma'am?«

»Sie waren doch schon hier, als Jessop und Wood damals verhaftet wurden, nicht wahr?«

»Ja. War der größte Fall zu der Zeit.«

»Und waren Sie an den Ermittlungen beteiligt?«

»Ja, aber ich stand noch am Anfang der Laufbahn, war noch ziemlich jung. Wenn auch nicht ganz so jung wie Sie, Ma'am.«

»Ja, na ja.«

»Wobei Sie die Karriereleiter schneller raufgeklettert sind als ich.«

»Weil ich schlauer bin als Sie.«

»Schlauer, ja. Und eine Frau.«

Kate hatte Spaß an dem Schlagabtausch und grinste. »Nun, Rogers, ich hoffe aber doch, Sie sind jetzt nicht garstig zu mir und spielen womöglich die Sexismus-Karte aus?«

»Wie kommen Sie denn darauf, Ma'am?«

Beide grinsten; mit diesem Spielchen vergnügten sie sich schon seit Jahren.

»Zurück zu Jessop und Wood«, fuhr Kate fort. »Haben Sie jemals etwas darüber gehört, dass Jessop außer Wood noch eine weitere Geliebte gehabt haben könnte?«

Rogers nahm sich einen Stapel Papiere vor, griff zu einem Stift und begann, diverse Punkte abzuhaken. Dann blätterte er um und las weiter.

»Steve?«

»Ich möchte mich dazu nicht äußern, Ma'am.« Seine Miene war ausdruckslos, und er saß kerzengerade da.

»Steve, ich frage sozusagen auf freundschaftlicher Ebene, nicht als Ihre Vorgesetzte.«

»Ma'am.«

Kate verkniff sich ein Seufzen. »Es könnte eine wichtige Information sein. Und ich würde nicht preisgeben, dass sie von Ihnen stammt.«

Rogers legte den Stift weg und richtete ihn genau parallel zu dem Papierstapel aus.

Kate sah sich in dem kleinen Raum um. Eve und John starrten so angestrengt auf ihre Telefone, als dürften sie das Klingeln nicht überhören. Oder als würden sie angestrengt horchen, um nicht zu versäumen, was Steve Rogers als Nächstes von sich gab.

»Doch, ich habe tatsächlich etwas gehört«, murmelte Rogers. »Aber es war letztlich nur ein Gerücht.«

Kates Herzschlag beschleunigte sich. »Und was haben Sie gehört?« Sie wusste, dass Gerüchte oft einen Kern Wahrheit enthielten.

Rogers faltete die Hände. »Man munkelte, Jessop sei mit einer Frau zusammen. Aber die Gerüchte wurden dann ziemlich schnell im Keim erstickt.«

»Im Keim erstickt? Von wem?«

Er zuckte die Achseln. »Weiß ich nicht. Aber erst behauptete ein Ermittler, er habe Beweise, und am nächsten Tag hat er es abgeleugnet. Und dann wurde die Sache nicht weiter verfolgt.«

»Was? Das kann doch nicht sein. Sie müssen doch irgendeine Ahnung haben.«

Rogers seufzte. »Es hieß, der Vater der Kinder habe was damit zu tun. Und der leitende Ermittler.«

»Augenblick mal.« Kate hielt einen Finger hoch. »Verstehe ich das richtig? Sie wollen mir also sagen, während der Ermittlungen zum Mord an Harry Clements und dem Verschwinden von Millie Clements habe es das Gerücht gegeben, dass Jessop eine heimliche Geliebte hatte – und dass niemand diesem Gerücht nachgegangen ist?«

»So ähnlich, ja.«

»Und niemand hat Nachforschungen angestellt, weil jemand diesen Ermittlungsansatz abgewürgt hat, und dieser Jemand war niemand anderer als der leitende Ermittler?«

»Ja.«

»Und der Vater der Kinder – seinerseits bei der Kriminalpolizei – hing da mit drin?«

Roger nickte unbehaglich. »Ja. Jez Clements.«

»Verflucht noch mal.« Kate schlug mit der Faust auf den Tisch. »Der hat mich angesprochen, direkt vor der Pressekonferenz. Und hat nach dem Fall gefragt. Verdammt.« Kate seufzte. »Und niemand hat weitergebohrt? Alle haben es hingenommen?«

»Es war ja, wie gesagt, nur ein Gerücht. Niemand wusste, was genau passiert war – ob es diesen Ermittlungsansatz überhaupt gegeben hat. Ich weiß es nicht, Kate. Ich hab überhaupt erst davon gehört, nachdem Jessop sich erhängt hatte.«

»Ich mache Ihnen ja auch keine Vorwürfe, Steve.« Kate überlegte. »Edward Grainger hat damals die Ermittlungen geleitet, nicht wahr?« Sie erinnerte sich noch an den Mann – ein schroffer Typ, der aber den Ruf hatte, aufrichtig zu sein und es mit dem Recht sehr genau zu nehmen. »Ich hab ihn noch in guter Erinnerung. Er hat doch Suffolk gleich nach der Verurteilung von Jessop und Wood verlassen, nicht wahr?«

»Ja. Wurde nach Guernsey versetzt. Ich glaube, inzwischen ist er im Ruhestand.«

»Und immer noch auf Guernsey?«

»Nee, ich glaube, er ist wieder irgendwo hier in der Gegend.«

»Hmm. Und weshalb konnte Jez Clements daran gelegen sein, dass der Verdacht nicht weiter untersucht wurde? Wo es doch um seine eigenen Kinder ging?«

»Ich hab keine Ahnung, Kate.«

Sie mussten sich noch einmal eingehend mit den Ermittlungen befassen, aber zunächst standen andere Sachen an.

»Okay, Steve. Ich muss das überschlafen.« Sie warf ihm ein erschöpftes Lächeln zu. »Jetzt sollten wir erst mal die Bewohner des Campingplatzes befragen.«

Rogers öffnete den Mund, und sie hob die Hand. »Ich weiß, dass es spät ist, aber wir müssen den Mörder finden.« Sie nahm ihren Mantel vom Stuhl.

»Sie wollen also immer noch mitkommen, Ma'am?«

»Ja, ist das okay für Sie?«

Kate marschierte zur Tür hinaus, bevor Rogers antworten konnte.

18

»Hier, für dich.«

Malones Stimme riss Alex aus unruhigen Träumen, in denen Martin Jessop mit hervorquellenden Augen an seinem Etagenbett hing, ein geknotetes Hemd um den Hals. Jackie Wood, mit blutverschmierten Lippen lächelnd, versuchte Alex zu packen, die einen Korridor entlangrannte, in den Händen einen riesigen altertümlichen Schlüssel. Der Korridor schien endlos, und Alex hatte panische Angst. Weshalb sie ausgesprochen dankbar war, geweckt zu werden. »Danke«, murmelte sie, als Malone den Teebecher auf dem Nachttisch abstellte. Das Grauen verflüchtigte sich allmählich, ihr Herzschlag beruhigte sich. »Gehst du?« Die Frage war ziemlich überflüssig, da Malone seine dicke Jacke trug.

»Ja. Muss einiges erledigen.«

Alex rappelte sich hoch, lehnte sich ans Kopfbrett und wünschte, sie würde sich nicht so benebelt fühlen. Sie hatte sich am Vorabend ein paar Gläser Weißwein genehmigt, um nach diesem Tag abschalten zu können. Nach dem Treffen mit Killingback hatte sie vor dem Polizeirevier gestanden und sich überlegt, ob sie sich mit ihrem Presseausweis Zugang zu der Konferenz verschaffen sollte. Aber das wäre zu riskant gewesen. Die Konferenz fand bestimmt in einem kleinen Raum statt, in dem Alex unweigerlich aufgefallen wäre. Als sie nach Hause gekommen war, hatte Malone sie schon erwartet. Auf ein Glas Wein folgte das nächste, auf einen Kuss der nächste, und ehe sie sich's versah, war Malone über Nacht geblieben. Alex betastete ihre Stirn. Hatte sie ihm auch einen Hausschlüssel gegeben? O Gott. Nie wieder würde sie so viel trinken.

Alex kämpfte gegen einen Anflug von Übelkeit an und konzentrierte sich darauf, dass das Zimmer nicht mehr wackelte und schwankte. »Was musst du denn erledigen?«

Es hörte sich an, als wolle sie Malone ausfragen, und vermutlich wollte sie das tatsächlich. Malone wollte bei ihr einziehen. Er fand, sie passten so gut zusammen, dass sie auch zusammenleben sollten. Alex war sich diesbezüglich noch nicht so sicher – wie auch? Sie kannte den Mann ja erst wenige Wochen. Vor ein paar Tagen allerdings hatte sie auch gedacht, er sei der Richtige – wieso zögerte sie dann jetzt? Andererseits war ein ausführliches Interview für ein Magazin schließlich kaum eine Bewerbung für die Rolle ihres Partners und Ersatzvaters für Gus. Denn Alex wünschte sich nicht nur jemanden, dem sie sich anvertrauen, mit dem sie reden und lachen konnte, sondern auch jemanden, der dafür sorgte, dass Gus nicht vom rechten Weg abkam und nicht in Konflikt mit der Polizei geriet.

Und es gab noch ein weiteres Problem. Da Malone Fragen nach seiner Vergangenheit immer auswich, konnte man davon ausgehen, dass er keine ganz blütenweiße Weste hatte, also nicht gerade ein ideales Rollenmodell für einen Jugendlichen abgab. Andererseits war Alex furchtbar einsam, aber sie hatte sich auch immer geschworen, dass sie Gus nur mit einem Mann bekannt machen würde, auf den sie sich wirklich einlassen wollte.

An Gus' Vater konnte sie sich kaum noch erinnern, hatte nur ein verschwommenes Bild von ihm vor Augen – gut aussehend und braun gebrannt. Und ziemlich nichtssagend. Alex war damals mit ein paar anderen Journalisten auf Ibiza gewesen – ihr erster Auslandsauftrag für eine überregionale Tageszeitung. Die ersten zwölf Stunden hatte sie in einem Club verbracht, berauscht von Wodka-Cocktails und Freiheit. Sie hatte gerade eine Ecstasy-Pille eingeworfen, als Gus' künftiger Vater sie ansprach. Er mochte der DJ in dem Club gewesen sein, aber das wusste Alex nicht mehr genau. Sie war damals so leichtsinnig und übermütig, dass sie mit dem Typen nach Hause ging und Dinge tat, die Mädels wie sie eigentlich nicht tun sollten. Am nächsten Morgen hatte sie sich verdrückt, ohne sich zu verabschieden, und sich mies gefühlt.

Drei Monate lang hatte sie nicht realisiert, dass sie schwanger war, und als sie es dann endlich kapiert hatte, ließ sie sich in einer Klinik in London einen Termin geben, um sich des »Problems« zu entledigen. Dann bekam sie den Auftrag, eine Reportage über Angriffe auf Abtreibungskliniken in den USA zu schreiben, und hatte sich eingehend mit der Materie befasst. Ihre Recherchen führten schließlich dazu, dass sie den Termin absagte, den Auftrag ablehnte und nach Suffolk zurückkehrte.

Gus war das Wichtigste und Kostbarste in ihrem Leben.

Nach seiner Geburt mied Alex Liebesbeziehungen wie die Pest, aber kurz darauf erschien Martin Jessop in ihrem Leben. Sie hatte nie ganz verstanden, wieso bei ihm alles anders gewesen war, weshalb es ihr damals richtig vorkam – erst im Nachhinein hatte sie bereut, dass sie sich auf ihn eingelassen hatte.

Nach dem Tod von Harry und Millie brauchte Alex ihre ganze Kraft, um ihre Schwester zu betreuen. Aber jetzt machte sich die Einsamkeit bemerkbar, und außerdem wurde sie nicht jünger.

Und Malone brachte sie zum Lachen. Aber sie wusste immer noch nicht viel über ihn.

»Malone? Was musst du erledigen?«

Er lächelte und strich ihr übers Haar. »Ach komm, Süße. Dies und jenes eben.«

»Wirst du mir jemals was erzählen?« Alex merkte, dass

ihre Stimme schrill klang. Aber sie hatte es gründlich satt, nicht zu wissen, was Malone eigentlich machte und wie er seinen Lebensunterhalt verdiente, seit er nicht mehr als verdeckter Ermittler tätig war. »Allmählich hab ich den Eindruck, dass du irgendwo eine Ehefrau versteckst.«

Er beugte sich zu ihr herunter und küsste sie auf die Stirn. »Ich muss los.« Er wandte sich zum Gehen.

»Was ist mit der Polizei?«, fragte Alex.

Malone blieb stehen, die Hand am Türknauf, und es kam Alex vor, als erstarre er. »Was soll mit der sein? Ich dachte, es sei so weit alles geklärt.«

»Das stimmt auch. Ich dachte nur … du müsstest auch da hingehen, deine Aussage machen und Fingerabdrücke abnehmen lassen und das ganze Prozedere.« Alex' Herz pochte jetzt fast so stark wie in ihrem Traum, und die Übelkeit kehrte mit Macht zurück.

»Hab ich schon.« Malone drehte sich zu ihr um. »Du brauchst dir keine Sorgen zu machen, okay?« Er klopfte auf seine Tasche. »Ich komm ja auch ins Haus, wenn du nicht da sein solltest.«

»Okay.« Verflucht, verflucht, verflucht.

Alex sank auf ihr Kissen zurück. Eines Tages würde sie Malone folgen, schauen, wo er hinging und was er machte. Sie grinste in sich hinein. Jetzt war sie aber wirklich völlig durchgedreht. Die Vorstellung, er würde es nicht merken, war ebenso albern wie die ganze Idee. Völlig bescheuert.

Aber wo ging er hin?

Und weshalb hatte er auf ihre Bemerkung über eine Ehefrau überhaupt nicht reagiert?

Alex schüttelte den Kopf und musste wieder innehalten, bis das Zimmer sich nicht mehr drehte. Als sie nach dem Teebecher griff, streifte ihre Hand etwas Kaltes aus Metall. Den Schlüssel zu dem Schließfach in Norwich.

Falls Jackie Wood sich ein Schließfach zugelegt hatte, musste sie etwas zu verbergen gehabt haben. Wenn sie das Fach für Reisegepäck benutzt hätte, dann hätte sie es doch längst abgeholt. Nein, in dem Fach musste sich etwas befinden, das sie vor anderen verstecken wollte. Alex hoffte, dass es sich um Jessops Tagebuch handelte. Was hatte Killingback gesagt? Tote reden nicht mehr. Das stimmte – aber Tagebücher konnten reden.

Eine Stunde später hatte Alex geduscht und sich angezogen. Sie saß mit Gus in der Küche und knabberte trockenen Toast. Der Kater hatte sich schneller verzogen, als sie es verdient hatte.

»Und, was hast du heute so vor, Schatz?«, fragte sie Gus.

Er zuckte die Achseln und bestrich seinen Toast mit Marmelade. »Treff mich mit den Jungs. Vielleicht spielen wir bisschen Fußball im Park. Und hängen da ein bisschen ab.«

Alex nickte. »Klingt gut. Aber …«

Ihr Sohn warf ihr einen Blick zu, der sie verstummen ließ. »Es ist wirklich alles okay, Mum.« Gus strich ihr über den Arm, weil er offenbar ihre Zweifel spürte. »Wirklich, Mum, ich versprech's dir. Ich mach was Nettes wie Angeln gehen oder kickern.«

Alex lachte. »Angeln? Das kann ich mir kaum vorstellen.«

Gus tat gekränkt. »Aber wieso denn nicht?«

»Erstens«, zählte sie an den Fingern ab, »hast du gar keine Ausrüstung. Und zweitens gibt es hier weit und breit keine Fische, außer im Meer, und drittens magst du doch Angeln überhaupt nicht.«

»Ertappt«, sagte er, stand auf und stellte seinen Teller in die Spülmaschine. »Aber mach dir keine Gedanken, Mum. Wir wollen wirklich Fußball spielen, und vielleicht werden wir sogar ein bisschen lernen.«

Das konnte sich Alex nun noch weniger vorstellen. »Und

wer ist ›wir‹?«, fragte sie, ohne wirklich eine Antwort zu erwarten.

Zu ihrem Erstaunen lief ihr Sohn rot an. »Ach, na ja, du weißt schon. Jack und der Rest der Bande und Carly und ein paar von ihren Freundinnen.«

»Carly?« Interessante Entwicklung.

Gus trat zum Kühlschrank, nahm Milch heraus und goss sich ein Glas ein. »Das Mädel, das neulich hier war.«

»Ah ja. Das hübsche Mädchen mit dem sinnlichen Mund.«

Gus trank die Milch, ohne seine Mutter anzuschauen. Seine Wangen waren ziemlich rot. »War mir noch nicht aufgefallen.«

»Geht sie denn auch mit auf die Skireise?«, erkundigte sich Alex möglichst beiläufig.

»Ich glaub schon.« Gus klang auch äußerst beiläufig.

»Prima. Sie macht einen netten Eindruck.«

»Hmm.«

Das war nun eindeutig eine Abfuhr.

Gus stellte das Glas ab, und Alex hätte ihm am liebsten den Milchschnurrbart abgewischt, aber er kam ihr zuvor und fuhr sich mit der Hand über den Mund. »Und was machst du heute, Mum? Schreiben?«

Alex dachte an das Interview mit Jackie Wood, an dem sie weiterarbeiten musste, doch dann fiel ihr wieder der Schließfachschlüssel in ihrer Jackentasche ein. »Ich fahr vielleicht mal nach Norwich. Brauch ein paar Sachen aus dem Kaufhaus.«

»Hast du noch nie was von Internet-Shopping gehört?«, sagte ihr Sohn grinsend. »Da sparst du das Benzin und hast keinen Stress.«

»Weiß ich. Aber ich möchte ein bisschen bummeln und dort vielleicht gemütlich was essen.« Der Schlüssel schien ein Loch in ihre Tasche zu brennen.

»Gönn dir was, Ma.« Er gab ihr einen flüchtigen Kuss auf die Wange. »Muss jetzt los. Bis später.«

Ob sie sich das einbildete? Aber Gus wirkte entspannter und zufriedener auf sie. Sie hoffte, dass es mit Carly zu tun hatte.

Als Alex in Norwich ankam, brach die Sonne durch die schiefergrauen Wolken, und die Straßen begannen zu trocknen.

Nachdem sie den Wagen im St Giles-Parkhaus abgestellt hatte, ging sie zum Wochenmarkt. Sie liebte das lebhafte Treiben dort – die bunten Markisen, die schwatzenden Kunden und Händler, der intensive Geruch nach Hot Dogs und Fish and Chips, der sich mit den Aromen von frisch gemahlenem Kaffee und chinesischen Bratnudeln mischte. Buden, an denen selbst gebackenes Brot und Biogemüse verkauft wurden, standen neben Ständen mit Arbeitskleidung und Staubsaugerteilen. Langsam schlenderte Alex durch die Menschenmenge und wich Kinderwagen und umherspazierenden Tauben aus. Sie zögerte den Moment hinaus, wenn sie das Schließfach inspizieren würde, weil ihr davor bange war, was sie womöglich finden würde.

Doch sie musste jetzt Schluss machen mit dieser Trödelei.

Alex blieb nur noch kurz beim Stand eines Antiquars stehen, dann lief sie eilig die Treppe hinauf und näherte sich dem Forum, einem großen, modernen Gebäude aus Glas und Stahl gegenüber der wunderschönen St Peter Mancroft Church aus dem fünfzehnten Jahrhundert. Alex liebte diesen Kontrast von Alt und Neu.

Die blassblauen Schließfächer befanden sich in der Eingangshalle neben der Treppe zum Parkhaus, direkt in Sichtweite der Leute, die sich vor der Kälte hier hereingeflüchtet hatten. Alex hielt den Schlüssel in der Hand; er gehörte zum Fach Nummer 15.

Als sie vor dem Schließfach stand, bemühte sie sich, entspannt zu wirken. Sie steckte den Schlüssel ins Schloss und drehte ihn um. Die Tür öffnete sich mühelos. In dem Fach lag ein großer brauner Umschlag, den Alex herausnahm und in ihre Handtasche steckte. Mit heftig hämmerndem Herzschlag verschloss sie das Fach wieder.

Zehn Minuten später saß sie in ihrem Lieblingscafé, einen Cappuccino vor sich, umgeben vom verlockenden Duft der Würstchen in Blätterteig, und öffnete den Umschlag.

Er enthielt Zeichnungen. Kein Notizbuch, kein Heft, nichts, was als Tagebuch dienen konnte. Nur einen Stapel Blätter mit Kinderzeichnungen – Farbkleckse in Rot, Grün und Blau. Was sollten sie darstellen? Ein Haus, eine Strichmännchen-Familie, einen Baum, Gras vielleicht. Auf dem nächsten Blatt ein Gemisch aus Gelb und Braun, sollte das ein Tierschwanz sein? Alex drehte das Blatt um. »Ein Tiger kommt zum Tee von Millie Clements«, stand da in klarer Handschrift. Auf dem dritten Blatt nur ein langer grüner Wurm. »Die kleine Raupe Nimmersatt von Harry Clements«.

Die Bilder stammten allesamt von Millie oder Harry. So kostbar. Alex berührte sie mit den Fingerspitzen, sah die Zwillinge vor sich, wie sie fröhlich mit Farbe herumklecksten. Wieso befanden sich diese Bilder im Besitz von Jackie Wood? Erschöpft lehnte Alex sich auf ihrem Stuhl zurück.

Und plötzlich kehrte eine Erinnerung wieder: Alex wartete in Sashas Haus auf die Rückkehr der Kinder. Lachend und erhitzt von der warmen Sommerluft kam Sasha mit den Zwillingen herein, die beide das gleiche Teletubbie-T-Shirt und einen Sonnenhut trugen und Sashas Hand umklammerten. Es war einer von Sashas guten Tagen, an denen sie ihr Leben genoss, an denen es ihr Freude machte, Zeit mit ihren Kindern zu verbringen, Ehefrau und Mutter zu sein. Ihre Augen strahlten, waren nicht stumpf, und ihre Haut sah frisch und gesund aus, nicht aschgrau wie so häufig.

Die Zwillinge quietschten, als sie ihre Tante sahen, riefen ihren Namen und rannten zu ihr, und Alex hob beide vom Boden hoch.

»Uff«, sagte sie. »Dafür seid ihr jetzt wirklich schon zu groß und zu schwer.« Sie setzte die beiden wieder ab.

»Wir sind am Meer dewesen«, verkündete Millie und zerrte sich den Sonnenhut vom Kopf, worauf ihre blonden Haare in alle Richtungen abstanden. »Depaddelt. Und dann haben wir demalt.«

»Mit Faaben«, sagte Harry laut, um nicht zurückzustehen.

»Ja, schau mal.« Sasha strahlte und kramte Blätter aus ihrer Tasche. Die Farbe glänzte noch feucht. »Wir waren in der Bücherei und haben Geschichten gehört, nicht wahr, meine Süßen? Und danach haben wir die Geschichten gemalt.« Sie schwenkte die Blätter vor Alex' Gesicht. Die Farben waren ineinander verlaufen, weil Sasha die Blätter ungeschickt in die Tasche gestopft hatte. »Ein paar haben wir in der Bücherei gelassen, damit sie trocknen können, aber die hier haben wir … oh.« Das Strahlen wich aus ihrem Gesicht. »Jetzt sind sie hinüber.«

»Die sind doch toll«, entgegnete Alex. »Ich bin schon ganz gespannt auf die anderen.«

Sasha begann zu zittern. »Nein. Ich hab sie kaputt gemacht.« Sie ließ die Blätter los, die zu Boden segelten.

Die Zwillinge starrten ihre Mutter fassungslos an und nuckelten am Daumen.

Die Bilder vor Alex' innerem Auge verschwammen.

»Alles in Ordnung mit Ihnen?« Eine der Tresenkräfte war zu ihr getreten, ein Geschirrtuch in der Hand.

Als Alex aufblickte, wurde ihr klar, dass Tränen über ihr

Gesicht rannen. Sie zwang sich zu einem Lächeln. »Ja, danke, alles gut.«

»Haben das Ihre Kinder gemalt?«

Alex schüttelte den Kopf. »Meine Nichte und mein Neffe.«

»Süß«, sagte die junge Frau. »Und es geht Ihnen wirklich gut?«

»Ja. Kein Problem. Danke.«

Ungläubig sah die Kellnerin Alex an, nickte und entfernte sich. »Sagen Sie Bescheid, wenn Sie was brauchen«, rief sie noch über die Schulter.

Doch sie würde Alex nicht bringen können, was sie brauchte. Sie steckte die Bilder in den Umschlag zurück. Das waren sicher diejenigen, die zum Trocknen in der Bücherei geblieben waren. Und Jackie Wood hatte sie aufbewahrt und im Schließfach versteckt.

Merkwürdig. Wieso hatte sie das getan? Damit sie der Polizei nicht in die Hände fielen? Hatte sie ein abnormes Interesse an den Zwillingen gehabt?

Das Tagebuch jedenfalls blieb weiter verschwunden.

19

Kate stand vor dem Haus und betrachtete es von der Straße aus. Edwardianische Backsteinterrasse, im Erdgeschoss und Obergeschoss ein kleines Erkerfenster, ein weiteres Fenster über der Haustür. Der Anstrich blätterte ab, in den Fenstern hingen angegraute Gardinen. Dieses Haus hatte seine besten Zeiten hinter sich. Vielleicht hätte sie gar nicht herkommen sollen. Eigentlich hätte sie den Kontakt über die Opferschutzbeauftragte herstellen sollen. Aber dann hätte Kate auf das Überraschungsmoment verzichten müssen, und sie wollte Sasha Clements in ihrer privaten Umgebung erleben. Mit Alex Devlins Aussage über ihre Schwester stimmte etwas nicht – der vehemente Hinweis zum Beispiel, dass Sasha nichts mit dem Tod von Jackie Wood zu tun haben könne. Das hatte Alex betont, bevor Kate überhaupt etwas dazu gesagt hatte. Und dann noch diese lachhaft naive Annahme von Alex, dass ihre Schwester nicht von dem Interview mit Wood erfahren hätte. Kate schob den Gedanken beiseite, dass sie – was Cherry auch dazu gesagt hätte – Sasha direkt nach Woods Entlassung hätte aufsuchen sollen. Aber sie hatte einfach keine Zeit gehabt.

Kate machte das schief in den Angeln hängende Gartentor auf und ging auf die verblichene blaue Haustür zu. Von drinnen hörte man gedämpft Stimmen, die aus dem Fernseher zu kommen schienen. Der Himmel war ausnahmsweise blau, und sogar die Sonne zeigte sich. Doch auch ihr strahlendes Licht konnte die düstere Aura nicht vertreiben, die das Haus umgab. Kate klopfte.

Nach ein paar Minuten öffnete sich die Tür einen Spalt.

»Hallo«, sagte sie.

Das Gesicht war schmal und verbissen, und in den Augen lag ein misstrauischer Ausdruck. Sasha Clements sah ganz anders aus als vor fünfzehn Jahren, als ihr bleiches Gesicht mit den hohen Wangenknochen, den leuchtend blauen Augen und vollen Lippen überall in den Zeitungen auftauchte. »Die tragische Schönheit« war sie damals von jemandem genannt worden. Doch diese Schönheit war verschwunden; zurückgeblieben war ein Gesicht voller Leid und Kummer.

Kate bemühte sich um ein möglichst beruhigendes Lächeln und hielt ihren Ausweis hoch. »Sasha? Ich bin Detective Inspector Todd. Ob ich vielleicht kurz mit Ihnen sprechen könnte?«

Ein paar Sekunden lang geschah nichts, und Kate fragte sich, ob Sasha sie überhaupt gehört hatte. Dann ging die Tür auf. »Bitte. Kommen Sie rein«, sagte Sasha.

Im Haus roch es muffig, und das Licht war trübe. Als sie Sasha Clements ins Wohnzimmer folgte, hätte Kate am liebsten alle Türen und Fenster aufgerissen, um die Räume von Staub und Schmutz und bedrückenden Erinnerungen zu befreien.

»Setzen Sie sich doch.«

Sie ließ sich auf einem alten Sofa nieder, das ebenso wie das gesamte Mobiliar schon bessere Tage gesehen hatte. Ein Heizlüfter pustete ein bisschen warme Luft in das Zimmer, und auf dem Fernsehbildschirm waren Menschen in blauen und roten Sweatshirts zu sehen, die auf einem Flohmarkt herumwuselten und von einem solariumsgebräunten Moderator angequatscht wurden. Zum Glück hatte Sasha wenigstens den Ton abgestellt.

Auf sämtlichen freien Flächen standen Fotos von den Zwillingen. Harry und Millie in allen Altersphasen. Kate starrte auf ein Bild von Harry, wo er – in dem Pyjama mit dem Muster von Thomas, der kleinen Lokomotive – freudestrahlend ein mit Glitzerband verschnürtes Kissen hochhielt, der Deko nach zu schließen an Weihnachten.

Sie schluckte und spürte wieder einen Augenblick die inzwischen leider vertraute Mischung aus Schmerz und Zweifeln.

»Das ist mein Lieblingsbild von Harry«, sagte Sasha, und Kate kam es vor, als habe sie noch nie eine traurigere Stimme gehört.

»Er war so fröhlich«, fuhr Sasha fort. »In diesem Jahr haben Millie und er zum ersten Mal verstanden, was Weihnachten eigentlich ist.«

»Dass man mit der Familie feiert und Geschenke bekommt?«

Sasha nickte. »Genau. Sie verstehen das.«

Im Grunde nicht, dachte Kate.

»Die beiden waren furchtbar aufgeregt«, erzählte Sasha weiter, »und am Weihnachtsmorgen kamen sie früh zu uns ins Zimmer. Zuerst ist Millie zu uns ins Bett gehopst und hat sich zwischen Jez und mich gekuschelt.« Sasha strich sich mit der Hand übers Gesicht. »Dann kam Harry reingesaust, strahlend wie ein Honigkuchenpferd. ›Er war da!‹, hat er geschrien. ›Er war da!‹ Jez hat rasch die Kamera geholt und dieses Foto gemacht, obwohl Millie gezetert hat, weil er aufstand. Jedenfalls ist das eine meiner liebsten Erinnerungen an Harry.«

»Er war ein sehr hübsches Kind.«

»Ja. Danke.«

»Wofür?«

»Dass Sie so behutsam mit ihm waren, als Sie ihn gefunden haben. Das hab ich nicht vergessen.« Sasha sprang unvermittelt vom Sofa auf. »Möchten Sie einen Tee oder Kaffee? Oder irgendwas Stärkeres?«

»Gerne einen Kaffee, danke.«

Sasha fuhrwerkte in der Küche herum. Jetzt wurden Becher aus dem Schrank geholt, die Tür zugeschlagen. Der Wasserkocher gefüllt. Wieder eine Schranktür geöffnet. Kate musste sich auf die Geräusche konzentrieren, um angesichts dieser Fotos ihre Gefühle in Schach zu halten.

»Haben Sie etwa geglaubt, ich würde Sie nicht erkennen?«, sagte Sasha, als sie zurückkam und zwei Becher und eine aufgerissene Packung Kekse vom Tablett nahm.

»Ich ...«, begann Kate.

»Natürlich hab ich Sie erkannt.« Sashas Augen wirkten plötzlich nicht mehr stumpf, sondern so lebhaft, als würden sie von innen erleuchtet. »Sie waren doch jeden Tag beim Prozess. Ich weiß noch, dass Sie die beiden immer angeschaut haben, aber die sind Ihrem Blick ausgewichen. Zwischen ihnen stand ein leerer Stuhl.« Sasha reichte Kate einen Becher. »Ich hab mich damals gefragt, weshalb sie sich während des Prozesses nicht angesehen haben. Das würde man doch erwarten, oder nicht?«

Kate trank einen Schluck Kaffee. Er war lauwarm, das Wasser hatte nicht richtig gekocht.

»Ich wollte denen in die Augen blicken«, sprach Sasha weiter. »Als ich meine Aussage gemacht hab, hab ich ihn angestarrt und gehofft, dass er mich auch anschauen würde. Dann hätte ich geschrien: ›Du! Du warst es! Du hast es getan!‹« Kraftlos ließ sie die Schultern sinken. »Verstehen Sie, Detective Inspector? Verstehen Sie, was ich meine?«

Kate nickte.

»Sie sind jetzt bestimmt hier, um mir zu erzählen, dass Jackie Wood nach Suffolk zurückgekommen und tot ist, oder? Mausetot. Gott sei Dank. Wer auch immer das getan hat – ich bin ihm dankbar dafür. Sie sind deshalb hier, oder? Keine Sorge, ein paar von Ihren Leuten sind schon hier aufgetaucht. Und meine Schwester. Sie hat ein Interview mit Wood gemacht, haben Sie das gewusst?« Kekskrümel bröselten aus Sashas Mund, während sie sprach. »Na klar haben Sie es gewusst, ihr von der Polizei wisst doch immer alles, nicht wahr? Ihr wisst doch immer, was überall passiert. War sie es? Ich meine, hat Alex diese Bestie umgebracht?«

Kate konnte das wirre Gerede nicht länger ertragen. Sie beugte sich vor und legte Sasha beruhigend die Hand auf den Arm. »Alles in Ordnung. Ich wollte mich nur versichern, dass es Ihnen so weit gut geht. Es muss ja ein furchtbarer Schock für Sie gewesen sein – erst wird Jackie Wood freigelassen und dann auch noch ermordet.«

Sasha brach in schrilles Gelächter aus, das plötzlich in hemmungsloses Schluchzen überging. Sie schlug die Hände vors Gesicht. »Tut mir leid, tut mir leid«, sagte sie schluchzend, verstummte dann aber abrupt und fasste sich. Sie seufzte. »Ja, ein Schock war's wohl schon. Ich habe geglaubt, alles sei vorbei und ich müsste zumindest nicht mehr an sie denken. Aber jetzt muss ich das wieder.«

»Warum?«, fragte Kate.

Sasha blickte sie erstaunt an. »Na, weil sie immer noch in meinem Kopf ist. Seit sie freigelassen wurde, muss ich dauernd an sie denken, sogar jetzt noch, obwohl sie tot ist. Ich seh sie immer vor mir, sobald ich an Millie und Harry denke.« Sasha strich sich über die fettigen Haare. Dabei rutschte der Ärmel ihres Pullovers nach unten, und Kate bemerkte die fahlen Narben von verheilten Verletzungen, die rosafarbenen Wulste jüngerer Schnitte und die verschorften Stellen, an denen sich Sasha erst vor kurzer Zeit geritzt hatte. Offenbar schien sie nur auf diesem Wege ihren inneren Schmerz verarbeiten zu können.

»Haben Sie Hilfe, Sasha?«, fragte Kate. Sie fühlte sich zu dieser Frage verpflichtet.

»Was meinen Sie damit?« Sasha biss sich auf die Unterlippe.

»Wegen der Selbstverletzungen. Es gibt viele Organisationen, die Ihnen helfen könnten, über … alles zu sprechen. Wir haben Infoblätter dazu auf dem Revier, die könnte ich Ihnen vorbeibringen.«

»Nee, danke, brauch ich nicht. Ich war schon bei mehr Therapeuten, als Sie sich vorstellen können.«

»Ich denke aber …«

»Und ich denke, Sie sollten sich um Ihren eigenen Kram kümmern.« Sasha zog ihre Ärmel nach unten und hielt sie fest.

Kate trank einen Schluck von dem lauwarmen Kaffee. »Was haben Sie an dem Abend gemacht, als Jackie Wood ermordet wurde?«

Sasha zuckte die Achseln. »Was ich immer mach, bisschen gelesen, Fernsehen geschaut. Gibt aber immer nur blödes Zeug mitten in der Nacht. Manchmal geh ich sogar raus und arbeite im Garten.«

Kate stand auf, trat zum Fenster und schob die Gardine beiseite. Im Garten sah es ganz anders aus als hier drin – er war ordentlich und gepflegt. Man sah, dass er Zuwendung bekam. »Bei diesem Wetter?«

»Warum nicht? Hält mich vom Grübeln ab. Wenn es kalt ist, erfrieren die Gedanken im Kopf.«

»Hätten Sie was dagegen, wenn ich mich hier mal umschaue?«

Sashas Miene verfinsterte sich. »Was meinen Sie damit?«

»Ich würde mich nur mal in der Küche und im Garten ein bisschen umsehen, das ist alles.«

»Bräuchten Sie dafür nicht einen Durchsuchungsbefehl?«

Kate versuchte zu lachen. Sie ging das total falsch an. Ihre übliche Gelassenheit und natürliche Autorität schienen irgendwo auf der Strecke geblieben zu sein. »Nein. Das ist ganz informell, nur aus Interesse. Ich bin nicht offiziell hier, sondern ich wollte nur mal schauen, wie es Ihnen geht. Und Sie vielleicht etwas besser kennenlernen.«

Sasha blickte sie misstrauisch an, doch dann entspannte sich ihre Miene. »Na schön, dann mal los. Suchen Sie nach Hinweisen. Obwohl ich echt nicht weiß, was das soll. Es sei denn, Sie glauben, ich sei Woods Mörderin.«

»Sind Sie das?«

Sasha tat, als überlege sie. »Also warten Sie mal. Die Frau, die mitgeholfen hat, Harry zu töten, und die auch irgendwas mit Millie gemacht hat, ist freigelassen worden. Aber ich will keine Rache, oh nein, natürlich nicht. Ich bin völlig einverstanden damit, dass die frei herumläuft, während mein kleiner Junge in der Erde vermodert und Millie weggetrieben ist.«

»Weggetrieben?«, hakte Kate nach.

Sasha schlug sich auf die Brust. »Weggetrieben von mir.« Wieder wirkte sie schlagartig erschöpft. »Ach, schauen Sie sich doch um. Ist mir egal. Vielleicht hab ich die auch umgebracht, wer weiß.«

Kate stand auf und ging nach draußen in den Flur. Sie öffnete eine Tür, hinter der sie ein kleines Esszimmer vermutet hätte, blickte aber stattdessen auf ein Sofa vor einem offenen Kamin mit schmiedeeisernem Gitter und auf Kartons.

»Ich wohn hier seit zwanzig Jahren«, sagte Sasha unvermittelt hinter ihr, und Kate zuckte zusammen, weil sie keine Schritte gehört hatte. »Und ich hab immer noch nicht alles ausgepackt. Jetzt ist es sinnlos, da kann ich es auch sein lassen. Ist eh nur Geschirr drin, glaub ich. Jez und ich sind hierhergezogen, als wir grade geheiratet hatten und ich schwanger war. Ich wusste lang nicht, dass ich Zwillinge kriege, aber als wir's erfahren haben, waren wir beide begeistert. Zwei auf einmal –

das ist doch ein Glücksfall. Da braucht man nicht noch mal anfangen. Zwei großzuziehen kann ja auch nicht schwieriger sein als eines, und dann haben sie sich immer gegenseitig als Freunde. Sind sie jetzt bestimmt auch noch.«

Kate drehte sich um. Sie wusste nicht, was sie darauf erwidern sollte.

»Sie wären jetzt neunzehn«, sprach Sasha weiter, »hätten schon einen Freund oder eine Freundin. Vielleicht würden sie studieren, und Jez und ich würden uns dauernd um sie Sorgen machen.« Sasha gab ein trauriges, kurzes Lachen von sich. »Ich denk dauernd an die beiden. Haben Sie Kinder?«

»Nein.«

»Ich würd Ihnen raten ... ach, ich weiß eigentlich gar nicht, was. Als die beiden noch Babys waren, hätte ich sie bereitwillig weggegeben. Dann hätte ich manchmal gerne ...« Sasha schüttelte den Kopf. »Aber jetzt, wo sie nicht mehr da sind, sehne ich mich so nach ihnen. So sehr.« Sasha verstummte und schien in ihren Erinnerungen zu versinken. Dann kehrte sie schlagartig in die Gegenwart zurück und wedelte mit den Armen, ohne ihre Narben zu verbergen. »Schauen Sie sich nur um.«

Kate fühlte sich furchtbar. Es war ein Fehler gewesen, auf eigene Faust hierherzukommen. Sie hätte Sasha offiziell aufsuchen sollen, in Begleitung von Steve. Dann hätte ihr das alles emotional nicht so zugesetzt. »Ich werf nur noch rasch einen Blick in die Küche, mehr nicht. Will Sie nicht länger aufhalten.«

»Das macht nichts. Ich hab ja sonst nichts zu tun.«

Kate ging in die Küche, ohne genau zu wissen, wonach sie eigentlich suchte. Nach einem Messerblock mit einer klaffenden Lücke?

Die Küche war im IKEA-Stil eingerichtet. Hängeschränke oberhalb einer Arbeitsfläche aus Buchenholz. Toaster, Wasserkocher und ja, tatsächlich ein Messerblock. Kate zog ein Messer nach dem anderen heraus.

»Es ist kein zusammenpassendes Set«, sagte Sasha hinter ihr. »Wir sind nicht die Art Leute, die sich Sabatier-Messer anschaffen. Oder welche von Jamie Oliver. Gibt ja alles Mögliche von ihm.«

Im Flur fiel eine Tür zu, und Sasha umklammerte mit beiden Händen den Rand der Arbeitsfläche.

»Sash? Bist du da?« Die Stimme von Jez Clements. Kate wünschte sich weit weg. Sie wollte diesem Mann nicht schon wieder begegnen. »Ich hab dir was zu essen mitgebracht.«

»Ich bin in der Küche«, rief Sasha, aber ihre Stimme klang brüchig. »Sie sollten jetzt besser gehen«, sagte sie zu Kate.

»Haben Sie Angst vor ihm?«, fragte Kate rasch.

Sasha schüttelte den Kopf. »Nein, nein, gar nicht. Gehen Sie jetzt einfach.«

Zu spät.

»Was machen Sie hier?«, fragte Jez feindselig, als er zwei Einkaufstüten abstellte.

»Sie wollte nur mal schauen, wie es mir geht, Jez, mehr nicht.« Sasha rührte sich nicht.

Jez kniff die Augen zusammen. »Wie es uns geht, hat Sie doch bisher auch nicht interessiert, Detective Inspector«, sagte er scharf. »Was wollen Sie jetzt also hier? Herumschnüffeln?«

Er wirkte leicht zittrig, und Kate bereute, dass sie ihn vor der Konferenz so abgebürstet hatte. »Nein, Sergeant. Ich wollte tatsächlich sichergehen, dass Sasha zurechtkommt.« Clements wirkte regelrecht verwahrlost. Seine Haare waren strähnig, und er schien sich seit mehreren Tagen nicht rasiert zu haben. Seine Kleidung sah aus, als habe er sie aus der Schmutzwäsche genommen.

»Sie kommt zurecht. Nicht dass Sie und Ihre Leute dazu irgendwie beigetragen hätten. Können Sie mich jetzt vielleicht endlich auf den aktuellen Stand bringen? Oder bin ich weiterhin auf Bürotratsch angewiesen?«

»Schauen Sie, ich weiß, wie schwierig es für Sie beide ...«

»Schwierig? Das kann man verdammt laut sagen, und Sie sind uns überhaupt keine Hilfe. Dabei sollte man doch glauben, dass Kollegen füreinander eintreten.«

Kate fixierte ihn. »Wie meinen Sie das, Sergeant?«

Jez hielt ihrem Blick stand. »Ich meine, dass wir uns gegenseitig helfen und unterstützen sollten.«

»Ach ja? Mir ist zu Ohren gekommen, dass Sie so was gerne tun. Wobei mir nicht klar war, dass Sie das als ›Helfen‹ und ›Unterstützen‹ bezeichnen.« Kate merkte, dass sie wütend wurde, und zwang sich, ein paarmal ruhig einzuatmen. Das war weder der richtige Ort noch der richtige Zeitpunkt für eine Auseinandersetzung. »Jedenfalls mache ich mir Sorgen um Sasha.«

»Ich auch«, versetzte er, ohne auf Kates Bemerkung einzugehen. »Aber ich verstehe nicht, weshalb Sie es für nötig halten, hier aufzukreuzen und herumzuschnüffeln. Es sei denn, Sie glauben, wir hätten diese Schlampe erledigt.«

Kate zuckte innerlich zusammen über die Wortwahl. Sasha hielt sich noch immer an der Arbeitsfläche fest. »Ich versuche lediglich herauszufinden, was sich an dem Abend ereignet hat, als Jackie Wood ermordet wurde. Wo waren Sie übrigens an diesem Abend, Sergeant?«

»Ich?« Er lachte bitter. »Ich saß wohl wie immer mit Mikrowellenfutter vor dem Fernseher. So verbringe ich die meisten meiner Abende.«

»Komm schon, Jez«, sagte Sasha erschöpft. »Du bist inzwischen nicht mehr so oft alleine, oder?«

»Tu das nicht, Sasha. Bitte.«

Aufmerksam beobachtete Kate die beiden. Sasha wirkte verbissen, während Jez sie flehentlich ansah.

»Und warum nicht? Du hast mich abserviert. Das hab ich immer kommen sehen.«

»Ich habe dich nicht abserviert, Sasha … ach, was soll das alles.« Er wandte sich zu Kate. »Wenn Sie es unbedingt wissen wollen: Ich war an dem Abend mit jemandem zusammen. Aber ich möchte lieber nicht sagen, mit wem.«

»Warum nicht?«, fragte Kate forschend.

»Darum.« Er verschränkte abweisend die Arme vor der Brust.

Kate seufzte. »Aber Sie kennen doch das Prozedere, Sergeant. Irgendwann müssen Sie es uns ohnehin sagen.«

»Schon möglich.«

»Wahrscheinlich will er's nicht sagen, weil sie verheiratet ist«, warf Sasha giftig ein. »So läuft das bei dir doch immer, Jez, oder? Keine Bindung, keine Verpflichtungen, keine Sorgen. So hat er es gern, Detective Inspector.«

Kate wollte keine Minute länger bleiben und sagte zu Jez: »Ich denke, Sie wissen auch, dass wir uns noch weiter unterhalten müssen, oder?«

»In Ordnung«, sagte er finster.

Aber sie hatte den Eindruck, dass Jez Clements das überhaupt nicht in Ordnung fand.

20

Alex saß wieder frühmorgens in ihrem Arbeitszimmer, das ihr allmählich wie ein Gefängnis vorkam. Jedes Mal, wenn sie sich dort aufhielt, überkamen sie Schuldgefühle. Entweder weil sie Gus in den Ferien sich selbst überließ oder weil sie genau wusste, dass sie den Artikel über Jackie Wood endlich in Angriff nehmen musste. Dies bedrückte Alex im Moment am meisten, denn ihre Redakteurin hatte erneut eine E-Mail geschickt.

Alex – ohne höfliche Anrede – *ich weiß, dass du eine schwere Zeit durchmachst, aber ich brauche jetzt sofort deinen Text. Der Redaktionsschluss nähert sich, und du verzögerst die Termine. Fran will außerdem einen Anreißer ins Blatt setzen, damit wir mit dem Thema die Nase vorn haben. Sag mir Bescheid, falls du es nicht schaffst, die Reportage abzuliefern. Dann steh ich dumm da, weil ich dir vertraut habe, Alex.*

Und auch am Ende kein höflicher Gruß. Schlechtes Zeichen. Wenn Alex den Text nicht rechtzeitig abgab, würde sie nicht nur kein Geld sehen, sondern vermutlich auch das Vertrauen ihrer Redakteurin einbüßen und keine Aufträge mehr bekommen.

Dabei war es schon schwer genug gewesen, Liz von dem Projekt zu überzeugen. Alex hatte sie am Tag nach dem Mord an Jackie Wood angerufen. Das Telefonat als »kompliziert« zu bezeichnen wäre eine enorme Untertreibung gewesen. Wie erwartet war Liz zwar ausgesprochen interessiert an der Reportage, hatte aber ethische Einwände vorgebracht: die Auswirkungen auf Sasha und auch auf Alex selbst. Doch Alex hatte auf der Abmachung bestanden, alle Beteiligten hätten sich einverstanden erklärt und niemand werde verunglimpft. Schließlich hatte Liz sich mit dem Verleger abgesprochen und sich einverstanden erklärt.

»Aber dann will ich den Text auch schnell, Alex«, hatte sie verkündet, als sie anrief, um grünes Licht zu geben. »In den nächsten Tagen wird der Mord für riesigen Wirbel sorgen, und den können wir nutzen, wenn wir die Reportage nächste Woche im Magazin haben. Ich halte den Platz für dich frei.«

Doch nun fiel es Alex viel schwerer, ihre Gedanken zu sortieren, als sie erwartet hatte.

Sie stützte den Kopf in die Hände. Das Geld für Gus' Skireise hatte sie noch immer nicht zusammen, und die diversen Rechnungen waren auch nicht bezahlt. Alex sah die Post durch. Ein unangenehm wirkender Umschlag von der Bank. Wahrscheinlich wegen einiger Lastschriften, die nicht abgebucht werden konnten. Die Handyrechnung. Eine Kreditkartenrechnung, für die in den nächsten Wochen auch irgendwie Kohle rangeschafft werden musste.

Es gab natürlich immer noch die Option, Ed Killingbacks Angebot anzunehmen und ihm für viel Geld ein Exklusivinterview zu geben. Der Mann würde begeistert sein. Aber Alex hatte nicht die geringste Absicht, ihm diese Genugtuung zu verschaffen, vor allem da der Typ gar nichts in der Hand haben konnte über ihre Beziehung mit Jessop. Und wenn sie ihre eigene Reportage schrieb, konnte sie den Inhalt bestimmen – Killingback traute sie nicht über den Weg. Außerdem bestritt sie mit ihrer Arbeit für das Wochenendmagazin schon seit einigen Jahren ihren Lebensunterhalt; diese Aufträge durfte sie durch nichts gefährden.

Vor drei Tagen hatte sie Woods Leiche gefunden, und Liz ließ nun keinen Zweifel daran, dass sie die Geduld verlor. Schluss mit der Drückebergerei, ermahnte sich Alex. Los jetzt, an die Arbeit. Sie nahm sich ihre Notizen vor, legte eine Datei im Computer an und begann zu schreiben.

Drei Stunden später drückte sie mit großer Befriedigung die Enter-Taste zum Versenden des Artikels, lehnte sich zurück und atmete auf. Hoffentlich war ihr der Text gelungen.

Alex hatte geschildert, wie Jackie Wood einsam, ohne Freunde in ihrem tristen Campingwagen hauste und sich in der Welt nicht mehr zurechtfand; dass sie es nicht einmal wagte, sich eine kleine Freude wie eine Tasse Kaffee und ein Stück Kuchen in der Stadt zu gönnen, weil sie fürchtete, erkannt zu werden. Dann beschrieb Alex die Folgen von Jessops Verbrechen für Sasha und die gesamte Familie und berichtete, dass Jackie Wood jegliche Beteiligung an der Ermordung der Kinder von sich wies. Alex schrieb offen über ihre Hoffnung, trotz Woods Unschuldsbeteuerungen etwas über den Verbleib von Millie zu erfahren, und schilderte, wie sie Wood tot aufgefunden hatte. Der Text war eher mit dem Kopf als mit dem Herzen verfasst, und Alex hoffte, dass er Liz zusagen würde. Unwillkürlich sah sie die Redakteurin vor sich, wie sie skeptisch die Lippen schürzte, weil der Artikel nicht gefühlsbetont genug war. Na ja, nicht zu ändern. Es brachte nichts, sich den Kopf darüber zu zerbrechen.

Beim Schreiben hatte Alex beinahe Mitleid mit Jackie Wood empfunden. Die Frau war wirklich zu bedauern gewesen – vielleicht immer schon? Alex schob den Gedanken beiseite und dachte an Martin Jessop. Durch seinen Selbstmord hatte er Sasha der Genugtuung beraubt, dass er für die Tat seine gerechte Strafe bekam. Zumindest hatte die Presse das damals so dargestellt – und durchaus nicht zu Unrecht. Sasha hatte sich sicher gewünscht, dass der Mann im Gefängnis verrotten sollte für das, was er ihrer Familie angetan hatte. Wie war nur Jessops Ehefrau mit alldem zurechtgekommen?

Jessops Frau. Sie hatte während des Prozesses zu ihrem Mann gehalten, sogar gegenüber der Presse seine Unschuld beteuert. Hatte erklärt, dass sie in die Berufung gehen würden und sie für ihn da sei, wenn er aus der Haft entlassen werde.

Alex zog ihre Schreibtischschublade auf, nahm ihr altes Adressbuch aus der Zeit heraus, als ihr Arbeitsleben noch nicht von ihrem Computer bestimmt worden war, und blätterte es durch.

Hier war sie: Martins Adresse in Cambridgeshire, wo er vor fünfzehn Jahren mit seiner Familie in dem kleinen Dorf Harpen gelebt hatte. War die Familie damals weggezogen? Oder hatte sie den Mut aufgebracht, weiterhin dort zu leben? Und hatte Martins Frau Bescheid gewusst über die Affäre mit Alex?

Sie lehnte sich zurück. Die Telefonnummer kam ihr sogar noch vertraut vor, weil Alex nach dem Prozess tagelang in Versuchung gewesen war, dort anzurufen, nur um zumindest indirekt in Kontakt mit Martin zu bleiben. Aber sie hatte es dann doch nicht getan. Wie auch – es war doch ein Unding, dass sie immer noch etwas für den Mann empfand, der ihren Neffen und ihre Nichte ermordet hatte.

Vielleicht war das Tagebuch im Besitz von Angela Jessop. Nachdenklich trommelte Alex mit den Fingern auf den Tisch. Sollte sie anrufen oder einfach dort aufkreuzen, damit Martins Frau sie nicht abwimmeln konnte? Falls Angela Jessop das Tagebuch gelesen und Martin darin seine heimlichen Treffen mit einer Frau geschildert hatte, die sich ohne Skrupel mit einem verheirateten Mann einließ, mochte Alex sich ihre Reaktion lieber nicht vorstellen. Oder würde nach so langer Zeit die Begegnung zwischen ihr und Angela Jessop nicht mehr so dramatisch verlaufen? Und wie würde ihr selbst zumute sein beim Anblick von Martins Frau? All diese Erwägungen strengten sie so sehr an, dass sie am liebsten den Kopf auf den Tisch gelegt hätte und eingeschlafen wäre.

Doch stattdessen suchte sie mit Google Maps nach Harpen und rechnete sich aus, dass sie in einigen Stunden dort sein könnte. Sie klickte auf Streetview und unternahm eine virtuelle Wanderung durch Martins Jessops Dorf. Es gefiel Alex, dass es keines dieser malerischen Postkartendörfer war. Am Ende einer Straße mit Sozialwohnungen befand sich das Rathaus, daneben, schon halb umwuchert, eine Telefonzelle. Alex fragte sich, ob sie noch in Betrieb war oder ob man sie in eine Kunstinstallation oder kostenlose Buchausleihe umgewandelt hatte oder nur noch als Pissplatz benutzte. Am Kriegerdenkmal bog Alex links ab in eine von Hecken gesäumte Landstraße. Die Aufnahmen mussten im Frühsommer gemacht worden sein, denn am Straßenrand standen Wiesenkerbel – Alex roch förmlich den leichten Anisduft – und wild wuchernde Ranken und Unkraut.

Irgendwo hier wohnten die Jessops. Sie bewegte die Maus auf ein Holztor rechts zu – Whitehouse Farm – und hoffte, dass sie dank Google über die Hecke spähen oder durch das Tor gehen konnte. Vielleicht schnitt Angela Jessop gerade Rosen, während die Kinder fröhlich kreischend Fangen spielten. Die Familie fröhlich und unbeschwert im Sommergarten, weil ihr nichts Böses widerfahren war.

Alex rieb sich die Stirn und rief sich zur Ordnung. Was zum Teufel tat sie da? Ein Fantasieleben entwerfen für eine Familie, der man das Herz aus dem Leib gerissen hatte? Ganz bestimmt spielten in diesem Garten keine fröhlichen Kinder mehr, weil sie inzwischen erwachsen waren und der dunklen Vergangenheit ihres Vaters sicher längst den Rücken gekehrt hatten.

»Mum, bist du zu Hause?«, hörte sie Gus rufen.

Widerstrebend schaltete Alex den Computer aus und ging nach unten.

»Hi, Schatz«, sagte sie, als sie in die Küche trat.

Gus machte gerade Toast mit gebackenen Bohnen und veranstaltete eine ziemliche Schweinerei, während Carly – Alex versuchte, sich ihre Überraschung nicht anmerken zu lassen – am Tisch saß, das Kinn in die Hand gestützt. Die kastanienbraune Lockenmähne hatte sie zu einer wilden Frisur hochgesteckt.

»Ich mach nur rasch was zu essen für Carly und mich, Mum. Dann wollen wir vielleicht in Norwich ins Kino gehen. Könntest du uns zum Bahnhof bringen?«

Wenn Alex nach Cambridgeshire fuhr, konnte sie die beiden tatsächlich unterwegs absetzen. »Ja, kein Problem. Trefft ihr euch noch mit Jack?«

»Nein, wir sind heute nur zu zweit, Mrs Devlin«, sagte Carly. Sie wirkte gelassen und selbstsicher. »Ich hoffe, Sie haben nichts dagegen.«

Alex lächelte, bemüht, sich von der selbstbewussten Art des Mädchens – nein, der jungen Frau – nicht nervös machen zu lassen. »Aber natürlich nicht, Carly. Ich bin sowieso unterwegs.«

»Müssen Sie wieder Interviews machen, Mrs Devlin?«

Alex sah Carly an. Ihre Augen, die fast einen violetten Farbton hatten, strahlten etwas Kühles aus. Sie war zweifellos sehr hübsch, aber aus irgendeinem Grund wurde Alex mit dem Mädchen nicht richtig warm. Carly wirkte etwas zu berechnend auf sie. Alex konnte es nicht präzise benennen; vielleicht war sie auch einfach nur eifersüchtig. Die junge Frau trug schwarze Leggings, einen Rüschenrock, eine gepunktete Chiffonbluse und große, glitzernde Ohrringe, und Alex wünschte sich unwillkürlich, in Carlys Alter schon so einen selbstbewussten eigenen Stil entwickelt zu haben.

»So ähnlich, Carly. Und nenn mich doch bitte Alex. Mrs Devlin klingt so alt.«

»Und Sie sind ja auch gar nicht verheiratet, oder?«, fragte Carly, ein leichtes Lächeln auf diesen beneidenswert vollen Lippen.

»Nein, bin ich nicht, Carly. Ich hab nie geheiratet. Ich finde, die Ehe wird überschätzt.«

Gus schüttete munter Worcestersauce über die Bohnen und schien die im Raum entstandene Spannung nicht zu bemerken.

»Da haben Sie bestimmt Recht, Alex.« Carly stand auf, trat zu Gus, schlang einen Arm um seine Taille und legte ihm die Hand auf den Hintern. Markierte ihr Revier. Alex fühlte sich brüskiert und bemühte sich, ihre Eifersucht zu verdrängen. Sei doch nicht so dumm, sagte sie sich. Dein Sohn wird erwachsen, und du solltest froh sein, dass er bei so einem hübschen Mädchen gut ankommt, anstatt auf deren Figur neidisch zu sein. Carly knabberte an Gus' Hals, der sofort knallrot wurde.

»Nicht hier, Carly«, murmelte er, aber immerhin laut genug, dass Alex es hörte.

Sie fragte sich, ob die beiden wohl schon Sex zusammen gehabt hatten, und fühlte sich schlecht, weil sie bislang nicht mit Gus das entsprechende Gespräch geführt hatte, das den meisten Eltern unangenehm ist. Aber woher hätte sie ahnen sollen, wie schnell es auf einmal ging? Es kam ihr vor, als habe Gus noch vor zehn Minuten mit seinen Freunden Fußball gespielt und vor fünf Minuten Probleme bekommen wegen Drogen und Joyriding. Da konnte sie doch wahrlich froh sein, wenn er jetzt etwas reifer wurde, und sollte sich ihm zuliebe für diese Kindfrau erwärmen. Die hoffentlich schon sechzehn war.

Alex nahm sich also zusammen und lachte. »Na, kommt schon, ihr zwei, futtert jetzt mal, damit wir uns auf die Socken machen können. Oder packt eure Sandwiches ein.« Sie nahm einen Zehner aus ihrem Geldbeutel und legte ihn auf die Arbeitsfläche. »Hier, ein kleiner Zuschuss von mir. Wird nicht für alles reichen, aber dann sind zumindest die Eintrittskarten nicht ganz so teuer.«

»Danke, Mum«, sagte Gus.

»Ja, danke schön, Alex.« Diesmal lächelte Carly schon herzlicher, als spüre sie, dass sie den Kampf gewonnen hatte.

21

»Also ich wiederhol das noch mal.« Cherry lehnte sich zurück und faltete die Hände auf dem Bauch. »Sie wissen nicht, wer Jackie Wood ermordet hat, und auch nicht, warum und zu welchem Zeitpunkt sie ermordet wurde? Ist das richtig so?«

Kate versuchte, reglos auf ihrem Stuhl zu sitzen, weil sie den Eindruck machen wollte, als habe sie alles im Griff. Nein, falsch, sie wollte nicht nur den Eindruck machen, sie *hatte* doch tatsächlich alles im Griff. Sie verkniff es sich auch, auf ihre Uhr zu schauen. Es war spät, ihre Füße taten weh, und sie sehnte sich nur noch danach, mit Chris bei einem gemütlichen Kaminfeuerchen vor dem Fernseher zu sitzen. Aber Cherry hatte sie nach Ipswich beordert, und Kate wusste aus Erfahrung, dass das nichts Gutes verhieß.

»Wir wissen, dass sie circa um Mitternacht erstochen wurde. Mehr haben wir noch nicht, Sir, aber wir gehen gerade die Anrufe durch, die wir nach der Pressekonferenz bekommen haben, und hoffen auf Hinweise. Auf Facebook haben wir auch gutes Feedback.« Kate verschränkte die Finger unter dem Tisch.

»Facebook. Das ist wohl unsere einzige Chance, bei den Leuten gut anzukommen, wie, Detective Inspector?« Amüsiert über seinen eigenen Scherz, gluckste Cherry vor sich hin. Dann wurde er wieder ernst. »Hoffen reicht aber nicht aus.«

»Nein, Sir.«

»Was ist mit der Befragung? Ich habe gehört, Sie haben mit Maitland und Evans fleißig an Türen geklopft.«

»Ja, Sir, und wir sind gerade dabei, einige Hinweise zu überprüfen, die wir dabei erhalten haben.«

»Verstehe. Fortschritt nur langsam.«

Kate biss die Zähne zusammen, wild entschlossen, sich nicht provozieren zu lassen. »Nein, Sir, nicht langsam, sondern stetig.«

»Hmm.«

Was sollte denn »Hmm« bedeuten? Kate hasste es wie die Pest, wenn Menschen undefinierbare Grunzlaute von sich gaben, die ihr Gegenüber vor Rätsel stellten.

»Inzwischen sitzen uns die Medien im Nacken und wollen wissen, warum sich die Frau überhaupt hier auf unserem Turf aufhielt.« Cherry benutzte gerne Wörter wie »Turf«, vermutlich glaubte er, seine »Street Credibility« damit unter Beweis stellen zu können.

Kate hatte nicht die Absicht, sich unter Druck setzen zu lassen. »Bei der Pressekonferenz habe ich den Medien ausreichend Informationen geliefert, um sie bei Laune zu halten, ohne zu viel preiszugeben. Es ist wichtig, dass sie auf unserer Seite stehen, Sir.«

»Richtig. Was halten Sie übrigens von meinem neuesten Werk? Ich habe es ›Ruhendes Rendlesham‹ genannt.« Cherry wies auf eine grün beschmierte Fläche hinter sich, die aussah, als habe er mit Karacho Farbe auf die Leinwand geklatscht – was er vermutlich auch getan hatte.

Kate betrachtete das »Werk« eingehend. »Sehr hübsch, Sir.«

Cherry schnalzte mit der Zunge. »›Hübsch‹ ist eigentlich nicht der Kommentar, den ich mir erhofft hatte. Vielleicht haben Sie nicht so viel Ahnung von Kunst?«

»Aber es gefällt mir wirklich gut, Sir.«

Cherry beugte sich so weit vor, dass er mit seinem beträchtlichen Bauch an die Tischkante stieß. »Aber so eine Haltung lässt nicht auf wahre Wertschätzung von Kunst schließen, wissen Sie.«

»Das stimmt wohl, aber ich kann mich diesbezüglich nicht besser ausdrücken. Und ich finde, ›Ruhendes Rendlesham‹ ist eine exzellente Darstellung dieser Landschaft.« Rendlesham, einen der schönsten Landstriche von Suffolk mit Wäldern, Heide, Feuchtwiesen und dem UFO-Gelände auf ein paar grüne Kleckse reduziert zu sehen fand Kate ziemlich deprimierend. Aber ihre wirkliche Meinung würde sie Cherry tunlichst verschweigen. »Und es ist eher ein Porträt eines Ortes als ein Landschaftsgemälde.«

Cherry sah hocherfreut aus. »Wunderbar. Aus Ihnen könnte doch noch eine Kunstkritikerin werden. Aber nun zurück zu der bedauerlichen Pressekonferenz.«

Immerhin hatte Kate jetzt Meriten als Kunstkritikerin eingeheimst. »Ich habe mich so verhalten, wie ich es im Rahmen der Pressekonferenz für richtig hielt. Und Helen als Pressesprecherin sollte eigentlich nur als meine Beraterin fungieren, sie kann nämlich die Reaktion der Medien nicht im Mindesten einschätzen.«

»Aber Helens Rat haben Sie auch nicht beherzigt, wie? Sie sagt Ihnen, Sie sollen so wenige Fragen wie möglich beantworten, und Sie lassen sich von BBC, ITV, Sky und allen vorführen.«

»Das stimmt so nicht, Sir«, erwiderte Kate ärgerlich.

Cherry seufzte. »Die Obrigkeit war jedenfalls alles andere als begeistert über das Ergebnis der Pressekonferenz.«

»Was für Einwände gab es denn, Sir?« Irgendwann würde Cherry ihre Aufsässigkeit bemerken und ihr den Kopf zurechtsetzen. Oder ihr eine Eintrittskarte für seine nächste Ausstellung geben.

»Sie müssen begreifen, Detective Inspector, dass wir durch die Rückkehr von Jackie Wood in diese Region …«

»Das ist mir doch klar …«

Cherry hielt die Hand hoch. »Lassen Sie mich bitte aussprechen. Diese Situation erfordert großes Fingerspitzengefühl.«

Kate bemühte sich angestrengt, nicht sarkastisch zu klingen. »Darüber bin ich mir vollkommen im Klaren, und was Helen auch immer behauptet, mein Verhalten bei der Pressekonferenz war einwandfrei, und wie ich schon sagte: Wir haben einige vielversprechende Spuren.«

Cherry beugte sich so weit vor, dass Kate den Kaffeegeruch in seinem Atem wahrnahm. »Lassen Sie sich von der Journaille nicht ablenken.«

»Wie meinen Sie das, Sir?«

»Ich meine damit, dass wir in dem Mord an Jackie Wood ermitteln. Nicht in der Vergangenheit.«

»Ich weiß nicht, was Sie damit sagen wollen.« Kate wollte, dass er es ansprach und auf die Fragen der Journalisten nach Martin Jessops Geliebter verwies. Sie dachte an Steves Hinweis, dass Jez Clements in geheimer Absprache mit einem Vorgesetzten weitere Ermittlungen in diese Richtung blockiert hatte.

Cherry presste die Lippen zusammen, und Kate hörte das Surren seines Computers.

»Sie sollten mich nicht für dumm halten, Detective Inspector. Das bin ich nämlich nicht.«

Das Surren des Computers schien lauter zu werden. Kate blickte Cherry unbeirrt an. »Das tue ich selbstverständlich nicht, Sir.«

»Gut. Dann sind wir uns ja einig. Sie haben mit Alex Devlin gesprochen?«

»Ja, habe ich.«

»Ich habe sie als sehr besonnene junge Frau in Erinnerung.«

Kate betrachtete Cherry forschend. Er war ein schlauer alter Fuchs und natürlich alles andere als dumm. »Sie war sehr verstört durch den Fund der Leiche.«

»Steht sie unter Tatverdacht?«

»Das tut bislang jeder, Sir. Auch dieser Malone, der Mann, der bei ihr war und der bislang immer noch nicht im Revier erschienen ist zwecks DNA-Abstrich und Fingerabdrücken.«

»Aber es gibt keinen Beweis dafür, dass er sich zur fraglichen Zeit am Tatort aufgehalten hat?«

»Nein«, räumte Kate ein. »Und seine Alibis sind in Ordnung, wir haben also keinen Grund, ihn einzubestellen. Aber …«

»Aber was?«

»Malone, Sir.«

»Was ist mit ihm?«

»Ich traue ihm nicht.«

Cherry fixierte sie. »Das ist ungünstig. Sie sollten ihm vertrauen.«

»Was soll das bedeuten?«

»Versuchen Sie ihn nach Möglichkeit aus den Ermittlungen rauszuhalten. Mehr kann ich dazu nicht sagen.«

Kate nickte, weil damit ihre Vermutungen über Malones Undercover-Tätigkeit bestätigt wurden. »Ich werd mich bemühen. Aber falls sich herausstellen sollte, dass er in den Mord an Jackie Wood verwickelt ist, dann muss …«

»Dem Recht Genüge getan werden?«

»Ja«, sagte Kate entschieden.

»Hmm.«

Das zweite »Hmm« gefiel Kate auch nicht besser als das erste. Sie räusperte sich. »Gibt es Neuigkeiten von Mr und Mrs Williams? Und der … ähm … Razzia?«

Cherry verschränkte die Finger. »Noch nicht, Detective Inspector. Wir haben einen Brief von ihren Anwälten bekommen, in dem die sich über diese Aktion blutiger Amateure beklagen – das sind übrigens deren Worte, nicht meine.« Er lächelte, genoss sichtlich Kates Unbehagen, der alte Halunke. »Aber wir hoffen dennoch, diese ganze unerquickliche Angelegenheit klären zu können, bevor irgendetwas davon unseren werten Kollegen zu Ohren kommt, die in diesem Land die Fahne von Wahrheit und Freiheit hochhalten.«

»Wie bitte, Sir?«

»Also wirklich, Kate, Sie müssen schon ein wenig schneller denken. Ich meine damit die Parasiten unter uns.«

»Ach so. Die Presse.«

»Ich dachte eher an unsere hochgeschätzten Politiker. Aber die Medien kann man da natürlich mit einbeziehen. Also lassen Sie uns gemeinsam dafür sorgen, dass Ihr Name nicht in die Schlagzeilen gerät, ja? Vor allem nicht im Zusammenhang mit dieser missglückten Razzia.«

»Ja, Sir.«

»Gut. Nun möchte ich Sie noch etwas anderes fragen, Kate.«

Immerhin war er wieder auf der Kate-Ebene angelangt, das war beruhigend. Kate erlaubte sich einen Augenblick Entspannung.

»Ja, Sir?«

»Ich weiß, dass Sie die leitende Ermittlerin im Fall Jackie Wood sind.«

»Aber Sie sind mein Vorgesetzter.«

»Ja sicher, Kate. Da der Fall stark das Interesse der Öffentlichkeit weckt, muss jemand in einer führenden Position die Ermittlungen leiten.«

»Genau, Sir.« Kate wusste, dass sie die Ermittlungsarbeit erledigen und er den Ruhm dafür einheimsen würde.

»Aber«, fuhr Cherry fort, »ich habe einen Kollegen an der Hand, der bei Scotland Yard in der Mordkommission war. Ich dachte mir, er könne Ihnen nützlich sein.«

Plötzlich schien etwas Bleischweres auf Kates Brust zu lasten. Es war ihr ausgesprochen zuwider, eng mit jemandem zusammenzuarbeiten. Vor allem bei diesem Fall – obwohl sie durchaus wusste, dass sie sich emotional immer mehr verstrickte.

Cherry schien ihre Gedanken lesen zu können. »Ich habe sehr mit mir gerungen und überlegt, ob ich Sie von dem Fall abziehen soll.«

Kate richtete sich kerzengerade auf. Das konnte er doch nicht machen. Das wäre so ungerecht. Nach all der Arbeit, die sie schon investiert hatte.

»Aber ich habe mich entschieden, es nicht zu tun, weil es nicht fair wäre und Sie schon so viel Arbeit investiert haben. Deshalb möchte ich Sie nun bitten, mit DI Glithro zusammenzuarbeiten. Ich denke, das könnte für uns alle sehr befriedigende Ergebnisse erbringen.« Cherry lehnte sich mit selbstzufriedener Miene zurück.

Verfluchte Scheiße. DI Glithro. Sein Ruf war ihm bereits vorausgeeilt. Sturer Typ, der im alten Stil arbeitete, ein beinharter und unangenehmer Zeitgenosse. Kate war der Meinung, dass Jackie Wood nach ihrem Tod Recht widerfahren sollte. Würde Glithro in diesem Sinne handeln? Vermutlich machte er Dienst nach Vorschrift und scherte sich nicht um eine mutmaßliche zweite Geliebte von Martin Jessop.

Als Kate etwas sagen wollte, hielt Cherry die Hand hoch. »Wirklich, Kate, wir können uns nicht mit etwas abgeben, das vor weit über einem Jahrzehnt passiert ist. Ich weiß wohl, dass die Presse sich auf eine weitere Person kapriziert hat, die möglicherweise von Bedeutung für den Fall war. Aber wir dürfen uns nicht von den aktuellen Ermittlungen ablenken lassen, nicht wahr? Und ganz ehrlich: Wir haben weder das Budget noch die Manpower, irgendwelchen Hirngespinsten nachzujagen.«

»Sir, ich bin der Überzeugung, dass ich in diesem Mordfall gute Arbeit leiste und keine Hilfe brauche. Vielleicht könnte DI Glithro jemand anderem zur Seite stehen?«

Cherry sah sie prüfend an. »Ich erinnere mich noch an Ihr Engagement in dem Fall, wissen Sie.«

»Ja.« Was kam jetzt?

»Es ist nie leicht, wenn man die Leiche eines Kindes findet. Und dann hat dieser Fall auch noch für so viel öffentliche Aufmerksamkeit gesorgt. Immer noch, sozusagen.« Cherrys Stimme klang einfühlsam. »Ich denke, dass Sie von diesem Erlebnis damals noch immer beeinflusst sind und dass es deshalb sinnvoll ist, wenn Glithro Ihnen assistiert. Sozusagen als ein weiteres Paar Augen und Ohren. Ein weiterer Blickwinkel.«

»Ich bin nicht mehr von dem Erlebnis damals beeinflusst, Sir.« Sofort verdrängte Kate den Gedanken an Chris und die versteckte Pillenpackung im Badezimmerschrank. »Das ist fünfzehn Jahre her, und seither habe ich etliche schlimmere Fälle bearbeitet.«

»Wirklich? Einen toten Menschen aufzufinden – das kann einem nachgehen, in die Seele sickern und ein Teil von einem werden, ohne dass man es selbst merkt.«

»Ich verstehe, was Sie meinen, aber wie soll das dann mit den Medien laufen? Mir ist zu Ohren gekommen, dass Glithro mit denen gar nicht klarkommt, dass er mit der modernen Medienlandschaft überhaupt nicht umgehen kann. Wenn man mit dem über Facebook oder Twitter spricht, denkt er offenbar, man redet über eine neue Band.«

»Ich bin sicher, dass Helen ihn auf Zack bringen wird.«

Kate hätte am liebsten auf den Tisch gehauen. »Helen hat

keine Ahnung. Die würde sämtliche Pressekonferenzen abblasen, wenn es nach ihr ginge. Die behandelt Journalisten wie Pilze.«

»Pilze?«

»Ja – im Dunkeln lassen und mit Scheiße bewerfen.«

Cherrys Mundwinkel zuckten. »Den muss ich mir merken. Aber Glithro soll ja auch nicht den Fall übernehmen, sondern Ihnen lediglich Feedback und Anregungen geben. Sie werden natürlich weiter die Ermittlungen leiten, den Umgang mit der Presse pflegen et cetera, et cetera. Sie sind die Hauptperson, und ich trage als Ihr Vorgesetzter die Hauptverantwortung für den Fall. Und ich erwarte Ergebnisse, Kate, das ist ja sicher klar.« Er lächelte zufrieden. »Dann hätten wir so weit alles geklärt?«

Sie ließ die Schultern hängen. »Ja, Sir.« Großer Gott. Schlimmer konnte es eigentlich nicht mehr werden.

Irrtum.

»Gut. Und nun zu einem anderen Thema. Ich plane eine Ausstellung meiner Gemälde und möchte dazu einige der leitenden Kolleginnen und Kollegen einladen. Und es würde mich freuen, wenn Sie auch dabei wären.«

»Danke, Sir«, sagte Kate und dachte, dass sie ihren Augen gerne etwas anderes gegönnt hätte als Cherrys »Werke«.

22

Nachdem Alex die beiden Jugendlichen am Bahnhof abgesetzt hatte, machte sie sich nach Harpen auf. Wie in Trance fuhr sie über die öden Schnellstraßen, während draußen die windgepeitschte Landschaft immer flacher wurde. Alex fühlte sich nahezu hypnotisiert vom stetigen Rhythmus der Scheibenwischer. Sie hatte keine Ahnung, was sie in Harpen eigentlich sollte – vor allem, falls Martins Frau und eventuell auch die Kinder noch immer dort wohnten. Das Haus musste doch damals belagert worden sein von Reportern, Fernsehteams und morbiden Schaulustigen, die wissen wollten, wo ein Mörder lebte.

Andererseits war Harpen ein kleines Dorf, und vielleicht hatten die Einwohner Angela Jessop den Rücken gestärkt und sie vor all den Aasgeiern geschützt. Und vielleicht war sie geblieben, weil sie sich geborgen fühlte. Die Kinder waren damals Teenager gewesen, und Martins Frau hatte sich dafür entschieden, dass sie an einem ihnen vertrauten Ort aufwachsen sollten, in der Nähe ihrer Freunde, anstatt entwurzelt zu werden. All diese Gedanken wirbelten durch Alex' Kopf, sodass sie am Ende nicht mehr wusste, was sie eigentlich denken sollte.

Das Dorf sah natürlich anders aus als bei Google. Seit den Aufnahmen waren zwei Jahre vergangen, und außerdem war Winter. Die Reihenhäuser wirkten trist, die Gärten ungepflegt. Am Rathaus, einem einstmals malerischen Gebäude, vermoderten die Fensterrahmen, und die Farbe blätterte ab.

Der Boden am Kriegerdenkmal war vom Gedenktag übersät mit welken Mohnblumen. Alex bog nach links ab.

Die kahlen Bäume am Straßenrand wirkten wie knochige Skelette. Immerhin hatte es jetzt aufgehört zu regnen. Da war das Haus: Whitehouse Farm. Alex hielt vor dem Tor an, das auch einen frischen Anstrich gebrauchen konnte. Dann fuhr sie ein Stück weiter, bog in einen Feldweg ein und schaltete den Motor aus.

Immer noch unsicher stieg sie aus und ging zu dem Haus zurück, wobei sie den schlammigen Pfützen auswich. Der Riegel am Tor ließ sich leicht öffnen, und sie ging den Weg entlang. Der Garten war ordentlich und gepflegt; Martins Frau schien eine Schwäche für Rosenstöcke zu haben. Das solide rote Backsteinhaus hatte Schiebefenster, ein rostrotes Schieferdach und eine robuste Holztür. Ein behagliches Familienhaus.

Gott, was machte sie hier bloß?

»Hallo?«

Eine Frau in schwarzen Gummistiefeln und einem alten Anorak kam um die Hausecke. Sie hielt einen kleinen Spaten in der Hand. »Hallo«, wiederholte sie. Als sie sich die Kapuze vom Kopf zog, kamen graublonde Haare zum Vorschein, die sie zu einem nachlässigen Knoten hochgesteckt hatte. »Kann ich Ihnen helfen?«

Alex kannte Angela Jessop vom Prozess und den zahllosen Fotos in den Zeitungen. Doch die attraktive Frau von vor fünfzehn Jahren sah inzwischen sehr verhärmt aus. Alex musste an die Schlagzeilen denken: »Die Frau des Monsters«; »Wieso hat sie nichts gewusst?«; »Sie lebte mit einem Mörder«. Wochenlang waren sämtliche Blätter voll gewesen von pseudoseriösen Artikeln mit dem Tenor »Kann man mit einem Mörder leben und es nicht merken?«. All diese Artikel hätten sich auch auf Alex beziehen können, wenn die Presse im Bilde gewesen wäre.

»Mrs Jessop?«

»Wer sind Sie?« Die Frau betrachtete Alex argwöhnisch und legte den Kopf schief. »Augenblick mal – ich kenn Sie doch irgendwoher, nicht?«

»Mein Name ist Alex, Mrs Jessop. Alex Devlin.«

»Aha.« Angela Jessop runzelte leicht die Stirn, als versuche sie den Namen zuzuordnen. »Sie sind die Schwester von Sasha Clements.«

»Ja.« Alex schluckte. Würde Jessop sie jetzt wegschicken? »Einen wunderschönen Garten haben Sie.«

»Hält mich auf Trab.«

»Kann ich mir vorstellen. Das ist ja jede Menge Arbeit.« Herrje, sie hätte wirklich nicht herkommen sollen.

»Wollen Sie etwas Bestimmtes, Ms Devlin?«

Alex schüttelte den Kopf, und unvermittelt traten ihr Tränen in die Augen. Sie hatte sich gar nicht klargemacht, wie schwierig diese Situation sein würde. »Nein, es tut mir leid. Ich werde Sie in Ruhe lassen.«

Als sie sich zum Gehen wandte, hörte sie ein Klappern hinter sich. Angela Jessop hatte den Spaten fallen lassen, und Alex spürte plötzlich eine Hand auf ihrem Arm.

»Entschuldigen Sie bitte«, sagte Angela Jessop. »Das war sehr unhöflich von mir. Ich bin nur inzwischen sehr vorsichtig, mit wem ich spreche, und …« Sie verstummte.

»Ich hätte das wissen müssen«, sagte Alex. »Ich gehe jetzt lieber.«

»Nein, nein, bitte bleiben Sie. Kommen Sie doch herein. Ich wollte sowieso gerade Tee kochen.« Angela Jessop schien sich zu einem Lächeln zu zwingen. »Ich finde zurzeit ohnehin wenig Ruhe hier, machen Sie sich deshalb keine Gedanken. Und ich würde es interessant finden, mit Ihnen zu reden. Deshalb sind Sie doch wohl hier? Um mit mir zu sprechen?«

»Ich …« Alex fehlten die Worte. »Ich weiß eigentlich gar

nicht, was ich sagen soll, Mrs Jessop. Nach so langer Zeit, meine ich.«

»*Mir* sollte mein Verhalten peinlich sein. Nennen Sie mich Angela. Darf ich Alex zu Ihnen sagen?« Ein strahlendes Lächeln trat auf ihr Gesicht, und die Spuren der letzten fünfzehn Jahre verschwanden. Plötzlich konnte man wieder erkennen, dass Angela Jessop früher eine schöne Frau gewesen war. »Kommen Sie.«

Sie wirkte so freundlich und aufrichtig, und am liebsten hätte Alex auf dem Absatz kehrtgemacht. Sie wollte nicht in das Haus gehen, weil sie sich jetzt plötzlich schämte, dass sie nur wegen Martins Tagebuch hergekommen war.

Doch sie bedankte sich und folgte Angela Jessop, die auf der Veranda ihren Gartenanorak an einen Haken hängte und ihre Stiefel abstreifte.

Sie betraten das Wohnzimmer. Im Kamin brannte ein Feuer, und Alex ließ sich in einem Sessel daneben nieder.

»Ich mache uns einen Tee«, verkündete Angela und eilte hinaus, sichtlich froh, etwas tun zu können. Alex sah sich um und fragte sich, wie viel Angela hier in den vergangenen fünfzehn Jahren verändert hatte. Der offene Kamin war flankiert von Bücherregalen. Sie stand auf und sah sich die Titel an. Lyrik, Biographien, Gartenbücher und Selbsthilfe-Ratgeber. Reihenweise psychologische Ratgeber. Nirgendwo Fotos von Kindern.

Alex ging zum Fenster und blickte hinaus in den Garten hinter dem Haus, der vor allem aus einem weitläufigen gerundeten Rasenstück bestand, umgeben von Sträuchern und niedrigen Bäumen. Eine Strauchreihe ganz hinten verlieh dem Garten mehr Tiefenwirkung.

»Es hat lange gedauert, den Garten so zu gestalten«, sagte Angela, als sie mit einem Tablett zurückkehrte. »War viel Arbeit.« Sie stellte das Tablett, auf dem eine Teekanne, ein

Milchkännchen, zwei Tassen und ein Teller mit offenbar selbst gebackenen Brownies standen, auf ein Beistelltischchen. Alex schauderte unwillkürlich, weil die Situation sie an ihren Besuch bei Jackie Wood erinnerte.

»Der Garten ist wirklich wunderschön«, sagte Alex. »Ich war mir nicht sicher, ob Sie nicht inzwischen weggezogen sind.«

»Um irgendwo hinzugehen, wo uns keiner kennt, meinen Sie?« Angelas Stimme klang bitter. »Da hätten wir wohl gleich ins Ausland ziehen müssen. Und ich wollte die Kinder nicht aus ihrer vertrauten Umgebung herausreißen. Die Schulen hier sind sehr gut, obwohl die Kinder in der Pubertät natürlich ihre schwierigen Phasen hatten. Die sich vielleicht durch die Ereignisse noch verschlimmert haben. Das weiß ich nicht, aber wir haben es irgendwie durchgestanden.« Angela goss Tee ein.

Jackie Wood und Angela Jessop – beiden war Unrecht widerfahren, das Leben beider war durch Martin Jessop zerbrochen. Beide Frauen hatten Alex Tee serviert. Sie spürte, dass sie wieder Kopfschmerzen bekam.

»Die Kinder sind inzwischen weggezogen. Konnten es kaum erwarten.« Alex erinnerte sich daran, dass dank des Richters damals keine Fotos von den Kindern publik gemacht worden waren. Der Richter hatte entschieden, dass das Recht auf Privatsphäre gewahrt werden musste, damit die Kinder den Schicksalsschlag ungestört verarbeiten konnten. Das war vermutlich eine große Hilfe gewesen.

»James ist im Ausland«, sprach Angela weiter. »In Australien, als Strandwächter.«

»Und Ihre Tochter?«

»Bea? Keine Ahnung. Möchten Sie ein Stück Kuchen?«

»Nein, danke.« Alex trank einen Schluck Tee und fragte sich, weshalb Angela so angespannt ausgesehen hatte, als sie den Namen ihrer Tochter aussprach.

»Haben Sie Kinder?«, fragte Angela.

»Eines, ja. Einen Jungen, Gus. Er ist sechzehn.«

Angela lächelte. »Das freut mich für Sie. Und Ihr Mann?«

»Ich bin nicht verheiratet. Habe aber einen Partner.«

»Ich habe Ihre Geschichte über die Jahre verfolgt, wissen Sie. Habe Ihre Artikel gelesen und immer mal ein Foto von Ihnen gesehen. Sie haben sich kaum verändert.« Angela lächelte. »Ich freue mich, dass Sie ... na ja, offenbar mit Ihrem Leben zurechtkommen.«

»Ja.« Alex wusste nicht, was sie dazu sagen sollte.

»Und diese Wood ist ja nun tot.« Angela räusperte sich, zupfte ihren Rock zurecht. »Hab's im Fernsehen mitbekommen.«

Ein Schweigen entstand, und Alex wusste wiederum nicht, wie sie es überbrücken sollte.

»Ich bin froh, dass sie tot ist«, fuhr Angela erbittert fort. »Hab gesehen, wie sie nach ihrer Entlassung vor dem Gerichtsgebäude über Schadensersatz geredet hat. Schadensersatz.« Ihre Stimme klang höhnisch. »Ich hasse diese Frau, wissen Sie. Die hat mir alles weggenommen. Sie wissen ja bestimmt, wie sich das anfühlt.«

Alex nickte, brachte kein Wort hervor.

Angela wandte den Blick ab, strich mit dem Zeigefinger über den Rand ihrer Teetasse. »Als er tot war, Martin, meine ich, hat man mich gefragt, wo man seine Sachen hinschicken sollte. Ich hab damals gesagt, das sei mir egal.« Sie zuckte die Achseln. »Manchmal frage ich mich heute, was aus den Sachen geworden ist. Er trug eine Uhr, die sein Vater ihm geschenkt hatte, und Martin hat immer gesagt, die solle nach seinem Tod James bekommen.« Ihr Finger kreiste weiter auf der Teetasse.

Alex erinnerte sich an die Uhr; sie besaß ein beiges Zifferblatt mit römischen Zahlen, und das abgetragene Armband war aus dunklem Leder. Martin hatte die Uhr immer weihevoll aufgezogen, und sie hatte sehr gut ausgesehen an seinem Arm.

»Na ja, aber James hätte die Uhr sowieso nicht tragen wollen.«

»Das verstehe ich«, sagte Alex. Wieder trat ein Schweigen ein, und beide Frauen blickten auf die züngelnden Flammen im Kamin. »Also wollten Sie gar nichts von Martins Sachen wiederhaben?«

»Was glauben Sie denn? Würden Sie Erinnerungsstücke haben wollen von einem Mann, der zwei kleine Kinder ermordet hat? Und nicht einmal den Mumm hatte, seine Haftstrafe abzusitzen? Der sich feige davongestohlen und damit allen Menschen die Genugtuung versagt hat, dass der Gerechtigkeit Genüge getan wurde? Wie gesagt: Mir war egal, was sie mit seinem Zeug gemacht haben.« Angela sah Alex an. »Wieso interessiert Sie das so sehr? Stoff für einen Artikel?«

Bitterkeit schien immer noch Angelas Leben zu vergiften. Alex kannte diesen Blick – und das dazugehörige Gefühl. »Nein, tut mir leid.«

Angela seufzte. »Mir muss es leidtun. Manchmal kommt es mir vor, als hätte ich verlernt, mich normal mit Menschen zu unterhalten. Deshalb mache ich dauernd unpassende Bemerkungen. Wissen Sie, ich hatte wirklich keine Ahnung, dass Martin solche Seiten hatte. Und ich kann es bis zum heutigen Tag eigentlich nicht glauben. Aber es muss ja wahr sein, deshalb muss ich es wohl auch glauben.« Ihre Hand zitterte, als sie zu ihrer Teetasse griff. »Ich habe oft überlegt, ob ich mich bei Ihnen und Ihrer Schwester melden soll, aber dann haben mir jedes Mal die Nerven versagt. Wahrscheinlich hätte ich gar nicht gewusst, was ich Ihnen eigentlich sagen will. Und vielleicht hätten Sie mich gar nicht sehen wollen, weil ich schlimme Erinnerungen wachgerufen hätte. Aber im Grunde wollte ich sowieso nur eines sagen: dass es mir so unendlich leidtut. Und dass ich die Vergangenheit ändern würde, wenn ich könnte.« Sie zuckte hilflos die Achseln. »Aber ich weiß – das ist nicht genug.«

Jetzt fühlte Alex sich erst recht beschämt. Angela entschuldigte sich und machte keinen Hehl aus ihrem Schmerz und ihrem Leiden – und Alex war nur hier wegen dieses elenden Tagebuchs.

»Ihre Schwester?«, fragte Angela zögernd. »Wie geht es ihr?«

Alex dachte an Sasha, die noch immer in ihrer eigenen Hölle lebte. »Sie bemüht sich zurechtzukommen. Für sie ist es immer noch wie gestern, obwohl so viele Jahre vergangen sind.«

Angela blickte zu Boden. »Ich kann mir das gar nicht vorstellen.« Unvermittelt schaute sie auf. »Wieso sind Sie hergekommen?«, fragte sie, als sei ihr jetzt erst aufgefallen, dass es für Alex' Anwesenheit keinen wirklichen Grund gab. Was ja auch zutraf. »Ich meine, ich hab zwar gerade gesagt, dass ich immer Kontakt mit Ihnen aufnehmen wollte, aber das konnten Sie ja nicht wissen. Und das alles liegt lange zurück. Weshalb sind Sie heute hier?«

Alex öffnete den Mund, aber brachte kein Wort heraus.

»Schon gut, ich verstehe Sie«, sagte Angela.

»Wirklich?«

»Dass Jackie Wood entlassen wurde, hat Sie wahrscheinlich auf die Idee gebracht, nach mir zu suchen. Vielleicht um abzuschließen mit den Schatten der Vergangenheit.« Angela beugte sich vor und legte Alex die Hand aufs Knie. »Meinen Sie, Ihre Schwester könnte vielleicht auch mal herkommen? Oder ist das zu viel verlangt?«

Ja, das war tatsächlich zu viel verlangt. Alex hätte es ihr

mitteilen und jegliche Hoffnung auf Vergebung zunichtemachen sollen.

»Ich glaube nicht, dass meine Schwester das möchte. Aber ich werde sie fragen.«

Angela lehnte sich wieder zurück. »Danke. Wissen Sie, es hat mir gutgetan, dass ich zumindest zu einer von Ihnen sagen konnte, wie sehr mir das alles leidtut. Auch wenn Sie deshalb eigens zu mir kommen mussten anstatt umgekehrt.«

Alex wusste nichts zu erwidern. Sie stellte ihre Tasse ab und stand auf. »Ich muss jetzt los, Angela.«

»Ja, natürlich. Sie haben bestimmt viel zu tun.« Angela Jessop erhob sich auch. »Ich bring Sie nach draußen.«

Als sie zur Tür gingen, sagte sie: »Ich bin froh, dass Sie hier waren, Alex. Vielen Dank. Ich habe mich so oft gefragt, wie es wohl sein würde, wenn ich mit Ihnen sprechen könnte. Jetzt weiß ich es, und das hat mir sehr geholfen.«

Alex spürte, dass Angela ihr nachsah, als sie den Gartenweg entlangging. Das Problem mit dem Tagebuch war zwar nicht gelöst, aber Angela Jessop würde heute Nacht wahrscheinlich besser schlafen. Alex rief sich zur Ordnung, als sie plötzlich einen Anflug von Abscheu empfand. Am Tor drehte sie sich noch einmal um und winkte. Und einen Moment lang kam es ihr vor, als sei Angelas Gesicht von Hass verzerrt, bevor ein Lächeln erschien. Alex schauderte unwillkürlich.

Als sie wieder im Auto saß, erfasste sie eine lähmende Müdigkeit, und sie hätte sich am liebsten zurückgelehnt und geschlafen. Was hatte der Besuch ihr nun gebracht? Es war von Anfang an klar gewesen, dass Angela Jessop Martins Tagebuch nicht hatte, sonst wäre sie nie und nimmer so freundlich gewesen.

Natürlich gab es immer noch die Möglichkeit, dass das Tagebuch gar nicht existierte, dass Jackie Wood nur mit Alex gespielt hatte.

Seit Jackie Woods Freilassung war Alex immer tiefer hineingeraten in einen Strudel von Erinnerungen, die sie seit dem Tod der Zwillinge verdrängt hatte. Und das war wohl unbewusst auch der Grund für ihren Besuch in Harpen gewesen: Fünfzehn Jahre hatte sie sich nicht eingestehen wollen, dass sie Angela Jessop Leid zugefügt hatte.

Und nun spürte Alex, wie ungeheuer schmerzhaft diese Begegnung für sie gewesen war.

23

»Und Sie wollen ganz bestimmt nicht, dass ich mitkomme?« Steve Rogers blickte durch die Windschutzscheibe auf die hohen, windgepeitschten Kiefern, den bleigrauen Himmel und die Tropfen, die ab und an aus den Ästen herunterplatschten.

Kate schüttelte den Kopf. »Nein. Es ist besser so, Steve. Ich glaube, dass ich mehr aus ihm rauskriege, wenn ich mit ihm alleine rede.« Sie bemühte sich, nicht zu lächeln oder sich über die unterschwellige Aussage zu ärgern, dass sie einen starken Mann an ihrer Seite bräuchte.

Steve lehnte sich zurück. »Wenn Sie meinen, Ma'am.«

»Ja, tu ich.«

Sie horchten auf das Rauschen des Windes in den Bäumen.

»Glithro steigt also mit ein?«, sagte Steve nach einer Weile.

Kate verdrehte die Augen. »Scheint so. Gott, es wird einem wirklich noch schwerer gemacht, oder? Ausgerechnet Glithro.«

»Hmm. Ist aber kein schlechter Polizist.«

»Ja, im letzten Jahrhundert vielleicht.«

Steve lachte. »Ich weiß schon, was Sie meinen – für die PC-Abteilung hat er nicht viel Zeit. Aber er hat einen guten Instinkt. Hätte schlimmer kommen können.«

»Ach ja? Wie meinen Sie das?«, erwiderte Kate düster.

»Der Künstler hätte sich vielleicht die Hände schmutzig machen wollen.«

Kate schauderte. »Sie meinen, dass er sich selbst mehr einmischen wollte? Gott sei Dank ist uns wenigstens das erspart geblieben.«

»Sag ich doch: Hätte schlimmer kommen können. Da ist Clements.« Steve deutete auf ein Auto, das neben ihnen auf dem Parkplatz hielt. »Wär mir aber lieb, Sie würden sich nicht zu weit entfernen. Ich trau dem Typen einfach nicht über den Weg. Und ich kapier auch nicht, weshalb der sich hier mitten im Wald mit Ihnen treffen will.« Steve schüttelte den Kopf.

Kate zog ihre Handschuhe an. »Neutrales Terrain. Nicht im Revier oder in der Stadt, wo man gesehen werden kann. Das hat er verlangt. Ich denke, er fühlt sich ohnehin schon kompromittiert, und wenn man ihn nun noch mit mir sehen würde, gäbe das seinem Ruf den Rest.«

»Hmmph«, machte Steve. »Aber, Ma'am, seien Sie besonders vorsichtig. Ziemlich einsam da draußen, wenn man sich erst mal ein paar Schritte vom Parkplatz entfernt.«

»Ich weiß. Bisschen wie bei Stephen King, aber machen Sie sich keine Sorgen. Ich bin ja keine sechzehn mehr«, sagte Kate grinsend, bevor sie ausstieg und ihren Mantel enger um sich zog. Dann ging sie auf Jez Clements zu.

Der hatte sich offenbar auch äußerlich auf dieses Treffen mit ihr vorbereitet. Er trug saubere Jeans, Wanderstiefel, einen ordentlichen Dufflecoat und hatte sich rasiert und die Haare gewaschen. So wie er jetzt aussah, konnte Kate nachvollziehen, dass der Mann bei Frauen gut ankam.

»Vielen Dank, dass Sie diesem Treffpunkt zugestimmt haben, Detective Inspector.«

Auch sein Verhalten war anders – eher höflich als feindselig. »Das geht schon klar«, erwiderte Kate. »Ich kann verstehen, dass Sie sich nicht im Revier oder in Sole Bay treffen wollten.«

»Danke.«

»Und Sie können mich ruhig Kate nennen, während wir uns hier unterhalten.«

Er nickte. »Okay. Und was ist mit dem Gorilla?«

»Gorilla?« Kate wurde klar, dass Steve damit gemeint war, der ziemlich drohend zu ihnen herüberstarrte. »Der passt einfach gerne auf mich auf. Und wird nach uns suchen, falls ich vor Einbruch der Dunkelheit nicht wieder da bin. Jetzt wissen Sie Bescheid.« Kate warf ihm ein kleines Lächeln zu. »Sollen wir diesen Weg hier nehmen? Es ist ein Rundweg, da kommen wir am Parkplatz wieder raus.«

Äste knackten unter ihren Füßen, und über ihnen fegte der Wind durch die Wipfel, als sie den Waldweg entlanggingen.

»Ich finde es wunderschön hier«, sagte Kate. »Es kommt einem vor, als könnte man sich verirren. Aber das passiert nie, weil alle Wege an einer Straße oder am Parkplatz enden. Manchmal sieht man auch Rehe.«

»Von denen kann man Zecken kriegen, die einem das Blut aussaugen.«

Kate warf ihm einen Seitenblick zu. »Mag wohl sein. Aber an so was denke ich eher nicht.«

»Na ja, ist doch so, Detective Insp… ich meine, Kate. Bei allem Guten ist auch was Schlechtes dabei. Das hat mich das Leben gelehrt.«

»Hören Sie«, sagte Kate und wich einem Haufen Pferdeäpfel aus. »Tut mir leid, dass Sie das Gefühl haben, außen vor zu sein. Das hatten Sie doch gesagt, oder? Dass Ihnen niemand mitteilt, was eigentlich passiert?«

Jez steckte die Hände in die Taschen. »Verdammt kalt, oder?«

»Ja. Und?«

Jez blieb stehen und schaute zum Himmel auf. »Haben Sie Kinder, Kate?«

Sie spürte wieder, wie sich ihr Herz zusammenkrampfte – das geschah jedes Mal, wenn jemand diese Frage stellte. »Nein.«

Er sah sie an. »Schade. Dann wären Sie vielleicht weniger hart.«

Kate blinzelte. Wurde sie von anderen Menschen so wahrgenommen? Als hart und biestig? Sie sah sich selbst nicht so. »Ach ja?« Sie hatte sarkastisch klingen wollen, wusste aber nicht recht, ob es ihr gelungen war.

»Sie haben bei einigen Leuten den Ruf, dass Sie Männer fertigmachen, wussten Sie das?«

»Ach ja?«, wiederholte Kate. »Das ist wohl das Problem dieser Leute, nicht meines. Sollten Sie so was wieder hören, sagen Sie denen doch, sie sollen mal ihre eigenen Schwächen unter die Lupe nehmen.« Verflucht noch mal, obwohl man im einundzwanzigsten Jahrhundert lebte, musste man sich immer noch mit solchen Ansichten herumschlagen. Solchen Quatsch hatte Kate für längst überholt gehalten. Aber da lag sie wohl falsch.

»Wenn Sie Kinder hätten, würden Sie besser verstehen können, wie uns zumute war. Und noch immer zumute ist. Wegen Harry und Millie.« Jez ging weiter. Das Rauschen des Windes wurde noch heftiger, und der Himmel verdüsterte sich. »Sie ahnen ja nicht, wie das ist. Die Fragen, die Erinnerungen. Ich habe nicht nur die Kinder verloren, sondern auch Sasha. Ich habe meine Kinder über alles geliebt. Hätte mein Leben für sie gegeben. Jetzt gibt es keine Geburtstage zu feiern, keine Freunde und Freundinnen, die man mag oder nicht, keine Hochzeiten.« Es war ihm anzusehen, dass er den Schmerz nie überwunden hatte.

Kate schwieg.

»Sashas Eltern mochten mich nicht, wissen Sie?«

»Wirklich?« Kate wollte, dass er ungebremst weitersprach.

»Nee. Wir haben uns kennengelernt, als Sasha noch zur

Schule ging. Ich war mit ihrer Schwester zusammen, mit Alex. Nichts Ernsthaftes. Ich war von den Eltern geduldet, weil die wussten, dass Alex ohnehin bald zum Studium weggehen würde. Die dachten sich, dann würde das zwischen uns sowieso aus sein. Aber dann fing das mit Sasha an. Sie hatte es satt, immer in Alex' Fußstapfen treten zu müssen, die dauernd als Vorbild dargestellt wurde. Deshalb hat Sasha sich auf mich eingelassen.« Sein Lachen klang freudlos. »Ich kam aus der Unterschicht und wollte Polizist werden. Ihre Eltern sind durchgedreht und haben alles drangesetzt, um Sasha von mir abzubringen.«

»Aber je mehr sie geredet haben, desto mehr wollte Sasha mit Ihnen zusammen sein.«

Jez sah sie an. »Ja. Woher wissen Sie das?«

»Uralte Geschichte, Jez. Wenn man versucht, seiner Tochter den wilden Kerl auszureden, treibt man sie nur weiter in dessen Arme.«

»Genauso war's. Dann ist sie schwanger geworden, und ...« Er verstummte.

»Und?«, hakte Kate nach.

»Nichts. Nichts.« Er schüttelte den Kopf. »Hören Sie, ich hab jetzt kapiert, dass es Ihnen leidtut, wenn Sasha und ich uns übergangen fühlen. Wir haben wirklich das Gefühl, dass ausgerechnet wir nichts mitkriegen. Aber vielleicht haben wir ja kein Recht darauf, etwas über die Ermittlungen im Mordfall Wood zu erfahren, weil er mit den Ereignissen von damals nichts zu tun hat.«

»Sind Sie da sicher?«, fragte Kate scharf.

Jez blieb stehen. »Was soll das heißen?«

Kate überlegte kurz, wie viel sie preisgeben wollte, und ging dann aufs Ganze. »Mir ist zu Ohren gekommen, dass Martin Jessop eine zweite Geliebte gehabt haben soll. Und dass man die Ermittlungen diesbezüglich abgewürgt hat. Sie sollen mit daran beteiligt gewesen sein, die Sache zu vertuschen.«

Jez lachte und schüttelte den Kopf. »Keine Ahnung, wo Sie das herhaben, aber es ist jedenfalls Blödsinn. Ich soll was vertuscht haben? Ich war damals doch noch Anfänger bei der Polizei, wie sollte ich denn das bewerkstelligt haben?«

»Ist es Blödsinn?«

»Absolut. Und wieso hätte ich das überhaupt tun sollen?«

»Das frage ich mich eben auch, Jez. Was wollten Sie vor der Öffentlichkeit verbergen?«

»Gar nichts, Sie dumme …« Im letzten Moment beherrschte er sich. »Ich wollte damals nur, dass den Mördern Gerechtigkeit widerfährt. Aber dann knüpft Jessop sich selbst auf, fünfzehn Jahre später wird Wood wegen eines Verfahrensfehlers auf freien Fuß gesetzt. Was glauben Sie wohl, was das mit Sasha gemacht hat? Und nun wollen Sie mir auch noch vorwerfen, ich hätte irgendwas vertuscht. Ich kapier sowieso nicht, wieso das irgendwie von Bedeutung sein soll, ob Martin Jessop nun eine heimliche Geliebte hatte oder nicht.«

»Mich interessiert im Augenblick vor allem die Vertuschung.«

»Was für eine Scheißvertuschung? Welches elende Arschloch behauptet das denn?« Jez mied ihren Blick, und sie empfand seine Reaktion als unangemessen aggressiv.

»Ich weiß das aus glaubwürdiger Quelle«, antwortete Kate und hoffte, nicht allzu hochtrabend zu klingen.

»Das ist doch Schwachsinn.«

Da sie mit diesem Ansatz nicht weiterkam, probierte Kate eine andere Taktik. »Jez. Ich möchte Ihnen wirklich gerne helfen, aber das ist nur möglich, wenn Sie mir entgegenkommen. Wenn Sie in diese Sache verwickelt sein sollten, gibt es vielleicht einen guten Grund dafür. Aber ich kann Ihnen und Sasha nicht helfen, solange Sie mir nichts erzählen.«

»Halten Sie Sasha da raus.« Er wirkte atemlos.

»Das werde ich, soweit es möglich ist, aber versprechen kann ich es nicht.«

»Die Sache mit Wood hat bei ihr all die alten Erinnerungen wieder aufgewühlt, wissen Sie.«

Kate sah die Verletzungen an Sashas Armen vor sich, das verhärmte Gesicht, den stumpfen Blick. »Glauben Sie wirklich, Sasha hätte das alles jemals vergessen können?«

Jez ging schneller, um Kate abzuhängen. Mist. Sie packte es falsch an. »Nennen Sie mir zumindest den Namen der Frau, mit der Sie angeblich an dem Abend zusammen waren, als Jackie Wood ermordet wurde«, rief sie ihm nach.

Er blieb stehen, kehrte um und zog sein Handy aus der Tasche. Als er vor Kate stand, hielt er es ihr unter die Nase. »Das ist die Nummer. Und ich war nicht *angeblich* mit ihr zusammen, sondern tatsächlich. Sie heißt Alice, Alice McSweeney. Und damit muss dann auch Schluss sein, weil ich nicht will, dass ihr Name in den Dreck gezogen wird.«

Kate fixierte ihn. »Seien Sie doch nicht dumm, Jez. Sie wissen doch ganz genau, dass das so nicht läuft. Sie könnte mir schließlich am Telefon alles Mögliche erzählen. Ich werde jemanden hinschicken müssen, und dafür brauche ich ihre Adresse. Wenn Sie alle beide die Wahrheit sagen, werden Sie von der Liste der Verdächtigen für den Mord an Jackie Wood gestrichen.«

»Also gut. Das Haus ist an der Leiston Road und heißt The Lodge. Kann man nicht verfehlen. Aber seien Sie bitte wenigstens um ihretwillen diskret. Ihr Mann ist im Stadtrat.«

»Okay. Danke.«

»Sie haben also noch keinen Hauptverdächtigen? Niemanden im Visier? Nicht dass es mir sonderlich wichtig wäre. Ich find's gut, dass Wood tot ist.«

»Sie war unschuldig.«

»Die gute alte britische Justiz, wie?«

»Wir werden die Person finden, die Jackie Wood getötet hat.«

»Na, dann viel Glück. Sind wir jetzt fertig?«

Sie waren wieder am Parkplatz angekommen. »Es sei denn, Sie wollen mir noch irgendetwas sagen, das mir helfen könnte?«

»Nein.« Jez steuerte auf sein Auto zu und drückte die Fernbedienung.

»Und was ist mit Edward Grainger?«, rief Kate ihm nach.

Bildete sie es sich ein, oder hielt Jez einen Augenblick inne? »Was soll mit dem sein?«, fragte er, als er ins Auto stieg.

»Grainger hat vertuscht, dass Jessop eine heimliche Geliebte hatte. Und ich hab gehört, dass Sie dem Kollegen dabei geholfen haben.«

»Das ist Schwachsinn, Detective Inspector.«

»Das bezweifle ich.«

»Kann ich dann auch nicht ändern«, erwiderte Jez und fuhr los.

24

Es kam einem Wunder gleich, dass Alex Sole Bay wohlbehalten erreichte, ohne unterwegs wegen überhöhter Geschwindigkeit angehalten zu werden oder einen Unfall zu bauen. Ihr gingen so viele Gedanken durch den Kopf, dass sie einmal unwillkürlich auf die Gegenfahrbahn geriet und nur durch lautes Hupen im letzten Moment das Lenkrad herumreißen konnte. Danach hielt sie schweißgebadet und mit Herzrasen am Straßenrand, während ihre Gedanken unaufhörlich um Angela Jessop kreisten. Sie musste ihre Kinder alleine großziehen und war all die Jahre behaftet mit dem Stigma, die Ehefrau eines Mörders zu sein. Und das Tagebuch – was hatte Martin in dieses verdammte Tagebuch geschrieben? Welche Geheimnisse mochte es enthüllen? Womöglich stand nicht nur darin, dass Alex Martins Geliebte gewesen war, sondern auch noch private Dinge, die sie ihm anvertraut hatte.

Schließlich hielt Alex vor ihrem Haus. Das Licht der Straßenlaterne glitzerte auf dem nassen Asphalt.

»Mum«, zischte Gus, sobald sie eintrat. »Wir haben Gäste.«

»Gäste?« Alex hängte ihren Mantel auf und küsste Gus auf die Wange, bevor er zurückweichen konnte. »Wen denn? Carly? Hattet ihr einen schönen Abend? Was habt ihr euch denn im Kino angeschaut? Und wie seid ihr nach Hause gekommen?« Sie lächelte so strahlend wie möglich.

»Sind vom Bahnhof aus zu Fuß gegangen. Hör mal, Mum, das ist jetzt grade egal. Da drin sitzt dieser Typ von der Zeitung, der mich angequatscht hat, nachdem Jackie Wood entlassen worden war. Und irgendeine Frau, die behauptet, sie kennt dich vom Campingplatz. Was wollen die hier, Mum?«

Alex' Herzschlag beschleunigte sich, und ihre Hände wurden feucht. »Ed Killingback?«

»Ja, so heißt der. Wollte wieder mit mir reden, aber ich hab ihm gesagt, er soll sich verpissen.«

»Gus.«

»Entschuldige, Mum, aber das hättest du doch auch gesagt. Jedenfalls hat er dann gesagt, er wolle auf dich warten.«

»Und er sitzt da drin mit dieser Nikki?« Beim Gedanken an die Frau vom Campingplatz wurde Alex übel, und ihr Magen krampfte sich zusammen. Sie hatte schon geahnt, dass sie dieser Frau nicht zum letzten Mal begegnet war. Und nun hockte Nikki Adams hier im Haus, zusammen mit einem Scheißreporter von einer Boulevardzeitung.

»Sie hat mir nicht gesagt, wie sie heißt. Alles okay, Mum? Du bist total blass. Was haben die hier zu suchen?«

»Wo ist Malone? Hast du ihn gesehen?«

»Sind die beiden zusammen gekommen?«

»Wie meinst du das?«

»Das ist doch wohl eine simple Frage, Gus.« Die Angst machte Alex reizbar. »Sind sie zusammen hier aufgekreuzt?«

»Nee, glaub ich nicht. Der Typ von der Zeitung kam mit dem Auto, hab gesehen, wie er vor dem Haus geparkt hat, und die Frau kam, glaub ich, zu Fuß. Hat gesagt, sie hätte das Haus gleich gefunden.«

Immerhin hatten sich die beiden offenbar nicht verbündet. »Wo ist Malone?«

»Er ist da drin mit denen.«

Alex beruhigte sich etwas und bekam wieder besser Luft. Malone hatte die Situation bestimmt im Griff.

»Mum? Was ist denn los? Du machst mir Angst.«

Alex warf einen Blick auf das ängstliche Gesicht ihres Sohnes und fand ihre Stimme wieder. »Ich kann es einfach nicht ausstehen, wenn wir hier zu Hause von Journalisten belästigt werden. Vor allem von dem nicht. Der Typ ist ein Parasit, und ich traue ihm nicht. Der ist scharf auf meine Story, und ich werd sie ihm nicht geben. Zum Glück ist Malone da. Waren die beiden lange alleine, bevor er gekommen ist?«

Gus schüttelte den Kopf. »Nee. Malone war gleich hier, nachdem Carly und ich zurückgekommen sind.« Er lief rot an.

»Kein Problem, Schatz. Alles okay mit euch beiden?«

»Wir sind oben und hören ein bisschen Musik.«

Alex betrachtete ihn prüfend. »Gus?«

»Alles cool, Mum. Keine Sorge, Jack ist vor zehn Minuten gekommen. Er will was mit meinem Computer machen.«

»Deinem Computer?«

»Ja. Ich habe dir doch von den beschädigten Dateien erzählt, und Jack will schauen, ob er sie reparieren kann. Mach dir keine Gedanken.«

Nein, dazu hatte sie jetzt tatsächlich keine Kraft – sie hatte weitaus schlimmere Sorgen als die Beziehung ihres Sohnes mit einem Mädchen. Außerdem war Jack ja da. Alex strich Gus über den Arm und sagte ihm, er könne nach oben gehen.

Malone kam aus dem Wohnzimmer und packte sie am Handgelenk. »Wo bist du gewesen?«, knurrte er. »Du hast Gäste, und ich hab keine Lust, für die das Kindermädchen zu spielen, vor allem nicht für einen verfluchten Zeitungsreporter.« Malone wirkte enorm angespannt.

»Tut mir leid. Ich musste jemandem einen Besuch abstatten. Erzähl ich dir später.« Offenbar hatte sie einen gequälten Gesichtsausdruck, denn Malone ließ ihren Arm los und strich ihr über die Wange.

»Mir tut's auch leid«, sagte er. »Ich trau euch Schreiberlingen bloß nicht über den Weg.« Sein irischer Akzent brach jetzt ungehemmt durch.

»Euch Schreiberlingen?« Alex grinste. »Schönen Dank auch, Malone.«

»Du weißt schon, was ich meine. Dich zähl ich nicht dazu.«

»Ach ja? Hat sich aber gerade so angehört.«

»Obwohl mir nicht klar war, dass du Ed Killingback kennst«, redete er weiter, als habe er sie nicht gehört. »Du hast mir gar nicht erzählt, dass du ihn vor der Pressekonferenz getroffen hast.« Die unterschwellige Frage lautete: Was hast du einem Reporter zu sagen?

Alex sah Malone unumwunden an. »Ich habe nichts weiter mit dem Mann zu tun. Wie du schon gesagt hast, habe ich ihn im Rahmen der Pressekonferenz getroffen. Er hat mich ein paarmal angerufen, aber ich habe ihn abgewimmelt.« Schließlich hatte sie vom Meister Malone höchstpersönlich gelernt, dass man immer so dicht wie möglich bei der Wahrheit bleiben sollte. »Killingback will meine Geschichte, wie ich Jackie Wood gefunden habe und das alles.«

»Da kommt er ja wohl zu spät, nachdem du deine Story über Wood schon abgeschickt hast.«

»Ja.« Daran wollte Alex jetzt nicht denken. »Was will diese Nikki Adams?« Alex fühlte sich verschwitzt und sehnte sich nach einer Dusche.

»Weiß der Geier. Benimm dich einfach ganz normal und gib ihr keinen Anlass für irgendeinen Verdacht.«

»Verdacht?«

Malone schien sich wieder zu entspannen und küsste sie zärtlich auf die Stirn. »Sei einfach auf der Hut. Dieser Killingback ist ein ziemlich gerissener Typ.«

»Ich werd versuchen, die beiden so schnell wie möglich loszuwerden.«

»Möchtest du, dass ich über Nacht hierbleibe?«

Das wollte sie jetzt nicht erörtern. »Morgen vielleicht?«,

sagte sie mit dem charmantesten Lächeln, das sie noch zustande brachte.

Er nickte, drehte sich um, nahm seinen Mantel und setzte sich sein Beanie auf. Alex sah ihm nach, als sich die Tür hinter ihm schloss. Ob es richtig gewesen war, ihn wegzuschicken? Es tat ihr immer gut, mit ihm zu reden, weil er ihr Feedback geben konnte. Mit Malone über die Kinderbilder zu sprechen, die Jackie Wood in dem Schließfach verwahrt hatte, hatte ihr sehr geholfen. Er fand es ziemlich merkwürdig, dass Alex die Bilder nicht mitgebracht, sondern in das Fach zurückgelegt hatte. Aber sie hatte ihm den Grund dafür nicht erklären können – es hatte sich einfach in dem Moment richtig angefühlt.

Aber den heutigen Abend brauchte sie zum Nachdenken.

Alex holte tief Luft, setzte ein Lächeln auf und marschierte in die Höhle des Löwen.

Im Kamin brannte ein Feuer und tauchte das Zimmer in warmes Licht. Ed Killingback und Nikki Adams saßen in Sesseln links und rechts vom Kamin, und die Stimmung wirkte so behaglich, dass es Alex nicht gewundert hätte, wenn die beiden die Schuhe ausgezogen und die Beine untergeschlagen hätten.

»Haben Sie beide was zu trinken?«, fragte sie.

Der Reporter hielt ein Weinglas hoch. »Ja. Ihr Freund – Malone heißt er, oder? – hat uns mit einem ziemlich ordentlichen Sauvignon versorgt, danke. Die Flasche steht da drüben.« Killingback wies mit dem Kopf auf den Tisch am Erkerfenster. »Nikki und ich haben uns schon prima unterhalten, nicht wahr, Nikki?« Er warf der Frau vom Campingplatz ein Lächeln zu.

Alex trat zu dem Tisch und goss sich ein Glas Wein ein. »Schön, dass Ed sich um Sie gekümmert hat.« Sie würde den Köder nicht schlucken.

»Ja. Ich hab diese öden Jobs, die ich in den letzten Jahren gemacht habe, ein bisschen satt und hab mir immer schon gedacht, ich würde gerne Journalistin werden«, erklärte Nikki. »Ed hat mir ein paar gute Tipps gegeben.«

»Kann ich mir denken«, murmelte Alex vor sich hin und trank einen Schluck.

»Ich hoffe, es stört Sie nicht, dass ich einfach so hier aufgetaucht bin«, sagte Nikki mit großen Augen, »aber ich wollte nur mal schauen, ob es Ihnen gut geht. Nachdem Sie die Leiche gefunden haben und so.«

Alex fragte sich, ob sie paranoid wurde oder ob Nikki das Wort »gefunden« sonderbar betont hatte. Und lächelte die Frau nicht etwas zu vieldeutig?

»Ja, Nikki hat mir geschildert, wie verstört Sie waren.« Killingback betrachtete Alex über den Rand seines Glases hinweg.

»Tja, das ist ja wohl normal in so einem Fall.« Was für ein Albtraum. Nikki Adams, die von Alex quasi gebeten worden war, die Polizei zu belügen. Oder nicht nur quasi, sondern ganz konkret. Was wollte sie hier? Warum war sie tatsächlich gekommen?

»Was wollen Sie hier?«, fragte Alex stattdessen Killingback. »Ich bin alles andere als begeistert, dass Sie meinem Sohn aufgelauert haben, um ihm irgendwelche Fragen zu stellen.«

»Ah, das tut mir leid. Aber wenn Sie nicht mit mir reden wollen …« Er lächelte, als sei das alles ein Spiel für ihn. »Würde dann vielleicht Ihre Schwester mit mir sprechen und mir ihr Herz ausschütten?«

»Sasha?« Alex' Stimme klang krächzend. »Mit Ihnen sprechen? Sind Sie deshalb heute hergekommen?« Sie trank einen großen Schluck Wein. »Sasha hat den Tod ihrer Kinder nie verkraftet und ist immer noch in Trauer. Mir ist es vollkommen egal, was das Berufungsgericht sagt. Die Frau, die an der Ermordung der Kinder beteiligt war, wurde getötet, bevor sie sagen konnte, wo Millie begraben worden ist. Und Harry wurde, falls Sie es inzwischen vergessen haben, in einem Koffer auf einem Rastplatz gefunden. Nicht gut, Ed. Gar nicht gut.« Alex kippte sich den Rest des Weins hinter die Binde.

Killingback sah etwas erschüttert aus, sagte aber dennoch, ohne Alex aus den Augen zu lassen: »Ich versuche immer noch herauszufinden, wer Martin Jessops zweite Geliebte war.«

»Ja«, meldete sich Nikki Adams zu Wort. »Ed hat mir das gerade erzählt. Wissen Sie irgendwas über diese Frau?«

Jetzt galt es, Ruhe zu bewahren. »Wie kommen Sie auf die idiotische Idee, dass ich etwas über die Geliebte eines Mörders wüsste?«, entgegnete Alex und bemühte sich, das Zittern ihrer Hände zu unterdrücken, als sie wieder zu dem Tisch trat und zur Weinflasche griff. »Möchte noch jemand?«

»Entschuldigung, Entschuldigung«, sagte Nikki bestürzt. »Weiß gar nicht, weshalb ich diese Frage gestellt hab. Erst als Ed es erwähnt hat, hab ich gedacht …«

Alex schüttelte den Kopf. Sie musste sich konzentrieren, die Situation in den Griff bekommen. »Nein, *ich* muss mich entschuldigen, Nikki. Ich hatte einen langen Tag, und der letzte Mensch, den ich sehen will, ist Mr Killingback, zumal ich gerade auch noch Kopfschmerzen kriege. Er ist nur auf eine Story für sein Blatt aus. Was er Ihnen auch erzählen mag – Sie, Ihr Leben oder Ihre Familie sind ihm scheißegal.« Alex stellte die Weinflasche ab, holte tief Luft und brachte ein Lächeln zustande. »Es ist spät, und ich habe noch jede Menge Arbeit.«

Killingback stand auf. »Verstehe. Das war deutlich.« Er stellte sein Glas auf das Kaminsims. »Tut mir leid, dass ich Sie gestört habe. Ich wollte weder Sie noch Ihren Sohn verärgern. Ich hatte nur nach unserer kleinen Unterhaltung kürzlich gedacht …«

»Was Sie auch gedacht haben, es ist jedenfalls falsch«, fiel Alex ihm ins Wort. »Bitte gehen Sie jetzt.«

Killingback zog die Augenbrauen hoch. »Aber ich werde nicht aufhören, nach der anderen Geliebten zu suchen.«

War er deshalb hergekommen? Um Alex zu warnen? Um indirekt anzudeuten, dass er Bescheid wusste? Sie fasste sich an die Schläfe. Ihr Kopf dröhnte. Offenbar musste sie sich allmählich an diese Anfälle gewöhnen.

»Ach, tut mir auch leid«, sagte Nikki, blieb aber sitzen. »Sie sind müde, und mich wollten Sie bestimmt auch nicht sehen, weil Sie dann an diesen furchtbaren Morgen denken müssen.« Sie schnalzte mit der Zunge. »Das muss ja schlimm gewesen sein. Jemanden so zu sehen. Da weiß man doch gar nicht, was man tun oder wem man Bescheid sagen soll. Muss ja eine Ewigkeit gedauert haben, bis Sie sich wieder im Griff hatten.«

Alex nahm ihr die Besorgtheit keine Sekunde ab. »Ja, es war schlimm«, erwiderte sie. »Und Sie haben mir so geholfen.« Sie hoffte, dass ihr Unterton bedeutungsvoll genug war. Nikki schien leicht zu nicken.

»Wie ich schon sagte«, erklärte Killingback, als er zur Tür ging, »Sie und Ihre Schwester wissen ja, wo Sie mich finden.«

»Und ich auch, Mr Killingback«, sagte Nikki und blickte zwischen Alex und dem Reporter hin und her. »Wenn ich weitere Ratschläge zum Thema Journalismus brauche.«

»Sicher, jederzeit gerne«, sagte Killingback. »Und falls Ihnen noch etwas zu dem Mordfall einfällt, können Sie sich auch gerne an mich wenden.«

»Und Sie müssen mir auch nichts bezahlen«, erwiderte Nikki Adams liebenswürdig. Plötzlich hatte Killingback rote Ohren, und Alex hätte beinahe laut aufgelacht. Allerdings kam ihr der Gedanke, dass Nikki Adams vermutlich kein Geld von Killingback nehmen wollte, weil sie vorhatte, Alex zu erpressen.

»Ich finde alleine raus«, sagte Killingback.

»Und ich warne Sie«, betonte Alex. »Halten Sie sich von meinem Sohn fern. Er will nichts mit Ihnen zu tun haben. Wenn Sie ihm noch mal auflauern, zeige ich Sie an. Haben Sie mich verstanden?«

Killingback nickte. An der Tür drehte er sich noch einmal um. »Malone.«

»Was ist mit dem?«

Der Reporter schürzte die Lippen. »Ich bin mir sicher, dass ich ihn irgendwo schon mal gesehen habe. Die Stimme kommt mir auch so bekannt vor.« Killingback zwinkerte ihr zu und ging hinaus.

O Gott.

Aber Alex konnte sich es nicht einmal gestatten, über Killingbacks Verschwinden erleichtert zu sein, da Nikki Adams immer noch am Kamin hockte und Wein trank, auf den Lippen ein leicht überhebliches Lächeln.

»Irgendwie ein schleimiger Typ«, sagte sie. »Sieht aber ziemlich gut aus.« Sie schlug die Beine übereinander, als wolle sie es sich noch lange hier bequem machen. »Ich kann Zeitungen sowieso nicht ausstehen. Da steht doch sowieso nur Scheiß drin.«

»Ich dachte, Sie wären gerne Journalistin?«, fragte Alex erstaunt.

Nikki zuckte die Achseln. »Eigentlich nicht. Und selbst wenn – dann könnten Sie mir ja auch helfen, oder? Aber diese Sorte von Leuten ist immer so aufgeblasen und hält sich gern für was Besonderes, oder? Und sie geben erst was preis, wenn man ihrem affigen Ego schmeichelt. Na, einerlei.« Sie stellte ihr Glas ab, und Alex gab sich schon der Hoffnung hin, dass sie nun endlich aufbrechen wollte. Aber Nikki fuhr fort: »Wollte nur mal nach Ihnen schauen. Ich hab das wirklich ehrlich gemeint, als ich gesagt hab, das Ganze muss doch ein furchtbarer Schock für Sie gewesen sein. Vor allem als …« Sie unterbrach sich und wartete ab.

»Vor allem als ich gesagt habe, Jackie Wood hätte Migräne und würde schlafen, obwohl sie in Wirklichkeit tot war? Meinen Sie das?« Alex konnte sich nicht mehr bremsen.

Nikki grinste. »Das hat mir schon zu denken gegeben, ja.«

»Ich wusste wirklich nicht, was ich tun sollte, als ich die Leiche gefunden habe. Stand unter Schock und war völlig durcheinander. Komplett verwirrt.« Sie musste unbedingt aufhören, so herumzuplappern.

»Na klar. Sie sind in Panik geraten. Das wär doch jedem so ergangen. Ich hab dieser Frau von der Polizei auch nichts erzählt. Sie haben Wood ja schließlich nicht umgebracht, oder? Ich hab der Frau nur gesagt, ich hätte den Abend nichts gehört, weil ich Fernsehen geguckt hab, und am nächsten Morgen hatte ich Schicht und war danach einkaufen. Mehr nicht.«

»Schicht?«

»Ja. Ich füll im Supermarkt die Regale auf. Ich musste ganz früh morgens los.«

»Wie früh?«

»Was?«

»Wann haben Sie an dem Tag angefangen zu arbeiten?«

»Bin um halb fünf losgegangen. War elend kalt um die Zeit, kann ich Ihnen nur sagen.«

»Und Sie haben nichts Auffälliges gehört oder gesehen?«

»Was ist denn mit Ihnen los? Sind Sie jetzt die Polizei?«

Alex lachte, aber es klang gezwungen. »Entschuldigung. Nein, natürlich nicht. Hab mich das nur gefragt. Aber jedenfalls vielen Dank, dass Sie dichtgehalten haben.«

»Geht schon klar.«

Sie starrten beide in das züngelnde, knisternde Feuer.

»Es ist schwer.«

»Hmm?« Alex stand auf und schenkte ihnen Wein nach.

Wenn diese nervige Person keine Anstalten machte zu verschwinden, konnte Alex sich zumindest mehr Alkohol genehmigen, um die Kopfschmerzen zu betäuben.

»Im Supermarkt zu schuften. Bringt nicht viel ein. Und wie gesagt, ich hab diese öden Jobs satt.«

Jetzt kam's also. »Ach ja?«

»Ed Killingback hat gesagt, seine Zeitung würde mich bezahlen, wenn mir irgendwas ›Ergiebiges‹ einfiele – so hat er sich ausgedrückt.«

»Ich dachte, Sie finden Killingback schleimig und können ihn nicht ausstehen?« Hastig leerte Alex ihr Weinglas. Stellte es auf den Boden, griff dann aber wieder danach und fragte sich, ob sie weitertrinken sollte. Besser nicht. Nikki hatte ihren Wein noch kaum angerührt.

»Ja, das stimmt schon.«

Alex schaute auf die Uhr und seufzte. »Hören Sie, tut mir wirklich leid, aber wie gesagt, ich hatte einen langen Tag. Ich muss dringend was essen und dann schlafen gehen.«

»Natürlich. Wie gedankenlos von mir.«

Oh Mann, was für ein nerviges Katz-und-Maus-Spiel.

»Aber«, fuhr Nikki Adams fort, »im Supermarkt verdient man wie gesagt nicht viel, und …«

Alex griff in ihre Handtasche und nahm ihr Scheckbuch heraus.

25

»Mmm, irgendwas riecht hier köstlich.« Chris kam aus seiner Werkstatt in die Küche und küsste Kate auf den Nacken, während sie die Soße umrührte. »Tut mir leid, dass du wegen mir so lange aufbleiben musstest.«

Kate lehnte sich zurück, froh, dass er da war. Der vertraute Geruch von Leinöl und Harz vermischte sich mit den Aromen von Basilikum, Tomaten und Pilzen. »Kein Problem. Kommt mir vor, als hätte ich dich ewig nicht gesehen. Wir haben schon so lange nicht mehr zusammen gegessen.« Die Nähe zu ihrem Mann fehlte ihr.

»Stimmt«, erwiderte Chris und ließ seinen Kopf an ihrem Nacken ruhen. »Wenn ich es nicht besser wüsste, würde ich beinahe vermuten, du gehst mir aus dem Weg.«

Kate löste sich von ihm. »Das ist doch Unsinn«, sagte sie, schärfer als beabsichtigt. »Jedenfalls gibt's nur Spaghetti Bolognese. Wie läuft's bei dir?«

Chris arbeitete gerade an einem Eichentisch und acht passenden Stühlen. Es war ein aufwändiges Projekt, aber die Stücke, die bereits fertiggestellt waren, sahen prachtvoll aus. Chris war ein leidenschaftlicher Handwerker, der mit Liebe und Sorgfalt arbeitete und einen exzellenten Ruf in der Region hatte.

Als Kate vor einer Weile in seiner Abwesenheit in der Werkstatt gewesen war, hatte sie in einer Ecke eine Wiege entdeckt. Sie strich über das Holz, das sich schmeichelnd und warm anfühlte – es strahlte die Liebe aus, mit der Chris daran gearbeitet hatte.

Jetzt zog sich ihr Herz zusammen, als sie daran dachte, und sie wusste, dass sie ihm nichts davon erzählen konnte.

»Möchtest du Parmesan reiben?«

»Klar, mach ich.«

Kate sah ihrem Mann zu, wie er sich die Hände wusch und abtrocknete und den Käse aus dem Kühlschrank nahm. Chris lächelte sie an, und sie erwiderte das Lächeln und versuchte angestrengt, die altbekannten Schuldgefühle abzuschütteln. Was war nur aus ihrer Liebe geworden? War sie über dem Problemthema Kinder verloren gegangen? Wenn sie Chris nur genügend liebte, würde sie doch um jeden Preis ein Kind mit ihm haben wollen, oder nicht? Wenn sie ihn wirklich liebte, würde sie ihre Ängste, die Unklarheit und furchtbare Hoffnungslosigkeit, die sie bei Chris' Anblick empfand, überwinden.

»Hab ich einen Fleck auf der Nase oder was?«, fragte er.

»Nein.«

»Weil du mich so forschend anschaust.« Er lachte. »Oder ist mir vielleicht ein zweiter Kopf gewachsen?« Chris rieb weiter Parmesan.

Kate fürchtete, dass er sich die Finger verletzen würde, wenn er nicht aufhörte. »Das reicht, Schatz, wirklich.« Sie rührte weiter in der Soße, aber so heftig, dass etwas auf den Herd spritzte. »Verfluchter Mist!« Am liebsten hätte sie den Kochlöffel hingeschmissen und geheult.

»Also.« Chris legte Parmesan und Reibe beiseite. »Was ist los?«

»Ich …« Kate sagte das Erste, was ihr in den Kopf kam. »Es ist alles so anstrengend.«

»Cherry?« Chris war bei einem Umtrunk in die Fänge ihres Chefs geraten. Da Cherry wusste, dass Chris auch »schöpferisch tätig war«, hatte er endlos über das Leben und die Kunst geschwafelt und Chris schließlich eingeladen, sich seine »Werke« anzuschauen, wozu dieser sich bislang noch nicht hatte durchringen können. »Mach dir doch wegen dem keine Sorgen«, sagte Chris, stand auf und nahm Kate in die Arme. Sie lehnte sich an ihn und versuchte, sich zu entspannen. »Er macht dir doch hoffentlich keinen Stress wegen dieser misslungenen Drogenrazzia, oder?«

»Nee, das eher nicht.« Kate seufzte. »Aber er hat einen weiteren Detective Inspector ins Team geholt, und ich weiß nicht genau, warum. Will er mir helfen oder mich bremsen?«

Chris küsste sie auf den Kopf. »Wäre das denn so schlimm?«

»Besagter Typ führt sich auf wie in einer drittklassigen Fernsehserie, und ich trau ihm nicht über den Weg.«

»Ah. Das ist natürlich nicht so gut. Aber du bist doch eine sehr gute Polizistin, Kate. Du wirst das schon hinkriegen.«

»Meinst du wirklich?« Sie fand es schrecklich, wenn sie sich so bedürftig fühlte.

»Und ob.« Er betrachtete sie. »Du siehst sehr müde aus.«

Kate seufzte. »Der Eindruck täuscht nicht.«

»Setz dich doch einfach hin. Ich gieß dir ein schönes Glas Wein ein, und dann kannst du mir von deinem Tag erzählen, während ich die Spaghetti koche und den Salat mache. Was hältst du davon?«

Kate nickte und fühlte sich plötzlich völlig überfordert. Womit hatte sie diesen lieben, fürsorglichen Mann verdient? Aber genau da lag das Problem, nicht wahr? Chris hatte eine Frau verdient, die ihm geben konnte, was er sich wünschte.

Als Kate sich an den Tisch gesetzt hatte, schenkte Chris ihr ein Glas Rotwein ein. Kate trank und genoss das warme Gefühl in der Kehle, während sie ihrem Mann zusah, wie er mit Topf, Wasser, Spaghetti hantierte.

»Und, beschäftigt dich noch was anderes?«, fragte Chris.

Kate öffnete den Mund und wollte ihm alles erzählen: nicht nur von Sashas bedrückendem Zustand und von Jez

Clements, der ihr auswich und den sie nicht zu fassen bekam, sondern auch vom Termin bei der Ärztin und warum sie in Wahrheit kein Kind bekamen. Vielleicht sogar von dem Therapievorschlag der Ärztin.

Doch der Augenblick verstrich ungenutzt.

»Hab Klinken geputzt«, sagte sie stattdessen und hasste sich dafür. »Hat aber so gut wie nichts eingebracht.«

Während Chris Salat und Dressing vorbereitete, berichtete Kate, wie sie mit Steve, John und Eve losgezogen war, weil Klinkenputzen erheblich interessanter war, als sich durch Berge von Papier zu wühlen oder Fotos von Jackie Woods Leiche zu sichten. Ein großer Nachteil beim Aufstieg auf der Karriereleiter war die Schreibtischarbeit. Kate war es ein Rätsel, wie Cherry diesen Papierkrieg und die endlosen Sitzungen ertrug, an denen er ständig teilnehmen musste. Sie hatte das Gefühl, dass sie nur durch aufrichtige Polizeiarbeit vorwärtskam.

Aber in diesem Fall erwies sie sich als eher frustrierend. Jim Cassidy, der Mann, der mit seinem Hund spazieren gegangen war, hatte absolut nichts Außergewöhnliches gehört oder gesehen und absolut nichts Verwertbares gesagt. Er meinte, in Jackie Woods Wohnwagen hätte er ein Licht bemerkt, vielleicht aber auch nicht. Aber niemand sei dort hineingegangen oder herausgekommen.

Bei den anderen Wohnwagen, an denen sie danach klopften, rührte sich entweder niemand, oder die Bewohner hatten nichts bemerkt und fanden, das ginge sie auch alles nichts an. Die meisten Wagen in der Nähe von Jackie Woods Wohnwagen waren gegenwärtig unbewohnt, und von Nikki Adams, die sie in ihrem Campingwagen antrafen, bekamen sie nur zu hören, dass sie den ganzen Abend ferngesehen habe. Kate hatte Eve angeknurrt, sie solle im Revier sofort die Programme gegenchecken.

»Diese Nikki«, sagte Chris, während er die Spaghetti abgoss, »sollte man vielleicht noch genauer unter die Lupe nehmen.«

»Mag sein.« Kate bemühte sich, nicht allzu gereizt zu klingen, weil er ihr als Laie Ratschläge erteilte. »Wir müssen auf jeden Fall überprüfen, ob sie tatsächlich ferngesehen hat.«

»Mir erscheint es merkwürdig, dass die Frau nichts gehört haben will, obwohl ihr Wohnwagen direkt gegenüberstand. Es ist ja nicht viel Abstand dazwischen.«

»Hmm, tja. Gibt's bald Essen?«, fragte sie, um das Thema zu wechseln, bevor sie Chris anraunzen würde, weil er sich in ihr Berufsleben einmischte.

»Geht schon los«, murmelte er und belud einen Teller mit Pasta und Soße. Er sah verletzt aus.

Was zum Teufel stimmte nicht mit ihr? Kate streute Parmesan über die Spaghetti Bolognese und begann zu essen. »Ich habe allerdings noch was ziemlich Merkwürdiges erfahren.«

»Aha?« Chris schenkte ihr und sich selbst Wein nach. »Was denn?«

»Martin Jessop hatte wohl noch eine zweite Geliebte.«

Chris zog eine Augenbraue hoch. »Jessop? Das ist doch der Typ, der …«

»… wegen den Morden an Harry und Millie Clements ins Gefängnis kam und sich dann umgebracht hat.«

»Und von dieser Geliebten ist noch nie was durchgesickert? Nicht mal vor Gericht oder so?«

»Nein. Und das Gerücht ist mir auch erst jetzt zu Ohren gekommen. Aber noch beunruhigender finde ich, dass der leitende Ermittler damals wohl angeblich darüber Bescheid wusste.« Kate griff nach der Flasche und füllte ihr Glas aufs Neue.

»Und wer war das?«

»Ein gewisser Detective Inspector Edward Grainger, der inzwischen im Ruhestand ist. Ich bin ihm mal kurz begegnet, im Gerichtsgebäude vor dem Prozess.«

»Prozess?«

»Ja, du weißt doch, als ich aussagen musste, weil ich Harry Clements gefunden habe.« Verflucht, wieso hatte sie das jetzt ausgeplaudert.

Chris starrte sie an. »Nein, das wusste ich nicht. Du hast nie darüber gesprochen.«

»Hab ich nicht?«

»Nein. Jedenfalls hast du mir nie erzählt, dass du den kleinen Jungen gefunden hast.«

Kate machte eine abwehrende Handbewegung, und ein paar Spaghetti und ein Klecks Soße landeten auf dem Boden. »Erzähl ich dir ein andermal. Jedenfalls wusste Grainger Bescheid über die Geliebte, und es wurde nicht weiter ermittelt. Jez Clements hatte seine Finger da mit drin.«

»Was soll das heißen?«

»Nur dass … es Clements offenbar gelungen ist, weitere Ermittlungen über die zweite Geliebte von Martin Jessop zu verhindern. Grainger hat keine weiteren Ermittlungen angestellt.«

Chris runzelte die Stirn. »Aber soweit ich das noch in Erinnerung habe, war Clements damals noch ganz neu bei der Polizei, oder nicht?«

»Ganz genau.«

»Aber wie konnte er dann in so einem wichtigen Fall Einfluss ausüben? Obwohl er der Vater der Zwillinge war, hat man ihn an den Ermittlungen beteiligt?«

»Richtig. Das ist die große Preisfrage, Chris. Auch wenn die Antwort ganz offensichtlich ist: Er muss irgendetwas gegen Grainger in der Hand gehabt haben und konnte ihn deshalb unter Druck setzen.« Sie stützte das Kinn in die Hand. »Vorausgesetzt natürlich, dass dieses Gerücht wahr ist. Ich habe keinerlei Beweise, nur so ein Bauchgefühl.«

»Ah, den berühmten Bullen-Riecher?« Chris grinste.

»Mach dich nicht darüber lustig, dadurch sind schon viele Fälle gelöst worden. Ich weiß einfach nicht, Chris. Ich habe heute versucht, mit Clements darüber zu reden, aber der hat komplett gemauert. Und irgendwie tut mir der Mann auch leid. Aber falls es wirklich so gelaufen ist, dann ist Unrecht geschehen, das ist der Punkt. Es geht gar nicht darum, ob sich damals dadurch etwas geändert hätte. Vielleicht, vielleicht auch nicht. Aber man hätte die Ermittlungen jedenfalls fortsetzen sollen, und das ist nicht passiert.« Sie strich sich mit beiden Händen übers Haar. »Es ist wirklich wichtig, Chris.«

Er legte sein Besteck hin und berührte ihren Arm. »Das liebe ich an dir, Kate. Dass du immer nach der Wahrheit suchst.«

Sie wäre am liebsten in Tränen ausgebrochen. Die Schuldgefühle schienen ihr im Magen zu liegen wie Blei. Sie konnte es ihm einfach nicht sagen, wollte ihm keine Hoffnung machen.

»Ich war neulich bei der Ärztin«, platzte sie heraus und konnte es kaum ertragen, wie seine Augen aufleuchteten.

»Warum sagst du mir das erst jetzt? Und? Hast du dich nach Tests erkundigt?« Er biss sich auf die Unterlippe. »Weißt du, mir macht es nichts aus, noch mehr Tests zu machen, wenn wir dadurch unsere Chancen erhöhen, Kinder zu bekommen.« Er trank einen großen Schluck Wein.

Kate dachte an die Antidepressiva, die sie hinten im Badezimmerschrank versteckt hatte. Wie schlecht musste es ihr gehen, damit sie sich gestattete, sie einzunehmen? War es eine Depression – diese furchtbare Last auf ihren Schultern, die von Tag zu Tag schwerer zu werden schien? Kate hatte sich mit Menschen unterhalten, die Depressionen hatten; für diese Menschen war alles trostlos, es gelang ihnen kaum, morgens aufzustehen – wenn überhaupt –, sie fühlten sich wertlos und glaubten, die Welt sei ohne sie besser dran. So war Kate nicht zumute. Sie verspürte nur dauernd diese Last auf den Schultern und den scheußlichen Druck der Angst im Magen.

Und letztlich war sie selbst daran schuld. Wenn sie ihrem lieben, fürsorglichen Mann geben könnte, was er sich wünschte, könnte sie sich gewiss von dieser Last befreien, und der Knoten in ihrem Bauch würde verschwinden. Aber wie sollte ihr das gelingen, wenn sie bei dem Gedanken an ein Kind an den kleinen Harry Clements erinnert wurde, der mit verkrümmten Gliedern in diesen Koffer gepresst worden war? Aber weshalb nur konnte sie mit Chris nicht darüber sprechen? Traute sie ihm nicht zu, dass er sie verstehen würde? Doch wenn sie ihm alles offenbarte, musste sie zugeben, dass sie ihm so viel verschwiegen hatte. Jedes Mal, wenn er traurig gewesen war, sich gefragt hatte, warum sie keine Kinder bekommen konnten, hatte sie geschwiegen. Die Lügen würden Chris zerstören … und ihre Partnerschaft. Was sagte das über sie selbst aus? Kate fühlte sich miserabel.

»Ich weiß, Chris«, sagte sie leise. »Ich habe nur einfach das Gefühl …«

»Schau«, sagte er, und seine Stimme hatte einen verzweifelten Unterton, »du musst jetzt nichts erklären. Du musst mir auch nicht sagen, was die Ärztin dir mitgeteilt hat.«

»Aber ich möchte darüber sprechen, Chris.« Kate schluckte. »Ich habe noch nicht über Tests mit ihr geredet. Sie hat sich eher gefragt, ob es einen psychischen Grund dafür gibt, dass ich nicht schwanger werde.« Gut, es gelang ihr zumindest, ihm einen Teil der Wahrheit zu sagen.

»Psychisch? Soll das heißen, irgendwas in deinem Kopf?«

Warum war er nur so begriffsstutzig? »Das versteht man allgemein unter dem Begriff, ja.«

»Und was soll das sein?«

Jetzt war die Gelegenheit da, Chris alles zu erzählen. Wie sehr sie damals emotional von diesem Fall beansprucht worden war. Wie sie diesen kleinen zerbrochenen Körper in den Armen gehalten hatte, nachdem ihre Kollegen und die Pathologin mit der Arbeit fertig gewesen waren. Wie leicht sich die Leiche des kleinen Jungen angefühlt hatte – ein vorzeitig zerstörtes Leben. Wie sie damals allen versichert hatte, dass es ihr gut ginge, sie sei schließlich Polizistin und werde mit derlei Situationen noch oft zu tun haben. Es war Kate gelungen, alle davon zu überzeugen, und sie selbst hatte es auch geglaubt. Sie hatte bei Autounfällen übel zugerichtete Leichen gesehen und keine Albträume davon bekommen. Seit sie bei der Kriminalpolizei war, sah sie ständig Leute, die erschossen, erstochen oder erschlagen worden waren. Aber sobald es um Kinder ging, kam sie überhaupt nicht zurecht.

»Es hat irgendwas mit Schmerz zu tun, mit der Angst, für so einen hilflosen kleinen Menschen sorgen zu müssen.« Kate wickelte Spaghetti auf die Gabel.

»Aber Schatz, du würdest doch nicht damit alleine sein. Ich wäre die ganze Zeit an deiner Seite.«

Kate stützte das Kinn in die Hand. »Das weiß ich.«

»Ich würde zur Geburtsvorbereitung mitkommen, zu jedem Krankenhausbesuch, würde für dich sorgen, falls du mal krank wärst, wenn wir ein Kind bekämen …«

»Wenn ich ein Kind bekäme.«

Er sah bestürzt aus. »Tut mir leid, ich wollte damit nicht sagen … ach, du weißt schon, oder?«

Kate brachte ein Lächeln zustande. »Natürlich. Aber ich meine es wirklich so. Ich muss das Kind bekommen. Und dann danach.«

»Was meinst du damit?«

»Wenn das Baby größer wird, heranwächst zum Teenager,

zum erwachsenen Menschen. Wie soll ich ihn oder sie da beschützen?«

»Schatz …« Chris strich sich durchs Haar. »Das gehört eben dazu. Kinder wachsen heran und müssen selbstständig werden. Wir können ihnen dabei nur helfen, dann müssen wir sie loslassen.«

»Ich weiß nicht, ob ich mir das zutraue, Chris.« Mehr hatte sie ihm noch nie offenbart über ihre wahren Gefühle – über die würgende Angst, die sie in sich spürte, sobald das Gespräch auf Kinder kam, über die Furcht, solch einen Schmerz erleiden zu müssen, wie er sich zuvor auf dem Gesicht von Jez Clements abgezeichnet hatte.

»Ich würde bei dir sein. Immer«, sagte Chris mit leicht schiefem Lächeln. »Du musst einfach Vertrauen haben zu mir.«

Kate berührte seinen Arm. »Das habe ich. Bitte lass mir noch ein wenig Zeit.«

Chris nickte.

26

Sobald Nikki Adams das Haus verlassen hatte, seufzte Alex erleichtert auf. Indem sie ihr Scheckbuch gezückt hatte, war sie diese Frau losgeworden – das war das Geld beinahe wert. Aber Alex hörte förmlich schon Malones Entgegnung, wenn sie ihm davon erzählte. Garantiert wäre er der Meinung, sie hätte abwarten sollen. Und er würde sagen, jetzt werde diese Nikki sich mächtig fühlen und bestimmt noch mehr Geld verlangen. Das war Alex alles wohl bewusst. Doch als sie die Treppe zu Gus' Zimmer hinaufging, bereute sie ihre Entscheidung nicht im Mindesten.

Als sie an Gus' Tür klopfte, hörte sie von drinnen Kichern und das Dröhnen irgendeines Computerspiels.

»Komm rein, Ma!«, rief Gus.

Alex steckte den Kopf durch die Tür. »Hi. Wollte dir nur Bescheid sagen, dass die ungebetenen Gäste abgezogen sind. Falls ihr runterkommen wollt.«

Gus saß vor dem PC. Carly lag auf dem Bett, an einen Stapel Kissen gelehnt, und spielte mit einer Strähne ihrer präraffaelitischen Haarpracht. Und Jack hockte am Schrank auf dem Boden und blätterte in einem Computermagazin.

»Danke, Mum, aber wir wollten zu Jack gehen, und ich übernachte dann da, wenn das okay ist.« Gus stand auf und hielt Carly die Hand hin, um sie vom Bett hochzuziehen. Jack rappelte sich auf und streckte sich.

»Klar«, sagte Alex. Sie überlegte kurz, wo Carly wohl übernachtete, wagte es aber nicht zu fragen. »Ähm, und vergiss nicht, dass du morgen noch den Aufsatz schreiben musst.«

Warum um Himmels willen hatte sie das gesagt? Ihr fiel eine Szene aus ihrer Jugend ein: Damals war ihre Mutter ins Wohnzimmer marschiert, als Alex sich dort vollkommen zivilisiert mit einem neuen Freund unterhielt, hatte eine Wärmflasche geschwenkt und verkündet, dass sie jetzt den Wasserkessel anschalte. Alex hatte sich geschworen, ihre eigenen Kinder nie im Leben so vor ihren Freunden zu blamieren.

Man musste Gus zugutehalten, dass er lediglich die Augen verdrehte. »Hab ich nicht vergessen. Mach ich, wenn ich zurückkomme.«

»Super«, sagte Alex. »Ich hab den Artikel über Reformen im Strafvollzug gefunden, den du haben wolltest. Ich druck ihn dir aus und leg ihn dir auf den Schreibtisch, ja?«

»Cool.«

»Wenn meine Mutter mir nur auch bei meinen Aufsätzen helfen würde«, sagte Jack.

Alex lachte. »Man muss doch schließlich auch was davon haben, wenn man mit jemandem zusammenlebt, der seinen Lebensunterhalt mit Schreiben verdient. Es ist ein Interview mit einem Gefängnisleiter aus dem Norden, das ich vor einigen Jahren gemacht habe. Der Mann landete später wegen Missbrauchs vor Gericht.«

Jack nickte langsam. »Wow. Das ist heavy.«

»Ich finde es toll, dass Sie Gus helfen, Alex«, sagte Carly mit herzlichem Lächeln. »Und vielen Dank, dass wir Gus immer besuchen dürfen.«

Alex machte eine wegwerfende Handbewegung. »Keine Ursache.«

»Ein Glück bist du diese beiden Gestalten losgeworden, Mum«, sagte Gus. »Ich kann diesen Journalisten nicht leiden. Ekliger Typ, find ich.«

»Das seh ich auch so«, erwiderte Alex. Dass Nikki Adams keinen Deut besser war, wollte sie Gus nicht sagen. Unwillkürlich sah sie die Szene wieder vor sich, als Adams den Scheck zusammengefaltet und mit triumphierendem Lächeln in die Gesäßtasche ihrer Jeans gesteckt hatte. Alex schauderte.

»Alles okay, Mum?«

Sie blinzelte. »Ja, klar. Also dann ab mit euch.«

»Bis dann«, sagte Gus und zerrte Carly mit sich.

Jack zog die Augenbrauen hoch und bemerkte: »Junge Liebe.«

Alex lächelte. »Bis morgen, ihr Lieben.«

»Tschüss, Mum.«

Carly winkte kurz, Jack warf ihr ein Lächeln zu, dann polterten sie die Treppe hinunter. Alex war froh, als die Haustür zufiel. Endlich alleine.

Eine Stunde später lag sie auf dem Sofa, den Kopf auf Malones Schoß. Das Feuer im Kamin brannte herunter. Malone strich ihr das Haar aus der Stirn, und Alex merkte, wie sie sich zu entspannen begann und die Kopfschmerzen das Weite suchten.

»Bitte nicht noch mal, Malone.« Sie schloss die Augen.

»Was denn?«

»›Ich hab's dir ja gesagt.‹«

»Nie und nimmer.«

»Aber ich bin trotzdem froh, dass du hier bist. Wo immer du auch gesteckt hast«, murmelte Alex.

»Ich war nur eine Weile spazieren.«

Es war einfach frustrierend, dass er ihr nicht mehr über sich erzählte.

»Und ich bin auch froh, dass ich hier bin«, sprach Malone weiter, »obwohl du dich emotional nicht so recht auf mich einlassen willst und dir Sorgen wegen Gus machst.«

Alex schnaubte. »Na, ich muss ja jetzt wohl akzeptieren, dass er eine Freundin hat. Mit allem Drum und Dran.«

»Du erwartest aber hoffentlich nicht von mir, dass ich mit ihm das Bienen-und-andere-Tiere-Gespräch führe«, sagte Malone. »Dafür ist es sowieso zu spät.«

Alex machte ein Auge auf. »Meinst du?«

»Na, komm schon, Al. Was denkst du denn?«

»Hmm. Hast wahrscheinlich Recht.«

Eine Weile versanken sie in entspanntes Schweigen, lauschten dem Zischeln und Knistern des Feuers. Alex verdrängte alle Sorgen um Sasha und wollte auch nicht über Angela Jessop sprechen, sondern sich ein Weilchen ausruhen und Malones Nähe genießen.

»Ach, übrigens«, sagte Malone und streichelte ihr sachte den Kopf.

»Mmm?« Alex fühlte sich angenehm schläfrig.

»Ich habe doch gesagt, ich würde mich mal erkundigen, ob Jessop oder Wood im Gefängnis irgendwas über dieses Tagebuch haben verlauten lassen, das dich so umtreibt.«

»Mmm.« Alex hörte nur mit halbem Ohr zu.

»Also Jessop hatte tatsächlich ein Tagebuch.«

Als Malones Worte zu Alex durchdrangen, rappelte sie sich auf. An Dösen war nicht mehr zu denken.

»Und?«

»Während er in U-Haft war, hat er laut meiner Quelle täglich geschrieben.«

»Wer ist die Quelle?«

»Das möchtest du nicht wissen. Er erzählte mir jedenfalls, Jessop hätte während des Prozesses in das Tagebuch geschrieben.«

»Weiß deine Quelle, was daraus geworden ist?«

Malone schüttelte den Kopf. »Er meinte, das letzte Mal hätte er das Tagebuch bei Jessop gesehen, kurz bevor ein Mann von der Polizei bei ihm gewesen sei. Das war wenige Tage, bevor Jessop sich aufgehängt hat.«

Alex griff nach der Weinflasche – schon die zweite an diesem Abend – und wollte sich ein Glas einschenken, hielt aber mitten in der Bewegung inne. »Ein Mann von der Polizei?« Sie hatte plötzlich eine Ahnung, was als Nächstes kommen würde.

»Der Mann von der Polizei trug keine Uniform, aber meine Quelle hat ihn im Besucherraum erkannt. War eher von der aggressiven Sorte.«

»Jez.« Das konnte nur er gewesen sein.

»Jez? Du meinst Sashas Mann Jez?«

»Vermute ich mal. Er hat damals erwähnt, dass er herausfinden wolle, was für Menschen wohl Kinder umbringen würden. Keine Ahnung, wie er es geschafft hat, sich Zutritt zum Gefängnis zu verschaffen, aber ich denke, er war es. Er ist übrigens auch nicht sehr beliebt bei seinen Kollegen, heißt es.«

»›Heißt es‹? Weißt du nichts Genaueres? Er ist doch immerhin dein Schwager.«

»Exschwager. Und ja, ich weiß es sogar ganz genau. Ich wollte nur nicht so direkt sein. Ich gehe ihm selbst möglichst aus dem Weg. Er hat keinen guten Ruf.« Außerdem war es zu anstrengend.

»Klingt, als könne es sich lohnen, mal ein Wörtchen mit ihm zu reden.« Malone streichelte ihren Arm, und Alex schauderte. Sie war nicht sicher, ob Malones Berührung das Schaudern auslöste oder die Vorstellung, ein Gespräch mit Jez führen zu müssen.

»Erzähl mir von Sasha und Jez«, sagte Malone. »Wie sind sie so?«

»Ach, weißt du, da würde ich jetzt für den Rest des Abends reden.« Aber Alex war dankbar für die kleine Kursänderung.

»Dann eben nur die Kurzversion.« Malone stand auf und

legte noch ein Holzscheit in den Kamin. »So, jetzt haben wir noch ein bisschen Zeit.«

Das Scheit fing Feuer. Alex sah, wie die Flammen rot und gelb aufzüngelten und das Holz langsam zu glühen begann. Sie seufzte. »Sasha war immer eifersüchtig auf mich. Hatte das Gefühl, dass unsere Eltern mich mehr liebten und mich bevorzugten und all so was. Ich ging auf die Uni, aber Sasha hat die Aufnahme nicht geschafft. Um nicht ohne alles dazustehen, hat sie überstürzt geheiratet.«

»Bisschen drastisch, oder?«

Alex verzog das Gesicht. »Kann mal wohl sagen. Sie hat es genossen, den Eltern einen Schock zu versetzen. Verschwand einfach und kam mit einem Ring am Finger zurück. Es war ihr immer wichtig, mich zu übertrumpfen.«

»Hört sich an, als hätte sie massive Probleme mit sich.«

Alex machte es sich wieder bequem und legte den Kopf auf Malones Schoß. Wie sollte sie ihrem Freund erklären, was für ein Chaos offenbar in Sashas Kopf herrschte? Dass ihre Schwester sich immer so minderwertig und allen unterlegen gefühlt hatte, dass sie mit ihrem Leben nie zurechtgekommen war? Dass sie seit Langem mit Bulimie und Magersucht und jeder erdenklichen Essstörung kämpfte, sich ritzte und die Eltern völlig überfordert waren?

»Als wir noch klein waren …«, begann Alex.

»Hört sich an wie aus *Pu der Bär*«, sagte Malone grinsend.

Alex lachte und versetzte ihm einen Klaps auf den Arm. »Ich wünschte, die Geschichte wäre so harmlos. Ist sie irgendwie auch, aber trotzdem.«

»Nun erzähl endlich, Süße.«

Alex richtete sich auf und zog die Beine an. »Ich glaube, ich war fast elf und Sasha zehn. Es war an Weihnachten.«

»Oh nein. Jetzt kommt irgendein Hollywood-Schmalz.«

»Nein. Hör einfach zu. Wir bekamen zu Weihnachten ein

großes Geschenk von unseren Eltern und eine ganze Menge kleine Päckchen. Ich habe mein großes Geschenk zuerst aufgemacht. Normalerweise haben Sasha und ich sie gleichzeitig aufgemacht, weil wir immer das Gleiche bekommen haben. Aber in diesem Jahr war irgendwas anders, und ich hab meins zuerst ausgepackt. Ich war so aufgeregt, dass ich nicht warten konnte. Und ich hatte einen Zauberkasten bekommen, mit magischen Karten und Zauberstab und so einem Tischtennisball an einer unsichtbaren Schnur. Ich hatte mir den Zauberkasten sehnlichst gewünscht, genauso wie Sasha. Beide hatten wir monatelang darum gebettelt. Wir wollten die Zaubertricks lernen und damit unsere Eltern beeindrucken und zum Lachen bringen. Und Sasha wollte den Eltern damit beweisen, wie klug und geschickt sie war.« Alex hielt inne.

»Und? Was ist dann passiert?«

Die lodernden Flammen im Kamin verbreiteten eine wohlige Wärme.

»Als Sasha ihr großes Päckchen aufgemacht hatte, war eine Puppe drin. So eine, die Fläschchen trinkt, weint und Pipi macht. Die Puppe hatte ein scheußlich runzliges Gesicht.«

»Ich vermute mal, Sasha mochte die Puppe nicht?«

»Nein. Sie hatte sich den Zauberkasten noch sehnlicher gewünscht als ich. Aber die Eltern hatten geglaubt, sie würde die Zaubertricks nicht hinkriegen und die einzelnen Teile verlieren. Und sie haben gedacht, dass Sasha sich eigentlich eine Puppe wünschte. Aber in Wirklichkeit war Sasha vollkommen versessen auf einen Zauberkasten.« Alex biss sich auf die Unterlippe. All die Jahre hatte sie Sashas Gesichtsausdruck nicht vergessen können, als ihre Schwester das Päckchen auspackte und diese blöde Puppe zum Vorschein kam. »Ich hab mich im Badezimmer eingeschlossen, bis ich alle Zaubertricks perfekt beherrschte. Dann hab ich eine Vorstellung für die Eltern gegeben. Und ich hab mich geweigert, Sasha zu verraten, wie die Tricks funktionierten.«

Malone nahm ihr Gesicht in beide Hände. »Das war aber nicht sehr nett, Ms Devlin.«

»Nee. Ich schäme mich heute noch dafür.«

Malone ließ die Hände sinken und legte sie auf ihre Schultern. »Und wie ging's weiter?«

»Sasha hat ihrer Puppe Arme und Beine rausgerissen. Und eines Tages, während ich bei einer Freundin war, hat sie sich meinen Zauberkasten gegriffen, den Zauberstab und den Tischtennisball zertreten, die Karten und die Anleitungen und einfach alles kaputt gemacht. Mum und Dad haben sie natürlich bestraft – ich glaube, sie musste ohne Abendessen ins Bett oder so. Aber sie hatte ihre Rache.« Alex sah Malone an. Seine Mundwinkel zuckten, und sie boxte ihn leicht auf den Arm. »Hey, wenn du elf Jahre alt bist, dann ist so was richtig dramatisch, weißt du.«

»Ja, klar. Entschuldige.«

»Ich hab dir das wohl nur erzählt, um dir klarzumachen, wie verletzlich Sasha immer schon war.«

»Verletzlich? Wohl eher total psycho.«

»Mag sein.«

Malone stand auf und ging in die Küche, um noch eine Flasche Wein zu holen. Alex starrte ins Feuer. Sie sah Sashas trotziges, aber zufriedenes Gesicht vor sich, während Alex tobte. Und als ihre Mutter damals Sasha aus dem Zimmer zerrte, raunte sie Alex noch zu: »Jetzt können wir beide nicht mehr damit spielen.«

»Aber«, sagte Malone, als er ihnen beiden Wein nachgoss, »ich versteh trotzdem nicht, was diese Geschichte über Zaubertricks und Puppen mit der heutigen Sasha zu tun hat.«

»Denk doch mal nach, Malone. Sie hat sich mir immer unterlegen gefühlt. Hat immer das Gefühl gehabt, sie müsse kämpfen, um Anerkennung zu bekommen. Und als Jez sich dann für sie interessierte, ist sie ihm mit Haut und Haaren verfallen.«

»Wie hat sie ihn kennengelernt?«

Alex stieß ein kurzes Lachen aus. »Er war mein Freund. Sie hat ihn verführt, um mich damit zu verletzen, denke ich. Dabei war zwischen Jez und mir eigentlich sowieso Schluss, und es spielte gar keine große Rolle mehr. Aber als Sasha das merkte, war es zu spät: Sie hatte ihn schon geheiratet. Die Ironie ist, dass sie nie wirklich gemerkt hat, wie verrückt Jez tatsächlich nach ihr war.«

»Ah.« Malone trank einen Schluck Wein.

»Ihr nächster Trick, um mir eins auszuwischen, war, schwanger zu werden. Sie war verheiratet, hatte eine Familie und führte ein geordnetes Leben, und ich jagte immer noch meinen Träumen nach. Zumindest sah sie das so. Als ich ein paar Jahre später auch schwanger wurde, konnte sie zumindest noch mit ihrem bürgerlichen Leben protzen.«

Malone sah verwirrt aus.

»Ich war alleinerziehende Mutter und hatte nicht die geringste Absicht, den Vater meines Kindes zu ehelichen«, erklärte Alex. »Wenn ich so zurückschaue, dann ging es Sasha in dieser Zeit wahrscheinlich am besten. Sie war glückliche Mutter und hatte alles im Leben, während ich nichts hatte – oder zumindest sehr wenig. Keinen Ehemann, keinen Vater für mein Kind, keine Arbeit. Ihrer Meinung nach hatte ich kleinlaut meinen tollen Job bei der tollen Zeitung in London aufgegeben und war hierher zurückgekehrt. Damals war sie so nett zu mir wie nie zuvor. Aber …«, Alex hielt inne, überlegte, wie sie sich ausdrücken sollte, »… irgendwo darunter lauerte immer eine Art Dunkelheit.«

»Wie meinst du das?«

»Wenn ich jetzt so zurückschaue, habe ich das Gefühl, dass

diese Munterkeit von Sasha immer irgendwie vorgetäuscht war. Dass sie versuchte, sich zusammenzureißen, obwohl es ihr mitnichten so gut ging, wie sie uns glauben lassen wollte.« Alex leerte ihr Glas und bedeutete Malone, dass er ihr nachschenken sollte; wahrscheinlich wurde sie gerade zur Alkoholikerin, aber der Wein war so angenehm beruhigend.

»Du meinst, sie war depressiv?« Malone füllte das Glas.

»Wahrscheinlich schon. Jez hat sie überbehütet – ich weiß nicht, ob er fürchtete, seine kleine Familie zu verlieren. Ich hätte mich mehr um Sasha kümmern sollen. Aber dann wurden die Kinder getötet, und unser aller Leben war ein einziges Chaos. Wir haben wochenlang nicht mehr richtig geschlafen, bis Jessop und Wood ins Gefängnis kamen. Und jetzt hockt Sasha in diesem Haus, umgeben von Erinnerungen, und wartet auf Millies Rückkehr.« Alex starrte ins Kaminfeuer.

»Glaubt sie wirklich, Millie sei noch am Leben?«

»Ich habe keine Ahnung, Malone. Ich weiß es nicht.« Erschöpft schloss Alex die Augen.

»Und was ist mit Jez?«

»Was soll mit ihm sein?« Alex wollte jetzt nicht an ihren Exschwager denken.

»Siehst du ihn oft?«

»Nicht wenn ich es vermeiden kann.«

»Warum denn?«

»Ach, weil es einfach so schwierig ist.«

»Das ist ja verständlich, aber er ist … war … dein Schwager, der Vater deiner Nichte und deines Neffen. Ihr wart alle von diesem schlimmen Ereignis betroffen – da entwickelt sich doch unwillkürlich Nähe, oder nicht?«

Alex lachte. »Ach, komm schon, du kennst doch sicher die Statistiken, denen zufolge ein hoher Prozentsatz Ehen nach dem Tod eines gemeinsamen Kindes scheitert. Von zwei verlorenen Kindern ganz zu schweigen. Außerdem glaube ich, dass Sasha sich innerlich an einen Ort verkrochen hat, an dem Jez sie nicht mehr erreichen kann.«

»Ah.«

Sie blieben eine Weile stumm.

»Vielleicht«, sagte Malone dann und zeichnete langsam Kreise auf Alex' Arm, der warm war vom Feuer, »vielleicht weiß Jez, wo dieses mysteriöse Tagebuch ist? Er scheint ja einer der Letzten gewesen zu sein, die Jessop lebend gesehen haben. Vielleicht hat Jez das Tagebuch sogar selbst.«

Alex versuchte, äußerlich ruhig zu wirken, aber ein kalter Schauer lief ihr den Rücken hinunter. »Schon möglich.« Falls Malone Recht hatte, würde Jez wissen, ob Martin etwas über den Verbleib von Millie geschrieben hatte, und hätte entsprechend reagiert. Und dann wüsste Jez auch, ob in dem Tagebuch etwas über sie selbst stand. O Gott. Wenn Einzelheiten über ihre Affäre drinstanden, hätte Jez sich doch bestimmt dazu geäußert, oder nicht? Nein. Entweder hatte Jez das Tagebuch und es stand nichts Wichtiges drin, oder aber er hatte es nicht. So oder so: Sie musste darüber Bescheid wissen.

»Weshalb ist das Tagebuch überhaupt so wichtig für dich?«, fragte Malone.

»Weil etwas über Millie drinstehen könnte.« Lügen durch Auslassungen. Malone nickte.

»Okay«, sagte er. »Jez hat das Tagebuch also nicht, Jackie Wood hatte es nicht und Angela Jessop ebenso wenig. Wer bleibt dann noch übrig?«

Alex fuhr hoch. »O mein Gott. Wie konnte ich das nur vergessen!«

»Was denn?«

»Als ich bei Jackie Wood war, hat sie erwähnt, dass sie einen Freund hatte.«

»Ja, klar. Martin Jessop.«

»Nein, verstehst du denn nicht? Sie hat ja immer abgeleugnet, dass sie eine Affäre mit ihm hatte, aber sie hatte noch nie zuvor etwas von einem Freund gesagt. Es war eine beiläufige Bemerkung.«

»Vielleicht wollte sie dich irgendwie beeindrucken.«

Malone wollte Alex noch Wein nachschenken, aber sie hielt die Hand über das Glas. In ihrem Kopf ging ohnehin schon alles drunter und drüber. Sie stand auf.

»Ich werf nur mal rasch einen Blick auf meine Notizen, um sicherzugehen, dass ich mir das nicht eingebildet habe.« Etwas wackelig auf den Beinen ging sie zur Tür, und Malone gluckste. »Mir geht's prima«, verkündete Alex, drehte sich langsam um und grinste ihn an. »Alles bestens.«

»Gut«, sagte Malone und lachte jetzt lauthals.

»Frecher Kerl.« Sie lächelte.

Alex hatte sich nicht geirrt.

Als sie die Datei mit dem Interview im Computer öffnete, stand es da schwarz auf weiß:

JW: Wissen Sie, ich war ziemlich glücklich in meiner eigenen Welt. Ich hatte sogar einen Freund. Das wundert Sie, wie? Und mein Freund war nicht Martin Jessop, was auch in den Zeitungen stand.

Ich: Wer dann?

JW (schaut aus dem Fenster): Ich habe damals nicht über ihn gesprochen und werde es auch jetzt nicht tun.

Ich: Ach, kommen Sie, Jackie. Inzwischen sind fünfzehn Jahre vergangen. (Anmerkung: Nie davon gehört, dass sie einen Freund hatte außer Martin J.)

JW: Es spielt keine Rolle, wer er war. Er hatte nichts damit zu tun, war auch gar nicht hier, als das alles passiert ist.

Hatte dieser Freund etwas mit dem Verschwinden des Tagebuchs zu tun? Und falls ja – wie sollte Alex ihn jemals finden? Es war alles so verdammt schwierig, und sie hatte das Gefühl, sich nur noch im Kreis zu drehen. Sie würde sich wohl erneut Malone anvertrauen müssen, um vielleicht zu erfahren, ob eine seiner Quellen gehört hatte, wie Jackie Wood im Gefängnis über ihren Freund oder das Tagebuch gesprochen hatte.

Alex wollte gerade wieder nach unten gehen, als ihr der Artikel einfiel, den sie für Gus ausdrucken wollte. Sie kehrte zum Computer zurück und durchsuchte ihre Dateien, bis sie ihn gefunden hatte.

Als sie ihn aus dem Drucker nahm, hörte sie von unten den Klingelton von Malones Handy und dann seine Stimme, als er sich meldete. Sie ging in Gus' Zimmer, was sie in seiner Abwesenheit äußerst ungern tat.

Aber so übel sah es gar nicht aus. Nachdem sie das Licht angemacht und zusammengezuckt war angesichts der Armee von Kaffeebechern – es hätte aber viel schlimmer sein können: Bierdosen nämlich – und verstreuten Kleidungsstücken am Boden, legte Alex den Artikel auf Gus' Schreibtisch. Sie fühlte sich angenehm entspannt. Mit Malone abhängen und das eine oder andere Gläschen Wein trinken tat gut.

Sie ging wieder nach unten.

Das Feuer flackerte behaglich, im Hintergrund lief leise Musik, es roch ein wenig rauchig vom Kamin und nach Malones würzigem Aftershave mit Zitrusnote. Malone telefonierte und ging im Zimmer auf und ab.

Als er Alex sah, brach er das Gespräch abrupt ab und lächelte sie an. Bildete sie es sich ein, oder hatte er einen Augenblick lang wütend ausgesehen?

»Mit wem hast du gesprochen?«, fragte sie.

Er schüttelte den Kopf. »Darüber musst du dir keine Gedanken machen.«

»Ach wirklich?« Sie zog eine Augenbraue hoch und hoffte, eher verführerisch als schwachsinnig auszusehen. »Komm schon, Malone, das kannst du mir doch sagen. Wir sind zusammen. Ein Paar. Du hast einen Schlüssel für die Haustür. Meine Haustür.« Sie schwankte auf ihn zu. Lieber Gott, sie musste doch betrunkener sein, als sie geglaubt hatte.

»Damit musst du deinen hübschen kleinen Kopf nicht belasten.«

Macho-Idiot. So was brachte sie total auf die Palme. »Ach so?« Sie torkelte, und als er den Arm ausstreckte, um sie zu stützen, riss sie ihm das Handy aus der Hand.

»Hey, was machst du da?«

»Gar nichts«, flötete sie und tänzelte beiseite. »Will nur mal gucken, ob du eine andere flotte Frau vor mir geheim hältst.« Sie versuchte, auf dem Display etwas zu erkennen.

»Nein, okay? Gib mir jetzt mein Handy.« Das Lächeln war verschwunden.

»Nee«, versetzte sie und scrollte durch die jüngsten Anrufe. Hier – immer wieder dieselbe Nummer »Gillian zuhause«. »Wer ist diese Gillian? Und wieso rufst du sie zuhause an?«

Malone seufzte. »Es ist nicht das, was du denkst.«

»Und was denke ich?« Alex fühlte sich schlagartig weder entspannt noch betrunken.

Er sah sie an.

»Ganz genau.« Sie nickte und wünschte sich, alles zurückspulen zu können zu dem Zeitpunkt, bevor sie so dumm gewesen war, Malone sein Handy abzunehmen. »Genau das denke ich. Ich denke, dass Gillian deine Frau ist und du sie zu

Hause angerufen hast und dass sie dich ständig anruft, um mit dir zu plaudern. Oder?« Alex hob die Hand, als er antworten wollte. »Und bitte halt mich nicht für blöde und versuch, mir weiszumachen, dass sie dich nicht versteht.« Das Knistern des Feuers dröhnte jetzt überlaut in ihren Ohren. »Inwiefern ist es also nicht das, was ich denke?«

Seine Augen glitzerten. »Lass es einfach, Alex.«

»Lassen? Was soll ich lassen?«

»Es geht dich nichts an.«

»Augenblick mal, Malone.« Auf einmal war Alex so wütend, dass sie kaum sprechen konnte. »Das geht mich sehr wohl was an – es handelt sich nämlich um mein *Leben*. Gus und ich haben dich vertrauensvoll aufgenommen, ich glaubte, ich hätte jemanden gefunden, der stark und treu und liebevoll ist – und dann stellt sich heraus, dass du ein Doppelleben führst? Und erdreistest dich auch noch zu behaupten, das ginge mich nichts an?« Alex hatte noch nie zuvor eine derartige Wut empfunden. Sie pulsierte in ihrem Körper, und Alex verstand plötzlich den Ausdruck »vor Wut kochen«. Es kam ihr vor, als koche das Blut in ihren Adern, heiß und brodelnd, und sie fühlte sich benebelt und beflügelt zugleich. Unwillkürlich wippte sie vor und zurück.

Malone atmete mehrmals tief ein und massierte sich die Nasenwurzel mit Daumen und Zeigefinger. »Ich bin verdeckter Ermittler. Du weißt, dass mein Leben anstrengend und das Zusammenleben mit mir nicht so einfach ist wie mit jemandem, der einen normalen Beruf hat. Aber du musst wissen, dass ich dich sehr mag und dass du mir sehr am Herzen liegst, Alex.«

»Du magst mich?«, versetzte sie erbittert und spürte, wie ihr die Kehle eng wurde. »Oh Mann.« Sie hatte Malone ihre Geheimnisse, ihren Sohn, in gewisser Weise sogar ihr Leben anvertraut. Dann dachte sie daran, wie schnell Malone bei ihr gewesen war, nachdem sie Jackie Woods Leiche gefunden hatte. Wie er ihr geholfen und aufmerksam zugehört hatte. Die Wut verflog, und Traurigkeit trat an ihre Stelle. »Geh einfach, Malone.«

»Gillian ist nur dem Namen nach meine Frau. Und zu Hause bedeutet nicht, dass es mein Zuhause ist.«

»Ach so? Dann ist Gillian vielleicht eine Frau, die du gevögelt hast, um Infos aus ihr rauszukriegen? Mit der du dich *angefreundet* hast? Weiß sie, wer du bist? Für so was sind Undercover-Leute wie du schon verknackt worden. Vielleicht sollte ich ihr mal sagen, wer du tatsächlich bist.« Alex tat so, als wolle sie auf den Namen drücken.

Malone packte sie, und das Handy fiel klappernd auf den Boden. Sie massierte ihr Handgelenk, während Malone sie mit steinerner Miene ansah. Nein, sie würde nicht weinen. »Du bist ein Arsch, Malone.«

Das Handy meldete sich wieder. »Gillian zuhause« leuchtete auf dem Display.

27

Als Kate sich in dem Raum mit den Klapptischen und unbequemen Plastikstühlen umsah, den sie in Sole Bay als Einsatzzentrale bekommen hatte, ärgerte sie sich, dass sie Cherrys Angebot abgelehnt hatte, von Ipswich aus zu arbeiten. Cherry war der Ansicht gewesen, es werde ihr die Organisation langfristig erleichtern. Aber Cherry hatte ihr nicht nur Glithro, sondern überdies die Einladung zu seiner fürchterlichen Ausstellung aufs Auge gedrückt. Weshalb Kate verkündet hatte, sie werde ohnehin regelmäßig nach Ipswich fahren und sei außerdem über ihr Handy zu erreichen. Deshalb hatte Cherry schließlich eingewilligt, die Einsatzzentrale vor Ort zu belassen.

Kate war zufrieden gewesen über ihren Sieg, aber als sie jetzt in der schäbigen, behelfsmäßigen Behausung stand und fröstelte, sehnte sie sich beinahe nach dem Revier in Martlesham. Dort war es wenigstens warm und sauber. Und es gab eine anständige Kaffeemaschine.

»Gut, dann schauen wir mal, was wir bisher haben.« Kate blickte ihre Mitarbeiter an, die sich frühmorgens hier versammelt hatten. Nachdem sie einen Schluck von dem widerwärtigen Kaffee aus dem Plastikbecher getrunken hatte, nahm sie sich vor, einen Wasserkocher und vernünftigen Kaffee mitzubringen.

Das Team bestand aus DS Steve Rogers, DS Eve Maitland und natürlich DI Glithro, der lässig mit vor der Brust verschränkten Armen dasaß, einen Ausdruck auf dem Gesicht, der besagte: »So, und nun möchte ich beeindruckt werden.« Er war Ende vierzig, hatte kurz geschorene stahlgraue Haare, war durchtrainiert und gut gekleidet. Besonders die eleganten Schuhe fielen Kate auf. Wenn der Blick in Glithros schwarzen Augen nicht so unverhohlen aggressiv gewesen wäre, hätte man ihn nahezu als gut aussehend bezeichnen können. Kate wusste, dass er dreimal geschieden war und zwei Kinder hatte, die er nie sah – die Sorte von Cop also, die vor allem mit ihrem Beruf verheiratet war.

Cherry war eigens aus Ipswich angereist mit der Aussage: »Möchte mal sehen, wie Sie vorwärtskommen, Kate, und außerdem bin ich ja der leitende Ermittler.« Das hatte ihr gerade noch gefehlt.

Sie befahl sich stumm, Cherry nicht zu beachten, und wies auf die Fotos von Jackie Wood an der Pinnwand – Fotos von der Leiche im Campingwagen und die Pressebilder vom Tag ihrer Haftentlassung.

»Was wissen wir bisher? Laut Obduktionsbericht ist Wood irgendwann zwischen Mitternacht und sieben Uhr morgens am Donnerstag gestorben. Es gab keinerlei Hinweise auf einen Einbruch, Wood hat also vermutlich den Täter selbst eingelassen. Blut hauptsächlich im Badezimmer, weitere Blutspuren im Hauptraum des Campingwagens, vermutlich durch den Täter.«

»Also ist ihr jemand gefolgt und hat sie da drin … ähm … erstochen?« Die Frage kam von DS Maitland.

Glithro schnaubte, und Kate warf ihm einen erbosten Blick zu. »Ja, Maitland. Aber vermutlich ist der Täter Wood nicht gefolgt, sondern hat sie direkt im Campingwagen attackiert, denn wir haben an den Händen der Leiche Spuren gefunden, die darauf hinweisen, dass Wood versucht hat, sich zu verteidigen. Sie hatte zahlreiche Stichwunden in Brust und Hals. Unserer Pathologin zufolge ist Wood vermutlich an einer der

Brustwunden gestorben. Der Täter muss blutbespritzt gewesen sein.«

»Die Waffe?«, fragte Glithro.

»Ein Küchenmesser mit fünfzehn Zentimeter langer gezackter Klinge, nicht am Tatort gefunden. Wir suchen noch danach.«

»Ein Fluss und das Meer liegen in der Nähe, Kate.«

»Ja, Sir.« Cherry hatte nur auf das Naheliegende hingewiesen. »Wir haben natürlich sämtliche Gräben in der Nähe, Wiesen, Dünen etc. abgesucht. Das Problem ist, wenn er es weggeworfen hat …«

»Er?« Das war wieder Glithro.

Kate sah ihn aufgebracht an. »Ja, es hätte auch eine Frau sein können. Jackie Wood war nicht sehr kräftig, und man hätte sie leicht überwältigen, das Überraschungsmoment ausnutzen können. Aber um den Sprachgebrauch nicht zu verkomplizieren, gehe ich bei dieser Sitzung jetzt mal von einem männlichen Täter aus, okay?«

Glithro zuckte die Achseln, und Kate dachte nicht zum ersten Mal, dass dieser Typ wohl nur zu dem Zweck in die Welt gesetzt worden war, um sie persönlich zur Raserei zu treiben.

»Jedenfalls«, fuhr sie fort, »wenn der Mörder das Messer in den Fluss oder ins Meer geworfen hat, ist es weggeschwemmt worden, und wir werden es nie finden. Sie wissen ja alle, wie stark die Strömung hier in der Gegend ist. Was im Meer verschwindet, wird manchmal erst nach Monaten oder Jahren oder gar nicht mehr wiedergefunden. Wenn der Mörder nachgedacht hat, dann hat er das Messer auf diesem Wege verschwinden lassen.« Kate holte Luft.

»Fußspuren?«

»Nein, DI Glithro. Keine blutigen Fußspuren. Da Wood in diesem kleinen Raum getötet wurde, gelang es dem Täter, nirgendwo blutige Fußspuren zu hinterlassen.«

Glithro nickte.

»Rogers«, fuhr Kate fort, »wenn Sie uns jetzt bitte auf den neuesten Stand bringen können, was Ihre Gespräche am Campingplatz betrifft.«

»Ja, Ma'am.« Steve verlagerte sein Gewicht auf dem unbequemen Stuhl, auf dem sein wuchtiger Körper kaum Platz fand, und blickte auf seine Notizen. »Paul Herman vom Wohnwagen achtundzwanzig sagte, er und seine Frau seien an dem Abend und in der Nacht, als Wood ermordet wurde, in ihrem Wagen gewesen, hätten aber nichts gehört.«

»Wie weit entfernt war Wohnwagen achtundzwanzig von Woods Campingwagen?«, fragte Cherry.

»Er steht zwei Reihen weiter, Sir. Wir haben mit drei Paaren gesprochen – auf dem Campingplatz sind um diese Jahreszeit nicht viele Stellplätze belegt – und mit einem Mann namens Jim Cassidy, der etwa um Mitternacht seinen Hund spazieren führte. Aber Cassidy ist auch nichts Ungewöhnliches aufgefallen.«

»Ist das Alibi von Nikki Adams wasserdicht?« Kate zeichnete mit farbigen Markern Linien auf das Whiteboard, um die Verbindungen zwischen den befragten Personen und Jackie Wood zu verdeutlichen. Dabei kam sie sich vor wie ein Kind, das mit Stiften herumkritzelt, und verdrängte sofort wieder den Gedanken an das Hightech-Equipment in Ipswich.

»Nikki Adams?«, bemerkte Cherry.

»Sie wohnt in dem Campingwagen gegenüber von Wood. Kam nach Sole Bay wegen Arbeitssuche und arbeitet im Supermarkt.«

»Hmm. Zumindest keine Schmarotzerin dann.«

»Nein, Sir«, sagte Kate und wünschte, er würde sich raushalten.

»Tja, das ist seltsam«, sagte Steve Rogers, »ihr Alibi ist tatsächlich astrein – zumindest lief an dem Abend im Fernsehen tatsächlich *Emmerdale, Holby City* und eine Doku über Delphine.«

»Die war hervorragend«, warf Cherry ein. »Der gute alte Attenborough in Bestform.«

Rogers ertrug den Einwurf des Chefs mit einem höflichen Nicken. »Ja, Sir, ich mag Attenborough auch. Aber Ms Adams sagt, danach sei sie schlafen gegangen, weil sie ja im Supermarkt früh anfangen müsse. Wir haben nur ihre Aussage und können nichts weiter überprüfen. Dennoch …«, Steve holte tief Luft und blickte in die Runde, »ist Ms Adams nicht die Person, die sie zu sein scheint.«

Kate nickte ihm zu. »Fahren Sie fort.«

»Irgendwas an ihr kam mir sonderbar vor, sie wich immer meinem Blick aus, Ma'am«, Steve beachtete Glithros überhebliches Seufzen nicht, »deshalb hab ich mich im Supermarkt nach ihr erkundigt und mir ihre Personalunterlagen zeigen lassen.« Er hob die Hände. »Ich weiß schon, Datenschutz und so, aber die Leute waren sehr freundlich, und die junge Frau im Büro hat mir Ms Adams' Unterlagen gezeigt, ohne dass ich fragen musste. Und da sie so hilfsbereit war, hab ich nicht abgelehnt.«

»Dann hat die junge Frau im Büro vielleicht ein Auge auf dich geworfen, Steve?«, bemerkte Eve Maitland, was für allgemeines Gelächter sorgte.

Rogers lief puterrot an.

»Ooooh, dann bist du vielleicht sogar mit ihr ausgegangen?«

Obwohl es kaum möglich schien, wurde Rogers noch röter. »Geht dich nichts an«, sagte er.

»Okay, okay«, fuhr Kate dazwischen, »jetzt wollen wir aber hören, was DS Rogers uns zu berichten hat, sonst plaudern wir noch den Rest des Tages über sein Liebesleben.« Sie nickte ihm zu. »Was haben Sie also erfahren?«

Rogers blickte wieder auf seine Notizen, aber Kate hatte den Verdacht, dass er das nur machte, um die Spannung zu steigern.

»Sie nennt sich Nikki, und die Mitarbeiter im Supermarkt kennen sie auch unter diesem Namen. Aber ihr wirklicher Name ist Beatrice Nicola Jessop. Adams ist der Mädchenname ihrer Mutter.« Verblüfftes Raunen war von den Kollegen zu vernehmen. »Und sie ist auch noch nicht lange hier, sie hat den Wohnwagen einen Tag, nachdem Jackie Wood eingezogen war, angemietet.« Zufrieden mit der Wirkung seiner Worte schaute Rogers die Kollegen an.

Kate pfiff leise durch die Zähne. »Da haben Sie einen Supertreffer gelandet, Steve.« Sie spürte dieses leichte Ziehen im Bauch, das sich immer bei ihr einstellte, wenn sie auf eine heiße Spur stießen.

»Reine Routinearbeit, Ma'am«, sagte Rogers bescheiden.

»Aber exzellente Routinearbeit. Jessops Tochter mietet sich unter falschem Namen einen Wohnwagen gegenüber dem von Jackie Wood – das kann man wohl kaum Zufall nennen.« Kate zog eine rote Linie zwischen Nikki Adams' Namen und dem Foto von Jackie Wood. »Das reicht für einen Durchsuchungsbefehl. Rogers, nehmen Sie sich ein paar Leute von der Streife und reden Sie mit Ms Adams. Mal hören, was sie dazu zu sagen hat.« Kate klopfte mit dem Marker an das Whiteboard. »Und ich werde wohl Angela Jessop einen Besuch abstatten, um zu hören, ob sie weiß, was ihre Tochter so treibt. Außerdem will ich noch mal mit Sasha und Alex Clements sprechen. DS Maitland«, Eve Maitland blickte erwartungsvoll auf, »Sie nehmen sich bitte Jez Clements vor.« Maitland blickte verdrossen. »Ich weiß, der Mann ist ein ziemlicher Widerling, aber wir müssen mit ihm reden. Und sein Alibi muss überprüft werden.« Kate warf einen Blick auf ihre Notizen. »Er behauptet, bei einer gewissen Alice McSweeney gewesen zu sein. Die Frau ist verheiratet. Und wir müssen herausfinden, ob er damals vor fünfzehn Jahren etwas vertuscht hat.«

Cherry beugte sich vor. »Was meinen Sie mit ›vertuschen‹, Detective Inspector?«

»Ich möchte alle Möglichkeiten abklopfen«, antwortete Kate fest. »Außerdem …«, sie zögerte, weil sie Cherry nicht noch mehr gegen sich aufbringen wollte, »außerdem bin ich der Meinung, dass die Geschehnisse von damals in Zusammenhang stehen mit diesem Fall.«

»Selbstverständlich«, erwiderte Cherry, was Kate sofort das Gefühl vermittelte, strohdumm zu sein. Der Chef zupfte einen imaginären Fussel von seiner makellos gebügelten Hose. »Deshalb wurde Jackie Wood ermordet. Aus Rache.«

»Ich denke, es gibt da noch andere, tiefliegendere Gründe, Sir.« Kate hatte nicht die Absicht, sich beirren zu lassen.

»Ach so?«

»Obwohl es nie bewiesen wurde, ist man immer davon ausgegangen, dass Jessop und Wood eine Affäre hatten. Aber wenn es da nun noch jemanden gab? Eine weitere Geliebte? Vielleicht die *einzige* Geliebte? Und wenn die Ermittlungen in diese Richtung damals vorsätzlich blockiert wurden?«

»Blockiert?«, fragte Cherry völlig perplex. »Haben Sie dafür Beweise?«

»Es gab hartnäckige Gerüchte, und …«

»Gerüchte«, versetzte Cherry. Sein Lächeln erinnerte Kate an einen Hai. »Mehr haben Sie nicht? Darf ich Sie erinnern, dass wir hier in einem Mordfall ermitteln?«

»Aber es könnte da einen Zusammenhang geben.«

»Wir sollten uns lieber darauf konzentrieren, Jackie Woods Mörder zu finden, nicht wahr, Detective Inspector? Wir haben keine weiteren Ressourcen, und schon gar nicht, um irgendwelchen Gerüchten nachzujagen.«

»Sir …«

»Und«, Cherry geriet jetzt erst richtig in Fahrt, »nachher habe ich einen Termin mit der Stellvertretenden Polizeichefin, und ich habe keine Lust, ihr berichten zu müssen, dass wir a)« – er stach mit dem Zeigefinger in Kates Richtung – »in diesem Fall kein Stück weitergekommen sind, was blamabel wäre, weil Sie ja wissen, wie groß das Interesse der Medien ist, und b) dass wir wertvolle Kraft wegen eines Gerüchts vergeuden«, er sprach das Wort aus, als handle es sich um etwas Obszönes, »für das es keinerlei Anhaltspunkt gibt. Es besteht schließlich auch die Möglichkeit, dass der Mord an Wood nichts mit ihrer Vergangenheit zu tun hat, sondern dass es sich um eine Gelegenheitstat handelt, *n'est-ce pas*?«

»Möglich.«

Cherry erhob sich. »Deshalb möchte ich Ihnen raten, die aktuellen Ermittlungen mit Nachdruck fortzusetzen, damit wir nicht alle dumm dastehen.« Mit diesen Worten marschierte er hinaus. Der Boden des Containers quietschte unter seinen Schritten.

Kate wandte sich wieder ihrem Team zu und holte tief Luft. »Gut, Rogers, Sie sprechen mit Ms Adams oder Ms Jessop oder wer sie auch sein mag. Finden Sie raus, warum sie ihren Namen geändert und einen miesen Job im Supermarkt angenommen hat. Und weshalb sie sich ganz zufällig einen Wohnwagen gegenüber von Jackie Wood gemietet hat.«

»Also eher keine große Action, wie?« Rogers grinste.

»Wohl eher nicht. Adams/Jessop ist im Moment unsere Hauptverdächtige, aber ich fürchte, dieser Fall ist enorm kompliziert. DS Maitland, Sie erkundigen sich nach Jez Clements' Schichten, damit Sie irgendwo außerhalb vom Revier mit ihm reden können. Alle anderen«, Kate nickte den drei anderen Ermittlern zu, »befassen sich mit den Anrufen, mit Facebook und Twitter und dem ganzen Zeug. Ich selbst spreche mit Mrs Jessop, Sasha Clements und ihrer Schwester Alex.« Kate sammelte ihre Papiere ein und ging hinaus.

»Kate.« Glithro holte sie ein. »Mir ist durchaus bewusst, dass Sie mich nicht im Team haben wollen.«

»Ach ja?« Kate blieb nicht stehen. »Dann verfügen Sie wohl über etwas Sensibilität.« Sie roch sein würziges Aftershave und spürte irgendwie seine körperliche Energie, als er so dicht neben ihr stand.

»Das ist ja wohl ziemlich offensichtlich, weil Sie mir keine Aufgabe zugeteilt haben.«

»Ich dachte mir, als Detective Inspector haben Sie doch bestimmt eigene Ansätze.«

»Habe ich in der Tat. Aber ich würde zunächst mal gern erfahren, weshalb Sie dieser Sache Bedeutung zumessen, dass Martin Jessop angeblich eine andere Geliebte gehabt haben soll? Das liegt doch alles schon extrem lang zurück.«

»Nur fünfzehn Jahre.«

»Okay, in der Geschichte der Menschheit ist das nicht allzu lang, aber zwei Personen wurden des Mordes an den Zwillingen für schuldig befunden. Cherry hat Recht. Wir sollten uns wirklich auf den Mord an Jackie Wood konzentrieren. Und das Motiv dürfte ziemlich sicher Rache sein, das sehen Sie bestimmt auch so.«

Natürlich hatte Glithro Recht. Kate hoffte insgeheim, nach all den Jahren doch noch erfahren zu können, was aus der kleinen Millie geworden war, um vielleicht endlich ein wenig mehr Seelenfrieden zu finden. Und hatte deshalb ein persönliches Interesse daran, diese mysteriöse Frau aufzuspüren. Doch das konnte sie Glithro natürlich nicht eingestehen.

»Stimmt«, sagte Kate knapp und steuerte auf das Kabuff im Revier zu, das als ihr Büro fungierte. »Dennoch will ich die Behauptung weiterverfolgen, da es in diese Richtung bislang keine Ermittlungen gab.«

»Und warum?«

»Weil ich diese Spur unter Umständen für ergiebig halte.«

Glithro schüttelte den Kopf. »Nein, ich meine, weshalb gab es keine Ermittlungen? Sie haben doch drüben gerade gesagt, dass da etwas vertuscht wurde.«

»Ganz genau.« Kate betrat ihr Büro und setzte sich an den Schreibtisch. Den Rest des Raums füllte der breitschultrige, gut duftende Glithro in seinem italienischen Anzug. Kate hatte noch nie einen derartig stilbewussten Polizisten getroffen.

»Wissen Sie, wer?«, fragte Glithro.

Kate griff nach einem Stift und kritzelte auf einem Block herum. »Von wem, meinen Sie?«

»Jetzt hören Sie sich an wie der Boss.« Er grinste und lehnte sich an den Türrahmen, die Arme vor der Brust verschränkt. »Und?«

»Gerüchten zufolge war es Jez Clements.«

»Aha«, sagte Glithro ungerührt. »Und wer war damals der leitende Ermittler in dem Fall?«

»Ein gewisser Detective Inspector Grainger. Mittlerweile im Ruhestand.«

»Lebt er hier?«

»Angeblich.«

»Dann setzen wir da an.« Glithro ließ seine Autoschlüssel klirren.

Noch vor einer halben Stunde hätte Kate die Vorstellung, Glithro würde sie begleiten, als kolossale Zumutung empfunden. Doch plötzlich fand sie die Aussicht gar nicht mehr so übel. Das Gespräch mit Alex Devlin und ihrer Schwester konnte warten.

28

Hätte Edward Grainger gewusst, dass dieser Tag sein letzter sein würde, hätte er vielleicht ein bisschen aufgeräumt. Vielleicht aber auch nicht. Seit Jills Tod schlug er sich mit solchem Mist nicht mehr herum. Mist, wie für sich alleine kochen, putzen oder rausgehen und mit Leuten reden, *interagieren.*

Er rieb sich die Bartstoppeln und blickte an sich herunter. Obwohl es schon nach zehn Uhr morgens war, steckte er immer noch in seinem nicht mehr ganz sauberen Morgenmantel. Alles war so furchtbar anstrengend. Jill wäre sicher sehr enttäuscht von ihm. »*Nun komm schon, Teddy. Was machst du denn da? Glaubst du vielleicht, ich hätte nicht auch gerne bis zum Mittagessen im Schlafanzug rumgesessen? Komm endlich in die Hufe!*« Wenn er die Augen schloss, sah er sie vor sich, mit diesem kleinen Lächeln auf den Lippen, wenn sie ihn liebevoll schalt.

Er seufzte. Aber Jill war eben nicht mehr da. Der Krebs hatte sie so schnell dahingerafft, dass ihnen zwischen Diagnose, Prognose und Tod kaum Zeit zum Atemholen geblieben war. So rasch wie irgend möglich waren sie nach Suffolk gezogen, weil Jill sich gewünscht hatte, in ihrer Heimat zu sterben. Das hatte er ihr schließlich nicht versagen können, nicht wahr? Aber nun hockte er alleine in diesem hübschen rustikalen Bungalow, in den Jill sich sofort verguckt hatte, als sie den holprigen Weg entlanggefahren waren und das Häuschen zwischen den Dünen entdeckt hatten. Er hatte versucht, es ihr auszureden, weil es keine Stadt in der Nähe gab, nicht einmal ein richtiges Dorf. Und die Nachbarn waren Feriengäste. Aber Jill hatte darauf bestanden, hier ihre letzten Tage verbringen zu wollen.

Und nun war er alleine. Grainger griff zu seinem Whiskyglas. Leer. Aber die Flasche war noch voll und in Reichweite. Er schraubte sie auf und schaute durchs Fenster über den flachen Strand aufs Meer. Normalerweise beruhigte ihn der Anblick des Wassers immer, bei jedwedem Wetter. Er liebte den weiten Blick bis zum Horizont, der immer gleich war, sich nur durch die Lichtverhältnisse änderte. Aber heute war er innerlich rastlos, musste immer wieder an Jill denken. Grainger trank einen großen Schluck Whisky.

Es begann, auf diese wüste Art zu regnen, wie das nur die Wolken von East Anglia zustande brachten. Er beobachtete, wie der Regen übers Meer wehte, einem durchsichtigen Laken auf einer Wäscheleine gleich, und in Strömen am Fenster herunterlief. Der Februar war abscheulich gewesen bisher.

Grainger rührte sich nicht von der Stelle, als es an der Tür klingelte. Er hatte kein Bedürfnis nach Menschen mehr. Mit denen hatte er sich in seinem Beruf genügend herumschlagen müssen – Katzbuckeln vor der Obrigkeit, Höflichsein zu irgendwelchen Halunken, die alle fünf Minuten wegen ihrer »Rechte« herumzeterten. Er war froh, dass er nicht mehr im Polizeidienst war. Heutzutage bekamen die Kriminellen ja immer mehr, was sie wollten, sogar in der Provinz, sogar auf Guernsey.

Es klingelte wieder. Wer zum Teufel war das? Vertreter bemühten sich normalerweise nicht bis hier raus, und bei diesem Wetter waren doch nicht einmal Jehovas Zeugen unterwegs, oder?

Es klingelte ein drittes Mal. Elender Mist.

Grainger rappelte sich mühsam hoch und schlurfte zur Tür. Wer es auch war, musste sich dann eben mit seinem Morgenmantel und den Bartstoppeln abfinden. Vielleicht gingen die als Dreitagebart durch, heutzutage war so was ja modern.

Sicherheitshalber legte er die Kette vor, bevor er öffnete. Man konnte gar nicht vorsichtig genug sein. Vor ein paar Tagen war irgend so ein Gauner bei ihm eingebrochen. Mitten in der Nacht war Grainger von den Geräuschen von unten aufgewacht. Der Halunke war durch die Hintertür abgehauen. Eigentlich musste jetzt mal der Handwerker geholt werden, damit die Fenster wieder anständig schlossen.

»Hallo?«

Jemand stand mit dem Rücken zu ihm vor der Haustür. Ungeheuerlich.

»Paket für Sie«, sagte eine Stimme.

Paket? Grainger seufzte und entfernte die Kette.

Großer Fehler.

Die Person trug eine Sturmhaube und hielt eine Pistole in der Hand, die auf Grainger gerichtet war. Die Augen seines Gegenübers waren kalt.

Irgendeine Geschichte aus grauer Vorzeit, dachte Grainger als Erstes. Jemand, den er eingesperrt hatte und der sich jetzt rächen wollte. Oder ein Überfall. Wenn er das bisschen Geld herausrückte, das er im Haus hatte, würde die Gestalt bestimmt wieder abziehen.

»Hören Sie mal«, sagte er, »Sie kriegen doch nur noch mehr Ärger, wenn Sie das Ding da auch noch benutzen.« Er deutete auf die Pistole, die entsichert war. Die Hand des Besuchers zitterte leicht. Alles ziemlich beunruhigend.

»Schon möglich.«

Grainger wies in den Flur. »Ich hab nicht viel Geld im Haus, aber nehmen Sie es ruhig. Alles.«

»Werd ich tun.«

»Hören Sie«, sagte Grainger, dem die Ungerührtheit seines Gegenübers Angst zu machen begann, »tun Sie das Ding doch weg.« Er deutete auf die Pistole. »Dann können wir reingehen und in Ruhe reden.«

Der Mund hinter der Sturmhaube verzog sich zu einem Lächeln. »Gut. Sie sollten keine Mätzchen machen, sonst schieße ich Sie ins Knie und zerr Sie eigenhändig rein, ist das klar?«

Die Stimme klang zwar gedämpft durch den Stoff, hörte sich aber gelassen, fast alltäglich an, was Grainger besonders bedrohlich fand. Er musste gegen den Impuls ankämpfen, lauthals zu lachen. Doch der Lauf der Pistole war immer noch auf ihn gerichtet, und trotz seiner langjährigen Erfahrung bei der Polizei hatte sich Grainger noch nie in solch einer Lage befunden. Sein Magen rebellierte. Jetzt war Selbstbeherrschung vonnöten. Einfach die Befehle befolgen, dann war das alles bestimmt schnell vorbei.

Die Gestalt bewegte sich vorwärts, weshalb Grainger gezwungen war zurückzuweichen.

»So, Detective Inspector Grainger. Jetzt gehen wir rein und setzen uns.«

Das war nicht ermutigend, um es milde auszudrücken. Die Person kannte Graingers Namen und Dienstrang. Es musste etwas mit einer Verhaftung in der Vergangenheit zu tun haben. Vielleicht ein Angehöriger? Verzweifelt durchforstete Grainger sein Hirn und suchte nach einer Erklärung.

Sie gingen ins Wohnzimmer. Grainger sah aus dem Fenster und hoffte wider alle Vernunft, jemand würde draußen spazieren gehen. Aber es regnete nach wie vor in Strömen, und bei diesem Wetter war niemand von seinen Nachbarn mitten in der Woche in seinem Ferienhaus.

Grainger sank in einen Sessel, die maskierte Person setzte sich ihm gegenüber, die Waffe weiterhin auf Graingers Bauch gerichtet. Die Hand zitterte jetzt weniger.

»Nun, Detective Inspector Grainger, ach was, ich werd Sie einfach Teddy nennen, ist Ihnen das recht?«

Nein, das war ihm ganz und gar nicht recht. Es war Jills Kosename für ihn gewesen, und nur Jill durfte ihn so nennen. Unwillkürlich ballte er die Fäuste. »Nein, lieber nicht.«

Der ungebetene Gast zuckte die Achseln. »Sie wissen ja sicher, weshalb ich hier bin. Teddy.«

Grainger beugte sich vor. »Nein, das weiß ich nicht. Aber wir werden uns bestimmt einig. Ich habe ein bisschen Geld, aber keine echten Wertsachen im Haus. Nehmen Sie sich doch einfach, was Sie haben wollen, und verschwinden Sie wieder. Bitte.« Er verabscheute seinen flehenden Unterton und hätte sich gerne die schweißigen Hände an seiner Schlafanzughose abgewischt.

»Gewiss doch, Teddy. Ich verschwinde wieder. Aber vorher möchte ich noch den Namen Martin Jessop erwähnen.«

Grainger lehnte sich zurück. Diesen Namen hatte er für immer vergessen wollen. Das hatte man ihm vor fünfzehn Jahren aufgetragen. Er schloss die Augen, ballte wieder die Fäuste.

»Aha, Sie wissen also, wen ich meine, nicht wahr, Teddy?« Die Stimme hatte jetzt einen amüsierten Unterton. »Und Sie erinnern sich bestimmt nicht gerne an ihn.«

»Martin Jessop ist tot. Er war ein Mörder, und er hat sich erhängt.«

»Das weiß ich«, zischte die Stimme. »Und Jackie Wood ist auch tot.«

»Ja. Hab es in der Zeitung gelesen. Und es kam im Fernsehen«, sagte Grainger, bemüht, etwas kraftvoller zu klingen. Er war froh gewesen, als er von Jackie Woods Tod erfahren hatte. Eine weitere Sache, die endgültig abgeschlossen war.

»Was für ein schlauer Bursche Sie doch sind. Und bestimmt sind Sie auch so schlau und wissen, dass Martin Jessop die beiden Kinder nicht umgebracht hat.«

»Er wurde angeklagt und verurteilt.« Grainger versuchte, ruhig zu wirken. Er entspannte seine Hände und atmete möglichst regelmäßig. Die Person hatte die verdammte Sturmhaube bislang nicht abgenommen, was an sich ein gutes Zeichen war, denn so konnte sie immer noch unerkannt entkommen.

Plötzlich sprang der bedrohliche Gast auf und ging ein paar Schritte auf und ab, wobei er weiterhin auf Grainger zielte. »Dieser Bungalow ist sehr hübsch. Und in einer hübschen Gegend. Hat sicher ein hübsches Sümmchen gekostet.«

»Ich habe mein Haus auf Guernsey verkauft.«

»Aber das hier war sicher noch teurer.«

Grainger behielt die Pistole im Blick. Leider wirkte die Hand des Eindringlings gar nicht mehr zittrig, sondern sehr sicher.

»Also, Teddy, warum haben Sie das getan?«

»Was denn?«

»Warum haben Sie die Sache mit Jessops Geliebter vertuscht?«

»Weiß nicht, was Sie meinen.« Grainger begann, stumm zu beten. Sein Magen fühlte sich flau an.

»Na, aber, wo es jetzt schon so weit gekommen ist, wollen wir doch nicht mehr lügen.« Der Eindringling riss die Gesichtsmaske herunter, und Grainger schloss die Augen.

»Schauen Sie mich an«, sagte der ungebetene Gast.

Er öffnete die Augen und flüsterte: »Ich kenne Sie.«

Der ungebetene Gast setzte sich wieder. »Na klar.«

Grainger brachte keinen Ton hervor. Ein miserables Zeichen – keine Sturmhaube mehr. Sein Mund war wie ausgedörrt, und er leckte sich die Lippen.

»Trockener Mund?« Sein Gegenüber beugte sich vor, ein bedrohliches Lächeln auf dem Gesicht. »Dann wollen wir Ihnen doch mal was zu trinken holen.« Der Gast stand auf. Die Waffe weiter auf Grainger gerichtet, griff er nach der Flasche auf dem Tisch und goss Whisky in das Glas. Er trug Operationshandschuhe.

»Schön austrinken, Teddy.«

»Ich will nicht.«

»Austrinken, habe ich gesagt. Bitte.«

Grainger führte das Glas zum Mund, zitterte dabei aber so sehr, dass er Whisky auf seinen Morgenmantel schüttete.

Ärgerlich schnalzte der Gast mit der Zunge. »Wie ungeschickt, Teddy. Gießen Sie sich noch mal was ein. Aber nicht zu viel. Wir wollen ja nicht, dass Sie sich übergeben müssen, nicht wahr?«

Grainger goss einen Schluck Whisky ein.

»Und jetzt trinken«, befahl der Gast.

Grainger leerte das Glas in einem Zug, dankbar für das Brennen in seiner Kehle und die Wärme, die ihn durchströmte.

»So, Teddy. Sie haben meine Frage noch immer nicht beantwortet. Warum haben Sie verheimlicht, dass Jessop eine Geliebte hatte? Und wieso wurde Jessops Alibi nicht genauer überprüft?«

»Seine Geliebte war Jackie Wood, und ich …«

»Schluss damit, Teddy! Sagen Sie die Wahrheit nach all diesen Jahren!« Der Gast schrie jetzt beinahe.

Grainger füllte sein Glas aufs Neue und verschüttete dabei etwas auf seine Beine. Er wollte sich nicht daran erinnern, wie widerstandslos er sich damals davon hatte überzeugen lassen wegzuschauen. Widerstandslos? Das war eine maßlose Untertreibung. Jez Clements hatte Grainger damals quasi ein Rettungsseil zugeworfen. Hatte gesagt, er werde den Mund halten über das Schmiergeld von Gaunern, das Grainger einstrich, und hatte ihm genügend Geld gegeben, um seine Spielschulden zu begleichen. Keine Ahnung, wo Jez das Geld hergehabt hatte – vielleicht geliehen oder so. Hatte sich jedenfalls gelohnt für ihn, weil er Grainger damit in der

Hand hatte. Jill hatte nie geahnt, dass sie um ein Haar ihren gesamten Besitz verloren hätten. Deshalb hatte Grainger damals nicht nur sämtliche Beweise ignoriert, die Zweifel an Jessops Schuld erweckt hätten, sondern auch Beweise fingiert, die Jessops Alibi ruinierten. Außerdem hatte er die Gerüchte über die heimliche Geliebte im Keim erstickt und gezielt den Eindruck erzeugt, Wood sei Jessops Partnerin gewesen, indem er immer wieder entsprechende Bemerkungen fallen ließ. Die Leute sahen, was sie sehen wollten, und glaubten, was sie glauben wollten.

»Hat es sich gelohnt?«, fragte der Gast beängstigend sanft.

Hatte es sich gelohnt? Grainger leerte das Glas, und seine Augenlider wurden schwer. Nein, es hatte sich nicht gelohnt, weil Jill nun tot war. Er hätte heute alles aufgegeben und alles gestanden, hätte er Jill dafür zurückbekommen.

»Sie haben keine Kinder, wie?«

Grainger blickte auf. »Was soll diese Frage?« Er empfand den altvertrauten Schmerz, obwohl es für Kinder inzwischen endgültig zu spät war.

»Ist auch besser so, Teddy. Das Leben mit Kindern ist anstrengend. Außerdem … na ja, die hätten Sie bestimmt nicht gemocht. Schauen Sie sich doch mal an, was aus Ihnen geworden ist.«

»Was?«

»Na, gucken Sie doch mal.« Der Gast führte Grainger behutsam die Hand, als er sich Whisky eingoss. »Da sitzen Sie hier mittags in Schlafanzug und Morgenmantel herum. Was hätte Jill wohl dazu gesagt?«

Grainger trank den Whisky und fühlte sich angenehm benebelt. Vielleicht war das alles ein Scherz oder Einbildung? »Jill?«, lallte er.

Aus weiter Ferne hörte er Gelächter. Er trank erneut einen Schluck, wollte die Wärme spüren.

»Ja, Jill. Sie haben sie geliebt, und Jill hat Sie geliebt. Aber Sie haben alle angelogen – Ihre Kollegen und das Gericht, und Sie haben die Hinweise auf Alex Devlin verschwinden lassen. Haben die Ermittlungen blockiert. So haben Sie letztlich auch Jill betrogen, nicht wahr?«

Grainger nickte und bemühte sich, ein Schluchzen zu unterdrücken. »Ja. Betrogen. Es tut mir so leid. Tut mir so leid, Jill.« Hätte er nicht das Glas gehalten, hätte er den Kopf in die Hände gestützt und hemmungslos geschluchzt.

»Warum haben Sie das getan, Teddy?« Die Stimme klang jetzt freundlich und sanft und brachte Grainger noch heftiger zum Weinen.

»Es ging nicht anders«, murmelte er. »Ich musste es tun. Ich brauchte das Geld. Sonst hätten wir alles verloren. Und ich hätte Jill verloren.« Tränen und Rotz liefen ihm übers Gesicht. »Und ich wäre ins Gefängnis gekommen. Da hassen sie jeden von der Polizei.«

»Ach je«, sagte der Gast, immer noch freundlich. »Jetzt sind Sie ganz aufgelöst. Hier, nehmen Sie die.«

»Was?« Grainger blickte auf und sah zwei Gesichter. Zwei Nasen, vier Augen, zwei lächelnde Münder. Wo kamen die plötzlich her?

»Hier, diese Pillen, Teddy, die helfen Ihnen beim Entspannen.«

Er spürte die salzigen Tränen im Mund, den Rotz am Kinn.

»Na, kommen Sie, Teddy. Schön schlucken. Mit ein bisschen Whisky.«

Ja, mehr Whisky. Aber – Grainger versuchte angestrengt, einen klaren Gedanken zu fassen – irgendetwas stimmte da nicht. Er schüttelte den Kopf, um das benebelte Gefühl loszuwerden.

»Noch mehr Whisky, Teddy.« Jetzt klang die Stimme ungeduldig.

»Wo … woher wissen Sie von Alex Devlin?«

»Was haben Sie gesagt, Sie alter Trottel?«

»Devlin. Sie … wie …« Das Sprechen strengte ihn zu sehr an. Sein Kinn sank auf seine Brust.

Plötzlich wurde sein Kinn angehoben. »Woher ich das weiß?« Grainger zuckte zusammen, als ihm Spucke ins Gesicht flog. Die Augen des Gastes schienen förmlich zu lodern.

»Ich habe das Tagebuch gefunden. Als ich neulich hier eingebrochen bin. Musste ordentlich suchen nach dem Ding, aber schließlich hab ich's gefunden. Martin Jessop hat uns alles mitgeteilt, was wir wissen mussten, verstehen Sie?«

Grainger nickte tränenüberströmt, als die Hand sein Kinn losließ.

»Und jetzt«, die Stimme war wieder sanfter, »schlucken Sie diese Pillen. Sie werden Ihnen helfen.«

Die Pillen wurden ihm hingehalten, und Grainger griff danach.

»Gut so. Und jetzt ganz vorsichtig.«

Er spürte, wie seine Hand zum Mund geführt wurde, roch die Latexhandschuhe. Schluckte die Pillen, die er fast wieder ausgewürgt hätte, aber die Hand strich ihm über den Hals.

»So ist es gut.«

»Tut mir leid«, hörte Grainger sich murmeln. »Es tut mir so leid, Jill. So leid.«

»Nehmen Sie noch ein paar, Edward. Nur noch ein paar Pillen.«

»Sie wissen, dass es mir leidtut, nicht wahr?«, flüsterte Grainger, als er die nächsten Pillen schluckte. Irgendwie war es ungeheuer wichtig, dass sein Gegenüber das verstand. Alle sollten wissen, dass es ihm leidtat. Alles.

»In Ordnung, Teddy. Bald werden Sie alles vergessen. Keine schmerzhaften Erinnerungen mehr, hmm? Das möchten Sie doch, oder?«

Mühsam öffnete Grainger ein Auge. Versuchte auch das andere aufzuklappen, aber das ging nicht. Er sah eine große Plastiktüte vor sich, hörte ein reißendes Geräusch. Dann ein Zischen, als entweiche Gas aus einem Ballon. Grainger versuchte zu sagen, dass er alles wiedergutmachen wolle. Doch er konnte nicht sprechen.

Die Dunkelheit erfasste ihn, als er eine Bewegung in der Luft wahrnahm.

29

»So. Eine. Elende. Verfluchte. Scheiße.« Kate schlug so fest aufs Lenkrad, dass ihre Handflächen brannten.

»Das hat doch bestimmt wehgetan«, sagte Glithro gelassen. »Und Sie können ja ordentlich fluchen, Detective Inspector.«

Kate wandte sich zu ihm. »Das war's dann mit unserer Hauptspur.«

»War nur eine Spur, Kate. Wir werden noch auf andere stoßen.« Glithro strich sich über die Haare.

Die beiden saßen vor Graingers Haus im Auto, während drinnen die Leute von der Spurensicherung zu Werke gingen. Es war so stickig im Auto, dass man den peitschenden Regen über dem grauen Ozean durch die beschlagene Windschutzscheibe nicht mehr sehen konnte.

»Keine Ahnung, wo Sie diesen Optimismus hernehmen.« Kate seufzte und merkte, wie übellaunig sie sich anhörte. »Manchmal im Winter wünsche ich mir, ich könnte in einem warmen Land wie Spanien arbeiten, wo den ganzen lieben Tag die Sonne scheint. Da würde ich dann aus England geflüchtete Ganoven festnehmen.« Sie grinste. »Könnte mir gefallen, glaub ich.«

»Nee, das würde Ihnen gar nicht gefallen.« Glithro packte einen Streifen Kaugummi aus. »Nach einer Weile hätten Sie nicht nur Sonnenbrand, sondern würden sich auch halb zu Tode langweilen. Ihre Haut verträgt so starke Sonnenstrahlung nicht. Und die Gauner im Ausland sind alle furchtbar dumm. Die wollen nur eine Riesenvilla und eine Tusse am

Arm und sich mit ihren Taten brüsten. Die sind extrem leicht zu fangen.«

»Und weshalb werden dann nicht mehr von denen verhaftet? Ach, verfluchter Mist.« Kate schlug wieder aufs Lenkrad. »Warum zum Teufel musste der sich ausgerechnet jetzt umbringen?«

Glithro lachte. »Ja, das Timing ist ausgesprochen ungünstig, muss ich auch sagen. Er hätte zumindest noch ein, zwei Stunden warten können.«

»Das ist kein Anlass für Scherze.« Kate stöhnte. »Wir sind möglicherweise nur ein paar Minuten zu spät gekommen.«

»Schon möglich.« Glithro bewegte den Unterkiefer hin und her. »Hab jahrelang keinen Suizid mit Heliumballon mehr gesehen.«

»Woher wissen die Leute denn, wie man so was benutzt?«

»Na hören Sie mal, Kate, das kann man doch überall im Internet nachlesen. Detaillierte Anweisungen, wie viel Helium man in den Ballon strömen lassen muss, damit man so müde wird, dass man sich das Ding nicht mehr vom Kopf reißt. Die Ballons mit dem Velcro-Band zum Verschließen kann man auch an x Stellen kaufen. Herrje, man kann in Foren sogar erfahren, welche Gifte man zusammenköcheln muss, um sich erfolgreich ins Jenseits zu befördern. Das wissen Sie doch so gut wie ich.«

»Echt deprimierend.«

»Manche Menschen sind eben sehr verzweifelt«, sagte er mit scharfer Stimme, und Kate sah ihn unwillkürlich an, aber seine Miene war ausdruckslos. »Und Grainger war offenbar verzweifelt.«

Ein Schweigen trat ein, und nur das Hämmern des Regens auf dem Autodach war zu hören. »Aber trotzdem alles verdammt seltsam, oder?«, sagte Kate schließlich. »Er hatte fünfzehn Jahre Zeit, um sich umzubringen, und macht es gerade jetzt.«

»Und keine Abschiedsnachricht.«

Kate lehnte sich zurück und schloss die Augen. »Ja, seltsam. Stirbt an einem entscheidenden Zeitpunkt unserer Ermittlungen. Dennoch – nicht vorschnell sein.«

»Wenn also nicht eindeutig von Suizid ausgegangen werden kann, war es dann Mord?«

»Ganz genau.« Sie öffnete die Augen wieder.

»Und wenn Grainger ermordet wurde …«

»Dann von wem?«, vollendete Kate den Satz.

»Und nicht nur das, Kate, sondern auch warum? Und weshalb gerade jetzt? Hat jemand Wind davon bekommen, dass wir uns im Zuge der Ermittlungen zu dem Mord an Jackie Wood noch mal die Vergangenheit anschauen?« Er sah sie mit wachem Blick an. »Da hat vermutlich jemand Angst gekriegt.« Glithro zog die Nase kraus. »Oder aber Grainger hat sich tatsächlich umgebracht. Vielleicht war es ein dummer Zufall, dass wir ihn gerade an dem Tag aufsuchen wollten, an dem er beschlossen hatte, seinem Leben ein Ende zu bereiten. Es gibt null Spuren, die auf gewalttätiges Eindringen ins Haus hinweisen. Keinerlei Spuren von Gewalt. Er sieht aus, als sei er einfach eingeschlafen.«

»Das kommt durch das Helium, oder?«, sagte Kate. Sie hatten Grainger mit einem Plastiksack über dem Kopf aufgefunden, in den durch einen Schlauch Helium aus einer Gasflasche eingeleitet worden war. »Das macht so müde, dass man sich nicht mehr wehrt und nicht versucht, sich den Sack vom Kopf zu reißen. Und er hatte viel Alkohol getrunken.«

»Clements. Mit dem müssten wir als Nächstes reden, wie?«

»Mit Grainger geht das jetzt schlecht.«

»Sieht ganz so aus.« Glithro grinste.

»Interessiert es Sie also, Glithro?«

»Was?«

»Was vor fünfzehn Jahren war.«

Er schloss die Augen, als wolle er konzentriert nachdenken. »Es passiert alles so merkwürdig zeitnah, oder?«

»Was meinen Sie damit?«

»Erst wird Wood aus der Haft entlassen, dann umgebracht und ganz zufällig von der Tante der ermordeten Kinder tot aufgefunden. Und nun ist auch noch Grainger tot. Was wird noch passieren? Und weshalb jetzt?«

Jemand klopfte ans Seitenfenster. Kate öffnete es und seufzte erleichtert, als sie die Pathologin erblickte, mit dem üblichen fröhlichen Lächeln auf dem Gesicht.

»Jane«, sagte Kate anstatt einer Begrüßung. »Wie läuft's?«

Jane hielt ihren Schirm hoch und beugte sich vor. »Freut mich, dich zu sehen, Kate. Ziemliches Elend. Der arme Bursche hat nicht gut für sich gesorgt. Und was für eine Art zu sterben, brrr!« Sie schauderte, und Regentropfen rannen ihr übers Gesicht.

»Möchtest du dich zu uns ins Auto setzen?«

Jane schüttelte den Kopf. »Nee, ich muss los. Wollte dir nur rasch Bescheid sagen, dass es nach Suizid aussieht.«

»Aussieht?«

»Ich bin nicht überzeugt davon, trotz Plastiksack und Helium. Muss noch mehr Tests machen. Toxikologische Untersuchung und so fort, obwohl da genug Pillen und Alk vorhanden sind, um eine ganze Armee ins Jenseits zu befördern. Ich melde mich wieder bei dir. Wenn du zur Obduktion kommen möchtest, bist du herzlich willkommen.«

Kate dachte an das düstere, flache Gebäude mit den weißen Räumen, in denen es immer nach Tod roch, so säuberlich Jane auch alles desinfizierte. »Ich sag dir Bescheid, ja, Jane?«

»Na klar.« Jane richtete sich auf. »Deine Leute stöbern immer noch da drin rum, aber ich hau jetzt ab. Tschüssi.« Sie klopfte aufs Autodach und schlenderte davon.

»Tschüssi.« Glithro schüttelte den Kopf. »Nun bin ich ja richtig im Bilde.«

»Kommen Sie schon, Sie kennen doch Jane. Sie liebt ihre Arbeit.«

»Hmm. Nee, ich schätze mich glücklich, sie bislang nicht näher zu kennen. Bestimmt ist sie auch eine Lesbe.«

Kate fiel wieder ein, weshalb sie Glithro eigentlich nicht leiden konnte. »Spielt das eine Rolle?«, erwiderte sie kalt.

Glithro blickte sie von der Seite an. »O Gott, ich bin mit einer militanten Feministin im Auto eingesperrt.«

»Ach, seien Sie doch nicht so blöde. Was ist los mit Ihnen? Sehnen Sie sich nach den Siebzigern oder was?«

»Ich habe doch nur meine Meinung geäußert.«

»Dann würde ich darum bitten wollen, dass Sie Ihre ungehobelten, vorsintflutlichen und diskriminierenden Bemerkungen künftig für sich behalten.«

»Was denn? Nur weil ich gesagt habe, dass unsere entzückende Jane Lesbe ist? Einige meiner besten Freundinnen …«

»… sind Lesben«, vollendete Kate die klischeehafte Aussage. »Das sagen alle, und offen gestanden macht es das nicht besser, also lassen Sie es einfach.« Kate war wütend auf sich selbst, weil sie begonnen hatte, den Mann zu mögen.

Wieder trat ein Schweigen ein, das sich ein paar Minuten lang hinzog.

»Und außerdem«, fuhr Kate schließlich fort, als habe es keine Unterbrechung gegeben, »Sie haben doch nur ein Problem mit Schwulen und Lesben, weil Sie sich in Ihrer Männlichkeit bedroht fühlen.«

Stille. Sie unterdrückte ihren Ärger und konzentrierte sich darauf, regelmäßig zu atmen.

Dann lächelte Glithro. »Sie lassen sich echt leicht auf die Palme bringen, wie?«

»Was soll das heißen?«

Er zuckte die Achseln. »Mir ist das wirklich einerlei, ob Jane lesbisch, hetero oder bi ist. Ich hab nur Spaß daran, Sie zu reizen.«

Kate fiel nichts ein, was sie darauf erwidern konnte.

»Hören Sie, sollen wir mal schauen, ob wir irgendwo was essen können?«, fragte Glithro.

»Wieso?«, erwiderte sie mürrisch.

Er sah sie an. »Wieso nicht? Und ich hab Hunger. Katie.« Er grinste.

Da Kate kein guter Grund einfiel, um den Vorschlag abzulehnen, saß sie eine halbe Stunde später mit Glithro in einem kleinen Café unweit der Küstenstraße. Auf den Tischen lagen Wachstuchdecken, und an den Wänden hingen Schwarz-Weiß-Fotos von Fischern mit ihren Netzen und Booten. Die Atmosphäre war behaglich, und Kate spürte, wie sie sich entspannte, als Glithro und sie sich genüsslich über einen Riesenteller Fish and Chips hermachten und dazu starken Schwarztee mit Milch und Zucker tranken.

»Sie müssen ja noch sehr jung gewesen sein, als Sie den kleinen Jungen in dem Koffer gefunden haben.« Die Teighülle von Glithros Fisch knackte, als er mit dem Messer hineinschnitt.

»Danke, Glithro. Artige Konversation beherrschen Sie wohl nicht.« Der frittierte Fisch war frisch und schmeckte sehr gut.

Er kaute und schluckte. »Oh Mann, ist das lecker. Ja, ich komm gern direkt zur Sache.«

Kate nickte. »Verstehe. Ich war sehr jung, ja, und es war ein absolut grauenhaftes Erlebnis. Und wieso scheitern Ihre Ehen?«

Glithro sah sie unumwunden an, und sie merkte zum ersten Mal, wie kohlschwarz seine Augen waren. »Weil ich überhaupt nie hätte heiraten sollen. Aber jedes Mal glaubte ich wieder, dass ich es doch noch hinkriegen würde. Dass es mir diesmal gelingen würde, ein guter Ehemann zu sein. Hat aber leider nie geklappt.«

»Und die Kinder?«

Er spießte ein paar Pommes auf. »Ah. Größte Reue und größte Freude. Die Reue kommt daher, dass ich sie vermutlich niemals hätte in die Welt setzen dürfen. Und weil ich sie zu selten sehe.« Er lächelte wehmütig. »Begleiterscheinung meines Berufs. Und Freude – nun ja, weil sie auf der Welt sind, nicht?«

Kate schluckte. Der Fisch schien ihr in der Kehle festzustecken. »Kann ich nicht beurteilen.«

»Ah.«

»Was soll denn das bedeuten?«

»Dass ich offenbar einen Nerv getroffen habe.«

»Nee, haben Sie nicht.« Kate drückte Ketchup aus der gigantischen Flasche, das auf ihrem Teller wie ein großer Blutklecks aussah.

»Ach ja.«

Sie versanken eine Weile in Schweigen.

Dann konnte Kate nicht länger an sich halten. »Als ich Harry Clements gefunden habe, war er noch nicht so lange tot. Obwohl die Totenstarre sich aufgelöst und die Fäulnis eingesetzt hatte – es war ein heißer Sommer –, sah er immer noch wie ein kleiner Junge aus. Ich durfte ihn aus dem Koffer nehmen, aber erst nachdem er fotografiert und untersucht und begafft worden war.«

»Wer hat es den Eltern mitgeteilt?«

Kate schüttelte den Kopf bei der Erinnerung. »Anna Lord. War eine gute Polizistin. Ist mit ihrem Partner hingegangen, DI Bishop. Anna hat darauf bestanden, das zu übernehmen, damit ich es nicht auch noch machen musste, nachdem ich ihn schon gefunden hatte.«

»Das ist der schlimmste Teil unseres Berufs. Den Menschen die Hoffnung nehmen.«

»Aber zumindest weiß Sasha Clements, was mit Harry geschehen ist. Über Millies Schicksal ist immer noch nichts bekannt. Bis heute.« Kate gelang es, einen Bissen zu essen. »Dann kam der Prozess und die schlaflosen Nächte und die Sorge, ob mit den Beweisen richtig umgegangen wurde. Und schließlich war man zufrieden, dass Jessop und Wood eingesperrt wurden. Aber ich war so unendlich naiv.«

»Wieso das denn?«

»Weil ich gedacht habe, man könnte das alles so einfach abschließen, ich könnte es vergessen.«

»Dieser Junge. Harry. Er ist ertrunken, oder?«

Kate nickte. »Das stand im Obduktionsbericht. Aber als ich ihn gefunden habe, trug er einen Schlafanzug, der ganz neu war. Nichts Besonderes, nur so einen gewöhnlichen aus einem Billigladen.« Kate sah plötzlich das Blau von Thomas, der kleinen Lokomotive, vor sich. »Der Schlafanzug war sauber und trocken. Und das Kind war tot.«

Sie blieben beide stumm. Besteckscharren auf Geschirr, Schlucken, als Glithro Tee trank. Es erschien Kate ohrenbetäubend laut.

»Seit damals will ich kein Kind haben«, sagte Kate schließlich beiläufig, tunkte ein paar Pommes ins Ketchup und hatte das Gefühl, als löse sich ein riesiger Steinbrocken in ihrem Bauch auf. Jemandem ohne Ausflüchte die Wahrheit zu sagen fühlte sich ungeheuer befreiend an. Irgendwie sogar berauschend. Kate wollte nicht darüber nachdenken, wieso sie sich ausgerechnet Glithro anvertraute, dem Kollegen, den sie doch eigentlich nicht ausstehen konnte. Vielleicht hatte sie sich in ihm geirrt.

»Und wie denkt Ihr Partner darüber?« Die schwarzen Augen sahen sie unverwandt an.

Kate hatte sagen wollen, er käme damit zurecht und sei damit einverstanden zu warten, bis sie bereit sei. Doch stattdessen antwortete sie: »Mein Mann weiß nichts davon. Er weiß nichts von meinen Gefühlen.«

»Ah.«

Das Klingeln von Kates Handy löste die Spannung auf, die in der Luft lag. DS Rogers war dran. Kate hörte sich seinen Bericht an. Danach trank sie ihren Tee aus und sagte: »Wir müssen zurück, DI Glithro. Steve hat einen Hinweis von den Jungs am Tatort bekommen.«

»Ist es jetzt also ein Tatort?«

»Oh ja«, antwortete Kate und legte Geld auf den Tisch. »Abschiedsnachricht im Computer.«

30

Im Haus war nirgendwo mehr Licht zu sehen, als Kate parkte. Wahrscheinlich arbeitete Chris in der Werkstatt, verpasste dem Tisch und den Stühlen den letzten Schliff. Sie streckte sich, als sie aus dem Auto stieg. Allmählich wurde das Bild klarer.

Die Abschiedsnachricht im Computer war zweifellos gefälscht.

Es tut mir leid, ohne meine Gill kann ich nicht mehr länger leben. Vergebt mir.

Na klar. Niemand schrieb vor einem Selbstmord eine Nachricht auf dem Computer und schaltete ihn dann aus. Und der entscheidende Hinweis kam von einem der Kollegen, die als Erste am Tatort eingetroffen waren. Einem alten Freund von Grainger, der das Paar gekannt hatte und auch bei der Beerdigung von Graingers Frau gewesen war. »Sie hieß Jill mit J«, hatte der Kollege gesagt. »Das hätte Grainger niemals falsch geschrieben, auch wenn er nicht mehr bei sich war.«

Im Revier hatte Rogers Kate einen Bericht über einen versuchten Einbruch in Graingers Haus vorgelegt. Es musste eine Verbindung zwischen den beiden Vorfällen geben. Und da sich binnen einer Woche im beschaulichen Suffolk zwei Morde ereignet hatten, mussten schleunigst Ermittlungserfolge her, bevor Cherry – und die Medien – nach Kates Blut lechzten.

»Überprüft die Aufzeichnungen sämtlicher Verkehrskameras in der Gegend«, hatte sie ihr Team angewiesen. »Man weiß nie, vielleicht sind die Täter irgendwo zu schnell gefahren. Müssen ja mit dem Auto gekommen sein, das Haus ist viel zu abgelegen. Ich vermute, dass der Einbrecher noch mal da war. Kann ich noch nicht begründen, aber hoffentlich bald. Und ich glaube, wenn wir Graingers Mörder finden, werden wir auch mehr über den Mord an Jackie Wood erfahren. Zwischen den Morden muss es einen Zusammenhang geben. Ich halte das nicht für Zufall.«

»Hi, Schatz, bin wieder da!«, rief Kate, als sie hereinkam. Sie zog ihren Mantel aus und hängte ihn übers Geländer. Im Haus war es kalt, als sei den ganzen Tag niemand hier gewesen. Seltsam. Normalerweise ließ Chris zumindest eine kleine Lampe für sie an, wenn er in der Werkstatt war. Scheinbar war er vollkommen in seine Arbeit vertieft.

Kate ging nach oben, um sich umzuziehen, und freute sich darauf, ein Glas Wein mit Chris zu trinken. Ihm zu berichten, dass sie glaubte, der Aufklärung des Mordes an Jackie Wood ein Stück nähergekommen zu sein.

Als sie ins Badezimmer ging und das Licht einschaltete, erstarrte sie.

Beide Türen des Schränkchens über dem Waschbecken standen offen. Kaputte Flaschen mit Schaumbad, Mundspülung, Shampoo lagen auf dem Boden inmitten einer leuchtend blauen Lache aus diversen Flüssigkeiten, neben Zahnpastatuben, Deorollern und Rasierschaum. Im Waschbecken entdeckte Kate Pillenpackungen.

Ein kalter Schauer lief ihr den Rücken hinunter, und sie griff nach den Blistern. Ihre Verhütungspille und das Mittel, das Dr. Bone ihr gegen Depressionen verordnet hatte. Der Streifen der Antibabypille halb leer, das Antidepressivum unberührt. Kate stützte sich aufs Waschbecken. Sie hatte beide

Packungen rechts im oberen Fach ganz hinten unter den Seifen und dem Aspirin versteckt. Wieso war Chris auf die Idee gekommen, hier herumzukramen? Das machte er sonst nie. Seine Sachen befanden sich seit jeher rechts auf dem untersten Fach. Warum war sie verflucht noch mal nicht vorsichtiger gewesen?

Kate atmete zittrig ein, fischte das Zeug aus dem Waschbecken und spritzte sich kaltes Wasser ins Gesicht. Das Chaos auf dem Boden musste warten.

Es war ein klarer, kalter Abend; nachts würde es bestimmt Frost geben. Im Mondlicht eilte Kate den Gartenweg entlang, schob die Tür zur Werkstatt auf. Der fertige Tisch und die Stühle standen in der Mitte des Raums, schimmernd im Mondlicht und wunderschön. Das Holz fühlte sich hart und glatt und irgendwie lebendig an, als Kate mit der Hand darüberstrich. Chris hatte den Stühlen eine klare Form gegeben, die dem Auge wohltat. Als sie um die Möbel herumging, fiel ihr Blick auf einen Haufen Holzstücke in der Ecke, die fürs Kaminfeuer bestimmt zu sein schienen. Sie schluckte, trat näher und ging in die Hocke. Es waren die Überreste der bezaubernden Wiege, die Chris für ihr Baby gebaut hatte. Kate nahm ein paar Stücke von dem zersplitterten Holz und drückte sie an sich.

»Es sollte eine Überraschung sein. Für dich. Für unser Kind.« Seine Stimme kam aus der Ecke, und schlagartig ging das Licht an.

Chris saß auf einem Stuhl und starrte sie an. Sein Gesicht wirkte wie versteinert. Er war bleich und hatte gerötete Augen. »Hast du gehört, Kate? Für unser Kind. Von dem ich geglaubt habe, dass wir es eines Tages bekommen würden. Wenn du den Mut dafür gefunden hättest.«

»Chris … ich …« Kate begann zu weinen.

»Das Kind, das wir haben würden, weil wir uns lieben und

weil ich geglaubt habe, Liebe würde ausreichen. Weil ich geglaubt habe, ich könnte dir dabei helfen zu überwinden, was dir noch im Weg steht. Das alles habe ich geglaubt.« Er schniefte und wischte sich mit der Hand die Nase ab.

Kate spürte einen Stich im Herzen. »Es tut mir so leid. Ich wollte nicht …«

»Du wolltest nicht, dass ich die Pillen finde, nicht wahr? Die gegen Depressionen, das kann ich ja noch verstehen. Ich kann sogar verstehen, dass du mir nichts davon erzählen wolltest. Vor allem, da du ja offenbar sowieso der Meinung bist, sie nicht zu brauchen. Aber die Verhütungspillen? Warum, Kate? Warum nur?«

Sie unterdrückte ein Schluchzen. »Ich hab dir doch gesagt, dass es schwierig für mich ist und dass ich Zeit brauche.«

Sie zuckte zusammen, als Chris mit der Faust auf den Tisch schlug. »Zeit? Ich war bereit, dir alle Scheißzeit der Welt zu geben. Ich hätte gewartet bis in alle Ewigkeit. Ich hätte alles für dich getan, Kate, wirklich alles. Aber das. Du hast mich belogen, immer wieder. Wieso hast du mir nicht die Wahrheit gesagt? Dass du keine Kinder haben willst?«

»Dann hättest du mich doch nie geheiratet, oder, Chris?« Kate schrie jetzt, achtete nicht mehr auf die Tränen, die ihr übers Gesicht strömten. »Du hast doch keinen Zweifel daran gelassen, dass du unbedingt Kinder haben wolltest. Ich habe versucht, dir zu erklären, dass ich mir nicht sicher bin.«

»Nicht sicher? Du hast mir gesagt, dass du noch nicht bereit dazu bist, und ich hab verstanden, dass ich warten musste. Viele Paare bekommen erst jenseits der vierzig Kinder. Ich dachte, so ein Paar seien wir eben auch.«

»Mein Beruf …«

»Na klar, dein verfluchter Beruf. Das ist das einzig Wichtige, wie? Nicht wir beide. Nicht unser gemeinsames Leben, sondern dein elender Beruf.«

»Du weißt, wie wichtig mir meine Arbeit ist. Sie ist ein Teil von mir. Ich kann sie nicht einfach aufgeben, um Kinder zu kriegen.«

»Mit der Nummer musst du mir nicht kommen.«

»Wie meinst du das?«

»Kate, wir leben im einundzwanzigsten Jahrhundert. Es gibt heutzutage so etwas wie bezahlten Mutterschaftsurlaub. Sogar Vaterschaftsurlaub. Wir hätten das hingekriegt. Wir hätten eine Familie haben können.«

Kate entging nicht, dass er in der Vergangenheitsform sprach. »Es tut mir leid.« Sie ließ den Kopf hängen.

»Nun endlich entschuldigt sie sich. Aber ich glaube, dein Beruf ist dein Kind – und dein Partner. Da kann ich wohl nicht mithalten.«

»Das ist nicht wahr, Chris.«

Er betrachtete sie mit traurigem Blick. »Du hast mich getäuscht. Und welche Lügen hast du dem Arzt aufgetischt, damit er dir diese Pillen gegen deine … Depression verordnet hat?«

»Ich war bei einer Ärztin, nicht bei einem Arzt. Und ich habe dich nicht getäuscht. Jedenfalls nur teilweise. Ich …«

Chris hielt die Hand hoch. »Es reicht, Kate. Ich glaube nicht, dass ich noch mehr davon ertragen kann. Der Tisch und die Stühle sind fertig, Mr Betts schickt irgendwann diese Woche jemanden zum Abholen. Wenn ich weiß, wann, komme ich vorbei und lasse die Leute rein.« Chris erhob sich so schwerfällig wie ein alter Mann.

»Wo gehst du hin?«

Er zuckte die Achseln. »Ich weiß es nicht, Kate.«

Seine hoffnungslose Miene brach ihr fast das Herz. »Verlässt du mich?« Sie konnte nur noch flüstern.

Er blieb stumm, eine Ewigkeit, wie ihr schien. »Ich hatte Vertrauen zu dir und habe es verloren«, sagte er schließlich.

»Ich dachte, wir seien ein Team. Aber das scheint nicht so zu sein. Ich brauche Zeit zum Nachdenken.«

»Nachdenken?« Er durfte sie nicht verlassen. Das durfte sie nicht zulassen, sie liebte ihn doch und würde alles für ihn tun. Auch ein Kind mit ihm haben? Da war wieder diese leise, aber beharrliche Stimme in ihrem Kopf. Kate befahl ihr zu schweigen. »Chris, wir schaffen das, da bin ich mir ganz sicher. Lass uns darüber reden. Komm, wir essen was zusammen und trinken ein Glas oder zwei.«

»Darüber reden? Kate, das versuche ich seit Monaten, aber du wolltest mir nicht zuhören. Warum sollte sich das jetzt geändert haben?«

»Bitte, Chris. Ich höre dir zu. Gib mir eine Chance. Bitte.«

Chris schloss für einen langen Moment die Augen. »Du musst mir jetzt ein wenig Zeit lassen, Kate«, sagte er. »Bitte. Danach reden wir. Das verspreche ich dir.«

Kate traute sich nicht mehr, noch etwas zu sagen, und nickte nur.

»Danke«, sagte Chris. Dann ging er hinaus.

Kate legte die gesplitterten Holzstücke weg, die sie noch immer umklammert hatte, ohne es zu merken. Ein Holzsplitter hatte sich in ihre Hand gebohrt, die jetzt zu bluten begann. Kate starrte auf die roten Tropfen.

31

Die Silhouette des Mannes an der Haustür versetzte Alex in Angst und Schrecken.

Sie hatte sich bereits die zweite Nacht im Bett gewälzt, bis ihre Decke vollkommen verdreht und ihr Kissen nur noch ein unbrauchbarer Klumpen unter ihrem Kopf war, und dabei über diesen grauenhaften Abend nachgedacht.

Malone und sie hatten auf das Handy gestarrt, bis Gillian eine Nachricht hinterlassen hatte. Dann versuchte Malone ein weiteres Mal zu erklären, dass Gillian mit seiner Arbeit zu tun habe und seine Beziehung mit Alex ganz und gar nicht davon betroffen sei.

»Arbeit?«, fauchte Alex wütend. »Ist Gillian nun deine Frau oder nicht?«

Malones Miene verriet nichts.

Alex hob das Handy auf, starrte auf die Nummer, prägte sie sich ein. »Malone. Ist Gillian deine Frau? Das ist eine ganz simple Frage.«

»Ja.«

Die Wut verflog, als ihre unterschwelligen Befürchtungen sich nun als Wahrheit erwiesen.

Malone trat einen Schritt auf sie zu. »Alex, du musst Folgendes verstehen …«

»Ich verstehe bereits.« Die Wut kehrte zurück.

»Nein, tust du nicht. Die Heirat mit Gillian hatte mit meiner Arbeit zu tun. Gillian war eine Führungsfigur in einer radikalen Umweltorganisation, und …«

»Und das macht es dann besser, oder wie?«

»Sie weiß jetzt, wer und was ich bin.«

»Und weshalb hat sie sich dann nicht von dir scheiden lassen?« Seine ruhige Stimme regte Alex maßlos auf.

»Die Scheidung läuft. Deshalb hat Gillian mich angerufen.«

»Ach ja? Komm schon, Malone. Weshalb soll ich dir das glauben? Du hast mich während unserer gesamten Beziehung belogen. Ich habe dich in mein Leben und in das von Gus gelassen, und du tust mir so was an.«

»Nein«, sagte er leise.

»Doch.«

»Ich liebe dich, Alex.«

»Ich glaube, du weißt nicht mal, was das bedeutet.«

Danach hatte sie ihn nach Hause geschickt.

Jetzt zeigte der Wecker halb sechs Uhr morgens an, und Alex war dankbar, dass sie endlich aufstehen konnte. Sie schleppte sich in die Dusche, in der Hoffnung auf Erfrischung. Aber obwohl sie ewig unter dem heißen Wasser stand und Unmengen von ihrem Lieblingsduschgel benutzte, trat der erwünschte Effekt nicht ein. Das lastende, nagende Gefühl im Magen wollte einfach nicht weichen.

Es würde schwierig werden, sich innerlich von Malone zu lösen, das war ihr voll und ganz bewusst. Er hatte sich in ihre Gefühle und ihre Familie eingeschlichen, und nun kam sie sich betrogen vor. Ihr Vertrauen in ihn war in tausend Einzelteile zersplittert. Sie spürte ein Brennen in den Augen, und ihr Hals fühlte sich rau an.

Nachdem Alex sich abgetrocknet und angezogen hatte, ging sie in die Küche, trank eine Tasse schwarzen Kaffee und zwang sich dazu, wenigstens einen Toast hinunterzuwürgen. Plötzlich klingelte es an der Haustür.

Alex eilte in den Flur und erstarrte, als sie durch das Milchglas die Umrisse eines Mannes sah. Ihr blieb fast das Herz stehen. Es musste etwas mit Gus zu tun haben. Sie hatte nicht nachgesehen, ob er zu Hause war. Vielleicht war er bei einem Rave gewesen und hatte Ecstasy geschluckt. Oder Ketamin oder was dieser Tage an Drogen in Mode war. Vielleicht war er aber auch überfahren worden und lag tot auf einer Landstraße. Die verdammte Carly hatte ihn im Stich gelassen. Und auf Jack konnte man sich wahrscheinlich auch nicht verlassen. Oder Gus lag im Krankenhaus und bekam den Magen ausgepumpt. O Gott. Irgendetwas war ihm zugestoßen. Um diese Uhrzeit konnte doch nur jemand von der Polizei vor der Tür stehen. Langsam ging Alex auf die Silhouette zu, versuchte, das Unvermeidliche aufzuschieben, schmeckte die Angst im Mund.

»Jez!« Alex hielt sich an der Tür fest. Wieso hatten sie Jez geschickt? Und weshalb trug er Jeans, schwere Stiefel und einen dicken Mantel? Er hatte einen Schal ums Gesicht gewickelt, der nur seine Augen frei ließ. Warum trug Jez keine Uniform? »Was machst du hier? Ist was mit Gus?«

»Gus? Nein. Wieso?«

»Weil …«

»Hör zu, Alex«, unterbrach Jez sie, »ich hab keine Zeit.« Er wies mit dem Kopf zur Straße. »Mach bitte kurz einen Spaziergang mit mir. Bitte.«

»Was, jetzt? Aber es ist noch nicht mal sechs Uhr und noch dunkel.«

»Ich weiß. Aber ich muss mit dir reden.«

»Aber Jez, ich …«

»Jetzt, Alex. Bitte.«

Sein Tonfall war drängend, es musste wirklich wichtig sein. Alex zog ihren Mantel an.

Sie gingen die Straße entlang und bogen auf den Kirchhof

von St. Mary the Virgin ein. Es war neblig, und die feinen Tröpfchen ließen sich in Alex' Haaren und auf ihrem Mantel nieder. In Kirchen hielt sie sich nicht mehr häufig auf, aber manchmal betrat sie diese nahe gelegene Kirche, weil der Geruch von Weihrauch und Kerzenwachs immer ihrer Seele wohltat.

Sie ließen sich in gebührendem Abstand auf einer Bank an einer Reihe gepflegter Gräber nieder. Alex spürte die Holzbretter am Rücken und merkte, wie ihr die Kälte in die Glieder kroch. Seit ewig langer Zeit war sie nicht mehr mit Jez alleine gewesen, sondern hatte lieber mit ihm telefoniert, wenn es Sasha wieder einmal schlecht ging und er nach ihr schauen sollte. Neben Jez zu sitzen, machte Alex nervös.

»Was zum Teufel hast du dir dabei gedacht?« Seine Stimme klang durch den Schal gedämpft, und Jez sah Alex nicht an, als er seine Tabakdose herausholte und sich eine Zigarette drehte. Er zog sich den Schal vom Gesicht und zündete die Zigarette an, indem er die Hände schützend vor das Feuerzeug hielt. Zeige- und Mittelfinger waren nikotinverfärbt.

»Was meinst du damit?«

»Jackie Wood.«

»Ich versuche …« Alex blickte zum Himmel auf. Nicht mehr lange bis zur Dämmerung. »Ich versuche etwas wiedergutzumachen.«

Jez stieß den Rauch aus. »Das heißt aber doch nicht, dass du hergehen und mit Jackie Wood quatschen musst, oder? Herrgott, du hast Sasha fast ans Kreuz geliefert, indem du das alles wieder aufwühlst.«

Alex sah ihn von der Seite an. »Alles wieder aufwühlst? Es ist ohnehin immer da, Jez. Du lebst nicht mehr mit ihr zusammen, aber du weißt doch, dass sie jeden Tag leidet.«

Er biss sich auf die Unterlippe. »Das tun wir alle. Die Kinder fehlen mir furchtbar, weißt du. Nein, das kannst du gar nicht wissen. Du weißt gar nichts.« Er starrte ins Leere. »Sasha fehlt mir auch sehr. Ich habe sie wirklich geliebt, Alex. Und ich tue es jetzt noch.«

»Ach, fang bitte nicht wieder damit an, Jez. Natürlich war euer Leben danach schwierig, das liegt ja wohl nahe. Ich wünschte nur ...«

»Was?«

»Dass ihr zusammengeblieben wärt. Mehr nicht. Ich glaube, dass Sasha dich auch sehr liebt, Jez. Immer schon.«

Er lachte bitter. »Kann man so sagen, ja. Sie hat mich zu sehr geliebt. Das war das Problem.«

Alex betrachtete Jez prüfend, bemerkte die tiefen Furchen am Mund, die grauen Bartstoppeln, die Falten auf seiner Stirn. »Was soll das heißen?«

»Nichts.« Er pflückte sich einen Tabakkrümel von der Zunge.

»Ach, komm schon, Jez.«

»Das willst du gar nicht wissen. Hör zu, Sasha darf unter keinen Umständen etwas von diesen Geschichten über Wood und Jessop mitkriegen. Das verschlimmert ihren Zustand.« Er zog gierig an der Zigarette. »Die Presseleute werden das alles wieder rauszerren. Haben ja schon damit angefangen. Stochern in allem rum. Wie ich die hasse. Und dieser beschissene Ed Killingback hängt mir dauernd auf der Pelle. Will mir weismachen, er wolle die Wahrheit ans Licht bringen. Nie und nimmer. Das will keiner.«

»Wir kennen die Wahrheit doch«, sagte Alex.

Jez sah sie an. Das Lächeln, das auf sein Gesicht trat, erreichte die Augen nicht. »Du weißt nicht mal die Hälfte, Alex.«

»Dann klär mich bitte endlich auf, Jez.«

Er beugte sich vor, stützte die Ellbogen auf die Knie und rauchte bedächtig. Dann schüttelte er den Kopf und schloss die Augen.

Alex holte tief Luft. Sie kam sich vor, als würde sie in einen Abgrund springen.

»Jez, weißt du irgendetwas über ein Tagebuch?«

Jez riss die Augen auf. »Tagebuch?«

Alex bemühte sich, die richtigen Worte zu finden. »Als ich bei Jackie Wood war, sagte sie mir, Jessop habe angeblich Tagebuch geführt.« Sie schluckte. »Ich suche danach, weil vielleicht drinsteht … was aus Millie geworden ist.«

Die Kirchturmuhr schlug.

»Nein. Das steht nicht drin.« Jez' Stimme klang dumpf. »Nichts über Millie. Nur Einträge über dich und Jessop.« Er sah Alex an. »Glaubst du wirklich, ich hätte das nicht gewusst? Ich weiß es schon lange.«

Alex' Herz hämmerte wie wild. »Wieso hast du nie was davon gesagt?«

»Wegen Sasha. Um Sasha zu schützen, weil ich sie liebe. Ich musste verhindern, dass die Wahrheit über dich und Jessop ans Licht kommt.« Er starrte ins Leere. »Gott, wenn ich allerdings schon Bescheid gewusst hätte über Jessop und dich, während ich mich so reingehängt habe, um Wood und ihn hinter Gitter zu bringen …«

»Was soll das heißen?«

Er zog lange an seiner Zigarette, bevor er sie zu Boden fallen ließ und austrat. »Die bei der Polizei waren derartig lahm. Da hab ich ein bisschen nachgeholfen. Hab die Kleider in die Mülltonne getan und Spuren von Sand und Erde und so in den Wohnungen verteilt. In Jessops Wohnung war ich, als alle anfingen nach den Kindern zu suchen. Ich weiß ja, wie man so was macht.«

Alex hob die Hand. Das klang alles völlig absurd. »Warte. Du willst damit sagen, dass du die Beweise gefälscht hast?«

»Warum auch nicht? Die zwei mussten ins Gefängnis.«

»Weil sie schuldig waren?«

»Ich musste sie ins Gefängnis bringen.«

Alex schlang die Arme um sich. »Warum hat Martin nie ein Wort über mich verloren? Beim Prozess, meine ich. Das hätte ihm doch geholfen.«

»Weil er dich geliebt hat.«

»Oh.« Kraftlos lehnte Alex sich zurück.

»Aber dann wurde mir zugetragen, dass er wohl bei seinem Berufungsverfahren über eure Beziehung sprechen wollte. Deshalb war ich bei ihm im Knast.«

Alex kam es vor, als verstummten plötzlich alle Geräusche.

»Und?«

»Er hat mir sein Tagebuch gezeigt.«

Unwillkürlich hielt sie die Luft an.

»Da stand alles drin, Alex. Jedes Treffen mit dir, alles über seine Gefühle. Er sagte mir, er hätte bislang darüber geschwiegen, weil es ihm nichts gebracht hätte, dich mit reinzuziehen. Damals noch nicht jedenfalls. Zuerst hab ich versucht, ihn davon zu überzeugen, dass es ihm auch in der Berufung nichts bringen würde. Ist mir aber nicht gelungen.«

Alex wollte am liebsten nicht mehr wissen, fragte aber dennoch: »Was hast du dann gemacht?«

»Ihm gesagt, er hätte Recht, die Wahrheit solle jetzt wirklich ans Licht kommen und ich würde das Tagebuch sicher für ihn aufbewahren. Dann hab ich jemanden beauftragt, sich um ihn zu kümmern.«

»Um wen?«, fragte sie verwirrt. »Um Martin?«

»Was denkst du denn?« Jez' Lachen klang bitter. »Verflucht noch eins, Alex, werd doch endlich erwachsen.« Er sah verzweifelt aus, und zugleich bemerkte sie Wut in seinen Augen. Dann dämmerte ihr plötzlich die Wahrheit.

»Mein Gott – er hat sich gar nicht selbst erhängt, oder? Jez?« Ihre Stimme dröhnte ihr in den Ohren.

»Nein.«

»Mein Gott«, sagte Alex noch einmal. Sie hatten alle so viel verloren. Trauer und Zorn drohten sie zu überwältigen, und sie blinzelte heftig, um nicht in Tränen auszubrechen. »Und das Tagebuch?«

»Was soll damit sein?«

»Wo ist es jetzt?«

»Das musste ich als Teilzahlung benutzen.«

»Teilzahlung?«

Er sah sie an, ein höhnisches Lächeln auf den Lippen. »Was meinst du wohl, wie ich DI Grainger dazu gekriegt habe, die Tatsache zu vertuschen, dass du mit dem Mordverdächtigen gevögelt hast? Denkst du vielleicht, ich hätte ihn nur nett bitten müssen? ›Ach, verzeihen Sie, Sir, aber meine Schwägerin hat's mit Martin Jessop getrieben, und wenn meine Frau das wüsste, würde es sie umbringen, also könnten wir darüber bitte Schweigen bewahren?‹ Stellst du dir das so vor? Nein, verdammt, Grainger brauchte Geld, und außerdem musste ich wiederum einige schmutzige Geschäfte für ihn vertuschen. Also hab ich ihm Geld gegeben und den Mund gehalten. Und ihm als Versicherung das Tagebuch überlassen.«

»Versicherung?«, sagte sie heiser.

»Grainger wollte eine Garantie dafür, dass ich mein Wort hielt. Ich sollte seinen Vorgesetzten nichts davon sagen, dass er sich von mir oder sonst wem bestechen ließ. Meinte, solange das Tagebuch in seinem Besitz sei, könne er dich zerstören, wenn es nötig sei.«

»Und hat er es immer noch?« Alex konnte kaum glauben, dass ihre Stimme so normal klang, dass nicht am Himmel Blitze aufzuckten und Donnerschläge krachten.

»Er ist tot.«

»Was?«

»Grainger ist tot. Hat sich umgebracht. Ich weiß nicht, was jetzt passieren wird. Ich weiß auch nicht, ob er das Tagebuch versteckt hatte – falls es noch in seinem Besitz war – und ob die Kollegen es vielleicht gefunden haben. Keine Ahnung. Falls es gefunden wird, können wir nur hoffen, dass sie die Bedeutung nicht begreifen und es zu dem Zeug für seine Angehörigen packen.«

Jez sah jetzt so niedergeschlagen aus, dass Alex den Impuls hatte, ihn in den Arm zu nehmen.

»Und DI Kate Todd hängt mir im Nacken, und eine junge Kollegin namens Maitland wollte von mir wissen, wo ich zum Zeitpunkt des Mordes an Jackie Wood gewesen sei.«

»Und wo warst du?«

Jez sah sie an. »Keine Sorge, ich habe die nicht umgebracht. Hätte es allerdings durchaus gern getan.«

»Wie meinst du das?« Alex zog ihren Mantel dichter um sich. Es schien plötzlich noch kälter geworden zu sein.

Jez holte seine Tabakdose heraus und begann, sich die nächste Zigarette zu drehen. Aber seine Hände zitterten so heftig, dass er aufgab. »Ich war bei ihr.«

»Was, bei Wood?«

»Ja. Ich hab rausgekriegt, wo sie steckte. Die Leute bei uns im Büro sind manchmal ziemlich leichtfertig. Wollte nur mit ihr reden, um zu erfahren, wie lange sie hier in der Gegend bleiben wollte. Und dafür sorgen, dass sie sich von Sasha fernhält. Ich hab ihr ordentlich Angst gemacht. Konnte ja nicht ahnen, dass du diese Bestie interviewen wolltest. Jedenfalls wusste die, wo das Tagebuch war. Jessop hatte offenbar bei ihrem Anwalt, Danby, einen Brief hinterlegt, in dem stand, das Tagebuch sei im Besitz von Grainger.«

»Danby? Der abgefeimte Halunke.« Alex dachte daran, wie viel Aufwand sie getrieben hatte, um dieses Tagebuch zu finden. Wie Malone den Campingwagen durchsucht hatte. Wie sie nach Norwich gefahren war, um das Schließfach zu öffnen, und dann nur die Bilder der Kinder dort gefunden hatte.

Und währenddessen hatte sich das Tagebuch die ganze Zeit im Besitz eines korrupten Polizisten befunden.

»Ja. Jedenfalls wollte Wood mich erpressen. Hat Geld verlangt, damit sie den Mund hält. Ständig will irgendwer Scheißgeld. Aber dann wurde mir klar, dass sie keinen blassen Schimmer hatte, was überhaupt drinsteht in dem verdammten Tagebuch. Ich hab ihr dann von dir und Jessop erzählt – sie hatte keine Ahnung.«

»*Du* hast ihr von mir und Martin erzählt? Erst vor Kurzem?«

»Sie hat ständig darüber gelabert, dass sie alles wüsste über sein Tagebuch und dass Martin und sie sich so nahe gewesen wären, aber nicht als Liebespaar. Das ging mir so auf den Nerv, ich wollte, dass sie den Mund hält. Deshalb hab ich ihr gesagt, dass sie nicht die geringste Ahnung gehabt habe, was sich in den Wohnungen direkt vor ihrer Nase alles abgespielt hat.« Jez sah Alex an. »Keine Sorge. Ich hab ihr auch gesagt, ich könnte sie so schnell wieder in den Knast bringen, dass es ihr vorkäme, als sei sie nie draußen gewesen. Eins ist sicher: Wer die umgebracht hat, hat uns einen Riesengefallen getan. Warst du es?«

»Nein.« Alex schüttelte den Kopf, verstört über seinen hitzigen Tonfall. »Nein, natürlich nicht. Wofür hältst du mich?« Es machte sie wütend, dass Jez ihr eine derartige Tat zutraute.

Er zuckte die Achseln. »Weiß nicht. Wär doch möglich.«

»Aber ich habe mich gefragt, ob Sasha sie erstochen hat«, sagte Alex.

»Nee. Das hätte sie mir gesagt. Ich hab gehört, die Mordwaffe sei spurlos verschwunden.«

»Ja.« Alex sah ihn nicht an.

»Hast du was damit zu tun?«

»Nein. Aber irgendetwas stimmt da einfach nicht. Ich habe das Gefühl, dass ich etwas übersehe.« Sie schlug die Hand vor den Mund. »Mein Gott, vielleicht war Martin wirklich unschuldig. Vielleicht haben wir uns all die Jahre getäuscht.« Bei dem Gedanken wurde ihr übel.

Was war nur aus ihrem Leben geworden? Da saß sie auf einer Bank neben einer Kirche und sprach nüchtern darüber, ob ihre Schwester eine andere Frau ermordet hatte. Und erwog, ob Martin Jessop die Zwillinge womöglich gar nicht getötet hatte. Alex blickte auf ihre Hände, die längst nicht mehr so glatt waren wie früher, auf ihre Nägel, die sie immer kurz feilte, um besser tippen zu können. Sie dachte an Jackie Wood – an deren Einsamkeit und Besessenheit, nach ihrer Freilassung zu ihrem Recht zu kommen. An Martin, den Alex geliebt hatte, an ihren Zorn und ihre Verzweiflung, als er verhaftet worden war. An die Schuld, die sie bis heute empfand, weil sie ihn mit ihrer Familie zusammengebracht hatte. Und daran, wie sie Martins Briefe weggeworfen und seine Bitten, ihn anzuhören, übergangen hatte.

Martin hatte sie geschützt und nicht über ihre gemeinsame Geschichte gesprochen. Aber da er in der Berufungsverhandlung bessere Chancen gehabt hätte, war die Versuchung zu groß geworden. Alex versuchte, sich Martins Leben im Gefängnis vorzustellen, seine Angst, als Jez dort auftauchte. Die Todesangst, als jemand Martin dazu zwang, sich zu erhängen – oder aber es selbst erledigte. Sie dachte an Sasha, die aus ihrer Verzweiflung nicht mehr auftauchte, den Verlust ihrer Kinder nie verkraftet hatte. An ihr eigenes eingeschränktes Leben, das sie seit fünfzehn Jahren führte.

Sie blickte zu der Kirche hoch und fragte sich, ob sie wohl an Gott glauben könnte.

»Jez, waren Martin und Jackie Wood überhaupt schuldig?«

Ihr einstiger Schwager sah sie an, und Alex war erschüttert über seinen gequälten Gesichtsausdruck. »Lass es einfach gut sein, Al. Die beiden wurden verhaftet und verurteilt.«

»Durch die fingierten Beweise«, flüsterte sie.

Jez wandte den Blick ab. »Man hätte sie ohnehin erwischt. Ich hab den Vorgang nur beschleunigt, mehr nicht.«

»Und dann wurde Jackie Wood freigesprochen.«

»Dumm gelaufen. Ich will nur Sasha schützen. Mehr will ich gar nicht, immer schon.«

»Jez, schau mich an.«

Er blickte starr geradeaus, und Alex redete weiter. »Als die Zwillinge kamen, ging es Sasha nicht gut, oder?«

»Sie hatte ja mich.«

»Danach habe ich nicht gefragt. Ich hatte damals jede Menge eigene Probleme und hab es nicht geschafft, Sasha und die Kinder so oft zu sehen, wie ich es gerne getan hätte. War sie denn damals ernsthaft krank?«

»Ich konnte mich um sie kümmern. Ich hätte nicht zugelassen, dass sie mir weggenommen wird.« Jez sprang auf. »Ich muss los. Muss zur Arbeit.« Er ging weg.

Die Kirchturmuhr schlug wieder.

»Jez.«

Er drehte sich noch einmal um. »Ja?«

Alex' Kehle fühlte sich an wie zugeschnürt. »Sie haben es doch getan, oder? Jessop und Wood? Bist du ganz sicher?«

Jez zuckte die Achseln. »Ist jetzt nicht mehr von Bedeutung. Sie sind beide tot.«

Alex sah ihm benommen nach. Es war durchaus von Bedeutung.

32

In dem kleinen Raum im Mietcontainer herrschte eine Stimmung aufgeregter Erwartung, weil alle ahnten, dass ein Durchbruch bevorstand. Kate spürte ein Kribbeln im Körper. Diese Momente waren das Beste an ihrem Beruf, dafür lebte sie. Wenn sie nur das bleischwere Gefühl der Einsamkeit im Bauch loswerden könnte.

Kate legte ihre Papiere auf den behelfsmäßigen Tisch und sah Glithro an, der sich entspannt zurücklehnte. Eleganter Anzug wie üblich, dazu Schuhe aus glänzendem Leder. »Sie sehen aus, als hätten Sie das große Los gezogen, DI Glithro.«

Er lächelte gelassen. »So könnte man es auch ausdrücken.«

»Wir haben sie, Ma'am«, verkündete Rogers triumphierend. »Jetzt sind sie dran.«

»Das hat DI Glithro mir schon übermittelt.« Kate musste beinahe lachen, weil Rogers so ungeheuer enttäuscht aussah. »Keine Sorge, Sie dürfen den Rahm abschöpfen. Deshalb haben wir uns ja zu dieser nachtschlafenden Stunde hier versammelt.« Im Grunde war sie froh darüber, dass sie um sieben schon hier war, denn in ihrem Haus wollte sie keinen Moment länger als nötig bleiben. Es war zu einsam dort, wenn Schuldgefühle die einzige Gesellschaft darstellten. Kate dachte sogar schon darüber nach, sich eine Katze anzuschaffen. »Also, dann zeigen Sie uns mal, was Sie haben.«

»Ja, Ma'am.« Rogers bewegte die Maus an seinem Computer. »Das hier haben uns die Jungs vor ein paar Stunden rübergeschickt.«

»Na, Sie müssen ja an den richtigen Stellen einen ziemlichen Einfluss haben«, bemerkte Glithro.

»Ich kenn da jemanden. Sie war mir einen Gefallen schuldig.«

»Heiliger Strohstack, Steve. Seeleute haben ein Mädel in jeder Hafenstadt, und du hast eins in jedem Revier.« Eve Maitland verdrehte die Augen.

Sogar Kate musste lachen. »Okay, also los jetzt, Rogers.«

Alle scharten sich um seinen Schreibtisch. »Ihre Intuition war richtig, Ma'am«, begann Rogers. »Es gab tatsächlich eine Verkehrskamera, nicht an der kleinen Straße, wo Grainger wohnte, aber an der Hauptstraße am Dorfende. Die haben in dem Dorf ständig Probleme mit Rasern, vor allem bei der Schule. Deshalb hat man auf einer Kamera bestanden und auch eine bekommen.«

»Und sie funktioniert«, warf Glithro trocken ein. »Wunder über Wunder.«

»Und nicht nur das«, fuhr Rogers mit geradezu stolzgeschwellter Brust fort, »es ist auch noch eine von diesen ganz neuen, bei denen die Leute von vorne fotografiert werden. Da ist Schluss mit der Ausflucht, jemand anderer sei gefahren.«

»Oh Gott. Ein weiterer Imageverlust für uns bei der Bevölkerung«, stöhnte Glithro.

»Machen Sie sich keine Sorgen, Detective Inspector«, sagte Kate. »Sie können das doch auf Ihrer Facebook-Seite posten, damit jeder Bescheid weiß.« Die Bemerkung trug ihr Gekicher von den anderen und einen grantigen Blick von Glithro ein.

»Jedenfalls«, fuhr Rogers fort, »haben sie uns dieses Bild hier geschickt.« Alle beugten sich vor und spähten auf den Bildschirm. »Hier: zwei Frauen.«

»Eine Dreiviertelstunde, bevor wir Grainger gefunden haben«, sagte Kate und wies auf die Datums- und Uhrzeitangabe. »Wenn wir ein bisschen schneller gewesen wären, Glithro, hätten wir die auf frischer Tat ertappt.« Sie betrachtete das Bild genauer. »Mein Gott.« Es gab keinen Zweifel, wer die junge Frau am Steuer war. Kate hatte erst letzte Woche wegen des Mordes an Jackie Wood mit ihr gesprochen. »Das ist doch wirklich und wahrhaftig Nikki Adams. Oder sollten wir sie Nikki Jessop nennen? Oder Bea Jessop oder sonst wie. Und wer ist die andere?« Sie beugte sich noch weiter vor und kniff die Augen zusammen. Vielleicht brauchte sie allmählich eine Brille. Die andere Frau war älter und kam Kate auch bekannt vor. Sie ähnelte Nikki. »Angela Jessop«, sagte sie verblüfft.

»Martin Jessops Frau und Tochter«, ergänzte Rogers überflüssigerweise.

Glithro pfiff durch die Zähne. »Und sie fahren fünfzig in einer Dreißigerzone. Das gibt Punkte. Man könnte sie auch noch wegen überhöhter Geschwindigkeit drankriegen, schaut euch mal an, wie das Wasser spritzt.«

Kate warf ihm einen scharfen Blick zu. »Wir sind nicht bei der Verkehrspolizei. Wenn Sie hier mit Ihrem Fachwissen rumprotzen, lasse ich Sie dorthin versetzen.«

Glithro sah sie mit einem kleinen Lächeln an, das Kate verunsicherte. Sie räusperte sich. »Das ist kein Beweis, dass die beiden Frauen etwas mit dem Mord an Grainger zu tun haben«, sie reagierte nicht auf das verächtliche Schnauben von Glithro, »aber es ist ein Anhaltspunkt.« Kate überlegte kurz. »Rogers, Sie nehmen Nikki Adams vorläufig fest, wenn sie noch in ihrem Campingwagen ist. Ich kontaktiere die Kollegen in Cambridge und schicke jemanden zu Angela Jessop. Wir wollen ja verhindern, dass die beiden womöglich bei Nacht und Nebel abhauen.«

»Und wollen Sie zur Vernehmung nach Cambridge fahren?«, fragte Rogers.

Kate schüttelte den Kopf. »Nein, ich möchte die beiden zusammen vernehmen. Die Kollegen aus Cambridge sollen sie herbringen. Vielleicht stecken wir die beiden sogar zusammen. Ich weiß, dass wir sie eigentlich in Martlesham unterbringen sollten, aber ich will sie hier vor Ort haben. Das wird sie stressen, und dann werden sie vielleicht mehr ausplaudern. Sie müssen etwas mit dem Mord an Grainger zu tun haben, so einen Zufall gibt es nicht.«

»Dann können wir nur hoffen, dass wir keine Betrunkenen oder Schläger festnehmen müssen«, gab Rogers zu bedenken. »Wir haben nur zwei Vernehmungsräume, keine Luxussuiten wie in Martlesham.«

»Na ja, der Dorftrinker darf dann nach Martlesham. Der wird sich im Himmel wähnen in den schicken Räumen.«

Rogers' Telefon klingelte. »Ich geh mal eben ran, Ma'am.«

Glithro lehnte sich zurück und verschränkte die Arme vor der Brust. »Wir haben lediglich ein Foto von zwei Frauen, die zu schnell gefahren sind, Detective Inspector. Wie können Sie da einen Zusammenhang mit dem Mord an Grainger herstellen? Gibt es noch irgendwelche Fakten, die ich nicht kenne?« Er pflückte einen imaginären Fussel von seiner makellos gebügelten Hose.

Kate fühlte sich ausgelaugt. Der Blick von Glithro schien sie zu durchbohren. Sie hatte den unangenehmen Geschmack von abgestandenem Kaffee im Mund und fuhr sich mit der Zunge über die Zähne. »Seien Sie kein Spielverderber, Glithro. Ich bin mir über die Fakten im Klaren.« Sie machte keinen Hehl daraus, dass sie sauer auf ihn war. »Ich will nur mit den beiden reden. Hören, ob sie das irgendwie erklären können. Mehr nicht.«

»Seien Sie vorsichtig.«

»Ich habe einiges an Berufserfahrung«, knurrte Kate.

Rogers legte auf. »Das war Jane Blake. Grainger hatte Chemie im Körper, die ausgereicht hätte, um ein Dutzend Pferde umzubringen. Antidepressiva. Und jede Menge Alkohol.«

»Also keinerlei Hinweis auf Mord?« Kate konnte ihre Enttäuschung kaum verbergen. Vielleicht also doch eine falsche Fährte?

»Bislang nicht.« Rogers grinste. »Aber sie hat eine frische Abschürfung an seinem Kinn und getrockneten Speichel auf seinem Gesicht gefunden, DNA-Analyse läuft schon. Todeszeit wohl etwa eine Stunde, bevor ihr ihn gefunden habt. Unsere IT-Spezialisten sagen, es gäbe keinerlei Hinweise darauf, dass Grainger das Helium und das ganze Zeug im Internet oder sonst wo gekauft hat. Keine Spur in seinem Computer, auf seinen Kontoauszügen oder den Kreditkartenrechnungen. Wenn er also nicht bar dafür bezahlt hat …«

»… hat es jemand anders gekauft«, beendete Kate den Satz. »Danke, Steve. Ich könnte Sie küssen.«

»Alles klar, Ma'am«, erwiderte Rogers, dessen Gesicht jetzt den Farbton von Roter Bete annahm.

33

Der Nebel hatte sich verzogen, als Alex nach Hause kam. Der Gedanke an Martin und ihre Gefühle für ihn ließen sie nicht mehr los. Und was er für sie empfunden hatte. Damals waren die Treffen mit ihm wie eine Droge und das Allerwichtigste in ihrem Leben gewesen. Alles drehte sich um Martin, und sie dachte ständig an ihn und fragte sich, was er gerade machte, war neidisch auf die Menschen, die in der Öffentlichkeit mit ihm Zeit verbringen konnten. Sie hatte seine Frau gehasst und die nächsten heimlichen Treffen geplant. Was für ein selbstsüchtiger Mensch sie doch gewesen war. Bis heute.

Als Erstes lief Alex nach oben, öffnete vorsichtig die Tür zu Gus' Zimmer und spähte hinein. Als ihre Augen sich an die Dunkelheit gewöhnt hatten, konnte sie unter der Decke seinen Umriss erkennen, und sie hörte das leise, regelmäßige Schnorcheln, das er immer von sich gab, wenn er fest schlief. Zum Glück keine Spur von Carly.

In der Küche lag der vertrocknete Toast, den Alex sich vor Jez' Eintreffen gemacht hatte, neben dem halb geleerten Kaffeebecher. Alex füllte den Wasserkocher aufs Neue. Am liebsten hätte sie ein Glas Wein getrunken, aber allein dass sie um diese Uhrzeit solche Gelüste hatte, war erschütternd. Wenn das so weiterging, konnte sie sich bald bei den Anonymen Alkoholikern anmelden. Bei diesem Gedanken kam sie auf die Idee, eine Serie über Suchterkrankungen von Prominenten anzufangen. Aber darüber war vermutlich schon x-mal geschrieben worden.

Sie hängte einen Teebeutel in einen Becher und goss das heiße Wasser darüber. Dann stellte sie den Wasserkocher beiseite und beugte sich über die Arbeitsfläche. Ihr Herz fühlte sich tatsächlich wund an – sie hatte nicht gewusst, dass so etwas möglich war.

Hatte sie sich geirrt? War Martin ein unschuldiges Opfer gewesen? Traf sie selbst also auch Schuld an seinem Tod? Und Sasha, die arme, schwache, verletzliche Sasha. Alles wurde getan, um sie zu beschützen. Einen Moment lang empfand Alex einen Anflug von Wut, die sie sich aber sofort verbot. Das konnte sie sich nicht erlauben. Sasha zu beschützen hatte immer als Hauptziel ihrer Eltern gegolten, und diese Verpflichtung war sozusagen stillschweigend auf Alex übertragen worden. Wenn sie zu lange darüber nachdachte, würde sie verrückt werden.

Falsche Entscheidungen. Von Gus' Vater über Martin zu Malone – sie hatte immer falsche Entscheidungen getroffen.

Und dieses Scheißtagebuch. Jetzt wusste sie zwar, wo es war, hatte aber null Chance dranzukommen. Nichts über Millie, doch dafür Details ihrer Affäre mit Martin. Die Sorge war also mehr als begründet gewesen. Was tun?

Alex zuckte zusammen, als das Grunge-Stück aus ihrem Handy auf dem Küchentisch dröhnte. Ihre Redakteurin, Liz. Das hatte bestimmt nichts Gutes zu bedeuten, wenn sie so früh am Tag anrief. Vielleicht lieber nicht rangehen.

»Hallo«, meldete sich Alex.

»Meine Liebe, dein Text über Jackie Wood ist wunderbar«, verkündete Liz. »Gutes Konzept, prima.«

Alex spürte das »Aber« ganz deutlich.

»Aber ich bin mir nicht sicher, ob du diese persönliche Perspektive genügend ausgearbeitet hast. Ich finde den Text noch zu … distanziert.«

Alex klemmte sich das Handy unters Kinn, nahm ihren Teebecher und trottete nach oben in ihr Arbeitszimmer.

»Es ist einfach so, Liz«, sagte Alex, als sie sich an ihren Computer setzte, »dass sie nur mit mir gesprochen hat, mit niemand anderem. Du hast einen Exklusiv-Text.«

»Ich weiß, dennoch. Ich spüre den Text noch nicht genug. Was meinst du, ein bisschen mehr Herzblut vielleicht?«

Alex fühlte sich so niedergeschmettert, dass sie nur ein »Oh« herausbrachte.

»Hör zu, ich schick ihn dir mit meinen Anmerkungen. Du wirst verstehen, was ich meine. Bastle noch ein wenig dran rum und schick mir sofort die neue Fassung.«

»Sofort. Okay. Ich schau mir alles noch mal an.«

»Gut«, erwiderte Liz in ihrem geschäftsmäßigen Tonfall. »Halt dich ran. Bis später. Ich will den Termin nicht verpassen.«

»Ich beeil mich. Okay. Bis später.«

»Danke, Alex. Ciao.« Die Leitung war tot.

»Ciao.«

Jetzt klingelte es an der Haustür.

Nein, sie würde nicht aufmachen.

Aber es klingelte Sturm.

»Mum?«, hörte sie jetzt die gestresste Stimme ihres Sohnes von unten.

Seufzend stand Alex vom Schreibtisch auf und ging zur Treppe.

»Entschuldigen Sie die Störung, Alex.«

Ed Killingback. Der Letzte, den sie jetzt sehen wollte.

Gus, im Schlafanzug und mit zerzausten Haaren, trat von einem Fuß auf den anderen. »Tut mir total leid, Mum. Ich hab aufgemacht, und der hat sich einfach reingedrängt, bevor ich ihn aufhalten konnte. Tut mir leid!«

»Schon gut, Gus, mach dir keine Sorgen. Du kannst wieder nach oben gehen, ich kümmere mich um Mr Killingback hier.«

»Darf ich hereinkommen?«

»Sieht ja so aus, als hätten Sie sich schon selbst eingelassen. Und ich werde Sie jetzt sofort wieder rausschmeißen«, sagte Alex, fassungslos über die Dreistigkeit des Journalisten.

»Ich weiß, dass Sie nicht mein größter Fan sind, und wenn Sie erfahren, warum ich hier bin, wird es nicht besser werden. Aber ich bemühe mich jedenfalls um Fairness.«

Wie hatte sie diesen Typen jemals für gut aussehend halten können? Der wirkte doch wie ein Frettchen, das sich an allen möglichen Stellen in Storys verbiss. Alex ging die Treppe hinunter.

»Sie haben Jackie Woods Leiche gefunden, nicht wahr?«, fragte er.

»Das wissen Sie doch bereits«, antwortete Alex unwirsch. »Sagen Sie mir jetzt, weshalb Sie hier sind, und dann verschwinden Sie. Ich muss arbeiten, meinen Lebensunterhalt verdienen.«

»Verzeihung, ja.« Er lächelte, und dieses Lächeln gefiel ihr gar nicht. »Können wir uns vielleicht setzen?«

Alex ging voraus in die Küche.

»Bestimmt erinnern Sie sich daran«, begann Killingback, »wie ich Ihnen gesagt habe, dass Sie bei mir die Gelegenheit hätten, Ihre Perspektive der Geschichte darzustellen.«

Was für ein schmieriger Widerling. »Und ich habe Ihnen gesagt, dass ich das nicht will und nicht tun werde.«

»Sie haben mich auch gefragt, woher ich wisse, dass Martin Jessop eine Geliebte gehabt hätte.«

»Ja, hatte er. Jackie Wood.«

Killingback fuchtelte mit dem Zeigefinger. »Nein, Sie wissen doch, was ich meine – eine *heimliche* Geliebte. Der Bursche hat nichts anbrennen lassen.«

»Und nun werden Sie mich aufklären.« Alex bemühte sich, möglichst ausdruckslos zu wirken.

»Gäbe es vielleicht Kaffee?«

»Nein.«

»Na gut. Es war im Grunde Rätselraten. Darauf gekommen bin ich durch einen Artikel, auf den ich im Zeitungsarchiv gestoßen bin, verfasst von einem Reporter der *Post*, der mit Jessop vor dessen Verhaftung gesprochen hat. Zu der Zeit, als die Leute anfingen, zwei und zwei zusammenzuzählen, was Jessop und Wood anging. Da stand, wie war das gleich?«

Alex glaubte ihm sein Getue keine Sekunde.

»Ach ja. ›Die Leute glauben, Jackie und ich seien ein Paar, aber das stimmt nicht. Ich habe eine wunderbare Frau und zwei Kinder, die ich schon einmal verletzt habe. Das will ich nie wieder tun.‹«

»Das sagt aber doch überhaupt nichts aus, oder? Jessop hat die Beziehung zu Jackie Wood immer geleugnet.«

»Das stimmt. Und es gab nie einen anderen Hinweis. Das ist die einzige Äußerung von Jessop dazu: ›die ich schon einmal verletzt habe‹. Weil mein Kollege ein verdammt guter Journalist ist, hat er gemerkt, dass da noch was zu holen ist, und hat weiter recherchiert, konnte aber nichts mehr herausfinden. Ich dagegen«, Killingback beugte sich vor, »habe jetzt einen Beweis.«

Alex zog eine Augenbraue hoch. »Ach ja?« Ihr brach der kalte Angstschweiß aus.

»Ein Tagebuch.« Killingback schob ein blaues kartoniertes Notizbuch, wie man es in jedem gewöhnlichen Schreibwarenladen findet, über den Tisch.

Alex schluckte, weil ihr Mund plötzlich wie ausgetrocknet war. Sie schaute auf das Tagebuch, wagte aber nicht, es zu berühren. Da war es also, das Tagebuch, nach dem sie verzweifelt gesucht hatte.

»Ah ja«, sagte sie leise. »Und woher haben Sie das?«

Killingback tippte sich seitlich an die Nase. »Ich hab meine Quellen, wissen Sie.«

Martins Tagebuch. Bislang hatte Alex geglaubt, alles würde gut, wenn sie das nur finden würde. Sie nahm es und schlug es auf. Da stand ihr Name, gleich auf der ersten Seite ganz oben.

Alex. Ich sage so gern ihren Namen, stumm, immer und immer wieder. Wage es nicht, ihn laut auszusprechen, weil sonst vielleicht jemand wissen will, wer sie ist. Und ich könnte ja niemandem gestehen, dass sie die große Liebe meines Lebens ist, dass ich alles darum gäbe, mit ihr zusammen sein zu können.

Rasch klappte sie das Notizbuch wieder zu, blickte zu Boden. Mehr brauchte sie nicht zu lesen. Was sie auch über ihn und sein Verhalten, seine Frau und seine Kinder gedacht haben mochte – er hatte sie geschützt. Und sie hatte nichts für ihn getan.

»Was wollen Sie von mir?«, fragte Alex.

Killingback lächelte, und das Lächeln erinnerte sie an einen Hai. »Nichts.«

Sie blickte abrupt auf. »Nichts?«

»Nein. Das hier ist nur ein Höflichkeitsbesuch.«

»Wie meinen Sie das?«

»Ich werde das Tagebuch veröffentlichen.«

»Was? Das können Sie nicht machen!« Alex griff nach dem Tagebuch, aber Killingback war schneller.

»Das werden Sie schön bleiben lassen«, sagte er. »Es gehört jetzt mir.«

»Nein. Wenn es irgendjemandem gehört, dann der Familie Jessop.«

»Richtig. Und die Familie Jessop – vielmehr Martin Jessops Tochter – hat mir gesagt, ich könne damit machen, was ich wolle.«

»Die Tochter? Bea? Ich dachte, niemand wisse, wo sie ist.«

»Bea? Nein, nein, sie ist hier.« Wieder das Hailächeln. »Ihnen ist sie allerdings bekannt unter dem Namen Nikki.«

Alex schloss für einen Moment die Augen, sie fühlte sich vollkommen erschöpft. Wie dumm von ihr. Nikki Adams, oder Bea Jessop, hatte sich wahrscheinlich auf dem Weg zur Bank den Bauch gehalten vor Lachen. »Wie viel wollen Sie? Und wie viel will Nikki?«, fragte Alex müde, während sie überlegte, wie sie das arrangieren konnte.

»Geld?« Killingback schüttelte den Kopf. »Bea will kein Geld. Sondern Gerechtigkeit.«

»Sie hat das Geld aber nur zu gern genommen, als es ihr angeboten wurde. Jetzt will sie also Gerechtigkeit – oder vielmehr Rache – und Sie? Was wollen Sie?« Alex betrachtete den Reporter forschend. »Sie wollen groß rauskommen. Mit einer Story berühmt werden, auf die alle scharf sind.«

»Und die hat auch Potenzial, nicht wahr?« Er grinste, und Alex hätte ihn am liebsten auf den Mund geschlagen.

Sie zeichnete mit dem Finger Muster auf den Tisch. »Sie werden mich zerstören. Und meine Familie«, sagte sie leise.

»Sie haben auch Jessops Familie zerstört.«

»Wie denn? Das hat er selbst getan.«

Killingback lehnte sich zurück und schlug die Beine übereinander. »Sind Sie ganz sicher?«

»Wie meinen Sie das?« Ihr Herz schlug schneller.

»Wie gesagt, ich habe mich intensiv mit dem Fall beschäftigt, und irgendetwas passt nicht.«

»Sie hören sich an wie in einem schlechten Krimi.«

Killingback zuckte die Achseln. »Mag ja sein. Aber denken Sie doch mal nach. Warum hat Ihr Exschwager sich so ins Zeug gelegt, um zu vertuschen, dass Sie eine Affäre mit Jessop hatten?«

»Weil er mich und seine Familie schützen wollte.«

»Dafür musste er sich aber mächtig anstrengen, nicht wahr? Wussten Sie, dass er den leitenden Ermittler bestochen hat, damit die Gerüchte über Martin Jessops andere Geliebte – oder wie immer man sie nennen will – im Keim erstickt wurden?«

Alex sah den Reporter nur stumm an.

»Edward Grainger hieß der Mann«, fügte Killingback hinzu.

»So heißt er doch wohl noch immer.« Von ihr würde Killingback nichts erfahren.

»Nun, er ist jetzt jedenfalls tot. Hat sich gerade umgebracht. Aber Sie verstehen, worauf ich hinauswill, oder? Man hat keine Mühe gescheut, um Sie zu schützen, und ich frage mich, weshalb.«

»Es ging doch nicht nur um mich, sondern um die ganze Familie, um meine Schwester vor allem. Und wegen ihr dürfen Sie auch das Tagebuch nicht veröffentlichen. Es würde sie umbringen. Sie weiß nicht, dass ich eine Beziehung mit Martin hatte.«

Alex zuckte zusammen, als Killingback auf den Tisch schlug und ausrief: »Ach, nun wachen Sie doch endlich auf und stellen Sie sich den Tatsachen!«

»Sie benehmen sich schon wieder wie eine Knallcharge in einem miesen Film.«

»Hören Sie mir zu. Irgendwas liegt da noch im Verborgenen. Es muss einfach so sein.«

»Es muss einfach so sein?«, wiederholte Alex. »Weil Sie es wollen, oder wie?«

»Nein. Hören Sie. Können Sie sich vorstellen, dass Martin – der selbst zwei Kinder hatte – imstande gewesen wäre, die beiden Kinder Ihrer Schwester umzubringen?«

»Man hat Beweise gefunden.«

»Beweise können fingiert sein. Falsch. Schauen Sie doch, wie es bei Jackie Wood gelaufen ist. Und nun noch mal: Können Sie sich Martin Jessop als Mörder vorstellen?«

»Eigentlich nicht, nein. Ich war sehr überrascht, als er verhaftet wurde.«

Killingback nickte. »Wenn Sie das Tagebuch lesen, werden Sie sehen, dass es darin keinen Hinweis auf die Tat gibt. Jessop hat nur darüber geschrieben, dass er Sie liebt. Beschreibt, wo Sie beide sich getroffen haben, was Sie gemacht haben. Als er dann in Untersuchungshaft war, schrieb er über seine Erfahrungen dort und über seine Frau und seine Kinder. Wohl kaum die Äußerungen eines Mörders.«

»Woher wollen Sie denn wissen, wie die Äußerungen eines Mörders aussehen?« Alex versuchte mit aller Macht, die Zweifel zu ignorieren, die sie überkamen.

»Bitte verstehen Sie«, sagte Killingback, jetzt etwas sanfter. »Ich will nur die Story. Und ich werde sie ohnehin schreiben. Ihnen will ich nur die Gelegenheit geben, Ihre Sicht darzustellen, mehr nicht. Ich erwarte nicht, dass es mir gelingt aufzudecken, wer die Morde in Wirklichkeit begangen hat. Aber man weiß natürlich nie.« Killingback stand auf. »Überlegen Sie es sich.«

34

Kate betrat den Vernehmungsraum und schloss die Tür hinter sich. Dieser Raum war etwas neuer als der andere. An den beigen Wänden befanden sich zwar weniger Kritzeleien, aber er hatte dennoch eine trostlose Atmosphäre; das Fenster weit oben in der Wand und die am Boden festgeschraubten Plastikmöbel sprachen Bände. Kate stellte einen Becher mit Kaffee auf den Tisch. Angela Jessop trug ein langärmliges schwarzes Jerseykleid, das bestimmt teuer gewesen war, dazu ein langes orange-weißes Tuch um den Hals und Silberstecker in den Ohren. Ihre Haare hatte sie zu einem Knoten hochgesteckt, ihr Make-up war dezent.

»Brauche ich einen Anwalt?«, fragte sie. Ihre Stimme klang ruhig, und sie wirkte entschlossen.

Kate lächelte freundlich. Die Frau ging also in die Offensive. »Ich weiß nicht. Was meinen Sie?«, erwiderte sie, in der Hoffnung, dass Angela Jessop nicht auf einen Anwalt bestand. Denn dann würde wohl nicht viel aus ihr rauszukriegen sein.

»Weshalb bin ich hier?«

Kate wies auf den Plastikbecher. »Tut mir leid, dass ich Ihnen nichts Besseres anbieten kann. Ich habe versucht, meinen eigenen Kaffeeautomaten mit ins Revier zu bringen, aber man hat es mir aus Sicherheitsgründen untersagt. Wir müssen also mit diesem Gebräu vorliebnehmen.« Kate stellte ihren eigenen Becher hin und setzte sich Angela Jessop gegenüber an den Tisch. »Wenn Sie nichts dagegen haben, werde ich jetzt die Bandaufnahme einschalten. Ist das in Ordnung für Sie, Angela? Darf ich Sie Angela nennen?«

Jessop nickte.

»Und das da drüben«, Kate wies auf Eve Maitland, die an der Tür stand, »ist Detective Constable Maitland.« Kate schaltete den Rekorder ein und sagte das Datum, die Uhrzeit, ihren Namen und den von Eve Maitland an.

Angela nahm den Becher in beide Hände. »Wieso haben Sie mich hierherbringen lassen?«

»Könnten Sie bitte für die Aufnahme Ihren Namen sagen, Angela?«

Sie seufzte. »Angela Jessop. Und noch mal die Frage: Weshalb bin ich hier?«

»Eigentlich nur, damit wir uns kurz unterhalten können. Sie können sich frei bewegen, Sie sind nicht vorläufig festgenommen.«

»Den Eindruck habe ich nicht. Die Polizei in Cambridge hat mich behandelt wie eine Schwerverbrecherin.« Angela strich sich durchs Haar. »Die haben mir gesagt, irgendetwas müsse geklärt werden und ich solle mit aufs Revier kommen. Aber ich dachte, ich müsse nur nach Parkside, nicht hierher. In Parkside war ich in der Vergangenheit wahrlich oft genug.«

»Ja, tut mir leid. Das weckt sicher Erinnerungen bei Ihnen.«

»Und ob. Und keine guten, wie Sie sich bestimmt vorstellen können.« Sie sah sich um, blickte nach oben zu dem grellen Neonlicht. »Diese Räume sind irgendwie alle gleich. Und ich habe zwar fünfzehn Jahre lang versucht, alles zu vergessen, aber die Erinnerungen sind sofort wieder da.« Angela schauderte. »Ich bin damals stundenlang verhört worden, wissen Sie.«

Kate hatte die Protokolle studiert und war im Bilde. Die Vernehmungen waren teilweise ziemlich brutal gewesen – als wäre man davon ausgegangen, dass Angela an der Ermordung der Zwillinge beteiligt gewesen sei. Es musste eine furchtbare Zeit gewesen sein für Angela Jessop, die natürlich auch von der Boulevardpresse verfolgt worden war. Wie konnte man mit einem Mörder leben, ohne es zu ahnen?, war noch eine der harmloseren Fragen gewesen. Einen Moment empfand Kate Mitleid. Doch dann sah sie wieder Graingers Gesicht in dem Plastiksack vor sich – die geschwollene Zunge, die hervortretenden Augen –, und ihr Mitgefühl verflog schlagartig.

»Tut mir leid«, wiederholte sie.

»Das tröstet mich wenig, wissen Sie.«

Kate nickte. »Ja, aber jetzt ist die Situation eine andere.«

»Tatsächlich? Sie könnten mir wie gesagt ja etwas vormachen. Und beim Hereinkommen habe ich meine Tochter hier gesehen, aber man hat mir nicht erlaubt, mit ihr zu sprechen. Was macht sie hier?«

Kate schlug eine Akte auf und tat so, als müsse sie etwas nachsehen. »Meinen Sie Bea Jessop?«

»Ganz recht.«

»Bei uns ist sie allerdings als ›Nikki‹ bekannt.«

»Wieso wollen Sie meine Tochter verhören? Sie hat nichts Unrechtes getan.« Angela zupfte ihr Tuch zurecht.

»Sicher nicht«, erwiderte Kate ruhig. »Wir wollten nur mit Ihnen beiden sprechen. Um etwas zu klären.« Sie blickte in die Akte, als müsse sie etwas nachlesen. »Sagen Sie, ich frage mich, weshalb Ihre Tochter ihren Namen geändert hat.«

Angela starrte auf die beige Wand. »Warum tut man so etwas? Um einen Neuanfang zu machen. Um die Scham loszuwerden, Tochter eines bestimmten Vaters zu sein. Damals«, Angela sah Kate wieder an, »kam mir ein solches Verhör vor wie eine Ewigkeit. Offenbar haben Ihre Leute angenommen, ich sei Martins Komplizin gewesen. Als sie die Kleider in seiner Wohnung gefunden haben, wurde es erst richtig schlimm. Dann hat man mir diese Fotos gezeigt, diese furchtbaren Fotos.«

Kate rührte sich nicht. Sie brauchte sich keine Fotos anzusehen, um sich an den Anblick des kleinen Harry zu erinnern. »Wer hat Sie damals verhört? Wissen Sie das noch?«

Angela verzog das Gesicht. »Wie könnte ich das vergessen. Grainger. Detective Inspector Edward Grainger. Ein überheblicher Widerling.«

»Haben Sie ihn in letzter Zeit mal gesehen?«

»Wen, Grainger?«

»Ja. Edward Grainger.«

»Der arbeitet doch jetzt auf Guernsey, dachte ich?«

»Nein, er ist hierher zurückgekommen, als seine Frau krank wurde. Sie ist vor einem Jahr gestorben.«

»Das tut mir leid.«

Gewiss doch, dachte Kate. »Grainger wurde vor zwei Tagen ermordet.«

»Ermordet?«

Jessop spielte ihre Rolle nicht schlecht, war aber auch kein Profi. Als das Neonlicht flackerte, begann ein Muskel in ihrer Wange zu zucken.

Kate stützte die Ellbogen auf den Tisch und faltete die Hände. »Man hat Grainger Whisky und Tabletten eingeflößt, ihm dann einen Plastiksack über den Kopf gestülpt und Helium reingepumpt, bis der Mann tot war.«

»Das ist ja grauenhaft.« Angela blinzelte dreimal. Die Neonröhre flackerte wieder. Eine Strähne löste sich aus dem Haarknoten.

»Es ist so, Angela: Sie wurden von einer Verkehrskamera geblitzt. Auf der Straße, in der Grainger wohnte. Eine Dreiviertelstunde, bevor seine Leiche gefunden wurde.«

»Eine Verkehrskamera?«

»Ja.«

»Auf der Straße, in der Grainger wohnte?«

»Ja.« Kate unterdrückte ihre Ungeduld.

»Bin ich deshalb hier? Weil ich von einer Verkehrskamera in der Nähe von Graingers Haus geblitzt wurde?«

»Kurz bevor man Grainger tot auffand, ja. Und kurz nach seinem Tod. Und Sie waren auch nicht alleine im Auto, sondern mit Ihrer Tochter.«

»Was?« Angela zog verächtlich die Oberlippe hoch. »Und das wollen Sie auf einem dunklen, verschwommenen Foto erkannt haben?«

Kate zog das Bild zwischen ihren Papieren hervor und schob es über den Tisch. Angela griff danach und betrachtete es. Sie wurde blass, legte das Foto ab und spielte nervös mit ihrem Halstuch. »Und? Das beweist doch gar nichts.«

»Was haben Sie an dem Tag, an dem Grainger starb, in der Nähe seines Hauses gemacht?«

»Woher wollen Sie denn wissen, dass er ermordet wurde? Das hört sich doch eher nach einem Selbstmord an«, erwiderte Angela verbissen. »Solche Feiglinge stehlen sich doch immer davon. Schreiben eine Abschiedsnachricht, dass sie das Leben nicht mehr ertragen. Sogar Martin. Wussten Sie, dass er eine Geliebte hatte?«

Kate schloss für einen Moment die Augen, um ihre Aufregung in den Griff zu bekommen. Die Nachricht. Sie hatte keine Nachricht erwähnt. Und endlich ein Hinweis auf die Geliebte.

»Erzählen Sie mir von dieser Frau, Angela, der Geliebten oder wie immer Sie sie nennen wollen.« Kate spürte, wie sie der Wahrheit der Ereignisse vor fünfzehn Jahren näherkam.

»Elende Schlampe würd ich sie eher nennen. Wäre die nicht gewesen, dann wäre Martin noch am Leben.« Angela ließ ihr Tuch in Ruhe und begann stattdessen an der Haut an ihren Daumen zu zupfen. »Dieses verdammte Tagebuch. Ich wusste nichts davon, bis Bea mir davon erzählt hat.« Angela stieß ein bitteres Lachen aus. »Entschuldigung, ich kann mich einfach nicht an ihren neuen Namen gewöhnen. Genauso wenig wie an die Vorstellung, dass sie im Supermarkt Regale auffüllt. ›Bea‹, hab ich zu ihr gesagt, ›findest du denn keine Arbeit, die deiner Ausbildung angemessen ist?‹ Sie ist eigentlich Lehrerin, wissen Sie.«

»Wem gehörte das Tagebuch?«

»Martin.« Die Frage schien sie zu überraschen.

»Und da steht etwas über diese Geliebte drin?« Kate wusste, dass sie jetzt behutsam vorgehen musste, damit Angela nicht dichtmachte.

»Ich frag mich inzwischen, ob diese Geliebte nicht was damit zu tun hatte, wissen Sie – mit dem, was damals passiert ist.« Angela fixierte Kate. »Meinen Sie, das wäre möglich?«

»Das weiß ich nicht, Angela. Erzählen Sie mir doch mehr.«

Sie gab einen zittrigen Seufzer von sich. »Martins Anwalt war ein Freund, der mit Jonny Danby Golf gespielt hat.« Sie verzog das Gesicht zu einem schiefen Lächeln. »Die alten Knaben halten immer zusammen, wie? Es war nicht schwer, über die Jahre mit Jonny Kontakt zu halten. Ich wollte die Wood im Auge behalten, wollte wissen, was aus ihr wurde im Gefängnis. Dachte mir, es könnte nützlich sein, und das war's auch. Jonny Danby war eben nicht nur Martins Anwalt, sondern auch der von Jackie Wood.« Angela knibbelte an den losen Hautstückchen an ihren Daumen. »Und Danby hat mir von Woods Berufungsverfahren erzählt und dass sie wahrscheinlich freigelassen werde. Er sagte auch, dass sie wohl eher nicht in einen anderen Teil des Landes ziehe. Dann brauchte ich nicht mehr allzu viel recherchieren, um herauszufinden, dass ihre Eltern gestorben waren. Sie hatten einen Campingwagen in Sole Bay, der nicht verkauft worden war. Das gute alte Internet.« Angela zuckte die Achseln. »Meine Tochter fuhr nach Sole Bay, mietete sich einen Wohnwagen auf demselben Campingplatz und bekam durch einen Glücksfall den Wagen neben Wood. Bea sagte mir, sie hätte einen Plan, wie Wood für das bezahlen sollte, was sie unserer Familie angetan hat. Weil Bea nämlich nie geglaubt hat, dass ihr Vater schuldig war, wissen Sie.« Angela lächelte. Die traktierten Stellen an ihren Daumen sahen schon wund aus.

»Und was ist mit Ihnen? Haben Sie denn geglaubt, dass Ihr Mann die Kinder getötet hat?«

Angela Jessop seufzte schwer. »Zunächst wusste ich gar nicht, was ich denken sollte. Ich habe Martin geliebt. Ach, ich wusste wohl, dass er fremdging.« Sie machte eine wegwerfende Handbewegung, als sei ihr das nicht wichtig. »Das hat er ja in diesem Interview mit der *Post* quasi zugegeben. Nachdem er sich umgebracht hatte, habe ich ihn gehasst. Aber dann ... dann wurde mir klar, dass er diesen Kindern niemals etwas angetan hätte. Niemals.«

Kate nickte. »Und wie war das also mit dem Tagebuch?«

Ein erneuter Seufzer. »Wood und Bea kamen ins Gespräch, und so erfuhr Bea alles über dieses Tagebuch. Martin hatte sogar im Gefängnis noch Eintragungen gemacht, aber dann wurde es ihm von einem Polizisten weggenommen. Wood sagte, Edward Grainger hätte es und es sei ›Sprengstoff‹. Genau so hatte sie es gesagt. Und dann kam diese Frau zu mir. Alex Devlin.«

Kate dachte an den Einbruch. »Also hat Bea nachts in Graingers Haus nach dem Tagebuch gesucht, oder?«

»Na, sie konnte ja schlecht hingehen und den Dreckskerl danach fragen, oder? Ja, sie war im Haus und hat das Tagebuch gefunden. Könnte ich noch einen Kaffee haben, bitte?«

Kate nickte und schaltete den Rekorder aus. »Wir können eine kleine Pause einlegen.«

Eve Maitland ging hinaus und kehrte kurz darauf mit einem weiteren Becher Kaffee zurück.

»So«, sagte Kate, schaltete den Rekorder wieder ein und

wiederholte die Ansage. »Bea hat das Tagebuch also gefunden?«

»Sie waren dort, oder?«

»Wo?«

»Damals, als der kleine Junge gefunden wurde. Sie haben Harry doch gefunden.« Angela runzelte die Stirn. »Das muss …«, sie schüttelte den Kopf, »ach, ich weiß gar nicht. Das muss so entsetzlich für Sie gewesen sein.«

»Ja.« Kate blockierte die Bilder, die sich wieder in ihren Kopf drängen wollten. »Das Tagebuch.«

»Da stand alles haarklein drin. Wann sie sich heimlich getroffen und wo und was sie gemacht haben.« Angela klang angewidert. »Zu Anfang Sex in irgendwelchen Hotelzimmern. Dann hat sie ihm die Wohnung in Sole Bay verschafft. Sehr praktisch.«

Die Verletztheit war auch nach all den Jahren noch zu spüren.

»Steht in dem Tagebuch auch drin, was aus Millie geworden ist?«, fragte Kate.

Angela sah sie verblüfft an. »Nein, nein.« Sie schüttelte den Kopf. »Da ist nur immer von ihr die Rede. Und als Martin ins Gefängnis kam, hatte er das Gefühl, dass er sie nicht bloßstellen dürfte, dass das nicht gut für sie sei. Aber für mich wäre es gut gewesen.« In ihren Augen glitzerten Tränen. »Er hat auch was über mich und die Kinder geschrieben. Er hat uns immer noch geliebt. Daran kann ich mich festhalten.«

»Wer war sie?«

»Wer?«

»Die Geliebte.«

»Ach so, hatte ich das nicht erwähnt? Alex Devlin war es.«

Die Daumen waren jetzt blutig.

35

Es kam Alex vor, als sei der Himmel zum ersten Mal seit Monaten wieder einmal klar. Die Sonne strahlte, als sie den Gartenweg zu Sashas Haus entlangging. Sie musste jetzt endlich die Wahrheit erfahren und mit diesen Versteckspielen Schluss machen. Killingback würde sich durch nichts davon abhalten lassen, seine Story zu schreiben und seine Spekulationen öffentlich zu machen. Vielleicht würde man dann den Fall neu aufrollen und endlich herausfinden, was aus Millie geworden war. Doch Alex bezweifelte es; ihrer Erfahrung nach lief es meist anders im Leben.

Sie klopfte an die Haustür.

Jez öffnete ihr. Er war bleich und sah aus, als hätte er eine Woche nicht geschlafen. »Alex.«

»Mit Sasha alles in Ordnung?«

»Ja, wieso?«

»Na ja, normalerweise bist du ja nicht hier, und da dachte ich …«

»Dass sie sich wieder geritzt hat? Nicht schlimmer als sonst. Was willst du?«

»Meine Schwester sehen«, sagte Alex. »Wenn es denn recht wäre.«

»Klar.« Jez öffnete die Tür weiter, doch als Alex sich an ihm vorbeidrängen wollte, packte er sie am Arm. Sie widerstand dem Impuls, ihn sofort abzuschütteln, und starrte ihn verärgert an. »Ich will zu Sasha.«

»Du solltest vorher noch was wissen.«

»Das Tagebuch. Ich weiß Bescheid. Ed Killingback hat mir genüsslich berichtet, dass es sich jetzt in seinem Besitz befindet.«

»Was, *der* hat es jetzt?«

»Ja, wieso?«

»Weil es aus Graingers Haus gestohlen wurde, einige Tage vor seinem Tod.«

Alex lachte. »Ich kann nicht glauben, dass Killingback es gestohlen hat.«

»Hat er auch nicht. Aber Bea Jessop.«

»Bea?«

»Scheint so. Angela und Bea Jessop haben wohl beide mit Graingers Tod zu tun. Das hört man jedenfalls im Revier.«

Alex lehnte sich an die Wand. »O Gott. Jetzt kommt wirklich alles ans Licht, oder?«

»Hey, Lexie, was machst du hier?«

Wenn Jez aussah, als hätte er eine Woche nicht geschlafen, dann schien es bei Sasha ein ganzer Monat zu sein. Ihre Haare hingen strähnig herab, ihr abgemagertes Gesicht wirkte grau. Mit der einen Hand umfasste sie ihren fleckigen Morgenmantel, mit der anderen kratzte sie sich am Kopf, am Hals und an den Armen. Seit Alex bei ihrer Schwester gewesen war, um ihr von Jackie Woods Freilassung zu berichten, hatte sich Sashas Zustand drastisch verschlechtert. Gott, und nun sollte sie ihr auch noch von Martin Jessops Tagebuch und der drohenden Reaktion der Medien erzählen, die Sashas Leben aufs Neue auf den Kopf stellen würden?

»Du wolltest grade aufbrechen, nicht wahr?«, sagte Jez, der Alex immer noch am Arm festhielt.

Wie einfach wäre es gewesen, Ja zu sagen, wieder hinaus in die Sonne zu gehen, ihr Leben zu leben und vielleicht sogar die Stadt zu verlassen, bis die Zeitungen als Unterlage für Katzenklos benutzt wurden.

»Nein«, sagte Alex. »Ich will mit Sasha reden. Es ist wichtig.« Sie sah Jez an. Vielleicht war es Einbildung, aber es kam ihr vor, als sei er zusammengezuckt. »An dem Tag, als die Zwillinge verschwunden sind, ist etwas anderes passiert, als ich immer geglaubt habe.«

»Nur herein, Lexie, nur herein«, trällerte Sasha in dem Tonfall, den Alex von früher kannte. So verhielt sich Sasha immer, wenn sie besonders instabil war. Sie kicherte. »Klingt ein bisschen wie in dieser Spielshow, nicht wahr? Ach, du kennst die doch. Wie hieß sie gleich wieder, Jez?«

Jez strich sich mit beiden Händen über den Kopf. »Weiß nicht, Sasha.«

»Nee? Das ist aber blöd. Na, jedenfalls, Alex, ich will auch mit dir reden. Unbedingt.«

Im Wohnzimmer war es stickig, und es roch wie immer muffig. Alex setzte sich aufs Sofa und klopfte auf den Platz neben sich. Jez blieb in der Tür stehen; es sah beinahe aus, als wolle er den Fluchtweg versperren. »Komm her, Sash«, sagte Alex. »Ich muss dir was erzählen.«

Sasha verengte die Augen. »Wenn es mit Martin Jessop zu tun hat, brauchst du dir keine Mühe zu geben. Ich weiß alles über euch.« Sie fuchtelte mit den Armen, und unter dem Morgenmantel kam ein fleckiges Nachthemd zum Vorschein.

Alex stockte der Atem. Sie hatte immer versucht, Sasha zu schützen. Jez hatte immer versucht, Sasha zu schützen. Aber sie hatte die ganze Zeit Bescheid gewusst.

Sasha setzte sich zu Alex und tätschelte ihr Knie. »Hab's gewusst. War mal bei dir zu Hause und hab euch zusammen gesehen.« Ihr Gesicht verzerrte sich. »Ich hab deinen Liebhaber gesehen. Du hast Jessop in unsere Familie gebracht. Und weißt du was? Als ich zu ihm gegangen bin …«

»Du warst bei Martin? O mein Gott, wann denn? Er hat mir nie was davon gesagt!«

»Ich weiß nicht mehr, wann, Schätzchen. Aber ich war bei ihm. Und weißt du, was? Er wollte nichts von mir wissen. Absolut nichts.«

»Wie meinst du das?«

Sasha begann zu weinen. »Er sagte, er fände mich ordinär. Und hässlich.« Sie sah Jez an. »So wie du auch. Du findest mich auch ordinär und hässlich.«

»Ich habe dir immer gesagt, wie sehr ich dich liebe«, widersprach Jez. »Immer und immer wieder.«

Sie blickte ihn entsetzt an. »Wirklich?«

»Das weißt du doch, Sasha.« Jez sah verzweifelt aus.

Alex war übel. Sie nahm Sashas Hände. »Sash?«

»Mmm?«

»Was ist wirklich passiert an dem Tag, an dem die Kinder verschwunden sind?«

36

VOR FÜNFZEHN JAHREN

Sasha war es gelungen, im Badezimmer zu verschwinden, um in Ruhe pinkeln zu können, ohne dass neugierige Kleinkinder wissen wollten, was sie da machte und warum, warum, warum. Und jetzt wollte sie duschen, während Jez auf die Kinder aufpasste. Sie hasste es, Jez darum bitten zu müssen, weil sie ihm dann immer ansah, dass er den sauren Geruch ihres Körpers verabscheute.

Sie betrachtete sich im Spiegel. Das Gesicht war blass und verhärmt, die Haare strähnig, die Brüste schlaff. Deshalb erwachte sie jeden Morgen mit diesem bleischweren, düsteren Gefühl. Und dachte seit einiger Zeit darüber nach, ob sie vor der Verantwortung flüchten sollte.

Heute vielleicht, denn heute wollte sie sich freinehmen. In den Zug nach Norwich steigen und bummeln gehen. In dem großen Buchladen Kaffee trinken und in einem Buch lesen, das sie eventuell kaufen würde. Irgendwo lunchen – in Frank's Bar zum Beispiel. Das würde sie bestimmt aufmuntern.

Sasha ließ die Schultern hängen. Aufmuntern. Wie sollte das denn gelingen, wenn es schon eine übermenschliche Anstrengung war, nur die Dusche anzustellen.

Es schien eine Ewigkeit zu dauern, bis sie sich ausgezogen hatte. Dann trat sie in die Duschkabine und starrte auf die Wasserhähne. Versuchte, an den Sonnenschein draußen zu denken. Daran, dass sie einen ganzen Tag für sich hätte, weil Alex auf die Kinder aufpassen und Gus mit ihnen spielen würde. Vielleicht würden sie zusammen einen Ausflug ans

Meer, in den Park oder in die Bücherei machen. Ja, die Bücherei wäre eine gute Idee. Die Kinder liebten die Bücher und die Geschichten. Sasha runzelte die Stirn. Aber diese Jackie Wood war sonderbar. Die bewahrte Bilder auf, die Harry und Millie in der Erzählstunde gemalt hatten. Und einmal war sie ihnen nach Hause gefolgt. Hatte sich wohl unbemerkt geglaubt, aber Sasha hatte sie natürlich gesehen. Nein, vielleicht sollte Alex die Bücherei doch lieber meiden.

Jetzt fühlte Sasha sich ein wenig lebendiger und drehte das Wasser auf. Alles wegwaschen. Den ganzen Müll und Schmutz in ihrem Kopf.

Eine halbe Stunde später war sie sauber, hatte geföhnte Haare und trug ihre Ausgehklamotten. Sasha besaß einige fast ungetragene Sachen, weil sie normalerweise in Jogginghose und Sweatshirt herumlief oder – an schlechten Tagen – in Nachthemd und Morgenmantel. Heute hatte sie sich sogar ein bisschen geschminkt.

»Du siehst fantastisch aus«, sagte Jez lächelnd, ein Kind auf jedem Arm. »Verdammt hinreißend.«

»Schsch«, erwiderte Sasha lachend, »doch nicht vor den Kindern.«

»Hier, Liebling.« Er reichte ihr drei Zwanzig-Pfund-Scheine, »kauf dir was Schönes. Eine Handtasche, ein neues Kleid – was ihr Frauen euch so wünscht. Oder Schuhe vielleicht.«

»Rote Pumps mit irrsinnig hohem Absatz?«

Jez nickte. »Rote Pumps mit irrsinnig hohem Absatz.«

Sasha nickte. Ihr Kopf fühlte sich zum ersten Mal seit Monaten wieder klar an, und in solchen Momenten glaubte sie Jez, dass er sie wirklich liebte, dass sie nicht nur die zweite Besetzung nach Alex war. Ja, Jez sagte immer, er habe Sasha gewollt; als er sie gesehen habe, habe er Alex sofort vergessen. Aber konnte Sasha ihm das glauben? Der altbekannte Zweifel überkam sie. Ihre Schwester war Jez' erste Liebe gewesen, so viel stand fest. Sasha sah die beiden vor sich, ineinander verschlungen auf dem Sofa im kleinen Wohnzimmer der Eltern. Alex hatte aufgeblickt, dieses zufriedene Katzenlächeln auf dem Gesicht. Damals hatte Sasha beschlossen, dafür zu sorgen, dass dieses Lächeln verschwand und ihre Schwester leiden würde. Mit allen verfügbaren Tricks hatte Sasha erreicht, dass Jez ihr mit Haut und Haaren verfiel.

Zuerst hatte es sich wie ein Spiel angefühlt. Sie hatte ihn absichtlich im Flur gestreift, ihn gebeten, ihren Reißverschluss am Rücken hochzuziehen, ihn nach seiner Meinung über Kleider, Filme, Bücher gefragt. Alles ziemlich offensichtlich, aber erprobt und wirksam.

Ihr Plan hatte allerdings zur Folge, dass sie Jez' dauernde Beteuerungen, dass er nur mit ihr zusammen sein wolle, nicht glauben konnte. »Liebst du mich wirklich?«, fragte sie ihn unentwegt, bis er genervt war und wegging und sie mit noch schlimmeren Zweifeln zurückblieb.

Sasha hatte das Gefühl, dass sie sich ganz besonders ins Zeug legen musste, damit Jez bei ihr blieb.

Dann wurde sie schwanger und war eine Zeit lang froh und zufrieden, wagte es sogar, sich geborgen zu fühlen. Dazu trug auch die Nachricht bei, dass sie Zwillinge bekommen würde. Das hatte nicht einmal Alex geschafft. Doch irgendwie gingen diese angenehmen Gefühle nach und nach verloren, und sie geriet wieder in eine Abwärtsspirale. Es kam ihr vor, als wirble ein träger Nebel in ihrem Kopf umher, der es ihr unmöglich machte, klar zu denken und zu handeln. Mühsam hangelte sie sich durchs Leben.

Aber dieser Tag war ein guter Tag. Sie hatte frei und konnte sich rote Pumps mit irrsinnig hohem Absatz kaufen.

Es klingelte an der Tür.

»Das ist sicher Alex«, sagte Sasha. »Wann brichst du zur Arbeit auf, Jez?«

Er lächelte sie an, und sie wollte glauben, dass er sie liebte. »Ich hab noch Zeit für einen schnellen Kaffee mit deiner Schwester, dann heißt es auf ins Vergnügen.«

Als Alex hereinkam, den glucksenden Gus auf der Hüfte, küsste sie ihre Schwester auf die Wange und sagte: »Ab mit dir. Ich werd gut auf die Kinder aufpassen, mach dir keine Sorgen. Viel Spaß.«

»Danke, Alex. Ich komme so gegen fünf zurück.«

»Gut. Zieh los. Wir sehen uns bei mir, okay?« Alex schob ihre Schwester sanft zur Tür hinaus. »Du kannst meine Großzügigkeit gerne hemmungslos ausnutzen.«

Die Sonne fühlte sich warm an, als Sasha den Gartenweg entlangging und die Pforte öffnete. Ein perfekter Sommertag. Sie schaute noch einmal zurück. Alex und Jez lachend. Alex beugte sich vor, um Harry zu kitzeln. Millie klatschte und streckte die Hand nach ihrem Vater aus. Eine vollständige Familie. Sasha wandte sich ab.

Sie hatte dann tatsächlich einen schönen Tag; die düsteren Gedanken kehrten erst auf der Heimfahrt zurück, als Sasha aus dem Zugfenster starrte. War Jez wirklich zur Arbeit gegangen oder womöglich bei Alex geblieben? Er hatte zwar gesagt, er werde gleich aufbrechen, aber schließlich taten Menschen nicht immer, was sie sagten, nicht wahr? Und liebten Harry und Millie Alex vielleicht mehr als ihre eigene Mutter? Sooft sich Sasha auch befahl, von diesen dummen Gedanken abzulassen – sie wollten einfach nicht aus ihrem Kopf weichen.

Und ihre Füße fühlten sich ebenso bleiern an wie ihr ganzer Körper, als sie in Alex' Straße einbog. Die Plastiktüten, die sie trug, wurden immer schwerer, die Griffe schnitten in die Hände. Sasha war spät dran, und die Vorstellung, dass zwei Kinder sich auf sie hechten würden, fand sie unerträglich.

Und dann musste sie auch noch mit den beiden nach Hause gehen und sie bettfertig machen; wie sollte sie das überhaupt noch schaffen? Nach dem Besuch bei ihrer Tante waren sie garantiert total aufgedreht. Bestimmt hatten sie Eis und Süßigkeiten und Gott weiß was bekommen und einen langen Mittagsschlaf gemacht, auch wenn sie das eigentlich nicht mehr brauchten. Alex musste sich ja nicht mit den Folgen herumschlagen. Die konnte ihren braven kleinen Jungen mit nach Hause nehmen und war fein raus. Und Jez wollte sein Abendessen, und dann gingen die zermürbenden Gedanken, was er wohl gemacht hatte und ob er mit Alex zusammen gewesen war, von vorne los.

Sasha tat der Kopf weh.

Sie blieb vor dem Gartentor stehen.

Ihre beiden Kinder spielten ohne Aufsicht im Vorgarten. Jemand könnte sie mitnehmen. Sie könnten das Tor aufmachen, wegrennen, von einem Auto überfahren werden. Sasha packte die Wut. Wie konnte Alex die beiden alleine lassen?

Vor dem Haus stand ein Wagen. Vermutlich war dieser Martin Jessop da. Kein Wunder. Wahrscheinlich rammelten die beiden da drin wie die Karnickel, während die Kinder mutterseelenallein im Garten spielten.

Oh, sie wusste alles über Martin Jessop. Alex hatte keine Ahnung davon, aber Sasha war im Bilde. Sie hatte die beiden eines Tages zusammen beobachtet und Martin danach auf der Straße zur Rede gestellt, um zu erfahren, wer er war und warum er ausgerechnet mit Alex zusammen sein wollte. Ihrer Schwester, die sich nicht einmal daran erinnern konnte, wie sie mit dem Vater ihres Sohnes gevögelt hatte. Alex, die zuerst mit Jez zusammen gewesen war.

Aber dieser Jessop hatte Sasha angeschaut, als sei sie irgendein Stück Dreck, das an seinem Schuh haften geblieben war. Überhebliches Arschloch. Hielt sich für ach so künstlerisch und schlau. Hatte sie sogar angebaggert. Nun, dem hatte sie schnell Einhalt geboten. Dann hatte er behauptet, er wisse, dass sie Depressionen habe und manchmal die Kinder vernachlässige, sie sei ja arm dran und ob er ihr helfen könne? Daraufhin war sie wütend geworden und hatte ihn auf der Straße angebrüllt. Er hatte sie »keifendes Fischweib« genannt und sie ihn »Wichser«.

Zumindest glaubte Sasha, dass es sich so abgespielt hatte. Vielleicht hatte sie aber auch gar nicht mit Martin Jessop gesprochen. Vielleicht hatte er sie bloß angesehen oder durch sie hindurchgeschaut und war einfach weitergegangen. Sie schüttelte den Kopf, um klarer denken zu können. Egal. Der durfte jedenfalls nicht hier sein, während Alex drei Kinder beaufsichtigen sollte, von denen nur eines ihr eigenes war.

In diesem Moment drehten Harry und Millie sich um und entdeckten ihre Mutter.

»Mamiii, Mamiii!«, schrie Millie. Harry kam mit seinen kurzen Beinchen auf sie zugeflitzt, gefolgt von Millie. Sasha stellte die Tüten ab, streckte die Arme aus und hob Harry hoch. Sein kleiner Körper fühlte sich fest an, aber Sasha wusste, dass die Knochen weich waren. Zerbrechlich wie bei einem Vogel.

Sie vergrub ihr Gesicht in seinem Haar. Meine wunderschönen Babys, dachte sie.

Plötzlich kam ihr der Gedanke, dass sie doch gar nicht mit Alex reden und zu Hause für alle Essen machen musste. Es war ein schöner, warmer Abend. Sie könnte doch an den Strand gehen. Da ging es ihr immer besser – die Gischt, die Wellen. Dort konnte sie Alex und Martin und Jez vergessen und es einfach nur genießen, mit ihren Kindern zusammen zu sein.

»Kommt, ihr beiden«, sagte sie aufgeregt zu Harry und Millie, »wir gehen Eis essen.«

»Au ja, bitte, bitte, Mami! Eis essen!«, jubelte Millie.

»Jaaaaa! Eis!«, rief Harry.

Das war eine gute Idee, beschloss Sasha. Dann musste sie kein Abendessen machen. Von Eis wurden sie auch satt.

Sie gingen durch die Dünen zum Strand, wo noch einige Leute unterwegs waren, und steuerten auf Jim's Café zu. Ein Paar saß in diesen ulkig aussehenden Liegestühlen und las Zeitung. Ein Mann warf eine Angel aus, und ein anderes Paar schleuderte Stöckchen, hinter denen zwei tropfnasse Labradore herrannten. Eine Familie briet Würstchen am Lagerfeuer. Vom Meer her wehte ein leichter Wind, und Sasha spürte den Salzgeschmack auf der Zunge.

Aber als sie zum Café kamen, hatte es schon geschlossen.

Sasha sank auf einen Stuhl und hätte am liebsten geweint.

»Eis, Mami?«

Sie strich Millie über den Kopf. »Heute nicht, Schatz.«

»Aber du hast es versprochen!«, quengelte Harry.

»Versprechen werden nie gehalten!«, fauchte Sasha. »Auf das, was andere sagen, kann man sich nicht verlassen.«

Die beiden starrten sie stumm an.

Sasha stand auf. »Kommt, wir gehen zu unserer Strandhütte.« Sie rannte los, die Kinder versuchten, ihr zu folgen.

Die Strandhütte »Seemannsruhe« gehörte seit jeher der Familie. Sasha erinnerte sich an Familienpicknicks am Strand – mit Eier-Kresse-Sandwiches, Würstchen im Schlafrock, Marmorkuchen, Limonade. Alles hatte zwischen den Zähnen geknirscht vom Sand. Hatten sie mit den Eltern Cricket gespielt, Sandburgen gebaut, tiefe Löcher gegraben und zugesehen, wie das Wasser hineinströmte – oder bildete sie sich das nur ein?

Sasha öffnete die Türen der Hütte, um das Licht der Abendsonne hereinzulassen. »Kommt, wir holen die Liegestühle raus«, sagte sie eifrig. »Mami macht uns allen was zu trinken, und dann schauen wir zu, wie die Sonne untergeht, und bauen vielleicht ein paar Sandburgen. Wie findet ihr das?«

»Aber ich hab teine Schaufel«, wandte Millie ein.

Dummes Kind, ständig am Meckern. »Hier sind bestimmt Schaufeln drin.« Sasha öffnete den Schrank in der Ecke, bückte sich und kramte schmuddelige Kissen, Zeitungen, verfärbte Plastikteller und -becher von altem Picknickgeschirr, einen verbeulten Wasserkessel und einige eselsohrige Taschenbücher heraus. Schließlich gab sie auf und verharrte vor dem Schrank in der Hocke.

»Wo sind unsere Schaufeln, Mami?«, fragte Millie.

»Und Eimer?«, fügte Harry hinzu und steckte den Daumen in den Mund.

Sasha sprang auf. »Ach, das ist doch nicht so wichtig. Wir brauchen keine Schaufeln und Eimer. Wir trinken stattdessen Saft. Da im Hängeschrank ist bestimmt noch Orangensirup.« Ja, tatsächlich – eine halbe Flasche Sirup. Aber kein Wasser. Sie würde welches holen müssen. Sasha goss Sirup in drei Becher und stellte sie auf den kleinen Campingtisch.

»Bleibt hier«, sagte sie. »Ich hol nur mal rasch Wasser.«

Mit dem Wasserkanister lief sie über den Sand zum Wasserhahn.

»So«, sagte sie, als sie zurückkam, »jetzt haben wir prima Saft. Ich trink auch einen.« Sie lächelte; die Bewegung fühlte sich irgendwie seltsam an in ihrem Gesicht. Die Kinder standen stocksteif da. »Na kommt schon, trinkt was.« Sie schob ihnen die Becher hin. Millie und Harry rührten sich noch immer nicht. »Jetzt trinkt doch endlich«, sagte Sasha und rieb sich die Hände. »Los doch.«

»Aber Mami, die Tassen sind schmutzig«, flüsterte Millie. »Da is was Schwarzes drin.«

Sasha kicherte. »Bisschen Schmutz schadet nicht, Millie. Schau, Mami trinkt auch.«

»Ich mag das nich«, sagte Harry.

»Um Himmels willen, Harry, jetzt trink doch.« Also wirklich. Da versuchte sie, mit den Kindern Spaß zu haben. Was Lustigeres zu machen als Alex. Merkten sie das denn nicht?

Harrys Lippen begannen zu zittern.

»Schau mal, Harry, ich trink auch«, sagte Millie und nippte an dem Becher.

Eine Träne rollte Harry über die Wange. »Ich mag aber nich.«

»Ach Herrgott noch mal, Harry, hör doch bloß zu heulen auf!«

Jetzt begann Harry laut zu schluchzen, während Millie ihn von der Seite ansah und von einem Fuß auf den anderen trat.

Sasha starrte die beiden aufgebracht an. »So verdammt undankbar«, knurrte sie und verschränkte die Arme vor der Brust.

Was sollte sie jetzt machen?

»Kommt, wir gucken, wie die Sonne untergeht. Wollt ihr?«

Millie nickte, sah aber alles andere als begeistert aus. Harry blieb stumm und nuckelte am Daumen. Dann murmelte er: »Bin müde, Mami. Harry is müde.«

Sasha fühlte sich schuldig und hilflos. »Ich weiß«, sagte sie. »Aber so einen Sonnenuntergang vergisst man sein Leben lang nicht.« Sie hob Harry hoch, nahm ihre Taschen und marschierte hinaus, gefolgt von Millie.

Der Himmel nahm eine blutrote Farbe an. Sie waren lange am Strand entlanggegangen. In der Ferne sah Sasha, wie der Angler seine Ausrüstung einpackte. Das Paar mit den Hunden war verschwunden, und die Familie streute Sand auf die Feuerstelle. Der Wind trug den Geruch von Holzkohle herüber. Sasha setzte sich mit den Kindern auf den aufgeschütteten Kies am Strand und sah zu, wie die Wellen heranrollten und sich wieder zurückzogen. Heranrauschten, zurückwichen. Leises Gluckern zwischen den Steinen, ab und an das

Kreischen einer Möwe. Die Zwillinge versuchten, zwischen den Steinchen eine Rinne in den Sand zu graben. Sasha umschlang ihre Beine und legte das Kinn auf die Knie.

Am liebsten wäre sie weggelaufen.

Wie konnte ein einziger Tag in Norwich so viel verändern? Sie war eben einfach keine gute Ehefrau, und Jez würde sie garantiert eines Tages wegen einer anderen Frau verlassen, die lebhafter, fähiger, liebenswerter war. Und wie sollten sie und die Zwillinge dann zurechtkommen? Wie würde ihr Leben dann aussehen?

Es konnte ihr doch niemals gelingen, die Kinder vor all den bösen Dingen zu bewahren, die ihnen unweigerlich zustoßen würden.

Das Rauschen der Wellen, ihr Kommen und Gehen, hatte etwas Hypnotisierendes.

Jetzt hielt sich niemand mehr am Strand auf, und es dämmerte bereits. Das Meer lag ruhig und glatt da, Himmel und Horizont wurden eins. Die Stimmung war friedlich.

Es war verlockend.

Sasha wusste, was sie tun musste.

Sie nahm Harry auf den Arm und ergriff Millies Hand. »Kommt, ihr Schätze. Wir gehen schwimmen.«

»Aber ich bin müde, Mami«, sagte Millie.

»Ich auch, Süße.«

Sie zog ihre Tochter vorwärts, bis ihnen beiden das Wasser um die Knöchel schwappte.

»Kalt, Mami!« Millie begann zu weinen.

»Schsch, Schätzchen, ist nicht lange kalt, das versprech ich dir. Mach einfach, was Mami macht. Komm, wir singen.«

Sie packte Millies Hand fester, sang ein Liedchen und watete weiter ins Meer, zerrte ihre Tochter hinter sich her mit einer mächtigen Kraft, von der sie selbst nichts geahnt hatte.

Beide Kinder schluchzten, als Sasha immer tiefer ins Wasser watete.

Eine Welle zog ihr den Boden unter den Füßen weg. Als sie die Augen öffnete, sah sie Millie unter sich. Alles war still. Auch das ständige Geplapper im Kopf war verstummt. Harry hielt sie noch in den Armen.

37

Keuchend rannte Jez durch die Dünen zum Strand. Sein Herz hämmerte wie verrückt. Hier irgendwo musste Sasha sein.

Es war fast dunkel, und er konnte kaum etwas erkennen – sogar der Mond war gegen ihn und verbarg sich hinter Wolken. Jez hatte eine Taschenlampe aus dem Auto mitgenommen und leuchtete damit am Strand entlang.

Da saß sie, umspült von Wellen.

Er rannte zu ihr, ließ sich neben ihr auf den Sand fallen.

Sie hielt Harry in den Armen. Er war nass, blau angelaufen und tot.

Sasha sah Jez an. »Ich hab es nicht geschafft, Jez.«

»Wo ist Millie?«

Sasha lächelte. »Sie wird jetzt eine Nixe.«

38
JETZT

Alex hatte noch nie bemerkt, dass in Sashas Wohnzimmer eine Uhr stand. Nachdem Jez seinen Bericht beendet hatte, kam ihr das Ticken in dem stillen, stickigen Raum extrem laut vor. Ihr Exschwager hatte ins Leere gestarrt und mit tonloser Stimme gesprochen.

Komischerweise fühlte Alex sich ganz ruhig, als sie sagte: »Und was ist dann passiert?«

Sie selbst wusste noch, dass sie sich damals von Martin verabschiedet und danach das Durcheinander aufgeräumt hatte, das die Kinder hinterlassen hatten. Dann schaute sie auf ihre Uhr, weil sie Sasha eigentlich früher zurückerwartet hatte. Aber bestimmt genoss sie ihren freien Tag in vollen Zügen. Alex schaute in das Tragebett, in dem Gus schlief. Das Ding wurde allmählich zu klein für ihn, sie musste …

Plötzlich fiel ihr auf, dass etwas fehlte. Die Zwillinge – kein Geräusch war von draußen zu hören. Alex stockte der Atem, und sie rannte hinaus.

Das Gartentor war geschlossen, aber die Zwillinge waren nirgendwo zu sehen. Eine grauenhafte Angst erfasste Alex, sie konnte nicht mehr klar denken, wusste nicht, was sie tun sollte. Es wurde schon dunkel.

Das Herz schlug ihr bis zum Hals, als sie zum Haus hinüberschaute. Wenn Gus erst einmal schlief, war schon ein Erdbeben nötig, um ihn zu wecken. Alex rannte die Straße entlang bis zur Ecke. Wieder zurück, in die Seitenstraße. Nichts. Zurück ins Haus, wo sie Martins Nummer wählte. Er musste die Kinder doch gesehen haben, als er wegging. Aber er meldete sich nicht.

Jez. Sie rief Jez an, dessen Schicht gerade zu Ende war. Er sagte ihr, sie solle sich keine Sorgen machen, Sasha hätte die Kinder vermutlich einfach mit nach Hause genommen.

»Ohne es mir zu sagen?«, schrie Alex.

»Du weißt doch, wie Sasha ist«, sagte er. »Ich schau nach. Ich meld mich wieder. Mach dir keine Gedanken.«

Aber das war natürlich leichter gesagt als getan. Und die Sorgen wurden noch größer, als sie in der Gartenhecke zwei Plastiktüten entdeckte, von denen eine ein Paar rote Schuhe enthielt.

»Es war der reinste Albtraum«, sagte Jez jetzt.

Als er Sasha und Harry gefunden hatte, brachte er sie im Schutz der Dunkelheit nach Hause und zog seinem kleinen Jungen seinen Lieblingsschlafanzug an, auf dem Thomas, die kleine Lokomotive, abgebildet war. Währenddessen weinte Jez unentwegt und dachte an Millie, deren kleiner Körper wahrscheinlich irgendwo an einen Strand geschwemmt würde.

»Dann hab ich mich hingesetzt, um nachzudenken«, fuhr er fort. »Aber es ging nicht. Mein Magen rebellierte, mir war übel, ich war in Tränen aufgelöst, völlig am Ende. Ich hatte meine Kinder verloren und würde auch meine Frau verlieren. Aber das konnte ich nicht ertragen. Ich wollte nicht alle verlieren. Ich war vollkommen außer mir vor Trauer. Ich habe die Kinder geliebt. Und ich liebte Sasha. Verstehst du?«

Alex schüttelte den Kopf. »Nein. Sasha hätte Hilfe gebraucht.«

»Die hätte sie damals nie und nimmer bekommen. Man hätte sie als Bestie betrachtet und jahrelang weggesperrt, das weißt du genau.«

»Dafür hast du zugelassen, dass man Jackie Wood als Bestie betrachtet hat?«

»Sie war nicht meine Frau!«, schrie Jez so laut, dass Alex zusammenzuckte. »Siehst du, wenn du mich nicht mal verstehst, wie hätte es dann jemand anders tun sollen?« Er holte tief Luft und schloss einen Augenblick die Augen. »Und diese Wood war irgendwie unheimlich. Ständig lungerte sie bei den Kindern herum. Sie hat Bilder von ihnen gehortet und Sasha zum Spielplatz verfolgt, weil sie die Kinder schaukeln sehen wollte. Und sie war immer alleine. Ich hatte nicht damit gerechnet, dass sie auch verhaftet wird. Das war eher noch eine Dreingabe.«

»Die Frau war einfach einsam, mehr nicht.«

»Sie war total sonderbar.«

»Und weshalb Martin?«

»Sasha hat mir erzählt, dass er versucht hat, sie zu verführen, während er gleichzeitig eine Affäre mit dir hatte«, schrie Jez.

»Das glaube ich dir nicht«, erwiderte Alex. »Er hat mich geliebt. Das hat er mir gesagt.« Sie wollte sich diesen Glauben nicht von Jez zerstören lassen.

»Nicht laut Sasha. Wer meine Frau anmacht, kommt nicht ungeschoren davon. Und dich hat er an dem Tag damals davon abgehalten, anständig auf die Kinder aufzupassen. Du warst mit ihm im Bett, als Sasha zurückkam, nicht wahr? Du kannst es genauso gut zugeben.«

»Ja«, flüsterte Alex. Es kam ihr vor, als würden die Schuldgefühle sie ersticken. »Du solltest also mir die Schuld geben.«

»Oh ja, das tue ich auch«, erwiderte Jez bitter. »Aber du bist Sashas Schwester, und sie liebt dich. Martin war ein Stück Dreck. Ich meine, hat der nicht mal gemerkt, dass die Kinder nicht mehr im Garten waren, als er aufgebrochen ist?«

»Er ist hinten rausgegangen.« Alex hatte keine Ahnung, wie sie die Scham- und Schuldgefühle ertragen sollte.

»Damit er nicht gesehen wurde.« Jez' Gesicht war wutverzerrt, dann entspannte er sich wieder. »Na jedenfalls, ich war schon drin in der Spirale und kam nicht mehr raus. Es gab kein Zurück. Und ich habe eine Art von Frieden gefunden. Ich habe wohl meine Trauer so tief wie möglich in mir vergraben.« Er schauderte. »Jetzt weißt du alles, Alex. Was wirst du tun?«

Sie sah Jez an, dessen Gesicht von Trauer und Schuld gezeichnet war. Sasha summte vor sich hin und kratzte an dem Schorf an ihrem Arm herum. Wieder wunderte sich Alex, dass sie innerlich so seltsam ruhig war.

»Du hast dafür gesorgt, dass ein unschuldiger Mann ins Gefängnis kam, und dann hast du ihn auch noch umbringen lassen, Jez. Du hast dafür gesorgt, dass eine unschuldige Frau ins Gefängnis kam, die dadurch Jahre ihres Lebens verloren hat. Du weißt, was ich tun werde. Ich finde, das alles geht schon viel zu lange so, meinst du nicht auch?«

39

Kate musste unbedingt mal aus dem Revier raus. Deshalb hatte sie sich ihren Mantel geschnappt und war ins Zentrum marschiert, wo sie sich in ihrem Lieblingscafé eine Kanne Assam mit einer Spur Lapsang Souchong gönnte – bei diesem Tee kamen ihr die besten Gedanken. Dass dieses Luxusgetränk ihr Lieblingstee war, blieb ein Geheimnis zwischen ihr und der Café-Besitzerin, weil Kate vor ihren Kollegen nicht als versnobt erscheinen wollte.

»Darf ich mich dazusetzen?« Plötzlich stand Glithro am Tisch.

»Das ist ein freies Land«, antwortete Kate, bereute ihre Schnoddrigkeit aber sofort.

Ihr Kollege wies mit dem Kopf auf die Porzellankanne. »Trinken Sie immer Tee?«

»Nein, ich mag auch Kaffee.«

Glithro machte eine Handbewegung, als wolle er eine Fliege verscheuchen. »Nein, ich meinte, trinken Sie manchmal auch was anderes? Alkohol? Also Bier, Wein oder einen Cocktail?«

Kate verengte die Augen. »Wieso wollen Sie das wissen?«

»Weil es interessant wäre, Sie mal entspannt zu erleben.«

»Dann lautet die Antwort Nein.« Gott, wieso fühlte sie sich in seiner Nähe immer wie eine verklemmte Jungfrau?

Sein Lächeln erinnerte Kate an einen Wolf. »Ist mir nur so durch den Kopf gegangen.«

»Das können Sie lassen. Was ist los?«

»Wir haben Nikki und Angela Jessop verhaftet. Und der Durchsuchungsbefehl für Nikkis Wohnwagen und Angelas Haus ist da.«

»Bea. Sie heißt Bea.«

Glithro grinste. »Mag ja sein, aber ich kann mich einfach nicht daran gewöhnen.«

»Es leuchtet mir ein, dass Bea Grainger umgebracht hat – aber weshalb sollte sie Wood getötet haben?«

»Es hieß ja immer, dass Wood eine Beziehung mit Jessop hatte. Vielleicht glaubte Nikki, ihr Vater sei deshalb für schuldig befunden und eingesperrt worden. Vielleicht hat sie Wood gedroht und dabei die Beherrschung verloren. Aber womöglich werden wir es nie rauskriegen.«

»Gefällt mir nicht.«

»Was? Dass wir es vielleicht nie rauskriegen? So was kommt vor.«

Kate seufzte. »Wo stehen wir also jetzt, Glithro?«

Die Kellnerin brachte ein großes Stück Maracujatorte, die Kate bestellt hatte.

»Ich nehm so was auch«, sagte er.

»In Ihrem Alter ist zu viel Zucker schlecht fürs Herz, Glithro.«

Er sah sie an. »Ich pass schon auf mich auf, keine Sorge. Und um Ihre Frage zu beantworten: Warten wir die Ergebnisse der DNA-Analyse ab. Die bringt vielleicht noch was Neues.«

»Vielleicht.«

»Riecht interessant, der Tee.«

»Ich dachte, Sie wollten lieber Alkohol?«

»Nicht am helllichten Nachmittag. Und ich hab mich auch nur erkundigt, ob Sie gelegentlich mal was trinken. Machen Sie sich keine Gedanken.«

»Tu ich auch nicht.« Kate versuchte zu lächeln und hoffte, dass es ihr gelang. »Möchten Sie auch? Eine Kanne Tee?«

»Nee. Ist mir zu vornehm.« Er grinste kurz, wurde aber gleich wieder ernst. »Was die DNA aus Woods Campingwagen angeht, glauben Sie, dass wir jemanden finden, zu dem sie passt?«

»Bea vermutlich, oder nicht? Sie war mindestens einmal im Wohnwagen und hat sich mit Wood unterhalten.«

»Und im Badezimmer?«

»Kann man nur hoffen, dass sich da was ergibt«, sagte Kate. »Und was ist mit Alex Devlin, Glithro? Jessops Geliebter? Das passt doch alles nicht zusammen.«

»Na, Sie hatten ja nun den Riecher, dass der Mord an Wood mit den Ereignissen von vor fünfzehn Jahren zu tun hat, und ich bin jetzt auch der Ansicht, dass Sie Recht haben. Ich tippe auf Rache als Motiv, schlicht und einfach. Stellen Sie sich doch mal vor, wie das für Angela Jessop gewesen sein muss – all die Jahre damit zu leben, dass ihr Mann ein Mörder war. Und was das für Folgen für die Kinder hatte. Der Sohn hat sich ins Ausland verzogen, und die Tochter, Bea, musste den Frust der Mutter aushalten.«

»Frust?« Kate stach mit der Gabel in ihre Torte. »Das ist wohl etwas salopp untertrieben, finden Sie nicht?«

»Stimmt schon.« Die Bedienung brachte Glithro die Torte. »Danke, Schätzchen«, sagte er.

»Schätzchen?«, knurrte Kate.

»Was ist dagegen einzuwenden?«

»Diese Frau ist nicht Ihr Schätzchen.«

»Ach, Mensch, Todd, nun regen Sie sich bloß ab.« Glithro nahm die Torte in Angriff. »Sie werden mich sowieso nicht ändern. Also was ist mit dieser Alex Devlin? Könnte die Wood umgebracht haben?«

Nachdenklich schüttelte Kate den Kopf. »Mein Bauchgefühl – und bevor Sie jetzt was sagen: Ich vertraue meinem Bauchgefühl – sagt mir, dass sie komplett verstört war, als sie

Wood tot aufgefunden hat. Ich habe ja am Tatort mit Devlin gesprochen. Aber …«

Glithro zog eine Augenbraue hoch. »Aber?«

»Als ich damals mit Devlin sprach, sagte sie irgendwas von einem großen Küchenmesser, mit dem Wood erstochen worden sei. Woher konnte Alex Devlin das wissen?«

»Ich würde mal sagen, entweder hat sie Wood selbst getötet, oder sie hat aus irgendwelchen Gründen die Tatwaffe verschwinden lassen.«

»So seh ich das auch«, sagte Kate.

»Okay, wieso halten Sie unsere Alex, die Geliebte, also nicht für mordverdächtig?«

»Das habe ich nicht behauptet, Glithro«, erwiderte Kate gereizt. »Ich habe lediglich gesagt, ich hätte das Gefühl, dass da was nicht zusammenpasst. Und meine Gedanken gehen in folgende Richtung: Wieso haben Jez Clements und Grainger keine Mühe gescheut, um zu vertuschen, dass Alex Devlin die Geliebte von Jessop war? Und diese Vertuschungsaktion«, Kate stach mit ihrer Gabel in Glithros Richtung, »hat noch zwei weitere Menschen das Leben gekostet.«

»Vielleicht werden wir das bald erfahren. Ich habe DC Maitland und DC Evans losgeschickt, um Devlin und Clements ins Revier zu bringen, wie Sie gesagt haben.«

»Danke.«

Eine Weile widmeten sie sich beide entspannt ihrer Torte.

»Und wie ist das Leben grade sonst so?«, fragte Glithro dann.

»Wie meinen Sie das?«

»Verzeihen Sie, wenn ich das so direkt sage, aber Sie wirken ein wenig zerstreut auf mich, und ich weiß ja, dass Ihre häusliche Situation zurzeit nicht einfach ist.«

»Ach so, das wissen Sie?«

»Sie haben es bei dem Essen neulich durchblicken lassen.«

Kate legte bedächtig ihre Gabel ab, um damit nicht auf diesen neugierigen Kerl einzustechen. »Tja. Mein Mann hat rausgefunden, dass ich deshalb nicht schwanger werde, weil ich immer noch die Pille nehme, und nicht, weil irgendwas mit einem von uns nicht stimmt. Deshalb hat er eine wunderschöne Wiege zertrümmert, die er für unser Baby gebaut hatte, und ist abgehauen, und ich habe keine Ahnung, wohin. Neugierde befriedigt, Glithro?«

»Verstehe. Und was wollen Sie jetzt machen?«

Es war keine gute Idee, sich vor einem Kollegen zu viel Blöße zu geben. Schlimm genug, dass sie – offenbar in einem Anfall geistiger Umnachtung – so viel von sich erzählt hatte. Kate blickte zur Decke und riss die Augen weit auf, um die Tränen zu unterdrücken. Dann fixierte sie Glithro. »Wie viele Scheidungen können Sie vorweisen?«

Er legte den Kopf schräg. »Der Punkt geht an Sie. Ich bin nicht der ideale Berater für solche Lebenslagen.«

»Kann man so sagen.«

»Und danke, dass Sie mich nicht mit der Gabel abgestochen haben.«

»Hat mich sehr verlockt, Glithro.«

Sein Lächeln war alles andere als anständig.

»Aber da Sie gefragt haben«, fuhr Kate fort, »ich werde rauskriegen, wo er steckt, und dann versuchen, ihn umzustimmen. Wir werden das schon irgendwie schaffen.«

»Verstehe.«

Das altmodische Glöckchen an der Eingangstür klingelte, und Rogers trat zu ihnen an den Tisch. »Dachte mir, dass ich Sie hier finden würde, Ma'am.«

»Setzen Sie sich doch, Rogers«, sagte sie müde. »Dann veranstalten wir hier eben ein Teestündchen.«

Rogers ließ sich nieder und beäugte begehrlich die Torte. »Ich hab so oft meine Doughnuts mit Ihnen geteilt, Ma'am …«

Unwillkürlich musste Kate lachen. »Hab verstanden.« Sie bedeutete der Kellnerin, dass sie noch eine Torte bringen sollte, und sah dann Rogers fragend an. »Also, was gibt's?«

»Tja, also, Ma'am, ich habe gute Nachrichten, schlechte Nachrichten und hundsmiserable Nachrichten.«

»Ich nehm zuerst die schlechten.«

»Das Alibi von Jez Clements wurde von dieser McSweeney bestätigt. Hübsches Haus.«

»Aha.« Kate fragte sich, weshalb sie unbedingt wollte, dass sich Jez Clements als Mörder herausstellte.

»Dann: Wir haben die Ergebnisse der DNA-Analyse. Null Spuren an Jackie Woods Kleidung oder Körper. Keine Fasern, keine Haare, absolut nichts, was auf den Täter verweist.«

»Scheiße.«

»Die gute Nachricht ist, dass wir die DNA in den Speichelspuren an Graingers Kinn identifizieren konnten.«

»Und?«, fragte Kate. »Nun lassen Sie uns nicht länger zappeln.«

»Angela Jessop.«

»Bingo«, sagte Glithro.

Er sah so begeistert aus, als würde er sich gleich vor Freude die Hände reiben. »Machen Sie mal halblang, Detective Inspector«, sagte Kate. »Damit ist sie dran für den Mord an Grainger, aber für Wood können wir ihr nichts nachweisen. Und ich bin auch nicht überzeugt davon, dass Bea Jessop damit etwas zu tun hat. Wir werden sie zur Vernehmung holen, aber ich will auch, dass wir die Beweislage noch mal sichten und das Netz weiter spannen.«

»Vielleicht packt Bea ja aus.«

»Oder auch nicht.«

»Vielleicht sollten wir ein bisschen nachhelfen«, schlug Glithro vor.

»Ach ja? Und wie wollen Sie das machen?«, erwiderte Kate. »Ihr drohen?«

Er schob die Lippen vor. »Wenn es hilft …«

Kate beugte sich vor. »Ich bring Sie mal auf den neuesten Stand, Glithro«, knurrte sie. »So was machen wir hier nicht, haben Sie das verstanden?«

Er lachte und schüttelte den Kopf. »Sie sind wirklich sehr leicht auf die Palme zu bringen.«

Die Kellnerin stellte einen Teller mit einem Riesenstück Maracujatorte auf den Tisch, das Kate Glithro am liebsten ins Gesicht gedrückt hätte.

»Ähm, wollen Sie jetzt die hundsmiserablen Nachrichten hören?«, fragte Rogers und blickte mit nervösem Lächeln zwischen den beiden hin und her.

»Legen Sie los«, sagte Kate, der bewusst wurde, dass Glithro sie vorsätzlich die ganze Zeit aufgestachelt hatte. Sie war sich nicht im Klaren, ob sie übellaunig wirken oder lieber freundlich lächeln wollte. Ein Lächeln würde ihn vielleicht mehr ärgern.

Rogers holte einen Umschlag hervor und reichte ihn Kate. »Das soll ich Ihnen vom Künstler geben.«

Sie öffnete den Umschlag. Er enthielt zwei Eintrittskarten für Cherrys Kunstausstellung. Kate stöhnte. »Verfluchte Scheiße. Jetzt muss ich zu fünfundzwanzig schlechten Bildern höfliche Kommentare abgeben anstatt nur zu einem.«

Glithro lachte lauthals.

»Und Ihnen wird das Lachen gleich vergehen, Glithro«, verkündete Kate. »Es sind nämlich zwei Eintrittskarten.«

Erfreut registrierte sie, wie das Lachen schlagartig erstarb.

40

EINE WOCHE SPÄTER

Ein Sonnenstrahl fiel durch das hohe Fenster und erhellte ein wenig die düstere Kapelle am Krematorium, als Kate hinausging. Nur zwei weitere Personen hatten sich eingefunden: Alex Devlin und ein Mann um die sechzig in einem eleganten schwarzen Mantel.

Es war eine kurze Zeremonie gewesen. Alex Devlin hatte einen Blumenstrauß auf den Sarg gelegt. Niemand hatte eine Rede gehalten, keine trauernden Verwandten nahmen Abschied von Jackie Wood.

Kate trat zu Alex, die gerade dem Mann im schwarzen Mantel die Hand drückte. Seit jenem surrealen Tag im Café, als der Mord an Edward Grainger als aufgeklärt galt und Alex plötzlich kreidebleich aufgetaucht war und über ihre Schwester, Jez Clements und den grauenhaften Justizirrtum berichtet hatte, war Kate Alex Devlin nicht mehr begegnet. Es musste sie viel Mut gekostet haben, sich der Wahrheit zu stellen. Kate konnte das nachvollziehen, weil sie mit ihren eigenen Wahrheiten zu kämpfen hatte.

»Gut, dass Sie hier waren, Joseph«, sagte Alex zu dem Mann. Der nickte, setzte seinen Hut wieder auf und verabschiedete sich. Kate legte Alex leicht die Hand auf den Rücken. »Hallo. Nicht viel Aufhebens wegen Jackie, wie?« Es war so kalt, dass man den Atem sah – viel zu kalt für die Jahreszeit. Immerhin hatte der Dauerregen eine Pause eingelegt.

Alex drehte sich um, und ein kleines Lächeln trat auf ihr Gesicht, als sie Kate sah. »Nein. Aber ich hatte das Gefühl, dass ich hier sein sollte, nach allem, was passiert ist. Sie wissen ja.«

Kate nickte. »Und dieser Mann – das war wohl der Brieffreund?«

»Wussten Sie von ihm?«

»Ja. Wir mussten ja alle Personen ermitteln, die mit Jackie Wood in Kontakt standen.«

Alex lächelte wehmütig. »Komisch, wissen Sie. Jackie hat mir gesagt, sie hätte einen Freund, und ich hab gedacht, das sei eine große Offenbarung, weil es eine Liebesgeschichte sei oder so. Aber nein – nur ein Brieffreund.«

»Ja, glaubt man gar nicht, dass es so was noch gibt, nicht? Aber offenbar gehörten die beiden einem Club für Brieffreunde an, bevor man anfing, sich E-Mails zu schreiben. Er hat ihr wohl sogar geschrieben, als sie im Gefängnis war.«

»Machte einen sympathischen Eindruck«, sagte Alex. »Und er ist extra aus Preston hierhergefahren.«

Beide schwiegen kurz.

»Wie geht es Sasha?«, fragte Kate dann.

Alex zuckte die Achseln. »Na ja. Sie bekommt professionelle Hilfe. Aber eine Gerichtsverhandlung wird ihr garantiert nicht guttun.«

»Sie wird wegen ihres Zustands unter Umständen gar nicht vor Gericht erscheinen müssen. Oder die Staatsanwaltschaft wird keine Anklage erheben, weil sie unter einer lang andauernden postnatalen Depression litt«, sagte Kate sanft, als sie die Tränen in Alex' Augen sah.

»Ja, vielleicht. Aber es ist trotzdem so hart. Ich habe mich all die Jahre bemüht, meiner Schwester zu helfen, aber ich habe offenbar alles nur noch schlimmer gemacht. Wenn ich doch nur geahnt hätte, wie schlimm ihr Zustand wirklich war.«

»Das haben beide gut vor Ihnen verborgen, wie? Dafür sollten Sie sich keinesfalls die Schuld geben.«

»Nein, ich hätte es wissen müssen. Aber damit muss ich nun wohl leben.«

»Was Jez getan hat, war falsch«, erwiderte Kate mit Nachdruck. »Und egoistisch. Er hat nur an sich gedacht, nicht einmal an Sasha.«

Alex schüttelte den Kopf. »Nein, nein, er hat sie so sehr geliebt, dass er es nicht ertragen hätte, wenn sie verhaftet worden wäre. Davon war vor fünfzehn Jahren viel die Rede, ständig wanderten Leute ins Gefängnis, weil es hieß, sie hätten ihre Kinder umgebracht, und dann stellte sich heraus, dass sie an plötzlichem Kindstod gestorben waren. Aber die Leute waren dann schon so lange in Haft, dass sie im Leben nicht mehr klarkamen. Oder sie hatten ihre Familie verloren. Heutzutage kommt das wohl seltener vor.«

»Wahrscheinlich schon«, sagte Kate.

»Ich habe mir überlegt, wenn das alles vorbei ist, mit Gus vielleicht woanders hinzuziehen«, fuhr Alex fort. »Einen Neuanfang zu machen, wissen Sie. Wenn ich meinen Sohn von seiner neuen Freundin wegzerren kann, was aber nicht sehr wahrscheinlich ist. Ich kann ja von überall aus arbeiten. Wenn ich nicht wegen Justizbehinderung verurteilt werde.«

»Selbst wenn, würden Sie vermutlich nach all den Jahren ohnehin eine Bewährungsstrafe bekommen. Mit einem vernünftigen Anwalt haben Sie da gute Chancen.«

Alex schaute zum Himmel auf. »Und danke, dass Sie das Tagebuch konfisziert haben.«

»Nun, es ist schließlich ein Beweisstück, nicht wahr?« Kate lächelte. »Ich fand es auch ausgesprochen befriedigend, Killingback vor Wut schäumen zu sehen. Und im Moment kann er auch gar nichts unternehmen.« Sie zögerte. »Aber wie geht's Ihnen, Alex? Jetzt, da Sie die Wahrheit kennen, fühlen Sie sich …«

»Weniger schuldig?« Sie zuckte die Achseln. »Vielleicht.

Ich weiß nicht genau. Wie gesagt, ich hätte spüren müssen, in welchem Zustand Sasha gewesen ist. Aber ich war so besessen von dieser elenden Affäre mit Martin, dass ich einfach nichts gemerkt habe. Und deshalb sind zwei unschuldige Menschen gestorben.«

»Hey, aber Martin hat Sie geliebt, wissen Sie. Das steht in dem Tagebuch.«

»Mag schon sein. Aber das kann letztlich keine Entschuldigung sein.« Alex schaute auf ihre Uhr. »Ich muss los, sonst macht Gus sich Sorgen. Er packt gerade für seine Skireise, und sein Freund Jack ist bestimmt auch schon bei uns. Zwei hungrige Jungs, die was futtern wollen – darauf jedenfalls ist Verlass.«

»Gus ist ein guter Junge. Das merke sogar ich.«

»Sogar Sie?«, fragte Alex.

»Eine lange Geschichte. Erzähl ich Ihnen vielleicht irgendwann mal. Nur eine Frage noch: Malone – sehen Sie den noch?«

»Zurzeit nicht.«

Kate spürte, dass Alex nicht mehr dazu sagen wollte. »Er ist ein ziemlich gerissener Typ, so viel steht fest.« Sie hielt inne. »Das Messer haben wir übrigens nie gefunden.«

»Das Messer?«

Die Unschuldsmiene nehme ich dir nicht ab, dachte Kate. »Die Tatwaffe vom Mord an Jackie Wood. Der Fall ist noch immer ungeklärt. Aber eines Tages werden wir den Täter finden.«

Alex nickte. »Hoffentlich. Das ist das Mindeste, was Jackie verdient hat.«

»Kein Leichenschmaus für Jackie also«, sagte Kate lächelnd.

»Hätte ich unpassend gefunden. Außerdem waren wir ja nur zu dritt. Da hätten wir viele angetrocknete Sandwiches und Königinpastetchen essen müssen.«

»Hier«, sagte Kate und nahm eine Visitenkarte aus ihrer Handtasche. »Falls Sie mich mal brauchen sollten. Oder mir noch etwas erzählen möchten. Vielleicht fällt Ihnen zu dem Messer ja noch irgendetwas ein.«

Alex steckte die Karte in ihre Manteltasche und hielt ihr die Hand hin. »Hat mich gefreut, Sie wiederzusehen.«

Kate schüttelte Alex die Hand. »Ging mir auch so.«

Alex Devlin sah sehr einsam aus, als sie den Weg am Krematorium entlangging, und Kate fragte sich, wie das Leben der Journalistin nach diesen Ereignissen wohl aussehen würde. Hoffentlich stand ihr Sohn ihr noch eine Weile zur Seite. Kate blickte zum fahlen Himmel auf, der nach Schnee aussah. Dann wandte sie sich um. »Ich weiß, dass Sie hier sind«, sagte sie. »Sie können rauskommen.«

Malone trat hinter ein paar Bäumen neben dem Eingang zur Kapelle hervor. »Woher wussten Sie das?« Er lächelte ironisch, und seine Augen schienen zu funkeln.

»Für einen verdeckten Ermittler haben Sie nicht sonderlich verdeckt gearbeitet.«

»Exermittler. Ich mach das nicht mehr. Aber sie hat mich doch nicht gesehen, oder?«

Kate schüttelte den Kopf. »Nein. War zu beschäftigt mit Jackie und mit deren Freund.«

»Freund?«

»Der einzige andere Trauernde – der Typ in dem gut geschnittenen Mantel.«

»Ah.«

»Was ist denn nun mit Ihnen beiden?«

»Wie meinen Sie das?«

»Als ich Sie vor Jackie Woods Wohnwagen zum ersten Mal gesehen habe, waren Sie beide doch ein Herz und eine Seele.«

Malone zuckte die Achseln. »Tja, na ja …« Er verstummte.

»Hat wohl kein gutes Ende genommen?«

»Vielleicht sollten Männer wie ich sich nicht verlieben.«

Kate sah ihn an. »Da haben Sie vielleicht Recht, Malone. Und Alex hat genügend durchmachen müssen im Leben, da ist es sicher gut, wenn Sie ihr nicht auch noch das Herz brechen.«

»Ich habe geglaubt ...« Er seufzte. »Egal. Danke jedenfalls, dass Sie mich nicht verraten haben. Es war schön, sie zu sehen, zumindest noch ein letztes Mal.«

Er ging denselben Weg entlang wie kurz zuvor Alex.

Ein weiterer einsamer Mensch.

Alex war dankbar für ihren warmen Mantel, als sie am Strand entlang nach Hause spazierte und den Wellen zusah. Ob Millies Leiche wohl jemals angeschwemmt worden war? Vielleicht lag sie irgendwo namenlos in einer Leichenhalle. Doch das würden sie möglicherweise bald erfahren, und dann konnten sie Millie neben ihrem Bruder Harry bestatten.

Ein Zuhause und eine Familie waren für sie das einzig Wichtige im Leben, sinnierte Alex. Gar nicht mal so sehr die Arbeit – wiewohl sich der Aufwand, den Artikel über Jackie Wood umzuschreiben, alleine deshalb schon gelohnt hatte, um Gus' Miene zu sehen, als er erfuhr, dass er an der Skireise teilnehmen konnte. Allerdings lag Liz, die Redakteurin, Alex jetzt in den Ohren, dass sie die Geschichte von Jez und Sasha aus ihrem Blickwinkel schreiben solle. Eines Tages war das vielleicht denkbar – aber dann nur nach Alex' Bedingungen.

Sie ließ sich auf einer Bank am Strand nieder. »In Erinnerung an Elsa, die ich fünfzig Jahre lang geliebt habe« stand auf einem Messingschild auf der Bank. Elsa hatte Glück gehabt. Alex nahm ihr Handy aus der Manteltasche und starrte eine Weile darauf. Gillian. Die andere Frau. Ließen die beiden sich tatsächlich scheiden? Wie konnte Alex Malone überhaupt irgendetwas glauben? Und falls er log, war es dann besser für

Gillian, wenn sie erfuhr, dass sie betrogen wurde? Die Nummer einzugeben wäre nicht schwer – dann wäre Gillians Leben vermutlich zerstört. Vielleicht sollte die Frau wissen, dass sie betrogen wurde. Aber wollte Alex sich das zumuten? Vielleicht war die Wahrheit nicht wichtig für Gillian. Vielleicht ahnte sie es ohnehin und wollte sich nicht damit befassen. Alex' Finger verharrte einen Moment über dem Display.

Dann steckte sie ihr Handy in die Tasche zurück.

VOR KURZEM

Es war kalt und stockdunkel, aber im Licht der kleinen Taschenlampe fand sie den Weg auf dem Campingplatz am Hafen. Hinter dem dünnen Vorhang des Wohnwagens war trübes Licht zu erkennen. Sie wusste, dass es der richtige war; Alex morgens heimlich zu folgen hatte sich gelohnt. Irgendwie war da dieses Gefühl, diese Eingebung gewesen, dass sie zu dieser Frau gehen würde. Zur Mörderin. Man hatte es Alex angemerkt – wie sie sich in ihren Mantel vergrub und davonhastete. So benahm sich jemand, der ein Geheimnis hatte.

Leise schlich sie weiter, mied das Licht, das aus den Fenstern fiel, um nicht von neugierigen Leuten entdeckt zu werden.

Sie drückte sich an die Wand eines Wohnwagens, als ein Mann näher kam und seinen Hund herbeipfiff, der gerade an ein Auto pinkelte.

Jetzt durfte nichts mehr dazwischenkommen.

Das Messer fühlte sich gut an in ihrer Tasche.

Sie hasste Jackie Wood. Dieses Ungeheuer war schuld an allem, was in ihrem Leben schiefgelaufen war, was sie getan hatte, was sie verloren hatte. Die letzten fünfzehn Jahre hatte sie nur durchgestanden, weil sie sich vorstellte, dass diese Frau eingesperrt war und leiden musste.

Und leiden sollte sie auch, weil dieses Ungeheuer alle anderen hatte leiden lassen.

Sie stieg die Treppe hinauf, klopfte an die Tür, der Laut gedämpft durch die Handschuhe.

Die grauenhafte Frau machte auf.
Jackie Wood blinzelte. »Sie kenne ich doch«, sagte sie.
Sasha schob sie nach drinnen.

Danksagung

Sehr lieben Dank meiner Agentin Teresa Chris für ihre Unterstützung, ihre Ratschläge und ihren Glauben an mich. Und herzlichen Dank auch an Sarah Hodgson und alle bei HarperCollins für ihre Kenntnisse und ihre Begeisterung.

Vielen Dank an Susan Rae von BBC Radio 4 dafür, dass ich ihren Namen verwenden durfte, und an Julia Champion, deren Name Programm ist, seit wir zum ersten Mal beim Radio zusammengearbeitet haben. Danken möchte ich auch der Familie Swaffer und Sue Welfare, dass sie für mich da waren.

Und ich danke Bernardine Coverley – ich wünschte, du könntest jetzt hier sein, du wärst so stolz auf mich.

Ganz besonders erwähnen möchte ich Melanie McCarthy, die mir schon so lange zur Seite steht, dass man die Jahre lieber nicht zählen möchte, und ein großes Dankeschön an Sarah Bower und Jenny Knight für ihre Freundschaft und Ermutigung. Und natürlich geht mein größter Dank und meine Liebe an meinen Mann Kim und meine Kinder Edward, Peter und Esme. Ohne euch hätte ich es nicht geschafft.